Hoe ga je om met kinderen op school?

Hoe ga je om met kinderen op school?

Competenties in de praktijk

G. Woltjer

H. Janssens

Derde druk

Wolters-Noordhoff Groningen

Ontwerp omslag: Studio Wolters-Noordhoff, Groningen
Omslagillustratie: Paul Lagro

Wolters-Noordhoff bv voert voor het hoger onderwijs de imprints Wolters-Noordhoff, Stenfert Kroese, Martinus Nijhoff en Vespucci.

Eventuele op- en aanmerkingen over deze of andere uitgaven kunt u richten aan: Wolters-Noordhoff bv, Afdeling Hoger Onderwijs, Antwoordnummer 13, 9700 VB Groningen, e-mail: info@wolters.nl

1 2 3 4 5 / 10 09 08 07

ISBN 978-90-01-95710-2

Woord vooraf bij de derde druk

In de eerste druk van dit boek stelden wij dat wij in ons werk respectievelijk als psycholoog en pedagoog bij het basisonderwijs, merkten dat het leraren, en zeker beginnende leraren, vaak veel moeite kost zo'n benadering van leerling of groep te vinden dat een goede relatie kan ontstaan en blijven bestaan. Een goede relatie vormt niet alleen de basis voor goed lesgeven, maar is ook van groot belang voor de sociaal-emotionele ontwikkeling van het kind. Immers, een goede relatie tussen leraar en leerling geeft veel meer kans op resultaat bij de aanpak van ongewenst gedrag.
Na zestien jaar verscheen de tweede druk. In die zestien jaar bleven wij werkzaam in het veld van het onderwijs, aanvankelijk als psycholoog en later als inspecteur primair onderwijs, en als pedagoog en (na)scholingsdocent. De stelling waarmee we ons voorwoord in de eerste druk begonnen, was naar onze mening nog onverkort van kracht. Wel meenden wij dat in een aantal opzichten inhoud en vormgeving aanpassing behoefden.
Deze herziene druk had in grote lijnen dezelfde opzet als de eerste druk. Voor de vorm waarin we onze opvattingen overdragen, was het werk van Aad van Londen, Ans Biloen e.a. (Van Londen e.a., 1979) een aanknopingspunt. Aan de hand van hun boek *Vaardigheden voor ouders* leren zij hoe opvoeders door een positieve communicatie met hun kinderen een prettige sfeer in huis kunnen scheppen; hoe zij hun kinderen kunnen begeleiden bij het leren van nieuw gedrag en bij het afleren van ongewenst gedrag; en hoe de opvoeders op een constructieve manier kunnen omgaan met eigen gedachten en gevoelens. Deze vaardigheden hebben wij aangepast aan de schoolsituatie.
Het deel over het zelfbeeld is in de tweede druk sterk uitgebreid. We zijn namelijk in de loop der jaren meer en meer doordrongen geraakt van het belang van dit onderwerp. We meenden dan ook dat het er in de eerste druk wat bekaaid afgekomen was.
De belangrijkste wijzigingen van deze derde herziene druk zijn een uitbreiding van de theoretische uitgangspunten met betrekking tot het zelfbeeld en een uitbreiding van deel 4. Verder zijn er wat kleinere wijzigingen.

De theoretische uitgangspunten in dit boek worden compact weergegeven. Dat is door anderen reeds in voldoende mate gedaan.
Ook gaan we niet uitgebreid in op psychologische en/of pedagogische achtergronden van door ons beschreven problemen en probleemsituaties. Dit past niet in het doel van dit boek: het aanreiken van competenties, die in de dagelijkse situatie bruikbaar zijn in de omgang met kinderen.

Dit boek is geschreven voor leraren in opleiding, maar het is zeker ook geschikt voor degenen die al in het primair onderwijs werkzaam zijn.

In dit boek duiden wij de leraar en leerling aan met 'hij'. Wij zijn ons ervan bewust dat er ook vrouwelijke leraren en meisjesleerlingen zijn. Het is moeilijk en vaak ook verwarrend hierin een eerlijke afwisseling te hanteren. Voor elke 'hij' is dan ook evengoed een 'zij' te lezen.

G. Woltjer, Leidschendam
H. Janssens, Kinderdijk, 2005

Inhoud

Leeswijzer

Wat te verwachten van dit boek?

Van leraren wordt verwacht dat zij goed lesgeven in een klas waar de leerlingen zich veilig voelen en waar zij naar vermogen presteren. Een open deur, waar iedereen het mee eens is. Maar de vraag hoe dit in de praktijk vorm te geven, is iets minder gemakkelijk te beantwoorden.
In dit boek reiken we een aantal op de praktijk gerichte vaardigheden aan die aansluiten bij de *basiscompetenties* die beschreven zijn in *In bekwame handen* van de Stichting Beroepskwaliteit voor Leraren (2004).
Er bestaan vele manieren en methoden om met kinderen om te gaan. In dit boek hebben wij voor vier benaderingen gekozen, waaraan telkens een ander idee ten grondslag ligt.
Een goede relatie schept voor een leraar de voorwaarden voor het op een adequate wijze omgaan met problemen van de leerling, van hemzelf of van hen beiden. Problemen tussen een leraar en leerling(en) gaan ten koste van leren en doceren, ook wel het doceer-leergebied genoemd. Voor beiden is het dus van belang de problemen zoveel mogelijk te beperken om zo het doceer-leergebied zo groot mogelijk te houden. De vaardigheden in dit boek zijn daarbij naar onze mening voor elke leraar noodzakelijke basiscompetenties en sluiten aan bij ten minste drie van de zeven competenties van de SBL (de interpersoonlijke, de pedagogische competentie en de competentie in reflectie en ontwikkeling).

De vaardigheden die we aanreiken, stoelen op het uitgangspunt dat er in de onderwijssituatie drie componenten zijn: de leraar, de leerling en de leerstof.
Vervolgens is er de relatie tussen deze componenten, voor te stellen als een driehoek. We kunnen alleen dan van onderwijs spreken als de drie componenten van de driehoek met elkaar in verband zijn gebracht. Dit wordt ook wel de *didactische driehoek* genoemd.

Figuur 0.1 **Leraar, leerling en leerstof met elkaar in verband gebracht**

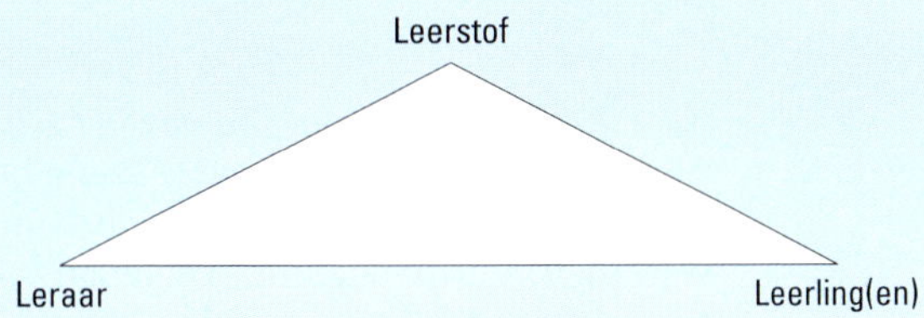

Er zijn de volgende relaties: leraar-leerstof, leerling-leerstof en leraar-leerling.
In de relaties leraar-leerstof (doceren) en leerling-leerstof (leren) zit het cognitieve aspect.

Het spreekt voor iedereen vanzelf dat de relatie leraar-leerstof en leerling-leerstof zo goed mogelijk moet zijn. Het heeft dan ook niet aan aandacht en materiaal ontbroken gericht op deze relaties. De relatie leraar-leerling heeft in de loop der jaren minder aandacht gekregen. Er is nu toenemende aandacht voor dit aspect van het onderwijs. Dit zien we vooral terug in de competenties één en twee van de basiscompetenties van leraren.
Naar onze overtuiging kan het belang van de relatie leraar-leerling niet genoeg benadrukt worden. Indien een goede relatie tussen leraar en leerling namelijk ontbreekt, heeft dat een negatieve invloed op het doceren en leren. De negatieve werking ervan zal des te ernstiger zijn bij problemen in de lijn leerling-leerstof (leermoeilijkheden). Wij beschouwen een *goede relatie leraar-leerling dan ook als een basis voor goed onderwijs*. In de didactische driehoek is de relatie leraar-leerling dan ook de basislijn.

Vier benaderingen
Om een zo goed mogelijk relatie te bewerkstelligen, hebben we gekozen voor vier invalshoeken:
1 kennis van en omgaan met het zelfbeeld;
2 communicatievaardigheden;
3 gedragsbeïnvloeding;
4 reflectie op eigen denkbeelden en handelen.

In de didactische driehoek is dit weer te geven als afgebeeld in figuur 02.

Figuur 0.2 **Didactische driehoek als verbinding tussen de vier delen**

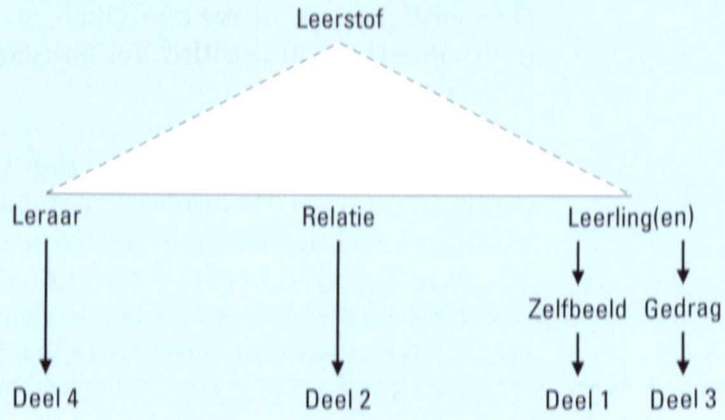

Ad 1 Kennis van en omgaan met het zelfbeeld van een kind
Als basis voor wat er in deel 2, 3 en 4 behandeld wordt, dient de stelling dat een positief zelfbeeld het fundament is waarop een kind kan bouwen in zijn ontwikkeling. De leraar kan aan de vorming van een positief zelfbeeld bijdragen door het verwerven van kennis en vaardigheden met betrekking tot dit zelfbeeld. Deze reiken we aan in deel 1. We benadrukken dat het doel van deze kennis en vaardigheden het bijdragen aan de vorming van een *positief zelfbeeld* is. Zij zijn niet bedoeld of geschikt voor diagnostische doeleinden.

Ad 2 De relatie *tussen leraar en de leerling(en)*
Dit komt aan de orde in deel 2: communicatievaardigheden.
Het doel van de benadering die hierin aan de orde komt, is het ontwikkelen van een relatie tussen leraar en leerling op basis van *gelijkwaardigheid*, zodat leren en doceren optimaal kunnen verlopen. In deze benadering richt je als leraar je handelen op de relatie met de leerling en nóóit op (het veranderen van) zijn gedrag.
Natuurlijk zijn er situaties denkbaar waarin het gedrag van de leerling niet acceptabel is. Volgens de methode beschreven in dit deel, zal de leerling doordat er sprake is van *wederzijds respect en vertrouwen*, in het algemeen bereid zijn zijn gedrag te veranderen.
Uitgangspunt is hier dat een goede en gelijkwaardige relatie de belangrijkste voorwaarde is voor een optimale verhouding tussen leraar en leerling. De grondgedachte is dat de één de ander als persoon *accepteert*. Dit betekent dat, wanneer zich in de verhouding leraar-leerling problemen voordoen, deze betrekking hebben op gedrag(saspecten) van het kind en niet op wie hij is als persoon.
Doet zich een probleem(situatie) voor, dan moet allereerst vastgesteld worden om *wiens probleem* het gaat: dat van de leerling, van de leraar of van allebei. Bij het ingaan op het probleem kan gebruikgemaakt worden van respectievelijk actief luisteren, ik-boodschappen of de win-win-methode.

Ad 3 Het veranderen van het gedrag van de *leerling*
Dit bespreken we in deel 3: gedragsbeïnvloeding.
Uitgangspunt is de gedachte dat *gedrag geleerd is* en daarom beïnvloed/veranderd kan worden: gewenst gedrag kan worden aangeleerd, ongewenst gedrag kan worden afgeleerd. Het belangrijkste principe hierbij is dat gedrag bepaald wordt door de gevolgen die het heeft. Systematische verandering van gedrag vindt dan plaats door de gevolgen te manipuleren en wel als volgt:

- als de gevolgen positief zijn (versterkers), zal nieuw gedrag ontstaan of gewenst gedrag toenemen: *belonen*;
- als de gevolgen negatief zijn (verzwakkers), zal ongewenst gedrag verminderen of verdwijnen: *onthouden beloning, negeren, (effectief) straffen.*

Je hoopt dat, doordat het kind ander gedrag gaat vertonen, er ruimte komt voor verbetering van de relatie tussen jullie beiden.

Ad 4 Je richten op je eigen denkbeelden, voelen en handelen
Dit is deel 4: de cognitieve benadering.
Als leraar heb je een spilfunctie in het onderwijs. Als het vastloopt tussen jou en een leerling, kan het noodzakelijk zijn een andere kijk op moeilijk te accepteren situaties te krijgen. Je doet dat door je eigen denken, gevoelens en handelen onder de loep te nemen en daar verandering in aan te brengen (competentie 7 van de SBL). Het doel is de vastgelopen situatie te doorbreken door er op een andere manier naar te kijken, waardoor er weer ruimte ontstaat voor een goede relatie met het kind.
In de praktijk blijkt deel 4, het eigen denken, voelen en handelen als aangrijpingspunt nemen, bij leraren in opleiding niet favoriet te zijn. Naar onze stellige overtuiging is dat ten onrechte! *Leraar zijn is een spil-*

functie. De kwaliteit van de relatie tussen leraar en leerling wordt in sterke mate bepaald door de *leraar*. Het hoort dus tot de basiscompetentie van een leraar om bij problemen met een kind bereid én in staat te zijn kritisch naar zichzelf te kijken!

Het gebruik van de vier benaderingen

Zoals in het Woord vooraf al is aangegeven, is het niet onze bedoeling de theorieën die aan deze vier benaderingen ten grondslag liggen, uitgebreid weer te geven. De theorie die aan de orde komt, staat ten dienste van waar het in dit boek om gaat: *het aanreiken van competenties die in de dagelijkse situatie bruikbaar zijn voor het omgaan met kinderen*. Om diezelfde reden gaan we ook slechts zijdelings in op psychologische problematiek die ten grondslag kan liggen aan de problemen van leerlingen die in dit boek beschreven worden.
Overigens is het van belang te bedenken dat niet alle probleemgedrag opgelost kan worden in de schoolsituatie. Wanneer er sprake is van psychopathologie, ernstig verstoorde relaties, echte handicaps en al te belastende levensomstandigheden, kunnen de problemen dermate divers en complex zijn dat deskundige hulp nodig is.

De vier gedeelten zijn als betrekkelijk opzichzelfstaande gehelen gepresenteerd, wat de indruk kan wekken dat deze benaderingen vooral onafhankelijk van elkaar gehanteerd dienen te worden. Die indruk is dan ten onrechte gewekt.
Wij zijn van mening dat deze manieren voor de omgang met kinderen zeer goed *geïntegreerd te gebruiken* zijn en het gebruik zeker zijn waarde heeft.
Richtlijnen om te bepalen welke van de drie benaderingen in een bepaalde situatie de voorkeur verdient, kunnen en zullen we niet geven. Hoewel we vele concrete voorbeelden en suggesties beschrijven, is het niet onze bedoeling dat de lezer deze opvat als een verzameling pasklare recepten. Waar in de omgang met kinderen het accent komt te liggen, hangt af van de persoonlijke voorkeur van de leraar, van de aard van de situatie en van de bij die situatie betrokken leerling(en) (zelfbeeld!).

Begrenzingen

De gedachte dat je met behulp van dit boek alle problemen in het omgaan met kinderen aan zou kunnen, is irrationeel (deel 4!). Een rationele gedachte is dat de drie benaderingen van dit boek een goede basis vormen voor het omgaan met leerlingen, maar dat zich soms dermate gecompliceerde en gevarieerde problemen kunnen voordoen, dat verdere maatregelen noodzakelijk zijn. Deze rationele gedachte leidt tot gewenste gevoelens en adequaat handelen. Indien namelijk je inspanningen – in een dergelijke situatie – zonder resultaat blijven, zal een mogelijk gevoel van teleurstelling en tekortschieten minder hevig zijn en in verhouding staan tot de situatie. Het adequaat handelen bestaat eruit dat je beter kunt afwegen of het nodig is specialistische hulp in te roepen.
Uit de praktijk bereikt ons nogal eens de vraag of er richtlijnen zijn voor het inroepen van specialistische hulp. Hoewel we ons ervan bewust zijn dat het antwoord weinig bevredigend is, moeten we stellen

dat concrete criteria niet te geven zijn. Het hangt namelijk af van het kind met wie je te maken hebt, zijn probleem en de leraar.
Er is één min of meer algemene richtlijn te geven: wanneer je je als leraar ernstig zorgen maakt over een kind en/of niet meer weet wat je met dat kind aan moet, is elke vraag om hulp gerechtvaardigd.

1 Belang van een positief zelfbeeld

In dit deel staat het zelfbeeld van het kind centraal en de noodzaak dat een leraar kennis heeft van en zich richt op dat zelfbeeld van een kind. Waarom is dat belangrijk? Een belangrijke doestelling van dit boek is het aanreiken van kennis en vaardigheden om het lesgeven en leren te optimaliseren door een goede omgang met het kind. Voor een goede omgang met het kind is een goede relatie tussen leraar en leerling van wezenlijk belang. Een goede relatie betekent ruimte voor leren en lesgeven. Immers, een leerling die ervaart dat hij met de leraar een positieve relatie heeft, zal eraan hechten die relatie niet op het spel te zetten. Hij zal dus proberen geen gedrag te vertonen waardoor de relatie onder druk komt te staan. Wanneer een kind echter problemen heeft, is dat moeilijk voor hem. Bij problemen is de kans groot dat hij aandachteisend gedrag vertoont. Aandachteisend gedrag vraagt tijd van een leraar. Het is dus van belang iets aan de problemen van een kind te doen. Binnen een goede relatie lukt dat veel eerder dan wanneer de relatie niet goed is. Zo draagt een goede relatie eraan bij dat er zo veel mogelijk tijd en ruimte is voor lesgeven en leren.
Een goede relatie ontstaat niet zomaar. Daarom werken we dit onderwerp in het eerste hoofdstuk verder uit. Een goede relatie heeft in ieder geval de volgende kenmerken: wederzijdse acceptatie, ondersteuning en betrokkenheid. Zo'n relatie ontstaat niet zo maar. Daarvoor is een bepaalde basishouding en actieve opstelling van de leraar nodig. Dat zorgt dat een leraar zo kan handelen dat een kind waardering en respect ervaart. Pas dan zal de leerling vertrouwen in de leraar (gaan) stellen en zijn best doen die houding te beantwoorden door positief gedrag.
Voor het opbouwen van een goede relatie is het noodzakelijk kennis te hebben van het zelfbeeld van een kind. Het gedrag van een kind wordt namelijk in sterke mate bepaald door de wijze waarop hij over zichzelf denkt, door zijn zelfbeeld. Is er wat met dat zelfbeeld aan de hand, dan werkt dat door in zijn

gedrag. En zoals hiervoor gezegd, wanneer een kind problemen heeft, gaat dat ten koste van leren en doceren. Kennis van en zich richten op het zelfbeeld van een kind betekent dat de leraar er rekening mee kan houden. En door met het zelfbeeld van een kind rekening te houden en zo nodig positief te beïnvloeden, kan hij de problemen aanpakken. Zowel leraar als leerling heeft baat bij zo min mogelijk problemen, zodat de ruimte voor doceren en leren het grootst is.

Kennis van het zelfbeeld van een kind is onontbeerlijk voor de interpersoonlijke en pedagogische competenties.
Deze kennis is dus een essentieel instrument bij het geven van goed onderwijs.

Anne en David

Het is maandagochtend kwart voor acht. Het is druilerig weer. Er zijn al twee kinderen op het schoolplein, hoewel de school pas om half negen begint. Zij wachten op juffrouw Vos, die altijd rond acht uur op school komt. Maria en Anne willen haar zeker niet mislopen. Als zij aan komt rijden, hollen ze alvast naar de auto toe. Juffrouw Vos zwaait vanachter het stuur terug. Terwijl zij uitstapt, zegt zij blij te zijn Maria en Anne te zien. Zij heeft twee zware tassen bij zich en vraagt de kinderen deze te dragen. Met elkaar oplopend vraagt zij hun hoe het weekend geweest is. Zij maakt zich vooral zorgen om Anne. Zij heeft er, na negen jaar enig kind te zijn geweest, een paar maanden geleden in de zomervakantie een broertje bij gekregen. Haar moeder kan de twee kinderen niet goed aan en heeft weinig aandacht voor Anne. Juffrouw Vos vraagt aan Anne of zij in het weekend nog wat gezelligs met haar moeder heeft gedaan. Als zij bevestigend knikt, kijkt juffrouw Vos tevreden en geeft haar een aai.
De goede relatie tussen Anne en juffrouw Vos is van recente datum. Aan het begin van het schooljaar waren er de nodige problemen. Zij weigerde vaak te werken, zat te dromen en was moeilijk toegankelijk. Juffrouw Vos zette haar steeds meer onder druk om haar aan het werk te krijgen. Zij gaf straf, hield haar in de pauzes binnen om haar het werk te laten afmaken, liet haar niet naar gymnastiek gaan en liet haar nablijven. Op een dag kwam Maria met een huilende Anne op school. Namens Anne vertelde Maria dat Anne het thuis moeilijk had; dat haar moeder alleen maar aandacht had voor het broertje en dat zij zich vaak erg verdrietig voelde, thuis en ook op school. Juffrouw Vos vond het jammer dat zij dit niet eerder wist. Zij vertelde dit aan Anne en Maria en sprak met hen af dat zij rekening zou houden met Anne als deze aangaf dat het thuis niet zo goed ging. Ook nam zij zich voor een gesprek te hebben met de moeder van Anne om meer informatie te krijgen. Daarna informeerde juffrouw Vos regelmatig hoe het thuis ging. Als Anne aangaf het moeilijk te hebben, hield zij rekening met de eisen die zij die dag stelde en ook met de manier waarop. Sindsdien waren er weinig incidenten meer.
Eenmaal binnen treft juffrouw Vos voorbereidingen voor de rekenles, waarmee ze die dag beginnen. De klassenassistente, Brenda, die in verschillende groepen helpt bij de reken- en taallessen, is inmiddels ook gearriveerd en helpt mee. Nadat de bel is gegaan en de groep al binnen is, blijkt David er niet te zijn. Brenda voelt enige opluchting. Zij vindt hem een vervelende jongen die volgens haar vaak de sfeer bederft. Zijn prestaties zijn erg matig. Hij weigert vaak te werken. En als hij werkt, is dat onder luid protest en ook heeft hij telkens met andere kinderen ruzie en woordenwisselingen. Niemand in de klas wil nog met hem spelen. Brenda kan dat best begrijpen. Thuis wordt David op handen gedragen. Hij is een groot voetbaltalent en zijn ouders stimuleren hem daar sterk in. Hij leeft voor het voetbal, gaat veel naar trainingen en selectiewedstrijden. Contacten met andere kinderen heeft hij eigenlijk alleen met jongens van groep 8, als hij met hen voetbalt. Zij tolereren hem omdat hij zo goed voetbalt, maar vaak eindigt ook hun spel in ruzie omdat David het hoogste woord heeft en het spel helemaal wil bepalen.
Een paar minuten later komt David toch nog de klas binnen. Hij ziet er zeer onverzorgd uit, en slentert op zijn gemak naar zijn plaats. Brenda voelt een een zekere teleurstelling. Zij reageert dan ook meteen al boos naar David en zegt dat hij zich wel rustig moet houden straks bij het rekengroepje, omdat zij hem anders wegstuurt. De blik van David naar Brenda voorspelt niet veel goeds voor die dag.

1 Zelfbeeld: een theoretisch kader

In dit hoofdstuk komt het belang aan de orde van een goede relatie tussen leraar en leerling (paragraaf1.1) en de kennis die een leraar in dit verband van het zelfbeeld van het kind moet hebben (paragraaf 1.2). In paragraaf 1.1 bespreken we wat een goede relatie is en waarom deze essentieel is voor goed onderwijs. In paragraaf 1.2 komt uitgebreid het begrip zelfbeeld aan de orde. In een relatie speelt communicatie een belangrijke rol. In paragraaf 1.3 komen de effecten van verbale en non-verbale communicatie aan de orde. In paragraaf 1.4 gaan we ten slotte kort in op de uitvoering in de praktijk van hetgeen in de andere paragrafen aan de orde is geweest.

■ ■ ■ 1.1 Een goede relatie

In de inleiding bij dit deel hebben we aangegeven dat voor goed lesgeven een goede relatie tussen leraar en leerling van essentieel belang is. Ook hebben we gesteld dat die goede relatie er niet zomaar is. Dat vraagt een nadere uitwerking. Alvorens de theoretische uitgangspunten met betrekking tot het zelfbeeld te behandelen, gaan we in deze paragraaf dan ook eerst in op wat in onze visie een goede relatie is en wat dit vraagt van de leraar.

We volgen de zienswijze van L. Stevens, zoals hij deze heeft verwoord in zijn opstel *Overdenken en doen* (1997). Veel aandacht is er altijd geweest en is er nog steeds voor de praktische uitvoering van het onderwijs in de vorm van methodeontwikkeling, de ontwikkeling van allerlei hulpmaterialen en voor de organisatie van het onderwijs. Maar, zo stelt hij, opvoeding en onderwijs zijn geen bezigheden die je over kunt laten aan methoden, programma's en materialen die je met goede tips tot stand kunt brengen. Ons aansluitend bij deze zienswijze stellen wij dan ook dat *een goede relatie tussen leraar en leerling essentieel is voor goed onderwijs*.

Goede relatie leraar-leerling essentieel voor goed onderwijs

Als we stellen dat 'een goede relatie' een essentiële voorwaarde is voor goed onderwijs, moeten we wel weten wat we daaronder verstaan. Als we aan tien mensen vragen wat zij onder 'een goede relatie' verstaan, dan zullen zij tien verschillende antwoorden geven. Wat zijn de *bouwstenen van een relatie* tussen leraar en leerling die ervoor zorgen dat er optimaal lesgegeven en geleerd kan worden? Onder meer de al eerder aangehaalde L. Stevens heeft hierover een helder betoog gehouden in zijn opstel *Overdenken en doen* (Stevens, 1997). Volgens Stevens is het de opdracht van de school kinderen te laten ervaren dat zij op school zichzelf kunnen zijn en dat de school hun uitzicht biedt op ontwikkeling. Met deze erkenning van eigenheid en het bieden van een ontwikkelingsperspectief geeft de school blijk van vertrouwen in de ontwikkeling van haar leerlingen. Dit is wat kinderen vooral waarnemen: geloven ze in mij of niet, geloven ze dat ik het wil en dat ik wat ik kan, ook zal laten zien (JSW, 1997).

Bouwstenen relatie

Wij sluiten ons bij deze gedachtegang aan. Een goede relatie, zo menen wij, kent ten minste de volgende drie elementen:

1 acceptatie;
2 ondersteuning;
3 betrokkenheid.

Alleen met deze elementen kan een goede relatie tussen leraar en leerling ontstaan en blijven bestaan.

Tussenvraag 1.1
Waarom is een goede relatie tussen leraar en leerling belangrijk?

---

1 Acceptatie

In de inleiding van deze paragraaf hebben we al aangegeven dat een kind zich op school zo veilig moet kunnen voelen dat hij daar zichzelf kan zijn met uitzicht op ontwikkeling naar eigen maat. Met deze *erkenning van eigenheid* is er acceptatie van de leerling zoals hij is.

Erkenning eigenheid

Uitzicht op ontwikkeling

2 Ondersteuning

In de tweede plaats is het van belang dat de school *uitzicht* biedt *op ontwikkeling*. Zich ontwikkelen en leren doet een kind niet alleen. Het doet dit in relatie met anderen: zijn ouders, zijn leraren. In deze relatie ervaart het kind het ontstaan en de bevestiging van vertrouwen in anderen, of ze beschikbaar zijn om je te ondersteunen, of niet. Ondersteuning speelt een belangrijke rol, zodat het kind vertrouwen kan voelen in wat het kan en wil ondernemen.

3 Betrokkenheid

Aangaan relatie

Acceptatie en ondersteuning kunnen niet zonder betrokkenheid van de leraar bij het kind. Dit houdt in het willen en kunnen *aangaan van een relatie* met het kind.

Psychologische behoeften

Een relatie die zich aldus kenmerkt, is in overeenstemming met de *psychologische behoeften* van mensen: de behoefte aan onafhankelijkheid of autonomie, de behoefte aan competentie en de behoefte aan relaties. Deze behoeften creëren met elkaar de intrinsieke motivatie om je te ontwikkelen als mens. Worden deze niet of onvoldoende ingevuld, dan wordt de basis voor goed onderwijs verkleind.

Na een wat moeizaam begin heeft juffrouw Vos, zoals we in de openingscasus lazen, gezorgd voor een relatie tussen haar en Anne, waarin zij laat merken Anne te accepteren zoals zij is, dat wil zeggen met haar moeilijkheden thuis. Zij toont betrokkenheid bij deze situatie en ondersteunt Anne zo goed mogelijk met haar moeilijkheden om te gaan. Daarmee is ruimte ontstaan voor lesgeven en leren, voor goed onderwijs.
De relatie tussen David en Brenda daarentegen voldoet aan geen van de hiervoor genoemde kenmerken. Als er in die situatie niet iets verandert, is de kans erg klein dat de prestaties van David vooruit zullen gaan.

Tussenvraag 1.2
Hoe kan een leraar zorgen voor een goede relatie tussen hem en zijn leerlingen?

Werken aan een goede relatie

Een goede relatie is er niet zo maar.

In de openingscasus zagen we dat juffrouw Vos en Brenda allebei aanvankelijk een slechte relatie hadden met respectievelijk Anne en David. Juffrouw Vos heeft geprobeerd om alleen door het uitoefenen van druk Anne tot betere prestaties aan te zetten (iets wat overigens niet lukte). Zij heeft zich vervolgens meer verdiept in Anne en haar achtergrond. Doordat zij toen met elkaar in gesprek raakten, kon hun relatie verbeteren en ontstond er een basis voor een andere, meer effectieve aanpak. Brenda daarentegen, komt niet los van haar negatieve gevoelens voor David. Het gevolg is een steeds grotere kloof tussen hen: een David die niet presteert en bij Brenda toenemende weerstand om hem in haar lessen te hebben; een onvruchtbare situatie.

Actief werken

Aan een goede relatie moet een leraar dus *actief werken*. Daarvoor moet hij weten hoe een kind in elkaar zit. Een belangrijk aspect van kennis over een kind is inzicht te hebben hoe een kind over zichzelf denkt, tegen zichzelf aankijkt: zijn zelfbeeld. Hoe een kind over zichzelf denkt, bepaalt namelijk in sterke mate zijn manier van reageren en zijn gedrag.

Zelfbeeld positief beïnvloeden

Met die kennis kan een leraar zich in zijn handelen richten op en rekening houden met dat *zelfbeeld* van een kind. Zo kan hij tegelijkertijd bouwen aan een goede relatie en zo nodig het zelfbeeld van een kind *positief beïnvloeden*.
Kijk eens naar het volgende voorbeeld.

■ Voorbeeld 1.1

Eduard is een jongen die erg snel uit zijn evenwicht raakt. Met andere woorden, hij heeft op emotioneel vlak een negatief zelfbeeld. Hij steekt te pas en te onpas zijn vinger op. Dit gedrag begint de leraar steeds meer te irriteren. Johanna is een meisje dat niet van haar stuk te krijgen is. Met andere woorden, zij heeft een stevig zelfbeeld. Zij vertoont hetzelfde gedrag als Eduard. De leraar besluit het gedrag van beide kinderen aan te pakken door het te negeren. Na een paar dagen steekt Johanna alleen nog maar haar vinger op als er echt iets is. Eduard echter heeft steeds vaker huilbuien en komt steeds vaker bij de tafel van de leraar staan.

We gaan ervan uit dat er een goede relatie bestaat tussen Eduard en de leraar. Toch heeft diens handelwijze niet het gewenste effect. Integendeel, in plaats van vermindering van het ongewenste gedrag, gaat hij ook ander probleemgedrag vertonen. Dat komt doordat de leraar geen rekening heeft gehouden met het zelfbeeld van Eduard. De leraar bereikt dus niet het gewenste resultaat en de kans is zelfs groot dat de maatregel zowel het zelfbeeld van Eduard als de relatie met de leraar negatief beïnvloedt.
Met dit voorbeeld willen we laten zien dat wanneer een leraar onvoldoende zicht heeft op, of rekening houdt met het zelfbeeld van het kind, hierdoor:

a de relatie tussen beiden er niet beter op wordt;
b de kans groot is dat het kind minder positief over zichzelf gaat denken (zwakker zelfbeeld);
c de gekozen handelwijze om niet-acceptabel gedrag te veranderen niet het gewenste resultaat heeft.

Tussenvraag 1.3

Wat is het verband tussen kennis van het zelfbeeld van een kind en goed onderwijs?

Het is dus belangrijk het begrip zelfbeeld verder uit te werken.

1.2 Het zelfbeeld: een begripsbepaling

- 'De 20e eeuw is het tijdperk van de individualisering' (een citaat in een krant).
- 'Ik geloof in de zelfontplooiing van het individu' (zwemmer Pieter van den Hoogenband in een interview).
- 'De V.S. gaan uit van individuen' (Fukuyama, hoogleraar internationale politieke economie).
- '...bij haar is het individu de maat der dingen' (artikel in *NRC Handelsblad*).

1.2.1 Het zelfbeeld in historische perspectief

In onze westerse samenleving is het heel gewoon te spreken over jezelf als individu, over zelfontplooiing, persoonlijke groei, zelfbewustzijn, het welbevinden van het individu, het zelfbeeld enzovoort. Dit hangt samen met de plaats van en aandacht voor het individu in onze samenleving. Vooral in de tweede helft van de 20e eeuw is er toenemende aandacht voor zaken als zelfgevoel, het individu, persoonlijke groei/welbevinden, het zelfbeeld. Een belangrijk kenmerk van de periode eind 1900 tot nu is – althans in onze westerse samenleving – de steeds grotere plaats van de mens als individu. Meer en meer is de mens als individu centraal komen te staan: *een toenemende individualisering.*

Individualisering

De sterk toegenomen aandacht voor de mens als individu is een betrekkelijk recente ontwikkeling, die vooral in de 20e eeuw in een versneld tempo gestalte heeft gekregen.
Als we in grote stappen door de geschiedenis van de westerse samenleving gaan, kun je grofweg zeggen dat de mens tot aan de renaissance dienstbaar was aan God en de gemeenschap. Niet het individu, maar de sociale structuur, het verband waarin de mens leefde – de familie, de buurt, het werkverband – denk aan de gilden), de klasse waartoe hij behoorde enzovoort – was bepalend.
In de stroom van middeleeuwen naar wat we in het huidige geschiedenisonderwijs de Nieuwe Tijd noemen (beginnend rond 1500, ook wel als renaissance aangeduid) komt daar langzaam verandering in. De 'goddelijke' wereldorde van de middeleeuwen maakt geleidelijk plaats voor een wereldbeeld waarin de mens centraal staat. Dat brengt met zich mee dat de mens als het ware meer naar zijn eigen innerlijke contouren kijkt en er meer en meer aandacht komt voor de mens als individu. Gekoppeld aan deze ontwikkeling is dat men zich gaat bezighouden met een uitwerking van begrippen als *individu, het zelf, persoonlijkheid*. Baanbrekend werk op dit gebied hebben onder meer Freud en Jung verricht. De ontwikkeling van *aandacht voor het individu en zijn ontplooiing* beperkt zich niet tot de psychologie en aanverwante terreinen, maar zien we ook terug in het onderwijs. In de vorige eeuw zijn naast de gebruikelijke vorm van klassikaal onderwijs vele andere vormen ontstaan waarin het kind centraal staat. Denk bijvoorbeeld aan Montessori-onderwijs, Jenaplan, Daltononderwijs enzovoort. Gelet op deze ontwikkeling behoeft de groeiende aandacht voor het zelfbeeld van een kind geen verbazing.

Individu, het zelf, persoonlijkheid

Aandacht voor individu en zijn ontplooiing

Enige nuancering is hierbij overigens op zijn plaats. De Nederlandse samenleving kent een grote diversiteit aan gezinsvormen, opvattingen over opvoeding en culturele achtergronden. Het belang dat men hecht aan het zelfbeeld van een mens is daarvan mede afhankelijk.

Tussenvraag 1.4
Sinds wanneer is het zelfbeeld in de westerse samenleving een belangrijk begrip?

1.2.2 Het zelfbeeld en verwante begrippen

We beginnen met zomaar een greep van stellingen en uitspraken in kranten en tijdschriften:

- 'Mijn zelfbeeld was dat van een mier' (Schrijver Adriaan van Dis in een interview).
- 'Mijn zelfbeeld kromp en kromp' (een persoon beschrijft in een interview een periode van diverse mislukkingen).
- 'We laten ons werk bepalen wie we zijn…' (deel van een krantenartikel).
- 'Over het geheel genomen hebben mannen een positiever zelfbeeld dan vrouwen' (artikel tijdschrift *Opzij*).

Het gemeenschappelijke in deze uitspraken is dat zij gaan over het beeld dat een persoon van zichzelf heeft. In het dagelijks leven, in de psychologie, pedagogie, in allerlei artikelen variërend van wetenschappelijk, filosofisch tot populair zien we een veelvuldig gebruik van het begrip zelfbeeld.
Vaak echter is niet duidelijk wat men precies verstaat onder zelfbeeld. Het lijkt voor de hand liggend: zelfbeeld is wat het woord zegt: het beeld dat iemand van zichzelf heeft. Maar als we verschillende beschouwingen goed bestuderen, blijkt het niet altijd zo eenvoudig te liggen en is er *geen overeenstemming over wat het begrip zelfbeeld* inhoudt. Soms gaat het inderdaad over het beeld dat iemand van zichzelf heeft. Maar ook blijkt uit de tekst dat men het heeft over iemands persoonlijkheid of identiteit.

Geen overeenstemming over begrip zelfbeeld

Wij sluiten ons aan bij de algemeen aanvaarde opvatting dat de begrippen *identiteit, persoonlijkheid en zelfbeeld* alles met elkaar te maken hebben, maar *niet hetzelfde* zijn (Berk, 2003). Een nadere begripsbepaling is dan ook nodig. Je moet daarbij wel bedenken dat het om complexe begrippen gaat, waarover vele opvattingen en theorieën bestaan. De uitwerking van deze begrippen in dit boek heeft vooral als doel bij te dragen aan een goede en effectieve omgang met het kind.

Identiteit, persoonlijkheid en zelfbeeld niet hetzelfde

Identiteit

Identiteit is in de psychologie, pedagogie en psychiatrie een belangrijk begrip. Een gevoel/besef van identiteit is van groot belang voor iemands functioneren. Een goed, samenhangend identiteitsgevoel vormt een goede basis voor alle keuzes en beslissingen waarmee een volwassene te maken krijgt (Berk, 2003). Iedereen voelt zich wel eens onzeker over zichzelf, wie hij is, hoe anderen je zien, wat je wilt in het leven. Iemand met een zwak of weinig ontwikkeld identiteitsgevoel ondervindt vaak problemen in zijn functioneren.
Er zijn twee belangrijke karakteristieken als we het hebben over identiteit:

Continuïteit en contrast

- *continuïteit*, dat wil zeggen dat je er op kunt rekenen dat je morgen dezelfde persoon bent als vandaag. Weliswaar verandert een persoon in zijn leven, maar deze veranderingen gaan zo geleidelijk dat je je toch 'dezelfde persoon'blijft voelen.
- *contrast* (tegenstelling), dat wil zeggen identiteit is iets unieks; hierdoor onderscheid je je van anderen (Larsen, 2002).

Erikson

Aan de uitwerking van het begrip is vooral de naam van E.H. Erikson verbonden. In zijn boek *Het kind en de samenleving* werkt hij het begrip uit. Schrijvend over oorlogservaringen van mensen zegt hij: 'Wat mij het sterkst opviel bij deze mensen was het verlies van identiteitsbesef'. Op basis van deze waarneming definieert Erikson op dat moment identiteitsbesef als '*het vermogen om zichzelf te ervaren als een eenheid en een continuïteit, en om dienovereenkomstig te handelen*'. Dit gaat dus over een innerlijke beleving, om een *besef* van identiteit, *een gevoel van eigenheid*, een *besef iemand te zijn*.

Besef iemand te zijn, gevoel van eigenheid

Een kind beschikt volgens Erikson niet 'zomaar' over een gevoel van identiteit. Dit ontwikkelt zich geleidelijk aan in de ontwikkeling naar volwassene. Hij onderscheidt daarbij een aantal fasen, waarin telkens een aspect van de totale sociaal-emotionele ontwikkeling van het individu centraal staat. De mate waarin deze fasen al dan niet positief doorlopen worden, is bepalend voor het identiteitsbesef als volwassene. In elke fase kunnen problemen optreden. Het is van belang dat de opvoeders deze problemen signaleren en er een oplossing voor vinden om blijvende schade te voorkomen.
Samenvattend: de kern van het begrip identiteit is een gevoel van eigenheid, het gevoel iemand te zijn, een zelfgevoel.

Persoonlijkheid

De term persoonlijkheid komt van het Latijnse woord personalitas, oorspronkelijk aanduiding voor datgene waardoor iemand een persoon is. Al van oudsher heeft de mens behoefte te verklaren wat de mens tot 'een' mens, een persoon maakt. Persoonlijkheid is een begrip, een veronderstelling waarmee wij gedrag proberen te verklaren (Schreuder Peters & Boomkamp, 2004).

Verklaren gedrag

In het dagelijks leven leidt het gebruik van het begrip persoonlijkheid zelden tot problemen of misverstanden. Anders is dat waar het gaat om het wetenschappelijk gebruik van de term en de theorieën over het begrip. De studie naar de (ontwikkeling van) de persoonlijkheid is al eeuwen oud (Van Lieshout, 2000). Al in de Grieks-Romeinse tijd bestudeerde men dit onderwerp. In alle theorieën die sinds die tijd opgeld hebben gedaan, zien we veel overeenkomsten, maar ook grote verschillen.

Waar men het over eens is dat we ons in andere omstandigheden, in verschillende situaties, in verschillende gezelschappen verschillend gedragen. Maar daarmee kunnen we nog niet spreken van 'persoonlijkheid'.

Stabiliteit

In de eerste plaats moet iemand een bepaald type gedrag regelmatig vertonen (Schreuder Peters & Boomkamp, 2004). Dit noemen we *stabiliteit*.
Daarnaast moet in de gedragingen van iemand een soort gemiddelde, een constante aanwezig zijn. In verschillende situaties vertoont ie-

mand een bepaald type gedrag. In de opvattingen van de persoonlijkheidpsychologie is deze constante uniek voor ieder mens en onderscheiden mensen zich van elkaar door die constante. Dit noemen we *consistentie*.

Consistentie

De term persoonlijkheid is de meest gangbare term. Daarnaast kom je ook de termen karakter of temperament tegen. In dit boek gebruiken wij de term 'persoonlijkheid'.

Over het begrip persoonlijkheid binnen de psychologie bestaan zeer uiteenlopende opvattingen.
Sommige benaderingen gaan er vanuit dat de persoonlijkheid van iemand voornamelijk berust op aangeboren kenmerken. Andere opvattingen gaan er vanuit dat de persoonlijkheid zich vooral vormt onder invloed van ervaringen en leerprocessen. Onderzoek wijst uit dat de individuele verschillen in persoonlijkheid toe te schrijven zijn aan zowel *genetische als omgevingsinvloeden* (Van Lieshout, 2000). Anders gezegd, iemands persoonlijkheid wordt deels bepaald door aangeboren factoren, en ontstaat deels onder invloed van omgevingsfactoren.

Genetische en omgevingsinvloeden

De meest invloedrijke manier theorie van het moment is die van het *Vijf Factoren Model* (Goldberg, 1981), dat uitgaat van de woorden die mensen in het dagelijks leven gebruiken om elkaar te beschrijven. Een statistische analyse van het gebruik van deze termen leert dat mensen elkaar hierbij, zonder het zelf te weten, beoordelen op een vijftal dimensies:

Vijf Factoren Model

1 extraversie
2 vriendelijkheid
3 zorgvuldigheid
4 emotionele stabiliteit en
5 intellectuele autonomie.

Deze vijf dimensies worden aangeduid als de Vijf Factoren. Deze gedragsstijlen zijn breed en omvatten een groot aantal persoonlijkheidskenmerken (Schreuder Peters & Boomkamp, 2004).

Samenvattend kunnen we zeggen dat als we het hebben over het begrip persoonlijkheid, we het hebben over het speciale, eigene, authentieke en unieke van een bepaalde persoon. Het is als het ware de som van iemands hoedanigheden, eigenschappen en karaktertrekken die hem tot díe persoon maken; een verzameling van voor een persoon unieke kenmerken en eigenschappen, waardoor hij zich onderscheidt van anderen (Verhulst, 1990). Stabiliteit en consistentie zijn essentiële kenmerken.

Zelfbeeld

'Ken u zelve' is een bekend gezegde. Maar hoe goed ken je jezelf eigenlijk? Hoe zou je deze vragen beantwoorden? Ik ben 1.83, mannelijk en studeer op het moment? Of noem je bepaalde karakteristieken van jezelf: ik ben openhartig, ongeduldig en een optimist?
Hoe je ook antwoordt, het heeft te maken met hoe je tegen jezelf aankijkt.

Ontstaan zelfbeeld

In de loop van hun ontwikkeling gaan kinderen zichzelf zien en ervaren als 'een iemand', als een 'zelf'. Met die ontwikkeling ontstaat er ook een zelfbeeld: het beeld dat een kind heeft van zijn eigenschappen, talenten, houdingen die hem naar zijn idee maken tot wie hij is.
De reacties van de omgeving spelen een belangrijke rol bij het ontstaan van het zelfbeeld.
Stel dat op school anderen vaak dingen tegen je zeggen als:

> 'Wat is het lekker rustig bij jou in de klas'.
> 'Hoe houd jij dat moeilijke kind zo goed in de hand?'
> 'Fijn, dat ik op je kan rekenen' of
> 'Ik stel het erg op prijs datje me helpt',

dan is de kans groot dat dit een positieve invloed heeft op de wijze waarop je over jezelf denkt. Zou dit ook zo zijn als je regelmatig te horen krijgt:

> 'Wat ben je vaak in een rothumeur'.
> 'Jij vindt een kind ook gauw moeilijk'.
> 'Erg actief ben je niet na schooltijd'.
> 'We vinden dat je niet loyaal bent tegenover ons'.

Waarschijnlijk hebben deze opmerkingen een negatieve uitwerking. Je zult eerder aan jezelf gaan twijfelen.

Reacties omgeving

Je kunt je wel voorstellen dat de *reacties van de omgeving* (zie figuur 1.1) voor het zelfbeeld van een kind nog veel belangrijker zijn dan voor dat van een volwassene. Het kind is tenslotte nog volop bezig zich te ontwikkelen. In het begin van zijn leven bestaat voor een kind de omgeving vooral uit zijn ouders/verzorgers, maar al gauw komt de school hier bij. Omdat de omgeving zo belangrijk is voor een kind, gelooft het meestal wat mensen in deze omgeving zeggen, vooral als bepaalde opmerkingen herhaald worden. Hoe vaker een bepaalde opmerking herhaald wordt, des te meer het kind gaat geloven dat het waar is en des te sterker het beeld dat het kind van zichzelf heeft in een bepaalde richting beïnvloed wordt.

Figuur 1.1 **Reacties van de omgeving**

Tussenvraag 1.5
Welke rol speelt de omgeving in de ontwikkeling van het kind?

De moeite waard zijn

Het beeld dat iemand van zichzelf heeft, zijn zelfbeeld, is van grote invloed op zijn functioneren. Iemand die zichzelf de moeite waard vindt, zal zich anders voelen en gedragen dan iemand die zichzelf niet de moeite waard vindt. Dat geldt voor kinderen des te meer.
Een kind dat zichzelf niet de moeite waard vindt, kan zich gaan terugtrekken, heel stilletjes worden, kan zich ongelukkig voelen, kan gaan ageren tegen zijn omgeving enzovoort.
Pas als een kind zichzelf wel de moeite waard vindt, kan het zich daarnaar gedragen: hij durft verantwoording te nemen, vrij met anderen om te gaan, nieuwe dingen te proberen, eerlijk te zijn enzovoort (Van Londen e.a., 1979; Schreuder Peters & Boomkamp, 2004).

Zelfbeeld en welbevinden

Het *zelfbeeld* van een kind en zijn *welbevinden* gaan dus hand in hand. Dat welbevinden wordt gevoed door hoe hij in zijn gevoelswereld staat (emotioneel aspect), wat mensen van hem vinden (sociaal aspect), hoe er gereageerd wordt op zijn prestaties (cognitief aspect), hoe hij zich fysiek voelt (lichamelijk aspect). Dit zijn de vier aspecten, die wij onderscheiden met betrekking tot het zelfbeeld (zie figuur 1.2).

Figuur 1.2 **Het zelfbeeld**

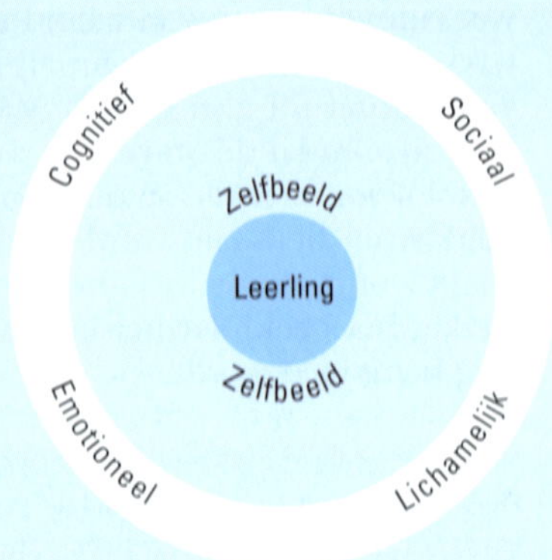

De figuur maakt duidelijk dat de aspecten in onderlinge samenhang gezien moeten worden. Zo zal een dik kind bijvoorbeeld, dat het dik-zijn als probleem ervaart, hiervan een negatieve invloed kunnen ondergaan die effect heeft op het emotioneel en/of sociaal functioneren.

Voorgaande leidt tot de volgende definitie:

Het zelfbeeld is wat iemand van zichzelf vindt op lichamelijk, emotioneel, sociaal en cognitief vlak.

Tussenvraag 1.6
Waarin onderscheiden de begrippen identiteit, persoonlijkheid en zelfbeeld zich van elkaar?

1.3 Verbaal en non-verbaal

Invloed leraar

We weten nu wat we verstaan onder een goede relatie, wat een zelfbeeld is, en het verband ertussen. We gaan nu na wat de *invloed* is van het gedrag en handelen *van een leraar* op het zelfbeeld van een kind. Een leraar kan geen verandering brengen in de relatie tussen hem en een kind als hij zich er niet van bewust is welk effect zijn houding en gedrag op dat kind hebben.

Naast de basishouding waaruit acceptatie, ondersteuning en betrokkenheid spreken, is wát een leraar zegt en de wijze waarop hij dat doet bepalend of een kind zich al dan niet de moeite waard gaat voelen: als je iets tegen een kind zegt, zeg je ook iets over hem. Daarbij moeten we erop letten *wát* we zeggen (*verbale communicatie*), maar ook *hoe*: de toon, waarop het gezegd wordt, de gezichtsuitdrukking, gebaren, kortom wat we noemen de lichaamstaal. Dit noemen we *non-verbale communicatie*.

Verbale en non-verbale communicatie

Als de lichaamstaal in overeenstemming is met de woorden die iemand spreekt, zullen wij de spreker eerder geloven. Als een leraar tegen een leerling zegt dat hij hem lief vindt, en hij kijkt daarbij wat koel en onverschillig, dan klopt er iets niet voor het gevoel van de leerling. Hij weet niet wat hij ervan moet denken, hij wordt onzeker, want hij weet niet of de leraar het wel echt meent.

Soms hoeven mensen niet eens iets te zeggen, maar kunnen we aan hun gezicht en gebaren al zien of merken dat we wel of niet de moeite waard voor ze zijn. Kinderen lijken hier vaak een extra zintuig voor te hebben.

Bij juffrouw Vos en Anne in de openingscasus is er een relatie die zich kenmerkt door het in zijn waarde laten en respect, een goede relatie dus en de leraar toont dit ook. De lerares reageert blij wanneer zij Anne ziet en vraagt belangstellend naar de thuissituatie. Zij kijkt op een gegeven moment tevreden en geeft een aai. Met dit gedrag toont zij betrokkenheid. Zowel verbaal als non-verbaal zendt de lerares dus signalen uit van acceptatie, betrokkenheid en ondersteuning.
In het geval van David ligt de situatie anders. Er is sprake van een negatieve relatie. En dat is goed merkbaar, zowel verbaal als non-verbaal. Brenda moppert, is kortaf tegen David en het is zeer waarschijnlijk dat David aan haar gezichtsuitdrukking kan aflezen dat zij hem vervelend vindt.

Tussenvraag 1.7
Beschrijf een situatie, waarin er zowel voor juffrouw Vos als voor Brenda sprake is van een verschil tussen verbale en non-verbale communicatie.

1.4 Praktijk

Uit de praktijk komt vaak de vraag of het ontwikkelen van een positief zelfbeeld wel mogelijk is als het zelfbeeld van een kind onder invloed van omstandigheden buiten school sterk negatief is (geworden). We moeten dan onder andere denken aan ongunstige gezinsomstandigheden, traumatische ervaringen van het kind of handicaps. Met andere woorden, de vraag is in hoeverre een leraar het kan opnemen tegen (sterk) negatieve invloeden van buitenaf.
De meningen hierover lopen uiteen. In de praktijk blijken kinderen vaak in staat een onderscheid te maken tussen de wereld op school en de wereld daarbuiten. Soms neemt het onderscheid dat zij daarin maken zelfs de vorm aan van een bewuste scheiding van beide werelden. Dit betekent dat het niet bij voorbaat uitgesloten is dat een leraar het zelfbeeld van het kind positief kan beïnvloeden. Zo kan het zijn dat het kind op school vooral de positieve kanten van zijn zelfbeeld ervaart en daarbuiten de meer negatieve kanten ervan (de omgekeerde situatie laten we in dit kader verder buiten beschouwing). In hoeverre de positieve invloed doorwerkt in de situatie buiten school en of die invloed blijvend is, valt niet te zeggen. Dat mag echter geen reden zijn om voorbij te gaan aan de directe waarde ervan in de klassensituatie.

Een ander onderwerp dat vaak aan de orde gesteld wordt is aandacht voor het individuele kind en zijn zelfbeeld in verhouding tot de aandacht voor de groep: het zelfbeeld in de sociale context. Bij de uitwerking van het begrip zelfbeeld hebben we ons beperkt op het kind als individu. Dit houdt echter niet in dat je het kind los kunt zien van zijn sociale omgeving.
Een mens is niet alleen een individu; hij maakt deel uit van een groter geheel: het gezin, de school, vriendengroep, later zijn werk. Het verdient dan ook aanbeveling bij het in kaart brengen van de problemen van of met een kind de groepssituatie te betrekken (Janssens, 1998).

Samenvatting

In dit hoofdstuk beschrijven we de basisgedachten voor dit boek: voor goed onderwijs is een goede relatie tussen leraar en leerling een noodzakelijke voorwaarde. Het opbouwen en handhaven van een goede relatie vraagt van de leraar een actieve houding. Ook moet je meer weten over het kind, met name over zijn zelfbeeld. Zonder die kennis kun je als leraar geen rekening houden met het zelfbeeld van een kind. En als je als leraar in je handelen geen rekening houdt met het zelfbeeld van een kind, is het moeilijk een relatie te ontwikkelen die voldoet aan de kenmerken van een goede relatie: acceptatie, ondersteuning en betrokkenheid.
Bij het opbouwen van een goede relatie speelt communicatie een belangrijke rol. Door wat een leraar zegt en hoe hij het zegt, respectievelijk de verbale en non-verbale communicatie genoemd, laat hij het kind weten of hij hem accepteert, ondersteunt en toont hij zijn betrokkenheid.
Het is heel goed mogelijk dat een kind door omstandigheden buiten school een negatief zelfbeeld heeft. In de praktijk kan dat leraren doen

aarzelen of het wel mogelijk is een zodanige invloed uit te oefenen op het kind dat het een positief zelfbeeld ontwikkelt. Wij zijn van mening dat dat zeker kan. Sterker, het is in die gevallen des te belangrijker dat het kind positieve ervaringen krijgt zodat het op grond daarvan een positief zelfbeeld kan ontwikkelen.

Kernbegrippenlijst

Acceptatie
Het aanvaarden van de ander als persoon met zíjn meningen en gevoelens.

Betrokkenheid
Het willen en kunnen aangaan van een relatie.

Consistentie
In al onze gedragingen is een soort gemiddelde, een constante aanwezig die we consistentie noemen.

Continuïteit
Dit betekent dat je er op kunt rekenen dat je morgen dezelfde persoon bent als vandaag. Weliswaar verandert een persoon in zijn leven, maar deze veranderingen gaan zo geleidelijk dat je je toch 'dezelfde persoon' blijft voelen.

Contrast
Tegenstelling, dat wil zeggen identiteit is iets unieks, onderscheidt je van anderen.

Goede relatie
Een goede relatie kenmerkt zich door acceptatie, ondersteuning en betrokkenheid.

Identiteit
Identiteit is een gevoel van eigenheid, het gevoel iemand te zijn, het hebben van een zelfgevoel.

Non-verbale communicatie
Iemand drukt niet alleen in woorden iets uit, maar ook in de manier waarop: de toon waarop het gezegd wordt, de uitdrukking op het gezicht en in zijn gebaren.

Ondersteuning
In de relatie met anderen ervaart het kind het ontstaan en de bevestiging van vertrouwen in anderen, of deze beschikbaar zijn om je te ondersteunen of niet.

Persoonlijkheid
Een verzameling van voor een persoon unieke kenmerken en eigenschappen, waardoor hij zich onderscheidt van anderen. Stabiliteit en consistentie zijn essentiële kenmerken.

Stabiliteit
Iemand vertoont een bepaald type gedrag regelmatig.

Verbale communicatie
Verbale communicatie is datgene wat iemand in woorden uitdrukt.

Zelfbeeld
Het zelfbeeld is wat iemand van zichzelf vindt op lichamelijk, cognitief, emotioneel en sociaal vlak.

Vragen

1.1 Beschrijf het zelfbeeld van Anne (openingscasus) aan de hand van de vier aspecten van figuur 1.2

1.2 Beschrijf de ontwikkeling van het zelfbeeld van David aan de hand van de vier aspecten van figuur 1.2

1.3 Johanna (groep 2) geeft voor de zoveelste keer een tekening aan haar leraar. Deze kijkt nauwelijks naar de tekening en zegt met vlakke stem: 'Mooi hoor'.
Welke verbale en welke non-verbale boodschap geeft de leraar Johanna? Geef aan wat deze situatie betekent voor het zelfbeeld van Johanna

1.4 Rachid heeft altijd veel fouten in zijn dictee. Op een dag krijgt hij zijn werk terug. Er zaten zoveel fouten in dat de leraar er maar geen cijfer onder heeft gezet. Wel heeft hij een stickertje bij het werk geplakt. Welke waarde zou deze sticker kunnen hebben voor het zelfbeeld van Rachid?

Zelfbeeld: concrete uitwerking

2

In het vorige hoofdstuk hebben we duidelijk gemaakt hoe belangrijk het is rekening te houden met het zelfbeeld van het kind. In dit hoofdstuk geven we een concrete uitwerking van het begrip zelfbeeld. Daarmee krijg je als leraar de middelen in handen om je in je handelen op adequate wijze te richten op het zelfbeeld van een kind. In paragraaf 2.1 beschrijven we het begrip zelfbeeld aan de hand van hoe een kind zich voelt. Het rekening houden met het zelfbeeld van een kind is des te belangrijker als dit kind niet goed in z'n vel zit. In paragraaf 2.2 bespreken we wat een negatief zelfbeeld en compensatiegedrag inhouden. In paragraaf 2.3 komt aan de orde hoe je in de praktijk van het onderwijs een negatief zelfbeeld en compensatiegedrag kunt herkennen. Kinderen kunnen ook een eenzijdig zelfbeeld hebben. In paragraaf 2.4 gaan we in op de kenmerken van dit zelfbeeld en het gedrag dat een kind met zo'n zelfbeeld vaak vertoont.

2.1 Ik ben de moeite waard

Positief zelfbeeld

In het vorige hoofdstuk hebben we besproken wat het belang is van een *positief zelfbeeld*. Om als leraar je handelen te kunnen richten op het positief beïnvloeden van dat zelfbeeld, is het nodig dit begrip concreet te maken. We gaan daarom het begrip positief zelfbeeld vertalen in concrete termen. Een positief zelfbeeld is als het ware een optelsom van goede en minder goede eigenschappen en vaardigheden, waarvan de uitkomst is: *'Ik ben de moeite waard'*. Bij het optellen weegt de ene eigenschap of vaardigheid wat zwaarder dan de andere.

■ Voorbeeld 2.1

Marco komt uit een gezin waar sportieve prestaties erg belangrijk zijn. Marco zelf is echter een beetje een houten Klaas. De ouders, zelf bekende turners, vinden het verschrikkelijk dat hun zoon zo slecht is in sport. Zij laten hem dit op allerlei manieren weten en voelen. Op school vinden de leraren Marco een jongen die negatief over zichzelf denkt, hoewel hij goed kan leren en ook diverse vriendjes heeft.
Jasper, een vriendje van Marco, is net zo slecht in sport. Zijn ouders, allebei werkzaam in het onderwijs, vinden dat niet zo belangrijk. Zij laten Jasper op allerlei momenten merken dat zij vinden dat hij goed kan leren en dat hij leuke vrienden heeft. Op school ziet men Jasper als een jongen met een stevig en positief zelfbeeld, ook al is hij bij gymnastiek geen uitblinker.

In figuur 2.1 is weergegeven hoe verschillend het zelfbeeld van twee in aanleg weinig van elkaar verschillende kinderen zich kan ontwikkelen. We doen dat met 'plussen' en 'minnen' omdat we op deze manier aanschouwelijk kunnen maken hoe je veranderingen kunt bewerkstelligen.

Figuur 2.1 **Zelfbeeld van Marco en Jasper**

Zelfbeeld	Emotioneel	Sociaal	Cognitief	Lichamelijk	Totaal
Marco	+	+	+	**−**	−
Jasper	+	+	**+**	−	+

Bij Marco weegt de negatieve beoordeling van zijn sportprestaties erg zwaar, weergegeven door een grote min. Zo zwaar, dat het bepalend is voor zijn zelfbeeld. Jasper heeft positieve noch negatieve waardering voor zijn lichamelijk prestaties. Maar door de positieve waardering voor zijn andere aspecten heeft zich een positief zelfbeeld kunnen vormen.

Concretisering positief zelfbeeld

Het idee van het kind 'Ik ben de moeite waard' is dus een *concretisering* van het begrip *positief zelfbeeld*. Bij een overwegend negatief zelfbeeld zal het kind het idee hebben niet de moeite waard te zijn.

In het vorige hoofdstuk hebben we aangegeven dat we met betrekking tot het zelfbeeld vier aspecten onderscheiden (zie figuur 1.2). Het beeld 'Ik ben de moeite waard' bestaat dus ook uit vier aspecten:

1 een emotioneel aspect: 'Ik voel mij veilig, heb vertrouwen en voel zekerheid';
2 een sociaal aspect: 'Ik ben aardig en lief';
3 een cognitief aspect: 'Ik ben bekwaam';
4 een lichamelijk aspect: 'Ik ben mooi, sterk, atletisch'.

Zo kom je tot de volgende optelsom:
veilig, vertrouwen en zeker + aardig en lief + bekwaam + mooi, sterk, atletisch = ik ben de moeite waard.

Ad 1 Veilig, vertrouwen en zeker

Emotioneel aspect

Het *emotionele aspect* (zie figuur 2.2) van het zelfbeeld houdt vooral een gevoel in van veiligheid, vertrouwen en zekerheid.

Figuur 2.2 **Het zelfbeeld: emotioneel aspect**

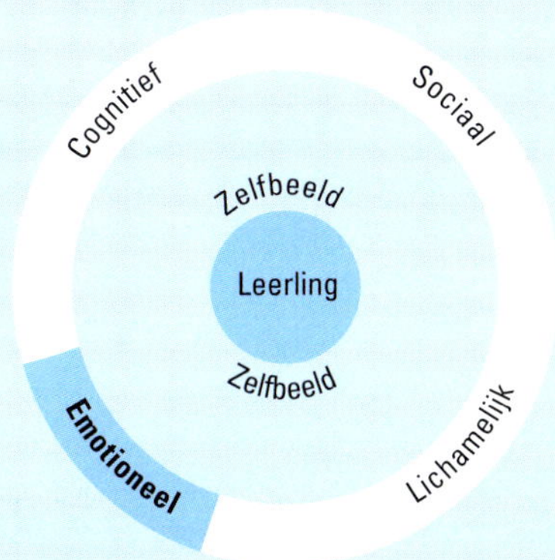

Al in een heel vroeg stadium van de ontwikkeling van een kind wordt bepaald of een kind zich veilig kan voelen. In dat stadium ontstaat de grondhouding van het kind die zich zal ontwikkelen tot een van vertrouwen of van wantrouwen (Oudshoorn, 1990). In een wat later stadium, in de peutertijd, gaat het erom of het kind zijn eigen gedachten, gevoelens en gedragingen mag en durft te ontplooien. De motivatiepsychologie gaat uit van drie psychologische basisbehoeften: de behoefte aan autonomie, relatie en competentie (Stevens, 1997). Deze behoeften creëren met elkaar de intrinsieke motivatie om je te ontwikkelen als mens. Bij deze component gaat het vooral om het ontwikkelen van een gevoel van autonomie. Deze behoefte verwijst naar de mogelijkheid zich te ontwikkelen tot een zelfstandig wezen dat verantwoordelijk is voor zichzelf. Gaat dat om welke reden dan ook niet (goed), dan kunnen gevoelens van twijfel, onzekerheid en schaamte de overhand krijgen: onveiligheid. Het kind ziet dan geen kans voldoende autonomie te verwerven en blijft daardoor afhankelijker van zijn omgeving dan wenselijk is.

Ad 2 Aardig en lief

Sociaal aspect

De component 'aardig en lief' betreft vooral de *sociale aspecten* van het zelfbeeld (zie figuur 2.3). Dit komt overeen met wat de motivatiepsychologie de basale behoefte aan relatie noemt. Deze behoefte verwijst naar een zich veilig weten bij en het ontwikkelen van vertrouwen in de ander.

Is de sociale grondhouding positief, dan zal een kind veel eerder de durf hebben relaties aan te gaan en kan dan tegen een stootje als deze niet altijd positief verlopen. In die gevallen waarin een positieve grondhouding zich niet voldoende heeft kunnen ontwikkelen, is de kans groter dat een kind naarmate het ouder wordt, geen relaties durft aan te gaan en zich isoleert. Een kind dat zichzelf aardig en lief vindt, zal minder gauw problemen ondervinden in zijn sociaal – en overigens ook in zijn emotioneel – functioneren dan een kind dat zichzelf niet aardig en lief vindt.

Figuur 2.3 **Het zelfbeeld: sociaal aspect**

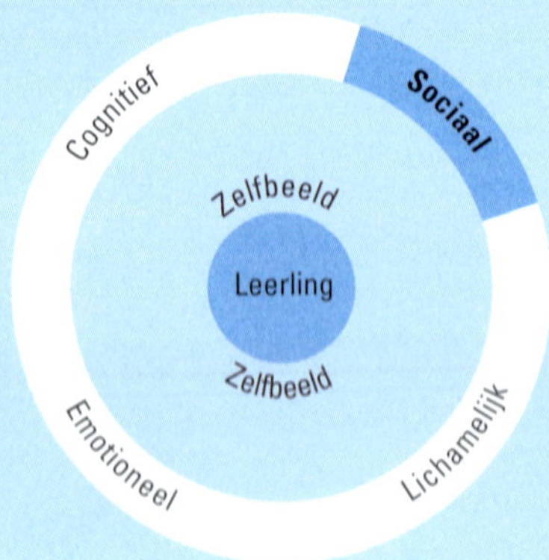

Een kind leert wie en hoe hij is door wat anderen tegen hem zeggen of hem laten blijken. Het is dus belangrijk dat je als leraar het kind helpt om zichzelf aardig en lief te vinden. Je doet dat door van een aantal dingen die het kind zegt of doet steeds weer te laten blijken dat jij dat aardig en lief vindt. Daarbij dien je vooral je aandacht te richten op de lieve en aardige dingen die het kind zegt en doet. Zeg er wat van en denk aan het gezicht dat je erbij trekt (non-verbale communicatie; par. 1.3). Ook is het van belang vooral het accent op die dingen te leggen waarvan je werkelijk vindt dat ze goed zijn. Als je aardige dingen wilt zeggen, maar je bent het er eigenlijk niet mee eens, dan voelt het kind dat waarschijnlijk toch wel aan. En als je denkt dat het kind weinig goede dingen doet, moet je eens goed op hem gaan letten: er bestaan maar weinig kinderen die niets goed doen (Van Londen e.a., 1979).

Ad 3 Bekwaam

Cognitief aspect

De component 'bekwaam' heeft vooral te maken met de *cognitieve aspecten* van het zelfbeeld (zie figuur 2.4). In de motivatiepsychologie heet dit de basisbehoefte aan competentie. Deze behoefte zien we terug in het streven naar vertrouwen in eigen kunnen, bijvoorbeeld door het

opdoen van succeservaringen. Hierdoor ontstaat een gevoel van bekwaamheid.
Empirisch is gebleken dat mensen die denken dat ze bekwaam zijn, méér tevreden zijn met zichzelf, beter problemen kunnen oplossen, eerder nieuwe dingen proberen, graag willen leren, beter hun situatie kunnen veranderen en beter opgewassen zijn tegen problemen. Ze hebben betere resultaten op school en nemen verantwoordelijkheid voor wat ze doen (Van Londen e.a., 1979).

Figuur 2.4 **Het zelfbeeld: cognitief aspect**

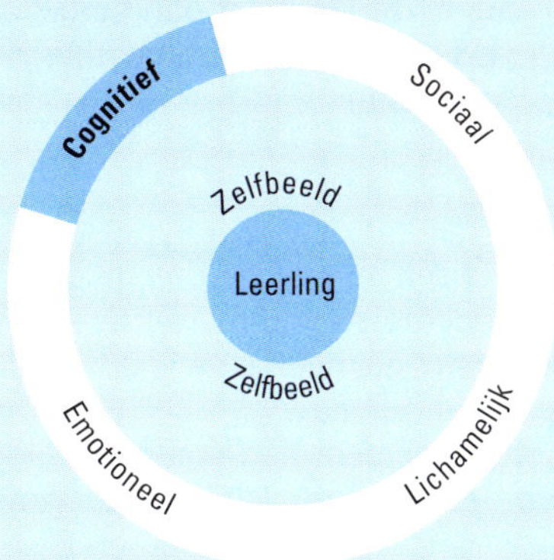

Kinderen ontlenen een gevoel van bekwaamheid aan wat ze (goed) doen: lezen, spreken, spelen, opdrachten uitvoeren enzovoort. Ze zijn voortdurend bezig met ontdekken en met proberen zelf dingen te doen.
Als een kind met een zwakke motoriek voor het eerst netjes schrijft, kan het best zijn dat het meer spellingfouten maakt dan anders. Wat je in zo'n geval het beste kunt doen, is vooral letten op wat wél goed gaat en het kind daarvoor prijzen. Het kind zal zich op die manier bekwamer gaan voelen dan wanneer je vooral op de fouten let.

■ Voorbeeld 2.2

Kim is een meisje dat zelden of nooit iets netjes doet. Ze komt naar je toe en wil het bord schoonmaken.
Wat ga je zeggen: 'Graag, fijn dat je me wilt helpen. Gebruik je wel de spons?' of 'Nee, dank je wel, want het moet echt netjes, ik doe het zelf wel.'

Fareed heeft een zwakke fijne motoriek. Je bent al enige tijd bezig geweest om hem netjes te leren schrijven. Vandaag heeft hij voor het eerst een halve bladzij netjes geschreven, zonder hulp, maar er zitten veel meer spellingfouten in dan anders.
Wat zeg je als leraar: 'Oh, wat heb je mooi geschreven, en helemaal alleen, fijn zo' of 'Het is wel netjes geschreven, maar er zitten nogal veel fouten in; schrijf die maar even net zo mooi over als de rest'.

Gevoel iets te kunnen

In deze voorbeelden geeft de leraar in het eerste antwoord het kind het gevoel dat het iets kan, terwijl hij in het tweede antwoord eerder een gevoel van niet-kunnen op het kind overdraagt.
Hoe meer dingen het kind zelf gaat doen, des te bekwamer kan het zich voelen en ook worden. Door de omgeving van het kind handelbaar, bereikbaar te maken, vergroot je de kans dat het kind zich bekwaam gaat voelen. Als je een kind leert zwemmen, laat je het niet in het diepe beginnen.
In het onderwijs is het belangrijk het kind het *gevoel te geven dat het wat kan*. Een van de manieren om dat te doen is het belonen en stimuleren van pogingen om dingen zelf te doen (De Hart e.a., 2004; Van Londen e.a., 1979). Als een kind iets zelf probeert te doen, of het zegt 'zelf doen', moedig dat dan gerust aan. Wees er wel op bedacht dat het nog veel moet leren, dus dat alles nog niet zo goed gaat als je misschien wel zou willen.

Tussenvraag 2.1

Dorien (4 jaar) heeft zichzelf aangekleed na de gymnastiekles. Ze heeft alles aan, alleen haar trui zit achterstevoren. Met welk van de volgende antwoorden geeft de leraar haar het gevoel dat ze wat kan?

a 'Je hebt je trui verkeerd om aan.'
b 'Ik wilde je net komen helpen, had maar even gewacht.'
c 'Fijn dat je al klaar bent, Dorien, zal ik je trui nog even goed doen?'

Ad 4 Mooi, sterk, atletisch

Lichamelijk aspect

De vierde component van het zelfbeeld is het *lichamelijke aspect* (zie figuur 2.5). In de ontwikkeling van het kind neemt dit een belangrijke plaats in. Lichamelijke afwijkingen, veel gezondheidsproblemen en onhandig zijn kunnen het gevoel van basiszekerheid van een kind aantasten. Zeker in de eerste jaren, maar ook later is een goed werkend lichaam een belangrijke voorwaarde om te kunnen ontdekken, experimenteren, kortom zich te kunnen ontwikkelen. Als een kind in dit opzicht beperkingen ondervindt en veel dingen niet of slechts met veel

Figuur 2.5 **Het zelfbeeld: lichamelijk aspect**

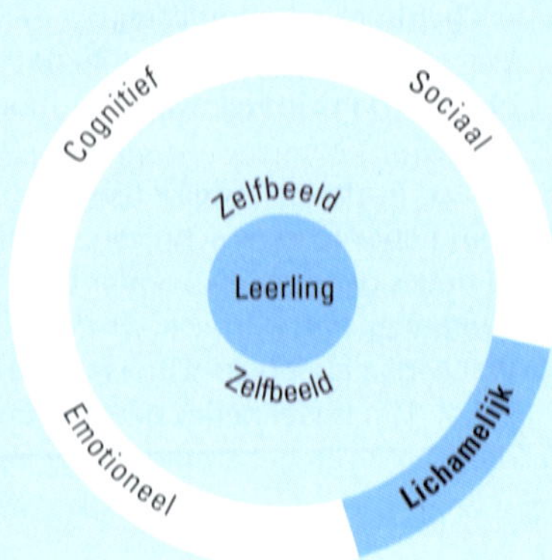

moeite kan, zal het moeite hebben zijn lichaam te vertrouwen. Eerder zal het zijn lichaam als een belemmering ervaren, als iets negatiefs dat hem niet in staat stelt dat te doen waar hij vanuit zijn groei behoefte aan heeft. Dit kan een – forse – belemmering zijn voor zijn ontwikkeling.

■ Voorbeeld 2.3

Tamara (groep 1) is een hartpatiëntje. Haar moeder let er erg op dat zij het altijd rustig aan doet. Zij mag nauwelijks buiten spelen en zeker geen wilde spelletjes doen. Tamara gedraagt zich in groep 1 timide, vindt alles eng en durft niets te ondernemen.

Bibi (groep 4) is een atletisch gebouwd meisje, dat goed is in sport. Bij gymnastiek op school oogst zij telkens weer bewondering. Alle kinderen vinden het leuk om bij haar in de ploeg gekozen te worden. Zij wordt altijd als eerste gekozen.

Haar lichamelijke problemen hebben Tamara onzeker gemaakt. Zij heeft weinig kunnen spelen en durft weinig. Haar vertrouwen in haar 'motorisch' kunnen is gering. Bibi daarentegen is goed in sport. Dit geeft haar een gevoel van (zelf)vertrouwen, wat een positief effect heeft op haar functioneren.

2.2 Negatief zelfbeeld en compensatiegedrag

Een kind met een positief zelfbeeld kan over het algemeen wel tegen een stootje. Ook een negatieve beleving van één of meer aspecten van het zelfbeeld hoeft niet altijd te leiden tot een negatief zelfbeeld. Dit is afhankelijk van onder meer de persoonlijkheidsstructuur van een kind en de wijze waarop de omgeving erop reageert. Het eerste valt buiten het bestek van dit boek; we verwijzen hiervoor naar de psychologische literatuur. Op het laatste gaan we in deze paragraaf verder in.
De invloed van het zelfbeeld van een kind op zijn functioneren is een veelomvattend onderwerp. De behandeling van dit onderwerp in deze en de volgende paragraaf is afgestemd op de doelstelling van dit boek, namelijk het aanreiken van competenties in de praktijk. In deze paragraaf geven we theoretische achtergrondinformatie, waarover een leraar dient te beschikken om adequaat te kunnen handelen met betrekking tot het zelfbeeld van het kind. In de volgende pararaaf geven we praktische aanwijzingen voor het herkennen van een negatief zelfbeeld en compensatiegedrag.

Negatief zelfbeeld

Er is sprake van *een negatief zelfbeeld* als een leerling één of meer aspecten van het zelfbeeld zodanig negatief ervaart dat het zijn totale zelfbeeld bepaalt. In concrete termen: hij ervaart een zodanige 'min' op één of meer van de aspecten van het zelfbeeld, dat hij zijn totale zelfbeeld als negatief ervaart (zie figuur 2.6).

Figuur 2.6 **Het zelfbeeld: (niet) de moeite waard zijn**

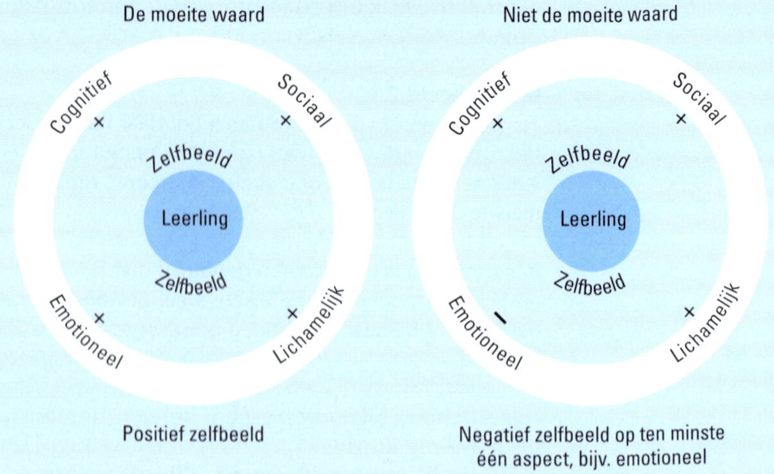

Bij een negatief zelfbeeld gaat het concreet gezegd dus om het ervaren van een sterke min op één of meer van de aspecten van het zelfbeeld. De ervaring van zo'n min is voor een kind onaangenaam. Het wordt steeds geconfronteerd met een aspect dat niet goed is. Het is een gebruikelijke reactie dat een kind pogingen zal ondernemen om het *negatief* ervaren *aspect om te buigen* naar positieve ervaringen: hij zal proberen een min om te zetten in een plus. Dat is voor een kind verreweg het plezierigst: alle vier aspecten van het zelfbeeld als een plus ervaren. Overigens zullen er kinderen zijn die dit gedrag niet vertonen. Dat kan wanneer er sprake is van bijvoorbeeld een in zijn (vroege) jeugd getraumatiseerd kind of pathologische problematiek. Dit valt buiten het bestek van dit boek.

Negatief aspect ombuigen

Tussenvraag 2.2
Wanneer is er sprake van een negatief zelfbeeld?

Het kind zal dus zijn handelen richten op het gaan ervaren van een plus op het aspect waar het tot nu toe een min ervaarde. Hij zal proberen zich zo te gaan gedragen dat het waarschijnlijk is dat hij van de omgeving positieve in plaats van negatieve reacties krijgt. Blijven deze reacties uit, dan heeft het kind geen perspectief dat zijn gedrag het beoogde effect heeft.

Perspectief op verandering

■ **Voorbeeld 2.4**
Maarten (groep 4) is een jongen met gedragsproblemen. De leraar wijst hem met grote regelmaat terecht. Veel kinderen uit zijn groep mijden hem. De afgelopen week deed hij zijn uiterste best lief te zijn en zich aardig te gedragen. De eerste twee dagen waren er geen incidenten. Al in de kleine pauze liet de leraar hem bij zich komen en vertelde hem hoe prettig hij het vond dat het goed ging. De derde dag was er echter weer een ernstig voorval.

De leraar kan Maarten nu weer uitfoeteren dat hij altijd zo vervelend is. Dan is de kans groot dat Maarten ervaart dat er voor hem geen perspectief is op verbetering. De leraar kan ook zeggen dat het jammer is dat het dit keer zo gegaan is, terwijl het de dagen daarvoor zo goed was gegaan. Daarmee is de kans op een gevoel dat verandering mogelijk is, veel groter.

Het belang van *perspectief op verandering* is in de openingscasus van dit deel duidelijk. Vanaf het moment dat juffrouw Vos zich realiseerde dat Anne problemen had op emotioneel gebied, ging zij hiermee rekening houden. Daarmee creëerde zij voor Anne de mogelijkheid, een perspectief, op verandering. En dat gebeurde ook inderdaad. Anne kon zo ervaringen opdoen waardoor zij zich weer veiliger en zekerder zou gaan voelen. Brenda biedt David deze mogelijkheid niet. Het is dan ook niet waarschijnlijk dat er iets verandert in het negatieve zelfbeeld van David. Dit gebrek aan perspectief kan zelfs een verergering van het probleemgedrag van David tot gevolg hebben.

Tussenvraag 2.3
Wat zal een leerling in eerste instantie doen, als hij een aspect van zijn zelfbeeld als negatief ervaart?

Compensatiegedrag

Normaal gesproken zal een kind een grote inspanning leveren om een positief zelfbeeld te krijgen. Wanneer zijn inspanningen geen resultaat opleveren, zal dit bij een kind gevoelens van moedeloosheid en mislukking teweegbrengen. Dit versterkt het negatief ervaren van een aspect van het zelfbeeld. Echter, de neiging negatieve gevoelens te vermijden is een sterke drijfveer. Daardoor zal het kind blijven zoeken naar manieren om toch een positief zelfbeeld te ervaren. Het gaat gedrag ontwikkelen waardoor het als het ware de negatief ervaren elementen compenseert: het gaat *compensatiegedrag* vertonen (Janssens, 1998).
Enig inzicht in dit gedragsmechanisme is onontbeerlijk, omdat dit compensatiegedrag een onderliggend probleem maskeert, namelijk het negatief ervaren van een aspect van het zelfbeeld. Zonder inzicht daarin kun je als leraar niet adequaat handelen. Daarom gaan we hierna in op *vormen van compensatiegedrag*.

Vormen van compensatiegedrag

Er zijn twee vormen van compensatiegedrag.
Een kind kan compensatiegedrag vertonen binnen het negatief ervaren aspect (zie figuur 2.7). Als hij bijvoorbeeld een zo sterke min ervaart op sociaal gebied dat hij er last van heeft, zal hij proberen om van die min een plus te maken door de aandacht te verleggen naar andere elementen binnen dat aspect. Een voorbeeld hiervan is – op een nadrukkelijke manier – aandacht vragen van andere kinderen in de klas.

Figuur 2.7 **Het zelfbeeld: compensatie binnen aspect**

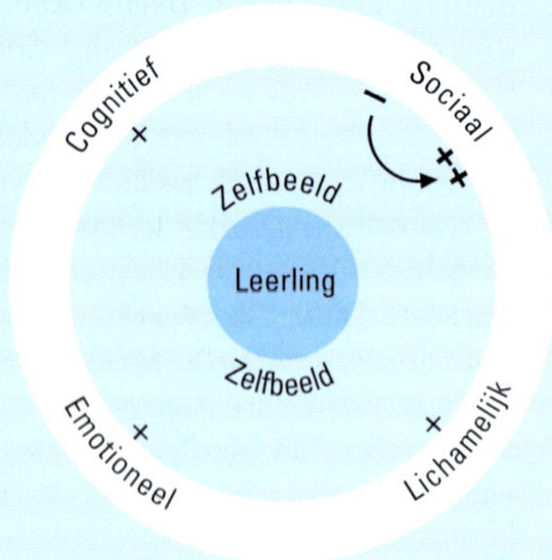

Als het niet lukt te compenseren binnen het als negatief ervaren aspect, zal de leerling proberen een van de andere aspecten te versterken, er als het ware een grotere plus van te maken (zie figuur 2.8). Je kunt daarbij denken aan niet meer buiten spelen en alle aandacht laten uitgaan naar huiswerk maken.

Figuur 2.8 **Het zelfbeeld: compensatie op ander aspect**

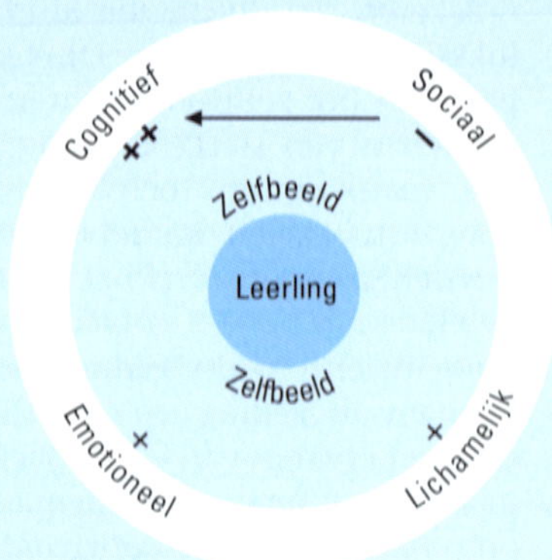

Tussenvraag 2.4
Wat is het verschil in gevoel van een kind bij compensatiegedrag binnen een aspect van het zelfbeeld en bij compensatiegedrag in een ander aspect van het zelfbeeld?

Dit compensatiegedrag, het opzoeken van die situaties waarin je positieve kanten tot hun recht komen en het vermijden van die situaties waarin negatieve aspecten worden aangesproken, is heel natuurlijk gedrag. Het gaat daarbij om het krijgen of houden van een goede balans tussen positief en negatief ervaren aspecten van het zelfbeeld. Compensatiegedrag dient er toe deze balans te houden. Niet altijd echter zal dit leiden tot het door het kind gewenste resultaat: het ervaren van een positief zelfbeeld. Allerlei oorzaken in de persoonlijkheidsstructuur of in de omgeving kunnen ervoor zorgen dat het een kind niet lukt een negatief aspect om te buigen naar een positief aspect. Een kind op school bevindt zich immers in een levenssituatie, waarin het slechts beperkte mogelijkheden heeft om bepaalde situaties te vermijden. Het moet naar gymnastiek, ook als het daarin slecht is; het moet rekenen; het zit in een bepaalde groep en heeft niet de mogelijkheid in een andere groep te zitten. Door het niet kunnen vermijden van situaties waarin het kind aspecten van het zelfbeeld als negatief ervaart, kunnen deze (steeds) zwaar(der) gaan wegen. Daardoor kan de balans van positief en negatief ervaren aspecten verstoord raken. Het *compensatiegedrag* kan dan zodanige vormen aannemen dat het gedrag van het kind *probleemgedrag wordt.*

Compensatiegedrag wordt probleemgedrag

■ Voorbeeld 2.5

Selma is niet lenig, maar wel mooi. Zij vestigt telkens weer, vooral in situaties waarin zij met haar tekort wordt geconfronteerd, de aandacht op uiterlijkheden.

Joost is niet goed in rekenen, maar wel in taal. Zijn inzet bij taal is beduidend groter dan bij rekenen.

Tijmen merkt dat veel kinderen niet graag met hem spelen. Hij zoekt de kinderen op die wel met hem willen spelen en doet erg zijn best in hun gezelschap aardig te zijn.

Problematisch compensatiegedrag

Problematisch compensatiegedrag betekent dat het kind steeds nadrukkelijker, door de omgeving vaak als overdreven ervaren, gedrag vertoont. Iedereen heeft wel eens een kind meegemaakt dat hij overdreven lief vond doen, of overdreven stoer, of erg opschepperig over zijn prestaties. Veelal zal de omgeving dit gedrag door het nadrukkelijke karakter als onecht ervaren en het daarom niet accepteren.
Het niet-doorgronden van dit mechanisme betekent dat je als leraar niet adequaat kunt reageren. Dat brengt het ontwikkelen en/of instandhouden van een goede relatie tussen leraar en leerling in gevaar.

■ ■ ■ 2.3 Herkennen negatief zelfbeeld en compensatiegedrag

Een negatief zelfbeeld en compensatiegedrag kunnen ertoe leiden, zoals we al eerder aangegeven hebben, dat leren en lesgeven in het gedrang komen. Het is dus noodzakelijk dat je als leraar weet hoe je moet omgaan met een kind met een negatief zelfbeeld en het daaruit voortvloeiende compensatiegedrag. Je wilt immers dat er een ontwikkeling plaatsvindt naar een positiever zelfbeeld. Je moet dus een *negatief zelfbeeld* en *compensatiegedrag* kunnen *herkennen.* Er zijn verschillende bronnen die informatie kunnen geven of een kind een negatief zelfbeeld heeft en of er sprake is van compensatiegedrag. Informatie van de ouders, informatie van clubs waarop het kind zit of informatie van de vorige leraar. Maar in de dagelijkse praktijk van het onderwijs is de eerste bron van informatie het kind zelf: wat het zegt en hoe het zich

Naar binnen gekeerd gedrag

Bij *naar binnen* gekeerd gedrag zal dit kind van alles doen om geen leerprestaties meer te hoeven leveren. Het let niet meer op, want het heeft het gevoel dat dat toch geen zin heeft. Vervolgens kan het voor zichzelf 'verklaren' dat zijn prestaties niet goed zijn, omdat het niet gehoord heeft waarover een les ging.

Op zijn omgeving gericht gedrag

Wanneer dit kind zich in *zijn gedrag op zijn omgeving richt*, zien we uitsloverig gedrag: regelmatig melden wat het weet, ook al is het iets onbelangrijks, al voor de instructie voorbij is roepen: 'Oh, dat is gemakkelijk! Dat kan ik best.' Bij navraag weet het kind dan vaak niet eens goed om welke opdracht het gaat.

Ad d Lichamelijk aspect

Niet mooi, sterk, atletisch

Op dit aspect zijn er nogal wat mogelijkheden voor een negatieve ervaring. 'Ik ben niet mooi, sterk, atletisch' betreft het uiterlijk (ik ben niet mooi), de gezondheid (ik heb een zwak lichaam, ben niet sterk), kracht (ik ben zo om te krijgen, een andere invulling van ik ben niet sterk), de motoriek (ik ben een stijve hark, ik ben niet atletisch).

Op de omgeving gericht gedrag

Bij op de *omgeving gericht gedrag* moeten we denken aan bijvoorbeeld het op sportgebied uitbuiten van zijn onhandigheid: de clown uithangen door zich expres te laten vallen. Een kind met een negatief beeld van zijn gezondheid vraagt extra aandacht voor wat het niet kan; kan zelfs doen alsof het dingen niet kan, waarvan de omgeving weet dat dit niet zo is. Bij een negatief beeld van het uiterlijk kan een kind zijn 'lelijkheid' gaan accentueren, bijvoorbeeld door extra slordige kleding of door ongewassen te zijn.

Naar binnen gericht gedrag

Bij het *naar binnen gerichte gedrag* ligt het anders. Bij een negatief zelfbeeld op het lichamelijke aspect zal het kind zich zo min mogelijk bewust willen zijn van zijn lichaam. Dat kan zich uiten in weinig opvallende kleding, maar ook in verwaarlozing van het lichaam, een slechte, ineengedoken lichaamshouding en dergelijke.

Ad e Alle aspecten negatief

In geen enkel opzicht de moeite waard

Er komen kinderen op school die op geen enkel aspect van hun zelfbeeld een positieve beleving hebben. Zij beleven een totaal negatief zelfbeeld, vinden zichzelf *in geen enkel opzicht de moeite waard* (zie figuur 2.9). Vaak kunnen zij heus wel iets, maar dat weegt niet op tegen de negatieve ervaringen. Ook zijn ze bijvoorbeeld niet in staat dingen die zij goed doen als positief te ervaren. Zij schrijven dan wat goed gaat toe aan (invloeden van) de omgeving en wat verkeerd gaat aan zichzelf. Voor oorzaken van een dergelijk beeld verwijzen we naar de psychologische literatuur.

Op zijn omgeving gericht gedrag

Als het kind zich in zijn gedrag vooral *op zijn omgeving richt*, zien we een kind dat zich opstandig en weerspannig gedraagt. Zijn houding laat zich omschrijven als 'Als ik dan toch geen plussen kan scoren, dan scoor ik in het negatieve'. Zij lijken zich met opzet nog negatiever te gaan gedragen. Zo ontstaat bij hen een gevoel in elk geval op enige manier de moeite waard te zijn, al is het dan in het negatieve. Leraren hebben hun handen vol aan deze kinderen. Het is moeilijk de neerwaartse spiraal van negatief gedrag te doorbreken. Ook stoot dit kind met zijn gedrag vaak zijn omgeving af.

Naar binnen gerichte reactie

Bij een *naar binnen gerichte reactie* zien we een kind dat zich afwendt van de omgeving. Het kind ervaart zijn situatie als zwaar, maar ziet geen kans iets met dit gevoel te doen. Het voelt zich als het ware lam-

Figuur 2.9 **Het zelfbeeld: in geen enkel opzicht de moeite waard**

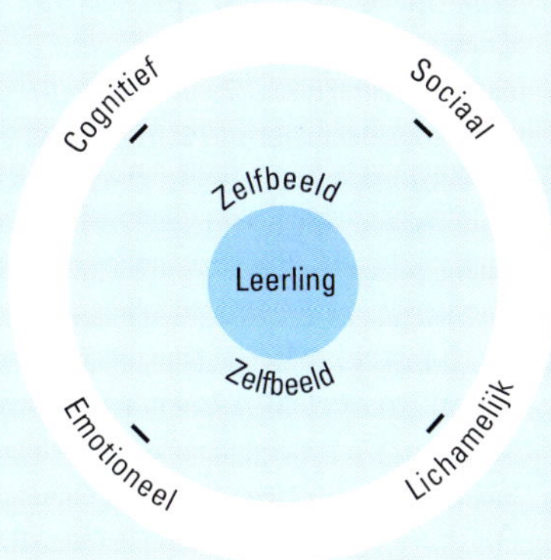

geslagen door een overheersend negatief zelfbeeld. In de klas keert het zich af van groepsgenoten en de leraar. Het is steeds moeilijker dit kind tot actie aan te zetten. Handelen betekent een nieuwe kans op mislukking en dus een negatieve ervaring. Daarom is passiviteit voor dit kind lonend. In het uiterste geval kan dit kind in een depressie terechtkomen.
Kinderen met een totaal negatief zelfbeeld zijn aangewezen op hulp van anderen. In veel gevallen is zelfs professionele hulp noodzakelijk, zowel thuis als in de schoolsituatie.

Tussenvraag 2.5
Op welke twee manieren kan een negatief zelfbeeld in het gedrag van een kind tot uiting komen?

2.3.2 Herkennen compensatiegedrag

Algemene kenmerken en meest kenmerkende gedragingen

Ook compensatiegedrag moet een leraar kunnen herkennen. We bespreken de *algemene kenmerken* en de *meest kenmerkende gedragingen* van een kind met compensatiegedrag voor

a het emotionele aspect;
b het sociale aspect;
c het cognitieve aspect;
d het lichamelijke aspect.

Ad a Emotioneel aspect

Veiligheid, vertrouwen, zekerheid

Een kind dat versterking nodig heeft van zijn gevoel op het emotionele aspect van zijn zelfbeeld zal proberen zijn emotionele basisbehoeften te vergroten: *veiligheid, vertrouwen en zekerheid*. Compensatiegedrag op dit aspect uit zich in gedrag waarvan het kind vermoedt dat de omgeving daar positief op zal reageren (vertouwen), weinig risico's lopen (zekerheid), een afhankelijke opstelling naar de leraar (veiligheid).

■ **Voorbeeld 2.6**

Tijmen (groep 8) heeft een 'min', een negatief zelfbeeld op het sociale aspect. Hij is er zeker van dat hij niet geliefd is bij andere kinderen. De leraar vindt het leuk om in de groep discussies uit te lokken en dan de meningen te peilen door te stemmen. Tijmen zorgt ervoor dat hij het altijd zeer duidelijk eens is met de meerderheid: hij probeert zich heel zeker voor te doen. Hij schat gauw de algemene mening van de klas in en verkondigt die dan opvallend en hinderlijk luid, bijvoorbeeld door de kinderen die een minderheidsstandpunt hebben voor schut te zetten.

Dit kind zal zich veel inspanningen getroosten om zich veilig te voelen en basiszekerheid te hebben, want dan heeft hij minder last van de 'min' op een of meer van de andere aspect(en).

Ad b Sociaal aspect

Aardig en lief

Als een kind door versterking van het sociale aspect zijn 'plus-gevoel' wil vergroten, zal het zijn inspanningen erop richten om *aardig en lief* gevonden te worden.

■ **Voorbeeld 2.7**

Richard (groep 5) heeft moeite met leren. Hij krijgt intensieve remedial teaching, maar de problemen verminderen nauwelijks. Zijn inzet bij het leren wordt steeds minder. Het valt de leraar op dat Richard de laatste tijd steeds hulpvaardiger wordt. Bij allerlei karweitjes in de klas staat hij vooraan om deze uit te voeren. Ook vindt de leraar dat Richard bijna overdreven lief doet tegen hem. Regelmatig zegt hij dat de leraar liever is dan de juf van vorig jaar en ook neemt hij kleine presentjes mee. De leraar verbaast zich er enigszins over, want in het begin van het jaar vertoonde Richard dit gedrag eigenlijk niet. Hij laat het er echter bij, omdat hij vindt dat Richard het al moeilijk genoeg heeft. Hij besluit te vragen of er nog wat meer remedial teaching gegeven kan worden.

De meeste leraren zullen het gedrag van Richard niet interpreteren als compensatiegedrag, voortvloeiend uit het niet kunnen leren. Er zullen zelfs leraren zijn die het gedrag negatief beoordelen: 'Wat kan die jongen slijmen!'. De relatie tussen leraar en leerling kan daardoor gemakkelijk onder druk komen te staan. De leraar zal door zijn irritatie geneigd zijn afwijzend op het kind te reageren: 'Ga nu eens wat anders doen' of 'Ga je werk toch eens afmaken'. De kans is groot – het gaat om compensatiegedrag – dat de leerling een dergelijke aansporing als afwijzing opvat, zeker als in de non-verbale boodschap irritatie te beluisteren valt. Hij zal denken dat hij niet aardig en lief is. Het effect is versterking van het negatieve zelfbeeld.
Sociaal compensatiegedrag kan ook bestaan uit het (overdreven) attent zijn voor klasgenoten. Denk aan een leerling die voortdurend voor zijn groepsgenoten klaarstaat, de spil probeert te zijn van de groep, het opneemt voor andere leerlingen. Dergelijk gedrag kan voor een leraar heel plezierig zijn als het binnen bepaalde grenzen blijft. Het kan echter ook tot escalaties leiden, omdat het kind in zijn drang tot een positieve ervaring op dit aspect, in staat is een hele groep tegen de leraar te mobiliseren. Om adequaat te kunnen reageren is het dan ook van belang dit gedrag op waarde te schatten.

Ad c Cognitief aspect

Bekwaam

We kennen allemaal wel een voorbeeld van een kind dat niet alleen een vlotte leerling is, maar zich daar ook steeds op laat voorstaan.

■ Voorbeeld 2.8

Jasper (groep 2) is met alles erg vlot. Hij zoekt het liefst werkjes die met rekenen en taal te maken hebben. Hij kan al een beetje lezen. Ook kent hij de tafels al een beetje. De contacten tussen hem en zijn klasgenoten verlopen stroef. Zelf zoekt hij contact door aan zijn klasgenootjes te vragen of zij ook de tafel van 5 kennen of dat hij zal voorlezen. De andere kinderen gaan hier niet op in en mijden hem zelfs steeds meer. Jasper probeert steeds vaker met de juf in gesprek te komen. Hij vraagt van alles over sterren en planeten en waar allerlei landen liggen. Meer en meer zoekt Jasper het contact met zijn leraar en niet meer met andere kinderen.

In dit voorbeeld beschikt Jasper wel over sociale vaardigheden. Volgens informatie van zijn moeder speelt hij buiten schooltijd met diverse kinderen uit de buurt. In de klas komt zijn begaafdheid echter veel meer tot uiting en daardoor ervaren de andere kinderen hem als 'anders' en gaan hem uit de weg. Hij past niet in de groep. Op het aspect 'aardig en lief' ervaart Jasper steeds sterker een min. Pogingen om toch door de andere kinderen aardig en lief gevonden te worden lopen op niets uit. Hij zoekt compensatie in zijn sterke kant, het cognitieve aspect. Door de leraar met allerlei vragen te benaderen, probeert hij extra waardering te oogsten voor zijn cognitieve prestaties. In de praktijk vindt een leraar dergelijk gedrag, zeker bij zo'n jong kind, aanvankelijk meestal wel leuk. Dit is een sein voor het kind om door te gaan met dit gedrag, het wellicht zelfs te versterken. Het ligt voor de hand dat een leraar zich na een tijdje gaat storen aan dit gedrag. Het kost hem veel tijd, hij ziet dat het kind zich op hem richt en niet op zijn leeftijdgenootjes. Hij kan het kind ook als betweterig en uitsloverig gaan ervaren. Let weer op het nadrukkelijke, onnatuurlijke van het gedrag. En weer is het zo, dat als de leraar het gedrag niet herkent als compensatiegedrag, de relatie tussen hem en de leerling onder druk komt te staan. Hij luistert minder en minder en kan op den duur het kind zelfs gaan afkappen als hij met vragen komt. Het gevolg is bevestiging van het 'niet aardig en lief' gevonden worden.

Ad d Lichamelijk aspect

Mooi, sterk, atletisch

Net als al aangegeven is bij compensatiegedrag op de andere aspecten, gaat het bij een kind dat zijn positieve gevoel op het lichamelijke aspect probeert te versterken om te nadrukkelijk gedrag.

■ Voorbeeld 2.9

Het is sportdag. Alle kinderen doen mee met de verschillende spelonderdelen. De leraar (groep 6) verbaast zich sterk over Sharon. Hij ziet een gedreven, fanatieke Sharon, die zich werkelijk het vuur uit haar sloffen loopt. Tijdens de gymles levert zij altijd al behoorlijke prestaties, maar vandaag zet zij werkelijk alles op alles. De leraar verzucht dat het prettig zou zijn als Sharon deze inzet in de klas ook eens zou vertonen. Het zou haar resultaten ten goede komen, denkt hij. Dit schooljaar komt er weinig goeds uit haar handen.

Ook in dit geval kan de leraar, als hij zich niet bewust is van het mechanisme van compensatiegedrag, het gedrag van Sharon verkeerd opvatten. 'Als je je met sport zo kunt inzetten, dan wil ik dat ook in de klas zien.' De leraar kan zelfs het niet-werken in de klas ervaren als een ondermijnen van zijn autoriteit. Dat brengt spanning en mogelijk een angst voor prestigeverlies in de verhouding tussen leraar en leerling. De leraar kan dan gymnastiek en sport als drukmiddel gaan gebruiken om de leerling aan het werk te krijgen. 'Als je werk niet af is, maak je het maar af terwijl wij naar gymnastiek zijn.' Wellicht ten overvloede, deze voorbeelden en door leraren genomen maatregelen zijn ontleend aan de praktijk.
Afgezien van de vraag of een dergelijke maatregel de meest wenselijke is, werkt hij zeker niet bij een kind dat de leerstof niet aankan: als dit zo is, kan hij onder druk de leerstof niet opeens wél aan. Integendeel, de kans is groot dat een dergelijke maatregel de problemen vergroot. En weer is het gevolg versterking van het negatieve zelfbeeld.

Tussenvraag 2.6
Op welke drie manieren kan een kind dat op cognitief gebied niet kan scoren compensatiegedrag vertonen?

Tussenvraag 2.7
Wat kan een kind doen als hij merkt dat hij in de groep niet mee kan komen wat betreft zijn prestaties?

Tussenvraag 2.8
Wat is de overeenkomst en wat is het verschil tussen een positief zelfbeeld en een zelfbeeld gebaseerd op compensatiegedrag?

Tussenvraag 2.9
Waarom is een zelfbeeld gebaseerd op compensatiegedrag reden tot zorg?

■ ■ ■ 2.4 Eenzijdig zelfbeeld

Slechts op één aspect positief

Niet alleen een negatief zelfbeeld kan een probleem vormen. Ook een eenzijdig zelfbeeld geeft reden tot zorg. Een kind heeft een eenzijdig zelfbeeld als het slechts één aspect van het zelfbeeld als positief ervaart. In concrete termen: het kan *slechts op één aspect positief* scoren. De leerling richt als het ware al zijn energie op het ervaren van vier plussen op één aspect van het zelfbeeld.

Eenzijdig zelfbeeld van jongs af aan

Een kind kan een *eenzijdig zelfbeeld hebben van jongs af aan* (zie figuur 2.10), maar het kan ook geleidelijk zijn ontstaan.
In het eerste geval moeten we denken aan een kind bij wie de positieve eigenschappen op één aspect zodanig in het oog springen dat van meet af aan alle aandacht daarop gevestigd is. Bijvoorbeeld kinderen die al heel snel intelligente reacties hebben, of motorisch duidelijk veel beter presteren dan hun leeftijdgenootjes. Doordat alle aandacht naar het functioneren op dit ene aspect gaat, staat de beleving van de andere aspecten als het ware in de schaduw. Er is dus niet zozeer sprake van een negatieve beleving op de andere aspecten, maar deze dragen weinig bij tot zijn zelfbeeld.

Figuur 2.10 **Het zelfbeeld: eenzijdig zelfbeeld van jongs af aan**

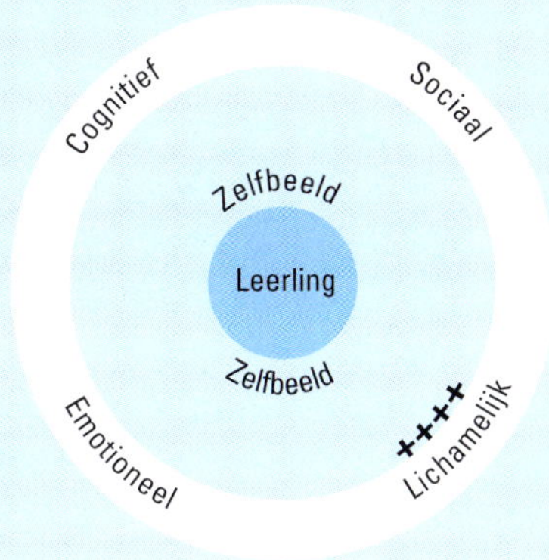

Geleidelijk ontstaan

Is het eenzijdige zelfbeeld *geleidelijk ontstaan* (zie figuur 2.11), dan was er aanvankelijk wel een positieve beleving van meer aspecten van het zelfbeeld. Door het ervaren van mislukkingen, is echter het positieve gevoel beperkt tot één aspect. Door het vermijden van negatieve ervaringen is het kind zich steeds sterker gaan richten op dat ene aspect, waardoor hij wel positieve reacties van zijn omgeving krijgt. Het vertoont zoveel compensatiegedrag, dat het de negatieve beleving op de andere aspecten als het ware blokkeert.

■ **Voorbeeld 2.10**

Tot zij naar school ging, was Hanneke een lief, wat onzeker meisje. Zij was enig kind en was veel thuis bij haar moeder. Eenmaal op school verliepen haar sociale contacten stroef, en bij het spelen en gymnastiek viel op dat zij lichamelijk niet handig was. Wel bleek meteen dat zij een intelligente leerling was. Al snel kreeg zij door dat het leveren van prestaties haar voldoening gaf. Zij richtte haar energie steeds meer op dat gebied, zeker toen zij in groep 3 kwam, waar zij echt kon uitblinken. Nu zit zij in groep 7. Tot ieders verbazing heeft zij plotseling problemen met rekenen. Zij doet erg haar best deze te overwinnen. Zo vraagt zij of ze werk mee naar huis mag nemen. Daar helpen haar ouders haar. Maar ook zij worden moedeloos van alle moeite en de geringe resultaten. Hanneke krijgt steeds meer last van de situatie en geeft uiteindelijk de moed op. Hanneke sluit zich steeds meer af, spijbelt af en toe en wil op een gegeven moment niet meer naar school.

Eenzijdig zelfbeeld reden tot zorg

Dit voorbeeld laat zien dat om verschillende redenen een *eenzijdig zelfbeeld reden* is *tot zorg*.

- Een kind met een dergelijk zelfbeeld is *kwetsbaar*. Zijn positieve gevoelens van de moeite waard zijn, zijn afhankelijk van één aspect. Als in de beleving van dat aspect problemen optreden, komt het kind al heel snel terecht in een totaal negatief zelfbeeld. Het kind zal niet gauw compensatie zoeken in de andere aspecten van zijn zelfbeeld, omdat hij deze als onbetekenend of negatief ervaart.
- Een eenzijdig zelfbeeld kan ertoe leiden dat op de verwaarloosde aspecten vertraging of zelfs *achterstand in de ontwikkeling* ontstaat. Een voorbeeld hiervan is een kind dat lichamelijk erg behendig is, maar

Figuur 2.11 **Eenzijdig zelfbeeld: geleidelijk ontstaan**

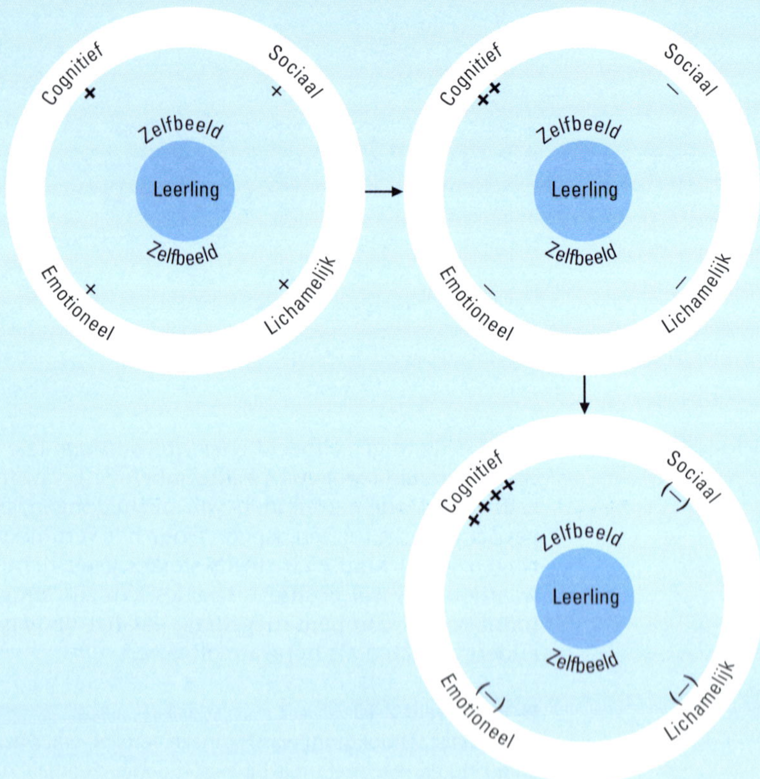

intellectueel en sociaal-emotioneel niet zo erg vlot. Het kan dan waardering krijgen voor zijn lichamelijke prestaties. Op zijn sociaal-emotioneel en cognitief functioneren zijn echter negatieve reacties waarschijnlijk. Vanuit zijn behoefte aan positieve ervaringen is de kans groot dat het kind zich nog sterker richt op het positieve aspect. Versterking van het eenzijdige zelfbeeld is het gevolg. Dit verhoogt de afhankelijkheid van het kind van zijn omgeving. Als deze niet bereid en in staat is het kind tot een positieve beleving te brengen van meer aspecten van zijn zelfbeeld, is de kans op ontwikkelingsproblemen groot.

- Ook in *sociaal opzicht* kan het functioneren voor een kind met een eenzijdig zelfbeeld *moeilijk* zijn. Omdat het al zijn energie richt op dat ene aspect, kan het moeite hebben een goede aansluiting met de omgeving te krijgen. Ook in dit opzicht bevindt het kind zich in een kwetsbare situatie.

Verschillende typen van eenzijdig zelfbeeld

We zullen nu de verschillende typen van een eenzijdig zelfbeeld bespreken. In de vorige paragrafen hebben we steeds een onderscheid gemaakt tussen het emotionele en sociale aspect van het zelfbeeld. Bij het eenzijdige zelfbeeld is dit onderscheid niet vol te houden. In de praktijk lijkt er bij een kind met een eenzijdig zelfbeeld namelijk een koppeling te bestaan tussen het emotionele en sociale aspect van het zelfbeeld. We kunnen dus drie typen van een eenzijdig zelfbeeld onderscheiden:

a het kind richt zich geheel op het sociaal-emotionele aspect;
b het kind richt zich geheel op het cognitieve aspect;
c het kind richt zich geheel op het lichamelijke aspect.

Ad a Eenzijdig sociaal-emotioneel zelfbeeld

Alle energie in 'lief en aardig'

Een kind met een eenzijdig sociaal-emotioneel zelfbeeld steekt als het ware *al zijn energie in 'lief en aardig' zijn*. Het cognitief aspect (zijn leerwerk) en het lichamelijk aspect (zijn gezondheid, gymnastiekinspanningen e.d.) worden verwaarloosd. Een kind met een dergelijk zelfbeeld zal zich in de reguliere schoolsituatie niet lang kunnen handhaven. Door de veronachtzaming van het cognitieve aspect zullen er in de reguliere schoolsituatie al snel problemen optreden die aanleiding geven om hulp in te roepen. Leidt deze hulp niet tot het gewenste resultaat, dan zal in de regel een dergelijke leerling niet in de reguliere situatie te handhaven zijn.

Ad b Eenzijdig cognitief zelfbeeld

Bij het eenzijdig cognitief zelfbeeld springt vooral het hoogbegaafde kind in het oog. Lang niet alle hoogbegaafde kinderen hebben problemen. Meer aspecten van hun zelfbeeld ervaren zij als positief, maar het cognitieve aspect springt er nadrukkelijk uit. Het probleem ontstaat bij een hoogbegaafd kind met een eenzijdig zelfbeeld. Dit kind ervaart alléén het cognitieve aspect als positief. Het ontmoet in zijn *omgeving* meestal veel *onbegrip*. Het wil ten koste van alles leren. Als het maar kan leren, dan voelt het zich goed.

Onbegrip omgeving

De belangrijkste problemen bij dit kind zijn de volgende:

- Andere kinderen kunnen dit kind intellectueel niet bijhouden en laten het links liggen. Ook komt het voor dat het kind zelf geen aansluiting zoekt bij andere kinderen, omdat het cognitief op heel ander niveau en op een andere wijze functioneert.
- De omgeving ziet niet altijd kans dit kind het juiste 'leervoer' aan te bieden, bijvoorbeeld als de omgeving niet herkent dat het om een kind met een eenzijdig zelfbeeld gaat. Ook kan de omgeving het moeilijk vinden op het kind te reageren omdat het niet past in het beeld van een 'gemiddeld' kind. Leerstof en materialen zijn bijvoorbeeld niet voorhanden of men heeft zelf niet direct de kennis paraat die nodig is om dit kind zich plezierig te laten voelen.

Deze opsomming is niet uitputtend, maar dient om aan te geven hoe belangrijk het is dit beeld tijdig te herkennen en er op in te spelen.

Ad c Eenzijdig lichamelijk zelfbeeld

Topsporters

Bij het eenzijdig lichamelijk zelfbeeld past de leerling die met verwaarlozing van de andere aspecten van het zelfbeeld alles op alles zet om zich waar te maken op lichamelijk gebied. Voorbeeld hiervan zijn *topsporters*. Dit beeld kennen we tot nu toe vooral uit de Verenigde Staten, maar het komt ook in Nederland in toenemende mate voor. Ook hier geldt weer dat het belangrijk is dat de omgeving zorgt voor positieve ervaringen op de andere aspecten van het zelfbeeld om de balans te herstellen.

David uit de openingscasus in deel 1 past in dit beeld. Op sociaal-emotioneel en cognitief gebied is zijn beleving negatief. Alleen op lichamelijk gebied scoort hij letterlijk en figuurlijk. Een positief zelfbeeld kan hij alleen maar ontlenen aan zijn voetbalprestaties. Het ligt dan ook voor de hand dat hij zijn energie steeds meer daarop zal richten. Als die mogelijkheid om de een of andere reden wegvalt, heeft hij geen mogelijkheid meer tot een positieve beleving van zijn zelfbeeld.

Tussenvraag 2.10
Hoe ontstaat een eenzijdig zelfbeeld?

Tussenvraag 2.11
Beschrijf de risico's van een eenzijdig zelfbeeld.

Samenvatting

Reacties van de omgeving bepalen sterk het zelfbeeld van een kind en vooral reacties van mensen die voor hem van belang zijn. Zo'n belangrijk persoon is de leraar. Heel wat uren per week heeft het kind met zijn leraar te maken. Zijn invloed kan zowel een positieve als negatieve uitwerking hebben. Een leraar dient zich dan ook bewust te zijn van de mogelijke effecten van zijn houding en handelen. In dit hoofdstuk hebben we een concrete uitwerking gegeven van het begrip zelfbeeld. Het begrip krijgt als het ware handen en voeten. Met de kennis van dit hoofdstuk kun je herkennen of er problemen zijn met betrekking tot het zelfbeeld van een kind en welke dat dan zijn. Dit geeft je de mogelijkheid om adequaat te reageren. Het kind kan zich dan begrepen en veilig voelen: de basis voor een goede relatie.

Kernbegrippenlijst

Cognitief aspect zelfbeeld — Dit aspect kenmerkt zich door de gedachte: 'Ik ben bekwaam'.

Compensatiegedrag — Het ombuigen van een negatief ervaren aspect van het zelfbeeld naar een positief beeld dan wel het zoeken naar positieve ervaringen in andere aspecten van het zelfbeeld als tegenwicht voor het negatief ervaren van het zelfbeeld.

Eenzijdig zelfbeeld — Het kind ervaart slechts één aspect van het zelfbeeld als positief.

Emotioneel aspect zelfbeeld — Dit aspect kenmerkt zich door de gedachte: 'Ik voel mij veilig, heb ver trouwen en voel zekerheid'.

Lichamelijk aspect zelfbeeld — Dit aspect kenmerkt zich door de gedachte: 'Ik ben mooi, sterk, atletisch.'

De moeite waard zijn — 'Ik ben de moeite waard' is de optelsom van de gedachten: veilig, vertrouwen en zeker + aardig en lief + bekwaam + mooi, sterk, atletisch.

Negatief zelfbeeld — Het kind ervaart één of meer van de aspecten van zijn zelfbeeld dermate negatief dat het daardoor zijn zelfbeeld als negatief ervaart: 'Ik ben niet de moeite waard'.

Positief zelfbeeld — Het kind ervaart de verschillende aspecten van zijn zelfbeeld als overwegend positief; een negatieve beleving van een van de aspecten weegt niet zo zwaar dat het daardoor zijn zelfbeeld als negatief ervaart. In concrete termen is dit weer te geven als 'Ik ben de moeite waard'.

Problematisch compensatiegedrag — Het natuurlijk compensatiegedrag wordt steeds nadrukkelijker en wordt door de omgeving als probleem ervaren.

Sociaal aspect zelfbeeld — Het sociaal aspect van het zelfbeeld kenmerkt zich door de gedachte: 'Ik ben aardig en lief'.

Totaal negatief zelfbeeld — Het kind ervaart geen enkel aspect van zijn zelfbeeld als positief.

Zelfbeeld — Het zelfbeeld is wat iemand van zichzelf vindt op lichamelijk, cognitief, emotioneel en sociaal vlak.

Vragen

2.1 Er moet een belangrijk briefje meteen naar het hoofd van de school gebracht worden. Bertje (7) is de eerste en enige die zich aanbiedt. De vorige keer dat je hem zoiets hebt laten doen, was het briefje spoorloos. Wat kun je zeggen, zodat hij zich bekwaam kan voelen en ook kan worden?

2.2 Shelton (groep 6) is sterk en lenig en een verschrikkelijk fanatieke jongen. Eigenlijk is iedereen in de klas een beetje bang voor hem. In de pauze wordt altijd gevoetbald. Shelton is daar erg goed in. Dat weet hij ook. Als er niet gevoetbald wordt, speelt niemand met hem. Dat vindt hij uiteraard niet leuk.
Bij het voetballen stelt Shelton de partijen samen, weigert sommige jongens in een ploeg of in de tegenpartij. Tijdens het spel plaatst hij allerlei corrigerende opmerkingen, ook tegen zijn medespelers. Hij is erg boos als zij de bal niet naar hem overspelen, maar doet dat zelf ook niet naar anderen. Hij wil steeds scoren, ten koste van zijn medespelers.
Is hier sprake van natuurlijk compensatiegedrag of van problematisch compensatiegedrag?

2.3 Els (groep 8) is een meisje dat erg vaak ziek is. Ze verzuimt veel door haar ziekten en kan vaak niet meedoen met spelen en gymnastiek. Toch is zij erg populair in de groep. Als er problemen zijn in de klas probeert zij te bemiddelen. Kinderen gaan naar haar toe, als zij problemen hebben. Ook bij conflicten tussen leerlingen en de leraar voert zij vaak het woord.
Is hier sprake van natuurlijk compensatiegedrag of van problematisch compensatiegedrag, of wellicht van beide? Licht dit toe.

2.4 Neem een lastig kind uit de klas (van je praktijkschool) in gedachten en beschrijf zijn/haar zelfbeeld.
Hoe zou je dit kind kunnen benaderen zodat het het gevoel krijgt aardig en lief te zijn.

2.5 Tijdens een leerlingbespreking brengt de leraar van groep 5 Sabine in. Sabine is een erg lastig kind in de groep. Zij bemoeit zich op een negatieve manier met alle kinderen. Vaak lijkt het wel of zij geniet van de negatieve reacties van de groep. Haar werk leidt volgens de leraar sterk onder haar gedrag.
De leraren die Sabine in groep 2 en 3 hebben gehad zijn verbaasd over dit gedrag. Sabine was toen weliswaar een zwakke leerling, maar erg lief en behulpzaam in de klas.
Beschrijf de ontwikkelingen bij Sabine in termen van het zelfbeeld.

Acceptatie

3

Gewapend met de kennis uit het vorige hoofdstuk kun je als leraar nu dus herkennen of er bij een kind problemen zijn met het zelfbeeld. Je kunt je handelen gaan richten op het beïnvloeden van dat zelfbeeld. Acceptatie, een van de kenmerken van een goede relatie, staat hierin centraal. In paragraaf 3.1. geven we een beschrijving van het begrip acceptatie. Acceptatie van de ander als mens betekent uiteraard niet dat je zijn gedragingen ook altijd moet accepteren. Niet alles wat een leerling doet, is altijd acceptabel. Problemen van een leraar, van een leerling of tussen leraar en leerling gaan echter altijd ten koste van de beschikbare tijd en ruimte voor leren en doceren. Er is dus een samenhang tussen acceptatie en de ruimte om te leren en doceren. In paragraaf 3.2. gaan we hierop in. Ten slotte geven we in paragraaf 3.3. aan hoe je, uiteraard weer met acceptatie als uitgangspunt, je handelen kunt richten op een positieve beïnvloeding van het zelfbeeld van een kind.

■ ■ ■ 3.1 Het begrip acceptatie

Een goede relatie: acceptatie van de persoon

Een van de grondkenmerken van een *goede relatie* is *acceptatie*; acceptatie van de *persoon* wel te verstaan, niet van zijn gedrag zonder meer. Niemand accepteert altijd alles van iemand anders. Altijd zullen er gedragingen zijn die je onacceptabel vindt. Daarbij komt dat je van de een meer accepteert dan van de ander.
Bedenk eens vijf gedragingen van een leerling (bijvoorbeeld van je stageschool) die je wél accepteert en vijf gedragingen die je níét accepteert van diezelfde leerling.
Je zult bij de gedragingen die je wel en niet accepteert misschien wel gedacht hebben: 'Dat ligt er maar aan; soms accepteer ik dat wel en soms niet.' De scheiding tussen aanvaardbaar en niet-aanvaardbaar gedrag is niet altijd dezelfde: als je moe bent of hoofdpijn hebt, kun je minder 'hebben' dan wanneer je uitgerust bent. Als een leerling jarig is, kun je waarschijnlijk meer van hem verdragen dan anders.
T. Gordon (1979), wiens ideeën in deel 2 uitgebreider aan de orde komen, werkt deze gedachte als volgt uit:

Acceptatierechthoek

'Stel je een eenvoudige *rechthoek* voor waarbinnen zich het totaal van de gedragingen van een leerling bevindt waarmee je een bepaalde relatie hebt, dus alles wat een leerling in je aanwezigheid zou kunnen doen of zeggen. Je zou je duizenden kleine stippeltjes kunnen voorstellen die elk een stukje gedrag uitbeelden. Alles wat de leerling zou kunnen doen of zeggen, ligt besloten in de rechthoek – niets is uitgezonderd. Een andere manier om je de rechthoek in te denken is je voor te stellen dat het een raam is waardoor je de leerling ziet. Je kunt alles zien wat hij mogelijkerwijs zou kunnen doen of zeggen, maar alleen door dit raam. We verdelen de rechthoek nu in twee delen, zoals weergegeven in figuur 3.1: een gebied dat aanvaardbare gedragingen voorstelt, en een gebied dat niet-aanvaardbare gedragingen voorstelt. In de verdeelde rechthoek zien we in het onderste gebied enkele kenmerkende gedragingen die waarschijnlijk wel aanvaardbaar voor je zullen zijn en in het bovenste gebied gedragingen die niet aanvaardbaar voor je zullen zijn.'

Figuur 3.1 **Acceptatierechthoek**

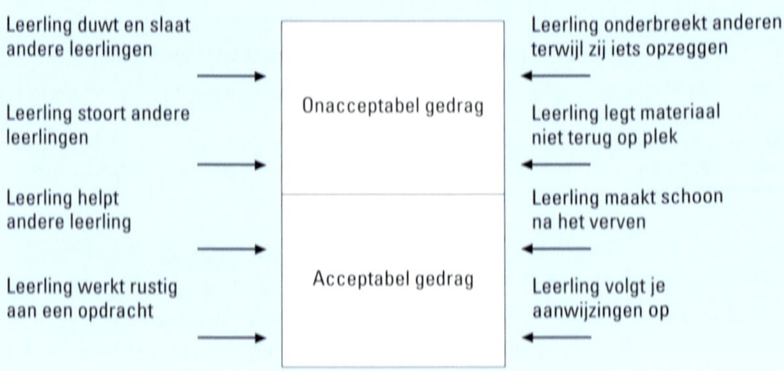

Zoals bekend hebben alle leraren gevoelens over de uitlatingen en gedragingen van hun leerlingen die uiteenlopen van zeer accepterend (positief) tot uiterst non-accepterend (negatief) met alles wat daartussen ligt.

Voor juffrouw Vos, uit de openingscasus van dit deel, is het gedrag van Anne, namelijk het minder goed werken op bepaalde dagen, acceptabel. De gevoelens van juffrouw Vos naar Anne kunnen we accepterend noemen. De gevoelens van Brenda voor David zijn een voorbeeld van sterk non-accepterende gevoelens.

Hoewel het de leerlingen zou helpen als leraren hen zonder enige voorwaarde zouden aanvaarden, zijn leraren daartoe niet in staat, tenzij voor zeer korte tijd.
Het feit dat de scheidslijn tussen aanvaardbaar en niet-aanvaardbaar gedrag in het midden van de rechthoek getekend is, is slechts willekeurig. Het lijkt aan te geven dat precies de helft van de gedragingen van de leerling aanvaardbaar is en de andere helft onaanvaardbaar. Maar als dat in werkelijkheid ook zo zou zijn, is dat zuiver toeval (Gordon, 1979). Figuur 3.2 illustreert dit.

Figuur 3.2 **Andere invulling van de acceptatierechthoek**

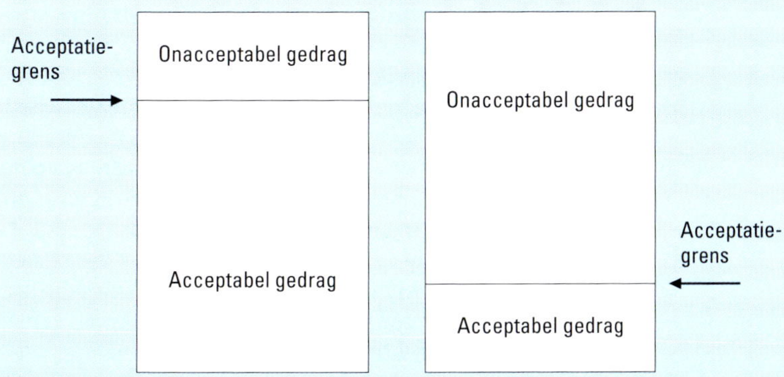

Tussenvraag 3.1
Waarom ziet je acceptatierechthoek er niet altijd hetzelfde uit?

Acceptatievermogen van tijd tot tijd verschillend

Elke leraar zal merken dat hij soms weinig kan hebben, dat het gedrag dat op het ene moment acceptabel is, dat op een ander moment niet is.

Voor juffrouw Vos, uit dezelfde casus als hiervoor, was het gedrag van Anne, het minder goed werken op bepaalde dagen, aanvankelijk niet acceptabel. Zij accepteert het nu wel doordat zij bekend is met de reden daarvan. Het is goed denkbaar dat een invaller weer anders reageert op het gedrag van Anne. Dit kan komen doordat de invaller niet op de hoogte is van de thuissituatie van Anne, maar het kan ook zijn dat de invaller er andere opvattingen op nahoudt.

Acceptatievermogen verschilt van tijd tot tijd

Ieders *acceptatievermogen verschilt van tijd tot tijd.* Drie factoren zijn daarbij van invloed:
1 veranderingen bij jezelf (leraar);
2 veranderingen in de andere persoon (leerling);
3 veranderingen in de situatie of omgeving.

Wij zullen op alle drie nader ingaan.

Ad 1 Verandering bij jezelf (leraar)

Verandering bij jezelf

Zoals we hebben gezien is ons acceptatievermogen niet stabiel doordat er in onszelf dingen gebeuren die in het geheel niets te maken hebben met de ander of met zijn doen en laten.

■ **Voorbeeld 3.1**

Als je door de ochtendspits naar school rijdt, terwijl je je zorgen maakt dat je te laat komt, ben je de eerste minuten van de dag niets waard. Het duurt even voordat je je aandacht hebt bij het gebeuren in de klas.

Ad 2 Veranderingen in de leerling

Veranderingen in de leerling

Het acceptatievermogen is ook wisselend doordat er in de leerling veranderingen plaatsvinden die niets te maken hebben met jou als leraar en/of de andere leerlingen en hun gedragingen.

■ **Voorbeeld 3.2**

Pieter is vandaag voortdurend aan het klieren en voert nauwelijks iets uit. Je kijkt het even aan, omdat hij meestal zo lastig niet is, maar na drie kwartier heb je er genoeg van en pakt hem stevig aan. Na schooltijd hoor je dat zijn broertje een ongeluk heeft gehad en nu je dit weet grijp je de volgende dagen minder gauw in als hij weer vervelend is.

Hetzelfde geldt voor het acceptatievermogen ten aanzien van verschillende leerlingen. Zo accepteer je gedrag als dat van Pieter op hetzelfde moment van Linda niet.

Ad 3 Invloeden van de omgeving of de omstandigheden

Invloeden omgeving

Een derde gegeven dat van invloed is op de mate van aanvaarding, is de omgeving of de situatie waarin het gedrag plaatsvindt. Om een oud gezegde aan te halen: 'Alles op zijn tijd'. Bepaald gedrag op het verkeerde moment of de verkeerde plaats maakt de kans groot dat het onaanvaardbaar is, ongeacht hoe aanvaardbaar het onder andere omstandigheden ook zou zijn. Schreeuwen en stoeien wordt over het algemeen door de meeste leraren wel aanvaard wanneer het in de pauze op het schoolplein gebeurt; in de klas is het echter meestal niet acceptabel.

Tussenvraag 3.2

Wat zijn de belangrijkste oorzaken van wisselingen in het acceptatievermogen?

Vaststellen acceptatiegrens

Het vaststellen van wat je wel en wat je niet accepteert is noodzakelijk om goed les te kunnen geven: *het vaststellen van je acceptatiegrens*, zie figuur 3.3.

Figuur 3.3 **Vaststellen van de acceptatiegrens**

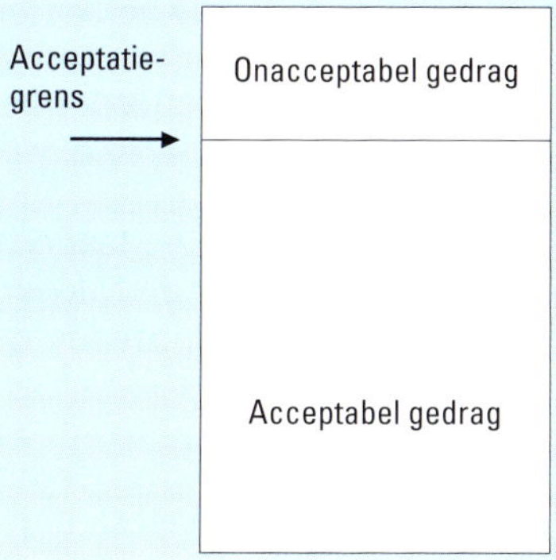

Alleen als je je eigen acceptatiegrenzen kent, kun je deze duidelijk overbrengen op de leerlingen. Dat is nodig om aan te kunnen geven binnen welke structuur jij met de kinderen wilt werken. Leraren reageren niet altijd op dezelfde manier. Dat hebben we hiervoor al duidelijk gemaakt. Als je je acceptatiegrenzen kent, kun je je reacties snel en beter aan de kinderen uitleggen. Daardoor voorkóm je dat ze onnodig in verwarring raken en de relatie tussen jullie onnodig onder druk komt te staan.
Het deel van de rechthoek met de aanvaardbare gedragingen is het acceptatiegebied. In dit gebied hoeft de leraar niet te mopperen, boos te worden, te straffen enzovoort. De leerling kan in rust leren. In dit gebied vindt het leren en doceren plaats. We noemen dit het doceer-leergebied.

3.2 Doceer-leergebied

Het doceer-leergebied, weergegeven in figuur 3.4, is groter naarmate het beter gaat in een klas.

Figuur 3.4 **Doceer-leergebied**

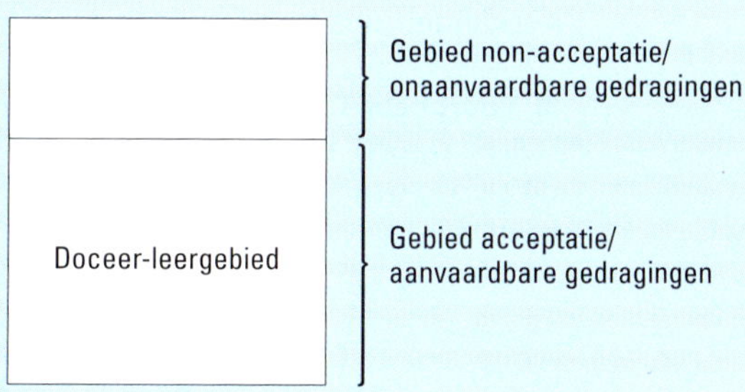

In paragraaf 3.1 hebben we duidelijk gemaakt dat de leraar een zo groot mogelijk gebied van acceptatie moet zien te creëren, omdat er dan optimale ruimte ontstaat voor leren en lesgeven.
In een ideale situatie beslaat het gebied van doceren en leren de gehele rechthoek. De leraar kan rustig lesgeven en de leerlingen kunnen rustig leren. De tijd kan effectief besteed worden aan echt onderwijs en er hoeft weinig tijd besteed te worden aan gedragingen binnen probleemgebieden.

Invloeden doceer-leergebied

Deze ideale situatie bestaat echter niet. Er zullen altijd situaties zijn die van *invloed* zijn op het *doceer-leergebied*. Leerlingen zullen zich altijd blijven gedragen op manieren die niet stroken met de behoeften en wensen van een leraar.Deze gedragingen vormen een probleem voor de leraar. Er zullen altijd wel dergelijke problemen blijven bestaan. En hoe goed een leraar ook is, leerlingen zullen altijd hun eigen problemen houden, die onopgelost blijven en misschien wel onoplosbaar zijn (sommige hebben te maken met school, maar lang niet allemaal).
In figuur 3.5 is dit weergegeven.

Figuur 3.5 **Invloeden op doceer-leergebied**

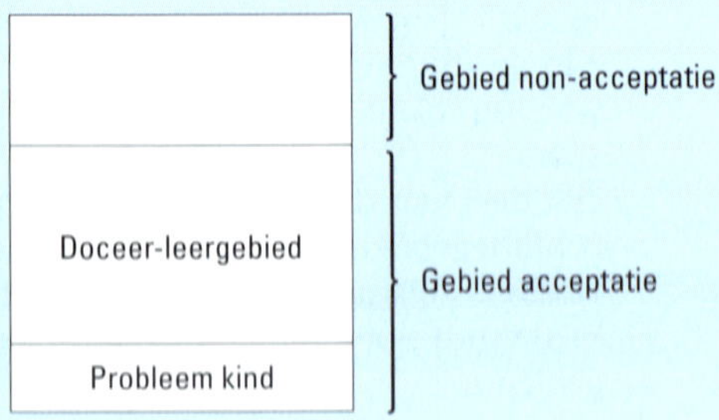

Vaak zijn leerlingen heel goed in staat hun problemen op te lossen of er tijdelijk niet aan te denken zodat ze op school kunnen nadenken of taken kunnen uitvoeren. Het is heel belangrijk dat ze dat kunnen, omdat het doceren en leren alleen in het geen-probleemgebied optimaal verloopt.
Lukt dit een leerling echter niet, dan gaat dat ten koste van het leren. Problemen bij een leerling die hij niet kan oplossen of onderdrukken, verkleinen dus het doceer-leergebied.

■ **Voorbeeld 3.3**

Delano (groep 4) heeft leerproblemen. Zowel de ouders als zijn leraar hebben dit als een gegeven geaccepteerd en houden er rekening mee. Delano zelf heeft veel last van zijn leerproblemen.

Anne kan zich op de dagen dat zij last heeft van de situatie thuis, zo lazen we in de openingscasus, moeilijk concentreren. Dit verkleint de ruimte voor Anne om te leren.

Figuur 3.6 **Problemen Delano en Anne**

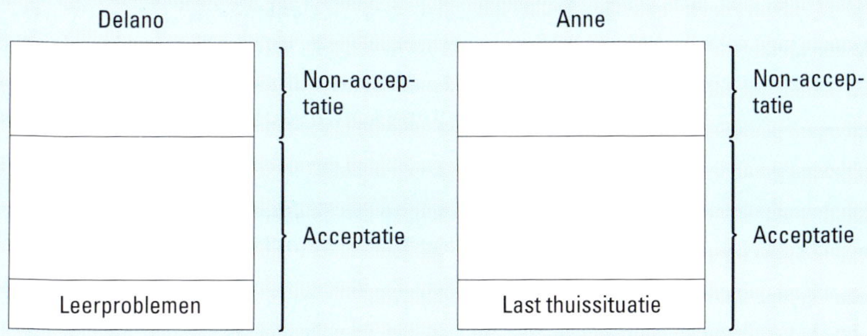

Doceer-leergebied te klein

Als een kind een probleem heeft, is er dus minder ruimte voor leren en lesgeven. De problemen van kinderen kunnen zulke vormen aannemen dat het leren en daardoor het lesgeven steeds meer in het gedrang komt.

■ **Voorbeeld 3.4**

Delano is bij rekenen zo onzeker dat hij van alles doet om niet te hoeven rekenen. Het *doceer-leergebied,* toch al wat kleiner, wordt nu wel erg klein, in feite *te klein.*

Figuur 3.7 **Verkleining doceer-leergebied**

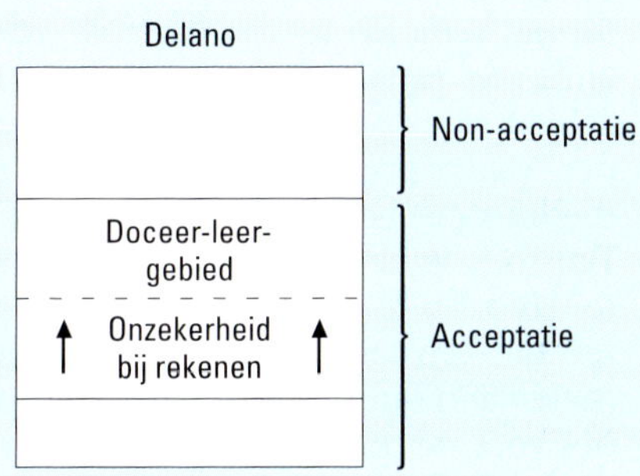

Tussenvraag 3.3

Noem de factoren waardoor het doceer-leergebied verkleind wordt en licht dit toe met voorbeelden.

Wat betekent een dergelijke situatie voor het handelen van de leraar in termen van acceptatie?

Een leraar kan geconfronteerd worden met zodanige problemen van leerlingen dat de ruimte om les te geven wel erg klein wordt, zelfs zo klein dat hij vindt dat zijn eigenlijke taak te veel in het gedrang komt.

Veel leraren geven uiting aan het gevoel dat zij onvoldoende toekomen aan lesgeven – vooral in een groep met probleemkinderen – en ervaren dit als een probleem. Zij hebben het idee soms meer psycholoog of maatschappelijk werker te zijn dan docent. De leraar voelt zich in deze situatie vaak gedwongen zijn *acceptatiegrens te verleggen* om zo nog enige ruimte te creëren voor doceren en leren. Zowel het verhogen van de acceptatiegrens komt voor als het verlagen ervan (zie figuur 3.8).

Verleggen acceptatiegrens

Figuur 3.8 **Het verleggen van de acceptatiegrens**

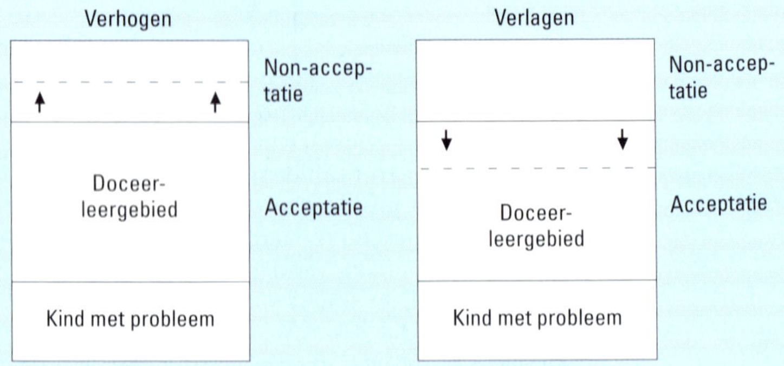

Dit verleggen van de acceptatiegrens gebeurt vaak niet doelgericht. Dat betekent dat je het doet zonder er achter te staan of de zin ervan in te zien. Dat kan allerlei gevoelens van onvrede en machteloosheid teweegbrengen.

Verhogen acceptatiegrens

Bij het *verhogen van je acceptatiegrens* stel je dus minder eisen aan het kind met problemen. In figuur 3.8 links zien we dit weergegeven. Het gebied van de acceptatie wordt groter, dat van de non-acceptatie kleiner. Vaak ontstaat dan de angst dat het erop uitloopt dat er helemaal niet meer geleerd wordt. Dit vinden veel leraren moeilijk te accepteren. Tenslotte is het hun taak om kinderen allerlei kennis en vaardigheden te leren. Deze gevoelens zijn het gevolg van het niet kunnen accepteren dat een kind zodanige problemen heeft dat je je curriculum niet (helemaal) kunt volgen. Dat heeft immers – ingrijpende – consequenties voor de organisatie van je lessen. Ook kan het gevoel ontstaan dat het verhogen van de acceptatiegrens leidt tot niveau- en/of normvervaging. Anders gezegd, het curriculum en/of de algemene doelstellingen staan centraal, en niet het kind met zijn problemen.

Verlagen acceptatiegrens

Ook kan een leraar bij een kind met grote problemen juist geneigd zijn zijn *acceptatiegrens te verlagen*, hij accepteert dus minder van het kind. In figuur 3.8 rechts is dit weergegeven. Het gebied van de non-acceptatie wordt groter ten koste van het acceptatiegebied. Elke onrust of signaal dat de leerling zich niet met zijn werk bezighoudt, probeert hij direct de kop in te drukken. Hij houdt de teugels strak en laat die niet vieren uit angst voor onrust en het uit de hand lopen van de situatie.

Zoals we in de openingscasus lazen, ervaart Brenda de doceer-leerruimte in het geval van David al als erg klein. Zij heeft geen vertrouwen in het effect dat het verhogen van haar acceptatiegrens zal hebben. David is in haar idee immers een jongen die daarvan direct zal profiteren. Zo krijgt hij zijn zin, net zoals hij thuis altijd zijn zin krijgt. Uit angst daarvoor is zij juist extra streng tegen David, zij verlaagt dus haar acceptatiegrens.

Ook dit gedrag leidt in principe tot een verkleining van het doceer-leergebied. De verkleining is het gevolg van het strak in de hand willen houden van de situatie; dit kost tijd en energie. Overigens wordt in veel gevallen de overgebleven doceer-leerruimte wel goed benut. Door de strakke teugels is het kind wel aan het werk. Kortom, aanvankelijk kan het verlagen van je acceptatiegrens een succesvolle aanpak lijken. Op de langere duur is het dat echter niet.

We gaan weer even terug naar dezelfde openingscasus. Ook bij Brenda heeft de strakke aanpak in het begin even succes gehad. Zij was nieuw, vol energie en ervan overtuigd dat zij David wel aankon. Door die aanpak echter, komt de relatie tussen Brenda en David steeds meer onder druk te staan. David verzet zich tegen de aanpak van Brenda. Het kost Brenda steeds meer inspanning om David zich te laten gedragen zoals zij wil. En dat lukt zelfs steeds minder vaak.

Het korthouden van een kind met problemen leidt vaak tot ontladingen in andere situaties. Dit is voor een leraar weer reden ook in die andere situaties de teugels aan te halen. Het kind komt zo steeds meer klem te zitten, de leraar moet steeds meer moeite doen om het kind in de hand te houden, terwijl het effect vooral is dat de relatie tussen leraar en leerling verslechtert. Alle kans dat er een onhoudbare situatie ontstaat. Ook kan een dergelijk strak regime tot gevolg hebben dat het kind zich steeds meer gaat verzetten tegen het leveren van prestaties. Uiteindelijk verkleint een dergelijke aanpak het doceer-leergebied dan ook nog verder, zoals te zien is in figuur 3.9.

Figuur 3.9 **Verdere verkleining doceer-leergebied**

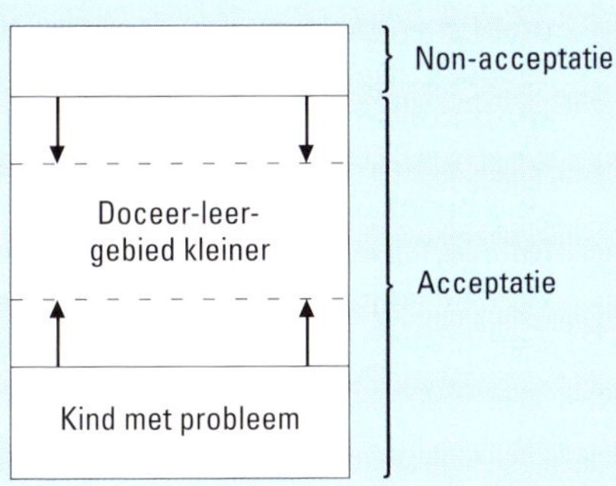

Het niet doelgericht verleggen van je acceptatiegrens, dus tegen je zin en zonder er de zin van in te zien, kan leiden tot gevoelens van onvrede, onmacht, demotivatie en moedeloosheid. Je bent in feite niet bereid je acceptatiegrens te variëren ten behoeve van het kind met het oog op andere belangen. En dat raakt aan een van de elementaire voorwaarden van een goede relatie, noodzakelijk voor goed onderwijs: het accepteren van het kind in zijn eigenheid, dus mét problemen.
In paragraaf 3.1 hebben we al aangegeven dat er verschillende factoren van invloed zijn op variaties in de acceptatiegrens van een leraar. Een van die factoren is 'veranderingen in de leerling'. Als een kind problemen krijgt, is dat een verandering bij de leerling. Het *doelgericht variëren* van je *acceptatiegrens* is dan noodzakelijk.

Doelgericht variëren acceptatiegrens

We lazen in de openingscasus dat Annes concentratieproblemen aanvankelijk niet acceptabel waren voor juffrouw Vos. Zij was, net als Brenda bij David, van mening dat een kind zich dient te voegen naar de aanwijzingen van de leraar en dat een paar aansporingen voldoende zouden moeten zijn om geconcentreerd te werken. Pas toen Maria vertelde over de problemen van Anne thuis realiseerde zij zich dat deze aanpak niet zo heilzaam was. Vanaf dat moment werd haar uitgangspunt: 'Anne met haar problemen', met als gevolg vergroting van het doceer-leergebied.

Acceptatie van het kind in zijn eigenheid kan natuurlijk niet voorkómen dat een kind door omstandigheden thuis problemen heeft. Wel kun je als leraar ervoor zorgen dat *de problemen niet verergeren* doordat er nog eens problemen op school bijkomen.

Problemen niet verergeren

■ **Voorbeeld 3.5**

Fatima (groep 4) is een faalangstig meisje. Zij komt uit een gezin met een erg strenge vader, die hoge eisen stelt aan de prestaties van zijn kinderen. Op school loopt zij vaak wat doelloos rond en wil allerlei karweitjes doen voor de leraar om zo te ontsnappen aan het leren. De leraar is bekend met de thuissituatie van Fatima, maar heeft ook ervaren na gesprekken met de vader van Fatima, dat er weinig aan te veranderen is.
Situatie 1: De leraar kiest voor de gedragslijn van straf als Fatima onvoldoende werkt, verder huiswerk mee, nablijven. Een gedragslijn die in de praktijk zeker voorkomt. Fatima komt dan onder druk te staan, voelt zich niet meer veilig in de relatie met de leraar, haar faalangst neemt toe en ook de prestaties komen verder onder druk te staan. Dit alles draagt weer bij aan verergering van haar problemen thuis. Al met al wordt het doceer-leergebied alleen maar kleiner.
Situatie 2: De leraar zorgt voor een programma dat toegesneden is op de faalangstproblemen van Fatima. Dat houdt onder meer in dat zij meer instructie krijgt, een andere verdeling van de leerstof en een systeem van positieve beloning om haar meer zelfvertrouwen te laten krijgen. Met deze aanpak kan Fatima zich veilig gaan voelen en levert ze prestaties waar ze een goed cijfer voor kan krijgen. Dat kan zij thuis vertellen, zodat daar de druk niet groter wordt. Dus: vergroten van het doceer-leergebied.

Tussenvraag 3.4
Wat is de eerste zorg voor een leraar als het doceer-leergebied te klein wordt?

3.3 Acceptatie en zelfbeeld

Beïnvloeden zelfbeeld

Er is nu voldoende inzicht in wat acceptatie is, het vaststellen van je acceptatiegrenzen en waarom het doelgericht variëren ervan soms nodig is. Deze kennis is nodig om je handelen effectief te kunnen richten op het positief *beïnvloeden van het zelfbeeld*.

Een leraar dient zich bewust te zijn van de invloed die hij heeft op het zelfbeeld van een kind: hij geeft beloningen, complimenten, corrigeert, maakt grapjes, maakt zure opmerkingen of geeft straf. Al deze gedragingen beïnvloeden het zelfbeeld van het kind. Wanneer een leraar zich dit realiseert, blijkt in de praktijk soms een gevoel te ontstaan dat er sprake is van een krampachtige omgang met kinderen, uit angst het zelfbeeld van een kind te beschadigen. Een krampachtige houding is uiteraard nooit vruchtbaar. Het is ook niet zo dat alle kinderen even snel beschadigd raken. Kinderen met een positief zelfbeeld kunnen wel tegen een stootje, zoals een onterechte uitval of een verkeerde opmerking. Kritiek en straf zullen hen wel even een negatief gevoel bezorgen, maar zij hebben voldoende veerkracht door een positieve beleving van hun zelfbeeld, zodat de balans niet meteen doorslaat naar een negatief zelfbeeld. Er zijn echter situaties dat het gedrag van de leraar wel leidt tot een negatief zelfbeeld van een kind of tot het versterken van een negatief zelfbeeld:

- Bij een systematisch negatieve bejegening kan het zelfbeeld van een kind omslaan van positief in negatief.
- Bij een kind met een negatief zelfbeeld kan en mag de leraar het zich niet permitteren om niet te letten op de invloed van zijn gedrag op het zelfbeeld van het kind om zo verergering van de negatieve beleving te voorkomen.

■ Voorbeeld 3.6

Ravenna (groep 4) heeft rood haar en nogal grote flaporen. De leraar jaagt de kinderen regelmatig op stang, hij vindt dat ze daar stevig van worden en het bevordert de sfeer in de klas. Zo noemt hij Ravenna af en toe Flappie of Rooie. Op een gegeven moment komen de ouders van Ravenna op bezoek. Zij vertellen dat Ravenna de laatste tijd met steeds meer tegenzin naar school gaat. Met veel moeite hebben zij eruit gekregen dat Ravenna de benamingen van de leraar vreselijk vindt. Zij vindt het heel erg dat ze rood haar en flaporen heeft. De leraar antwoordt dat hij zo met alle kinderen omgaat en dat het alleen maar wat lichte plagerijen zijn. Daar moet Ravenna toch ook tegen kunnen.

Deze leraar handelt vanuit een eigen pedagogische opvatting zonder onderscheid naar alle kinderen op dezelfde manier. Hij houdt dus geen rekening met het zelfbeeld van een kind. De pedagogische benadering die hij voorstaat kan, mits er sprake is van een goede relatie tussen leraar en leerling, bij kinderen met een stevig, positief zelfbeeld meestal geen kwaad en kan soms zelfs relatiebevorderend zijn. Doe je dit echter ook bij kinderen met een negatief zelfbeeld, dan ga je er als leraar aan voorbij dat door het negatieve zelfbeeld de kwetsbaarheid zo groot is dat een plagerijtje voor dat kind afkeuring of afwijzing betekent. Het gevolg is versterking van het negatieve zelfbeeld. Het *zelfbeeld* van een kind is dus *bepalend* voor je gedrag als leraar.

Zelfbeeld bepalend

Tussenvraag 3.5
Waarom moet je bij kinderen met een negatief zelfbeeld veel meer op je gedrag en op je woorden letten dan bij een kind met een positief zelfbeeld?

Om je handelen te kunnen richten op beïnvloeding van het zelfbeeld dien je dus vast te stellen wat je accepteert. Dit is natuurlijk niet voldoende, de leerling moet die acceptatie ook kunnen ervaren. Je zult dus je acceptatie moeten tónen. Daarbij herinneren we nog even aan wat we ook in hoofdstuk 2 besproken hebben. Vaak zijn we ons niet bewust van het feit dat we iets niet echt accepteren. Er ontstaat dan een verschil in de zogenaamde verbale en non-verbale communicatie. Je zegt dat je iets niet erg vindt (verbaal), maar aan je gezichtsuitdrukking is te zien (non-verbaal) of aan je stem is te horen (ook non-verbaal) dat je het wél erg vindt. De tegenstrijdigheid tussen wat je zegt en wat je doet, merk je vaak zelf niet. Het zal duidelijk zijn dat degene tegen wie zoiets gezegd wordt in verwarring raakt, omdat hij niet weet of je het nu wél of nìét erg vindt. Daarom is het, als je iets niet kunt accepteren, beter dat je dan niet doet alsóf; anders weet het kind niet waar het aan toe is.

Acceptatie tonen

Tussenvraag 3.6
In welke van de onderstaande antwoorden toon je acceptatie?
Marieke komt vrolijk op school met een tekening en zegt: 'Kijk eens, wat ik thuis gemaakt heb!'

a Je zegt: 'Leg maar even neer, ik zal straks wel kijken.'
b Je kijkt naar de tekening en zegt: 'Hé, wat leuk, een mannetje, hij heeft alleen geen armen.'
c Je kijkt naar de tekening en zegt: 'Tjonge, wat leuk zeg! Die neem ik mee naar huis.'

In de schoolsituatie is het geven van kritiek en van complimenten een veelvoorkomende handeling, die grote invloed heeft op het zelfbeeld. De wijze waarop kritiek wordt gegeven, is vaak niet bevorderlijk voor een positieve beleving van het zelfbeeld en is daarmee ineffectief. Ook de wijze waarop complimenten gegeven worden is vaak weinig effectief. Tot slot van dit hoofdstuk besteden we aandacht aan het geven van kritiek en complimenten en wel op zo'n manier, dat het kind acceptatie kan ervaren en dat eventuele negatieve effecten voor het zelfbeeld zoveel mogelijk beperkt worden.

Effectieve complimenten

Een belangrijke pedagogische regel in het onderwijs is dat een kind moet weten als het iets goed doet: hij krijgt een compliment. Dit ervaart het kind als prettig, hij hoort dat zijn leraar een positieve opmerking over hem maakt, hem aardig en lief vindt. Je zou denken dat dit bijdraagt aan het versterken of instandhouden van een positief zelfbeeld. Toch ligt het iets ingewikkelder.

■ Voorbeeld 3.7

Je hebt net een vrij moeilijke taalles uitgelegd en de kinderen moeten nu zelfstandig aan het werk. Vrij veel kinderen komen er niet uit, waardoor er hier en daar wat rumoer ontstaat. Je beseft opeens dat één groepje erg rustig blijft en constateert dat dat komt omdat Anneke, een vrij goede leerling, de anderen helpt. Je stelt dat erg op prijs en zegt: 'Wat ben jij toch altijd een fijne leerling, Anneke'.

Bekijk die laatste uitspraak nog eens goed. Wat zal het effect op de leerling zijn van zo'n uitspraak?
Als Anneke een kind is dat zich altijd lief gedraagt, dan is het voor haar niets nieuws te horen dat zij zo'n fijne leerling is. Dat wist zij al en de opmerking, het compliment draagt niet bij aan het verbeteren van het zelfbeeld.
In het geval dat Anneke een kind is met een negatief emotioneel zelfbeeld en zij krijgt te horen dat zij zo'n fijne leerling is, zal zij daar weinig geloof aan hechten. Zo werkt dat met kinderen met een negatief zelfbeeld. Zij zal wel doorhebben dat je haar op dat moment lief vindt en dat zal ze fijn vinden, maar ze weet ook dat ze daarnet niet deed wat je van haar verwachtte. Ze weet dus niet precies waardoor je haar juist nu een fijne leerling vindt.
Complimenten als 'Je bent altijd zo eerlijk', 'Wat ben jij aardig', 'Ik vind je een spontane meid', zijn te algemeen en niet duidelijk genoeg: het 'aardige, eerlijke, spontane' kind weet niet precies wat het is dat de ander zo prettig vindt. Je kunt het positieve effect veel sterker maken door precies aan te geven wat het is dat je zo eerlijk, aardig of spontaan vindt. Een *effectief compliment* beschrijft precies wat het kind deed (*gedrag kind*) en wat het *effect* op de leraar is (Van Londen e.a., 1979).

Gedrag kind + effect = effectief compliment

■ Voorbeeld 3.8

Een paar voorbeelden van effectieve complimenten.
De klas blijft rustig doorwerken, terwijl jij buiten het lokaal met een onderwijsbegeleider staat te praten.
Leraar: 'Fijn, dat jullie zo rustig doorwerkten (wat ze doen), zodat ik even met die meneer kon praten' (effect op de leraar).
Jim helpt na gymnastiek een van de andere kinderen met het vastmaken van de schoenveters.
Compliment: Jim, ik vind het fijn dat je Jitske even geholpen hebt (wat hij deed), nu hoef ik me niet meer zo te haasten' (effect op de leraar).

Tussenvraag 3.7
De leraar zegt dat ze zich niet zo lekker voelt. Bastiaan (6) en Annemiek ($6\frac{1}{2}$) zeggen direct: 'We zullen erg stil zijn vandaag, juf.'
Het beste compliment is:
a 'Dat vind ik heel lief van jullie.'
b 'Jullie zijn schatten.'
c 'Wat fijn dat jullie stil willen zijn, juist nu ik me niet lekker voel.'

Kunstmatig

Uit de praktijk komt veelvuldig de opmerking dat het op deze manier geven van kritiek en complimenten zo *kunstmatig* aandoet, doordat je vaak langere zinnen moet gebruiken.
Wellicht is dit zo, maar er valt tegenin te brengen dat het vaak een kwestie is van wennen – voor zowel de leraar als de leerling –, maar oefening baart kunst! Bovendien kun je zo'n lange zin meestal gemakkelijk vervangen door twee of meer korte.
De ervaring heeft geleerd dat als een leraar een zo concreet mogelijk compliment geeft, dit bijdraagt aan een positieve beleving van het zelfbeeld. Een kind met een positief zelfbeeld zal dan denken: 'Mooi zo, dit kan ik ook al'. Een kind met een negatief zelfbeeld denkt: 'Ik stel dan misschien niet zoveel voor, maar dit heb ik tenminste goed gedaan'. Naarmate hij dit vaker ervaart, kan hij gaan ervaren de moeite waard te zijn doordat een leraar telkens positieve dingen benoemt die waar zijn! Zo kan een negatief zelfbeeld ombuigen naar een positief zelfbeeld.

Tussenvraag 3.8
Wat is precies een effectief compliment en welke invloed heeft dit op het zelfbeeld van een kind?

Effectieve kritiek

In het onderwijs worden natuurlijk niet alleen positieve dingen genoemd of complimenten gegeven. In veel situaties op school waarin je vindt dat het kind iets vervelends heeft gedaan, is correctie nodig. Het is echter niet de bedoeling dat de opmerkingen van de leraar bijdragen aan een negatieve beleving van het zelfbeeld.

Oordeel over totale mens

Kijk eens naar de volgende uitspraken die in het onderwijs vaak voorkomen: 'Wat ben je toch een lastig kind', 'Je bent een naarling', 'Je bent niet te vertrouwen' enzovoort. Dergelijke uitspraken hebben een algemeen karakter en houden een *oordeel* in *over de totale mens*, ze drukken de hele persoon naar beneden en daarmee tast de spreker het zelfbeeld aan. Kijk naar het volgende voorbeeld.

■ Voorbeeld 3.9
Een kleuter speelt in de zandbak met andere kinderen. Je ziet dat het kind steeds een schep zand gooit op het hoofd van een ander kind, dat heel zielig begint te huilen. Het kind gaat gewoon door... hup, nog een flinke schep en nog één, en het geniet zichtbaar van het effect.
Nu wordt het je te gek, je rent ernaar toe en roept boos: 'Wat ben je toch een gemeen kind!'

Bij dergelijke algemene, negatieve kritiek kan een kind met een positief zelfbeeld in eerste instantie denken dat de leraar het niet zo meent, want meestal doet hij aardig tegen mij en zegt hij dat zaken in orde zijn. Als de algemene negatieve kritiek aanhoudt, kan het effect zijn dat het kind de leraar gaat geloven. Hij ontwikkelt het idee helemaal niet de moeite waard te zijn en zijn positief zelfbeeld buigt om naar een negatief zelfbeeld. Bij een kind met een negatief zelfbeeld werkt algemene negatieve kritiek als een bevestiging van de negatieve beleving van het zelfbeeld.

Als een kind vaak over zichzelf hoort 'Je bent gemeen', zal hij gaan geloven dat hij gemeen is. Dit is een onaangenaam gevoel en als iedereen toch steeds verwacht dat hij wel eens gemeen zal doen, dan gaat hij dat ook doen. Dergelijke uitingen zijn dan ook strijdig met het principe van acceptatie. Wanneer je kritiek wilt uiten, *richt* je je dan ook niet op de hele persoon, maar alleen op het onaanvaardbare *gedrag*.

Richten op gedrag

Kritiek kan heel nuttig zijn als deze effectief is.

■ Voorbeeld 3.10

Gerard (5) wil het speelgoed niet opruimen voor het naar huis gaan.

a niet effectief: 'Jij helpt nooit eens';

b effectieve kritiek: 'Als jij je speelgoed niet wilt opruimen (het ene gedrag) moet ik het doen (effect op de ander), je zou me een plezier doen als je zelf al die autootjes in de doos doet' (wat hij zou kunnen doen);

c effectieve kritiek: 'Als je nu zelf alle autootjes in de doos doet (wat hij zou kunnen doen), hoef ik het niet te doen (effect op de ander).

Drie elementen

Dit voorbeeld laat zien dat effectieve kritiek *drie elementen* bevat. De drie elementen van effectieve kritiek zijn: gedrag-effect-alternatief (Van Londen e.a., 1979).

De volgorde van de drie elementen is niet zo belangrijk, hoewel het effect van de uitspraken door de volgorde wel verschilt: in voorbeeld 3.10 is het laatste het minst vervelend om te horen, het klinkt eerder als een vraag om hulp dan als kritiek. Dat is meestal zo als je begint met te zeggen wat het kind anders zou kunnen doen (alternatief)(Van Londen e.a., 1979). Het is aan jou als leraar welke vorm van kritiek je wilt hanteren.

■ Voorbeeld 3.11

Nelleke (8) heeft een boek niet teruggebracht naar het documentatiecentrum.
Effectieve kritiek: 'Nelleke, als jij dat boek niet terugbrengt nadat je het gebruikt hebt (het ene gedrag), grijpt een ander mis als hij het nodig heeft (effect op de ander). Als jij het terugbrengt, kan een ander het ook lezen' (wat ze zou kunnen doen).

Nog een voorbeeld

Vincent (9) loopt met modderige laarzen de klas binnen.
Effectieve kritiek: 'Vincent, als je je laarzen uitdoet voor je de klas binnenkomt (wat hij zou kunnen doen) in plaats van ze aan te houden (het ene gedrag), dan zit ik niet met een vieze vloer' (effect op de ander).

Bij effectieve kritiek weet de leerling dus heel concreet welk gedrag niet aanvaardbaar was. Omdat het gedrag benoemd wordt en er niet iets over zijn persoon gezegd wordt, kan het kind zijn 'fout' in de beleving van zijn zelfbeeld in de juiste proporties plaatsen.

Tussenvraag 3.9
Beschrijf het verschil tussen effectieve en niet-effectieve kritiek. Wat is de relatie tot het zelfbeeld?

Tussenvraag 3.10
Sandra (10) pakt zonder te vragen een pen weg bij haar buurman Gijs (9). Wat is de effectieve kritiek?

a 'Hé, Sandra geef die pen onmiddellijk terug, kan je weer niet van een ander z'n spullen afblijven?'
b 'Sandra, het is, denk ik, prettiger voor Gijs als je even vraagt of je zijn pen mag lenen.'
c 'Je mag geen pen afpakken, dat weet je toch zo langzamerhand wel.'

Tussenvraag 3.11
Eva (12) is bij de tafel van de leraar haar vulpen aan het vullen en deze ziet dat het niet lukt. Wat is effectieve kritiek in deze situatie?

Beïnvloeding zelfbeeld

Effectieve instrumenten

Effectieve complimenten en kritiek zijn goede *instrumenten* om doelgericht een negatief zelfbeeld van een kind om te buigen naar een positief zelfbeeld. In de concrete termen van hoofdstuk 2 gaat het er dan om dat je als leraar probeert het aspect dat een kind negatief beleeft, als het ware uiteen te laten vallen in plussen en minnen.

■ Voorbeeld 3.12

We denken even terug aan Delano, die erg veel moeite had met rekenen. Algemene kritiek zou luiden: 'Wanneer leer jij nu eens goed rekenen' of 'Rekenen is niet je sterkste kant, Delano'.
Wil de leraar effectieve complimenten en kritiek hanteren om de negatieve beleving van Delano om te buigen, dan zal hij zich moeten richten op de diverse onderdelen van het rekenen waarin Delano respectievelijk wel en niet goed presteert. Delano kan bijvoorbeeld goed tellen, kan terugtellen van 100 naar één en hij kent de tafel van één en vijf. Dat zijn allemaal afzonderlijke prestaties, waarop de leraar een effectief compliment kan geven. Daardoor kan bij Delano zijn faalangst voor rekenen afnemen. Als de leraar dan ook het geven van effectieve kritiek op specifieke onderdelen richt, kan Delano ervaren dat hij slechts op onderdelen iets niet goed kan. De kans neemt daarmee toe dat hij meer rekenhandelingen gaat beheersen. Zo kun je als leraar steeds meer minnen omzetten in plussen, wat bijdraagt aan een positieve beleving van het zelfbeeld.

Bij het beïnvloeden van het zelfbeeld gaat het er dus om de beleving van een negatief aspect op te splitsen in onderdelen. Daarbij gelden de volgende uitgangspunten:

Complimenten binnen negatief aspect

- Met effectieve complimenten maak je als het ware het kind bewust van dat waar hij goed in is. De *complimenten* moeten betrekking hebben op het *negatief beleefde aspect* van het zelfbeeld. Delano een compliment maken over zijn goede voetbalspel zal weinig bijdragen aan de negatieve beleving van zijn rekenprestaties. Dit kan zelfs compensatiegedrag (hoofdstuk 2) uitlokken of bevorderen.

Kritiek op gedrag

- De effectieve *kritiek* is bedoeld om het kind te laten ervaren dat het niet om zijn persoon gaat, maar om *zijn gedrag*. En dat gedrag is bovendien iets waarin verandering mogelijk is.

Straf laten aansluiten bij negatiefe aspect

- Als het nodig is straf te geven, doe dat dan niet op die aspecten van het zelfbeeld die een kind als positief ervaart. Probeer een *straf* te bedenken die *aansluit bij het negatief* beleefde *aspect* van het zelfbeeld.

■ Voorbeeld 3.13

Timo heeft moeite met taal. Hij werkt niet door, omdat hij er maar weinig van begrijpt. Omdat hij zijn werk niet af heeft, mag hij niet naar gymnastiek, een vak waarin hij uitblinkt.

De ouders van Janine hebben samen met de leraar besloten dat zij niet meer naar paardrijden mag, als zij bij haar volgende rapport onvoldoendes heeft.

Er is een situatie waarin een kind een aspect van zijn zelfbeeld als negatief beleeft. Straffen als in bovenstaande voorbeelden zetten een positief beleefd aspect van het zelfbeeldgebied onder druk. En die positieve beleving vormt voor het kind een belangrijk tegenwicht voor zijn negatieve beleving. Het kan zijn dat het kind onder druk van het onaangename vooruitzicht tijdelijk wat meer zijn best probeert te doen. Maar het effect op de lange duur is een verergering van het negatieve zelfbeeld en een verslechtering van de relatie tussen leraar en leerling. In de situatie dat de leerling op meer dan één aspect een negatief zelfbeeld heeft, is het nodig te weten welk aspect hij eerder en welk aspect hij later als negatief is gaan beleven. In de praktijk blijkt het vaak zo te zijn dat het aspect dat het kind het laatste als negatief is gaan ervaren het gemakkelijkst weer is om te buigen naar een positieve beleving. Een verklaring hiervoor is dat de 'tweede' negatieve beleving het gevolg is van de problemen op het eerste negatieve aspect.

■ Voorbeeld 3.14

Zehra (groep 7) heeft een apart programma gekregen voor rekenen. Zij werkt nu op haar eigen niveau. Sinds kort speelt zij nog maar weinig met haar klasgenoten, terwijl er voorheen op sociaal vlak geen problemen waren. Een gesprekje met Zehra maakt duidelijk dat zij doordat zij op haar eigen niveau moet werken, het gevoel heeft niet meer bij de groep te horen.

Doelgericht handelen

In het begin van deze paragraaf hebben we het woord doelgericht gebruikt. Dat woord is bewust gekozen. Leraar en leerling verkeren wekelijks vele uren met elkaar. Dat betekent dat een leraar grote invloed heeft op de manier waarop een kind over zichzelf denkt. Alleen als hij zich hiervan bewust is en over de juiste en voldoende competenties beschikt, kan hij gericht handelen met de bedoeling eraan bij te dragen dat een kind positief over zichzelf denkt.

Tussenvraag 3.12

Waarom is het belangrijk complimenten en straf te geven binnen het negatief beleefde aspect van het zelfbeeld?

Samenvatting

Een van de belangrijkste kenmerken van een goede relatie is acceptatie; acceptatie van de persoon wel te verstaan, niet van zijn gedrag zonder meer. In het onderwijs doen zich immers nogal eens gedragingen voor die niet acceptabel zijn.
De scheiding tussen dat wat je wel en dat wat je niet accepteert, varieert. Anders gezegd, je acceptatievermogen en daarmee je acceptatiegrens is variabel. Veranderingen bij jezelf, in de leerling of factoren in de omgeving zijn van invloed op deze acceptatiegrens. Om goed les te kunnen geven is het noodzakelijk vast te stellen wat jouw acceptatiegrenzen zijn in verschillende omstandigheden. Alleen dan kun je deze duidelijk maken aan de leerlingen en zo de structuur bieden die zij nodig hebben.
Bij het vaststellen van deze grenzen kun je gebruikmaken van de acceptatierechthoek van Gordon. Het gedeelte van deze rechthoek waarin de aanvaardbare gedragingen staan, noemen we het doceer-leergebied. Het is zowel in het belang van de leraar als in dat van de leerling dat dit gebied zo groot mogelijk is. Het doelgericht variëren van je acceptatiegrens is een belangrijk hulpmiddel bij het zo groot mogelijk houden van het doceer-leergebied.
Met de kennis van wat acceptatie is, hoe je je acceptatiegrenzen kunt vaststellen en waarom het doelgericht variëren ervan soms nodig is, kun je je handelen effectief richten op het positief beïnvloeden van het zelfbeeld. Een belangrijke stelregel is daarbij dat het zelfbeeld van het kind uitgangspunt is voor de te kiezen benadering. Bij het beïnvloeden van het zelfbeeld zijn het op een effectieve manier geven van complimenten en kritiek, namelijk zo dat het kind acceptatie ervaart, goede hulpmiddelen.
Als leraar dien je je ervan bewust te zijn dat je grote invloed hebt op het zelfbeeld van een kind. Immers, alleen dan is het mogelijk om met behulp van de in dit hoofdstuk aangereikte kennis, gericht bij te dragen aan een positieve beïnvloeding van het zelfbeeld van een kind.

Kernbegrippenlijst

Acceptatie Het aanvaarden van de ander als persoon met zijn meningen en gevoelens.

Acceptatiegrenzen Onder invloed van verschillende factoren zijn er wisselingen in datgene wat iemand wel en niet accepteert. Het is van belang dat een leraar vaststelt wat de grenzen zijn van zijn acceptatievermogen.

Acceptatierechthoek De acceptatierechthoek is een schematische voorstelling met behulp waarvan je kunt vaststellen wat je acceptatiegrens is. Dit gebeurt door het onderscheid tussen aanvaardbare en niet-aanvaardbare gedragingen.

Doceer-leergebied In de acceptatierechthoek van Gordon onderscheiden we een deel met de aanvaardbare gedragingen: het acceptatiegebied. In dit gebied hoeft de leraar niet te mopperen, boos te worden of te straffen. De leerling kan in rust leren. In dit gebied vindt het leren en doceren plaats.

Effectief compliment Een effectief compliment beschrijft precies wat het kind doet en wat het effect op de leraar is.

Effectieve kritiek Effectieve kritiek beschrijft altijd drie dingen: het gedrag, het effect en het alternatief.

Non-verbale communicatie Iemand drukt niet alleen in woorden iets uit, maar ook in de manier waarop hij dat doet: de toon waarop het gezegd wordt, de uitdrukking op het gezicht en andere gebaren.

Verbale communicatie Onder verbale communicatie verstaan we datgene wat iemand in woorden uitdrukt.

Zelfbeeld Het zelfbeeld is wat iemand van zichzelf vindt op lichamelijk, cognitief, emotioneel en sociaal vlak.

Vragen

3.1 Hoe zou je in de onderstaande situaties acceptatie kunnen tonen?

a Peter is met zijn blokken een toren aan het bouwen, maar maar steeds als hij de laatste blokken erop wil leggen, valt de toren om. Als de toren voor de vierde keer omvalt, schopt hij woedend ook de nog overeind staande blokken om.

b Melanie (4) komt tegen je aan staan om je haar pop te laten zien. Je wilt haar op schoot nemen, maar als je haar oppakt begint ze 'Nééééé' te schreeuwen.

3.2 Je vindt dat je Patrick (11), aan wie je in je hart een hekel hebt, toch eens moet laten merken dat hij er voor jou ook bij hoort. Hoe kun je acceptatie tonen op zo'n manier, dat het niet onecht overkomt?

3.3 Noem een aantal verschillende manieren om acceptatie te tonen en geef aan op welke wijze deze van elkaar verschillen.

3.4 David (11) heeft, uit eigen beweging, al zijn huiswerk op tijd ingeleverd. Hoe luidt een effectief compliment? En hoe een niet-effectief compliment?

3.5 Jantine is een meisje van 5 jaar. De leidster constateert dat zij voor de zoveelste keer is gaan verven zonder een schort aan te trekken. Beschrijf hoe effectieve kritiek luidt.

3.6 Probeer een effectief compliment te verzinnen met betrekking tot je docent.

2 Communicatie-vaardigheden

Voor het opbouwen van een goede relatie, zoals beschreven in hoofdstuk 1, is naast kennis van het zelfbeeld goed kunnen communiceren essentieel. Niet voor niets wordt in één van de basiscompetenties gesteld dat een leraar die interpersoonlijk competent is een vriendelijke en coöperatieve sfeer en een *open communicatie* tot stand brengt. Wat daarvoor nodig is komt in dit deel aan de orde. De opvattingen van Carl R. Rogers (geb. 1902) en T. Gordon zijn hierbij uitgangspunt geweest. Rogers werd wereldbekend door het ontwikkelen van een psychotherapie waarin de waarde van de mens als persoon centraal staat. Contact, de persoonlijke relatie met de ander, en het scheppen van een klimaat van veiligheid en waardering vormen daarbij de kernbegrippen.

Rogers is zich steeds meer gaan richten op het uitwerken van zijn opvattingen naar de opvoedings- en onderwijssituatie. Hem stond voor ogen dat een kind een zodanige situatie geboden moet worden dat het op creatieve en constructieve wijze kan omgaan met vragen en problemen die het tegenkomt.

Vervolgens heeft T. Gordon, met de theorie van Rogers als uitgangspunt, twee boeken geschreven over communicatievaardigheden: *Beter omgaan met kinderen* (1979) en *Luisteren naar kinderen* (1989). Veel van deze opvattingen zijn in enigerlei vorm terug te vinden in recente publicaties over communicatie.

In de hoofdstukken 4 tot en met 7 bespreken we de verschillende aspecten van de communicatievaardigheden. Hoofdstuk 4 dient als basis voor de volgende hoofdstukken: in hoeverre accepteer je het (probleem)kind, wanneer ontstaan er problemen tussen jullie? Als er problemen zijn, dan is het belangrijk uit te zoeken om wiens probleem het gaat: dat van de leraar of van de leerling.

Hoofdstuk 5 en 6 behandelen twee vaardigheden die je nodig hebt om te kunnen communiceren: luisteren naar de ander en vertellen wat jij wilt zeggen. Het 'actief luisteren' gebruik je vooral als een kind een probleem heeft, de 'ik-boodschappen' vooral als jijzelf een probleem hebt.

Hoofdstuk 7 gaat over het oplossen van een conflict: dan heb je als leraar en leerling, samen een probleem.

OPENINGSCASUS

Karen

Karen zit in groep 6. Zij heeft niet zo'n gemakkelijk leventje. Thuis zijn er veel problemen. Haar vader is alcoholist. Daardoor zijn er vaak ruzies tussen haar vader en moeder. Er is voortdurend allerlei gedoe in huis. Als haar vader erg dronken is, is Karen heel erg bang voor hem. Hij schreeuwt dan en scheldt iedereen uit. De ruzie tussen haar vader en moeder kan hoog oplopen. Karen kruipt dan bij haar broertje Leon en samen wachten zij tot de ruzie over is.
Niemand weet dat haar vader alcoholist is. Moeder heeft gezegd dat zij het niemand mag vertellen, zeker niet op school. Vader en moeder zijn namelijk allebei actief op school.
Op de dagen na het alcoholmisbruik van vader en de ruzie daarna heeft Karen veel problemen op school. Zij is moe en onzeker. Zij staart regelmatig voor zich uit. Als zij een beurt krijgt, dan weet zij vaak het antwoord niet, terwijl zij op andere dagen een heel redelijke leerling is. Eigenlijk weet zij al niet eens meer wat de vraag was van de leraar. Op zo'n moment reageert de leraar ongeduldig en moppert op haar. Hij laat merken het vervelend te vinden dat hij haar steeds weer bij de les moet halen en dat haar prestaties niet goed zijn. Haar werk is niet af en wat zij gemaakt heeft, is vaak slordig. De leraar waarschuwt haar voortdurend. Als zij niet beter werkt, moet zij in de pauze of na schooltijd blijven. Karen reageert nauwelijks op deze maatregelen. Het lijkt haar niet te interesseren. Zij gaat schouderophalend even aan het werk om daarna toch weer af te dwalen met haar gedachten.
Op een dag is het weer zover. De leraar laat Karen in de pauze bij zich komen. Hij zegt erg boos te zijn over haar werkhouding en gedrag en eist dat zij zich na de pauze behoorlijk gaat gedragen. Karen zegt dat zij dat zal doen. Zij stemt in om van het 'gepreek' af te zijn.
Na de pauze barst de bom. Karen zit binnen de kortste keren weer te dromen. De leraar wordt nu echt erg kwaad en geeft een flinke straf. Karen wordt nu ook heel boos. Zij gooit haar boek en schrift op de grond en holt schreeuwend en huilend de klas uit, de leraar en haar klasgenoten in verbijstering achterlatend.
Na enige aarzeling gaat de leraar haar achterna. Hij treft haar in een leeg kamertje van de conciërge. Na wat sussende woorden dat het allemaal toch zo erg niet is, zegt hij dat het gewoon een kwestie is van goed opletten en haar best doen. Zij leert toch vrij gemakkelijk, zegt hij, waarom dan toch die dagen dat zij er een potje van maakt?
Karen begint nog harder te huilen en sist hem toe: 'U begrijpt er helemaal niets van'. De leraar schrikt van haar felle toon en de heftige emoties. Het dringt tot hem door dat er werkelijk iets aan de hand is. Hij ziet nu ook dat Karen er bleek uitziet en kringen onder haar ogen heeft. Hij toont zijn bezorgdheid, zegt dat hij denkt dat zij zorgen heeft en of het helpt die aan hem te vertellen. Daarop kalmeert Karen enigszins en vertelt de leraar, nadat zij hem bezworen heeft dat niemand het mag weten, over de situatie thuis.
De leraar en Karen spreken af dat als het thuis mis is, Karen hem een seintje zal geven. De leraar zal daar die dag dan rekening mee houden.
Deze afspraak werkt goed. Karen maakt geen misbruik van de geboden ruimte. Zij ziet zelfs vaker kans op de 'slechte' dagen toch nog redelijk te presteren, doordat zij steun ondervindt van de leraar in plaats van er een probleem bij te krijgen in de vorm van een boze leraar.

4 Theoretisch kader

In dit hoofdstuk behandelen wij in paragraaf 4.1 kort de basisbegrippen die ten grondslag liggen aan de communicatievaardigheden uit dit deel. Ook bespreken we in deze paragraaf een veelvoorkomende valkuil, die ontstaat door een verkeerde verwachting van de leraar ten aanzien van het doel van de communicatievaardigheden. In paragraaf 4.2 gaan we in op het begrip acceptatie. In paragraaf 4.3 komt het belang van een heldere probleemanalyse aan de orde. Tot slot, in paragraaf 4.4 gaan we in op een veelvoorkomend praktijkverschijnsel: de probleemverwisseling.

4.1 Basisbegrippen

De basis van de communicatievaardigheden die we in dit deel aan de orde stellen, vormt de theorie van Carl R. Rogers en de uitwerking die Thomas Gordon hieraan heeft gegeven voor communicatie tussen volwassenen en kinderen.
Gordon is één van de weinigen die zich systematisch bezig heeft gehouden met communicatie tussen volwassenen en kinderen (Delfos, 2003). Om communicatie zoals Gordon beoogt tot stand te kunnen brengen, is een aantal basisbegrippen belangrijk.

Gelijkwaardigheid

1 In het gesprek is sprake van *gelijkwaardigheid* van gesprekspartners, de leerling(en) en de leraar. De situatie leraar/leerling houdt normaal gesproken automatisch een machtsverschil in. Dit brengt met zich mee dat het verhaal van het kind gauw in de verdrukking raakt. Het kind heeft dan de neiging sociaal wenselijke antwoorden te geven Wil een leraar werkelijk een goed gesprek met een kind/kinderen, dan moet hij deze ongelijkheid als het ware tijdelijk opheffen door het kind duidelijk te maken dat het een gelijkwaardige gesprekspartner is. Dat bereikt hij door *goed te luisteren*. Wat dat is en hoe dat te doen beschrijven we in hoofdstuk 5. Daarmee toont hij het kind serieus te nemen, het te respecteren in zijn gevoelens, gedachten en meningen. Kortom, hij acht de leerling daarmee een gelijkwaardige gesprekspartner.

2 Het gesprek kenmerkt zich door:

Echtheid

a *Echtheid*, dat wil zeggen dat iemand zich gedraagt zoals hij is zonder zich te verschuilen achter een façade. Er is overeenstemming tussen gevoelens en gedrag, tussen denken en doen, tussen beleven en bewust weten (congruentie) (Vossen, 1970).

Aanvaarding/ acceptatie

b *Aanvaarding/acceptatie*. We spreken van acceptatie wanneer je de ander als persoon mét zijn meningen en gevoelens aanvaardt. Hoe beter je de ander als persoon kunt accepteren, des te meer veiligheid en warmte de relatie zal bieden (een belangrijk onderdeel van de pedagogische competentie).
Acceptatie van de ander als persoon houdt niét in dat je ook zonder meer zijn gedrág moet accepteren.

Empathie

c *Empathie*. Dit begrip wordt vaak verward met gevoelig zijn (Delfos, 2003) Dat is niet zo. Empathie betekent dat je je kunt verplaatsen in de gevoelens van de ander, zonder hierover te oordelen. Je hoeft niet zélf die gevoelens te hebben.

Ontvankelijkheid

3 Een laatste belangrijk begrip voor deze vorm van communicatie is *ontvankelijkheid*. Zowel de leraar als de leerling(en) moeten bereid én in staat zijn op deze manier met elkaar te communiceren.

> In het geval van Karen, uit de openingscasus, ontstaat een doorbraak in de situatie op het moment dat de leraar zich openstelt voor het feit dat Karen problemen heeft en hij dit gegeven accepteert, dit op een geloofwaardige manier laat blijken – hij toont echte bezorgdheid – en laat blijken zich te kunnen verplaatsen in haar problemen.

Voor sommige leerlingen is die ontvankelijkheid moeilijk in te schatten. Er zijn kinderen, bijvoorbeeld met ADHD, die ongedurig en wispelturig zijn. Als een leraar met dit kind een gesprek aangaat, zal het in het alge-

meen aanvankelijk bereidheid tonen om te luisteren. Maar al gauw zijn andere prikkels voor hem belangrijker en is het niet meer ontvankelijk voor een gesprek.
Andere kinderen zullen weinig of zelfs geen ontvankelijkheid tonen. Denk daarbij aan kinderen met een vorm van autisme. Kinderen met een dergelijk probleem reageren vaak zodanig op de leraar dat hij geen idee heeft of zijn bedoelingen wel overkomen.

Communicatievaardigheden

In de *communicatievaardigheden*, zoals behandeld in deel 2 is het belangrijk te onderscheiden bij wie het probleem ligt, bij de leraar of de leerling (4.2 en 4.3). Op grond daarvan kies je voor goed luisteren of een ik-boodschap. Goed luisteren is in deze wijze van communiceren essentieel. Vandaar de naam 'actief luisteren'. De leraar moet de techniek goed beheersen alvorens resultaat te kunnen verwachten bij ik-boodschappen. Met actief luisteren maakt de leraar duidelijk de mening en gevoelens van de leerling serieus te nemen. Als de leerling dit ervaart, zal hij meestal op zijn beurt ook respect tonen voor de mening en gevoelens van de leraar, wanneer deze door middel van een ik-boodschap iets aan hem te kennen geeft. De leerling zal dan eerder zijn gedrag veranderen.
Het gebruik van ik-boodschappen, zonder de basis van wederzijds respect en vertrouwen opgebouwd door actief luisteren, wordt gauw ervaren als een trucje om de leerling 'op een lieve manier' onder druk te zetten.

Tussenvraag 4.1
Wanneer is er sprake van gelijkwaardige gesprekspartners?

In de praktijk blijkt dat veel leraren, wanneer ze in de omgang met (probleem)kinderen gebruikmaken van communicatievaardigheden, nogal eens teleurgesteld zijn doordat niet meteen een gedragsverandering optreedt. Echter, het *doel van deze communicatievaardigheden* is niet het veranderen van gedrag(ingen), maar het ontwikkelen en instandhouden van een goede relatie. Dat sluit niet uit dat er geen gedragsverandering kan optreden. Integendeel, er is alle kans dat een gedragsverandering optreedt, omdat de leerling vanuit de goede relatie, en de aandacht van de leraar voor zijn probleem, zelf de behoefte of de noodzaak daartoe voelt.
Een leraar die gedragsverandering als voornaamste doel stelt, kan beter gebruikmaken van de principes van de gedragstheorie (deel 3).

Tussenvraag 4.2
Wat is het doel van de communicatievaardigheden, zoals beschreven in dit hoofdstuk?

4.2 Acceptatieanalyse en probleemanalyse

Acceptatie

In hoofdstuk 3 is het begrip acceptatie al uitvoerig aan de orde geweest. Het is echter niet voldoende alleen maar op de hoogte te zijn van het begrip acceptatie. Je moet het in de praktijk ook kunnen toepassen. Een belangrijk middel daarbij is de acceptatieanalyse.
Om verschillende redenen is het nodig dat je een analyse maakt van wat jij als leraar wel of niet accepteert. Hierbij moet je een onderscheid maken tussen wat je in géén geval acceptabel vindt (bijvoorbeeld een ander kind met opzet pijn doen), wat al dan niet acceptabel is afhankelijk van in hoofdstuk 3 genoemde factoren en wat voor jou zonder meer acceptabel is (bijvoorbeeld het pakken van een leesboek na voltooiing van een taak). In hoofdstuk 3 zijn we er al op ingegaan waarom het nodig is duidelijk te zijn over wat je als leraar wel of niet accepteert. We zetten de redenen hier nog even op en rijtje, gerelateerd aan het opbouwen of onderhouden van een goede relatie:

- het tonen van acceptatie is alleen mogelijk als je weet wat je accepteert;
- de grenzen van wat jij als leraar acceptabel vindt, worden duidelijk en kunnen dan beter overgebracht worden op de leerlingen. Daarmee geef je de structuur aan, waarbinnen jij met de kinderen wilt werken;
- als je door wat voor een oorzaak dan ook ineens anders handelt of reageert, kun je dit naar de leerlingen toe sneller en beter verklaren, waardoor je voorkómt dat ze onnodig in verwarring raken.

Herkennen/analyseren problemen

Naast een acceptatieanalyse is het nodig problemen te kunnen herkennen en analyseren. Een zuivere probleemanalyse is dé weg tot het juist omgaan met die problemen.

In het geval van Karen zijn de problemen onnodig opgelopen, omdat de leraar allerlei signalen van problemen bij Karen niet als zodanig herkende.

De rechthoek die gebruikt wordt om onderscheid te maken tussen aanvaardbare en onaanvaardbare gedragingen van leerlingen (zie figuur 4.1) kan gebruikt worden om leraren te helpen bij het beter *herkennen en analyseren van de problemen* die onvermijdelijk optreden in iedere leraar-leerlinginteractie. Hoofdstuk 3 behandelt dit onderwerp in relatie tot het zelfbeeld. Ook voor een adequate toepassing van de communicatievaardigheden volgens Gordon is het herkennen en analyseren van problemen tussen leraar en leerling essentieel. Daarom komt dit onderwerp hier weer aan de orde, maar nu vanuit de invalshoek van communicatievaardigheden.

Probleem leraar

Eerst bekijken we het bonvenste gedeelte van de rechthoek, het gebied van de onaanvaardbare gedragingen – gedragingen die in tegenspraak zijn met de behoeften van de leraar of die maken dat de leraar zich gedwarsboomd voelt, geïrriteerd, boos enzovoort. Het is duidelijk dat zulk gedrag een *probleem* vormt voor de *leraar* en dat hij daardoor gehinderd wordt in zijn lesgeven.

Figuur 4.1 **Acceptatierechthoek probleemanalyse**

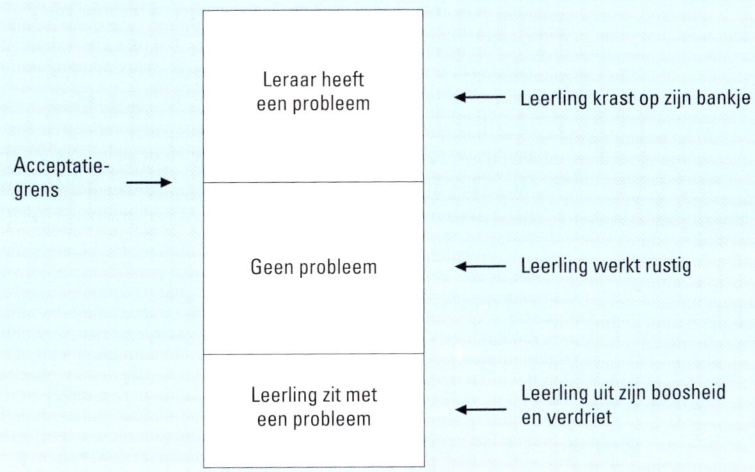

Opvatting van eigendom

Wanneer het gedrag van een leerling 'boven de lijn' ligt (in het gebied van de onaanvaardbare gedragingen), dan heeft de leraar een probleem. Het is zìjn probleem. Deze *opvatting van eigendom* is van doorslaggevend belang bij het handhaven van effectieve leraar-leerlingrelaties. Wanneer een leerling op zijn bank zit te krassen, valt dit onder het gebied van onaanvaardbare gedragingen, omdat het een probleem vormt voor de leraar. In de rechthoek van figuur 4.1 staat de pijl die het gedrag van de leerling voorstelt, bij het gebied van de onaanvaardbare gedragingen, omdat het een probleem vormt voor de leraar. De leraar 'bezit' het probleem.

Nu een andere situatie. Een leerling vertelt je dat zij haar pas gekregen bedelarmbandje heeft verloren. Deze leerling heeft te maken met een probleem in haar eigen leven – helemaal afgescheiden van het leven van de leraar. De boosheid en het verdriet van de leerling raken de leraar op geen enkele concrete en aanwijsbare manier. De leraar zou er zelfs niets van weten als de leerling er niet uit zichzelf iets over had gezegd. Maar het gaat de leerling wel aan – zìj heeft een probleem. Het gedrag van deze leerling hoort in het onderste gedeelte van de rechthoek:

Probleem leerling

het is het *probleem* van de *leerling*.

Tussenvraag 4.3
Waarom is een probleemanalyse noodzakelijk?

In de praktijk doen zich vaak problemen voor waarvan het op het eerste gezicht niet duidelijk is wiens probleem het is. Een situatie die zich vaak voordoet, is die van een leerling die zijn huiswerk, het leren van bepaalde stof, niet gemaakt heeft. Wiens probleem is dit nu eigenlijk?

Probleem toewijzen

Met behulp van de opvatting over 'eigendom' kun je het *probleem toewijzen* aan degene bij wie het thuishoort. Als de leraar zich gehinderd

voelt in zijn lesgeven doordat de leerling extra uitleg vraagt over de niet-geleerde stof, is het het probleem van de leraar. Hij heeft er last van. De leraar kan dit echter ook gewoon negeren en doorgaan met de les. Hij heeft dan geen probleem. Het probleem is van de leerling, als deze merkt dat hij niet verder kan met de volgende les doordat hij zijn huiswerk niet geleerd heeft én hij zich hierdoor gehinderd voelt.
In hoofdstuk 3 is ook de situatie besproken dat gedragingen van de leerling noch voor de leraar, noch voor de leerling zelf een probleem vormen. Als zulk gedrag zich voordoet, is er geen probleem in de relatie. Het middelste gedeelte van de rechthoek betreft deze geen-probleemsituaties. Een voorbeeld van het soort gedrag dat in het *geen-probleemgebied* thuishoort is een leerling die rustig in de klas aan zijn rekenen zit te werken. In zijn behoeften wordt voorzien. Zijn gedrag is op geen enkele manier in tegenspraak met de behoeften van de leraar. Niemand heeft een probleem. In zo'n situatie is er sprake van een optimaal doceer-leergebied.

Geen-probleemgebied

4.3 Probleemanalyse: concrete uitwerking

Een van de belangrijkste struikelblokken op de weg naar een goede verhouding is het onderzoeken van de vraag: 'Wie zit met het probleem?' Het is van groot belang dat leraren de problemen die leerlingen in hun leven hebben en die alleen voor hen een probleem vormen, kunnen onderscheiden van de problemen die een merkbaar en concreet effect hebben op de leraar zelf, en die *dus* geen probleem vormen voor de leerling. Dit onderscheid is noodzakelijk omdat de leraar op een heel andere manier dient te reageren wanneer hij zelf met het probleem zit, dan wanneer het om een probleem van de leerling gaat. De verschillende manieren van reageren worden in de volgende hoofdstukken besproken.
Het verschil tussen problemen van leerlingen en die van leraren heeft vooral betrekking op het *merkbare en concrete* (of werkelijke) *effect*. Leraren kunnen hun eigen problemen scheiden van die van de leerlingen door zich af te vragen: 'Heeft dit gedrag enig merkbaar of concreet effect op mij? Heb ik het gevoel dat ik mij niet-accepterend opstel omdat ik op de een of andere manier word belemmerd, gekwetst of benadeeld? Of heb ik meer het gevoel dat ik niet-accepterend ben omdat ik zou willen dat de leerling iets op een andere manier doet, geen problemen heeft, of voelt wat ik vind dat hij zou moeten voelen.' Als het antwoord op de laatste zin positief is, ligt het probleem bij de leerling.
Als het antwoord op de eerste vraag positief is, heeft de leraar zeker een aandeel in het probleem.
Het is van belang dat je de twee soorten problemen van elkaar onderscheidt, en ze zelf in het juiste gebied van de acceptatierechthoek (figuur 4.1) plaatst.

Merkbaar en concreet effect

Tussenvraag 4.4
Geef aan van wie het probleem is.
- Jan kan zijn pet niet vinden.
- De klas is rumoerig vandaag.
- Je zou willen dat Mieke wat minder traag was.

4.4 Probleemverwisseling

Toe-eigening probleem

In de praktijk blijkt het volgende zich vaak voor te doen: een probleem, dat in werkelijkheid van de leraar is, wordt verschoven naar de leerling en een probleem, dat in werkelijkheid van de leerling is, wordt door de leraar tot het zijne gemaakt *(toe-eigening)*. Dit noemen we probleemverwisseling.

Het eerste is vaak het gevolg van gevoelens van onmacht. In de klas zijn vele situaties denkbaar, waarin de leraar niet meer weet wat hij moet doen (zijn probleem) en de schuld legt bij de leerling(en).

■ Voorbeeld 4.1

De kinderen zijn op een ochtend onrustig, waardoor het lesgeven telkens verstoord wordt. Bovendien ben je nogal moe. Halverwege de morgen is de grens voor jou bereikt en je valt uit: 'Wat zijn jullie toch een stelletje klieren. Nog even en jullie kunnen het voorlezen straks wel vergeten!'

Wat hier gebeurt, is het volgende: de leraar verschuift zijn (orde)probleem naar de leerlingen omdat hij geen oplossing bij de hand heeft (onmacht). De leerlingen, die geen probleem hadden, hebben nu opeens een probleem in hun schoot geworpen gekregen. Een dergelijke probleemverschuiving roept bij kinderen veelal gevoelens op van boosheid, wrok en onzekerheid, die een negatief effect hebben op de relatie leraar-leerling. In het geval van Karen wordt goed duidelijk wat het effect van de houding van de leraar is.

Onmachtgevoelens komen ook vaak voor als een leerling niet gemotiveerd is (of lijkt) om iets te doen op de manier zoals jij dat van hem verlangt.

■ Voorbeeld 4.2

Harm vertikt het om netjes te schrijven. Hij voert als reden aan dat zijn schrijven toch leesbaar is. De leraar accepteert het geschrevene niet (zijn probleem) en zegt: 'Je bent een onmogelijke sloddervos. Zolang jij weigert netjes te schrijven, krijg je van mij een onvoldoende op je rapport.' (Nu heeft Harm een probleem.)

Dit voorbeeld behoeft waarschijnlijk geen nadere uitleg.

Het volgende voorbeeld, het zich toe-eigenen van een probleem, komt vaak voort uit bezorgdheid.

Evelien is een meisje van $6\frac{1}{2}$ jaar. Zij is eeuwig en altijd haar jas kwijt, omdat zij zich bij het binnenkomen niet de tijd gunt deze goed op te hangen. Meestal draait het erop uit dat de leraar om 12 uur een in paniek rakende Evelien helpt bij het zoeken naar de jas.

Uit bezorgdheid maakt de leraar hier het probleem van de leerling (mede) tot zijn probleem, waarmee hij eraan voorbijgaat dat een $6\frac{1}{2}$-jarig meisje een dergelijk probleem best zelf kan oplossen.

Dit is iets wat we vaak zien gebeuren. Er wordt voorbijgegaan aan het feit dat een kind wel degelijk kan leren verantwoordelijk te zijn voor wat het doet. Verantwoordelijk zijn binnen de grenzen van zijn mogelijkheden, wel te verstaan.

Tussenvraag 4.5

Waardoor kenmerkt probleemverwisseling zich?

Een manier om deze verantwoordelijkheid te leren is het kind de gevolgen van zijn gedrag te laten ervaren. Als het de gevolgen niet prettig vindt, zal het zich de volgende keer waarschijnlijk anders gedragen. Je kunt als leraar het kind de gevolgen van zijn gedrag op een vanzelfsprekende manier laten ervaren, zonder dat het dat als straf voelt. Als de gevolgen echt gevaarlijk zijn, zul je het kind daarvoor moeten behoeden: je grijpt natuurlijk in als het de straat oprent of een slok van de verf dreigt te nemen.
Er zijn vele situaties waarin je het kind niet hoeft te behoeden voor de gevolgen en waarin het zelfs verstandiger is om dat niet te doen, als je wilt dat het kind verantwoording leert aanvaarden voor zijn eigen doen en laten. Je constateert nu dus dat het probleem ligt bij de leerling en je verbindt hieraan de conclusie dat je het dus niet tot jouw probleem moet maken.

Tussenvraag 4.6
Je hebt net nieuwe moeilijke rekenstof uitgelegd. Johan (10) is, zoals gewoonlijk, eigenwijs en zegt: 'Oh, dat is gemakkelijk' en wil de sommen alvast gaan maken, terwijl je weet dat hij het niet zal kunnen. Hoe kun je reageren zodat hij de natuurlijke gevolgen van zijn gedrag ervaart?
a Je zegt: 'Ga je gang.'
b Je maakt jezelf kwaad en zegt: 'Ons rekenwonder weet het allemaal? Ik krijg van jou dus een foutloze bladzij.'
c Je zegt overredend: 'Johan, wacht nou even, ik leg het zo meteen nog een keer uit.'

In het voorbeeld van Evelien betekent dit dat de leraar niet helpt bij het zoeken naar de jas waardoor Evelien de mogelijke gevolgen (een boze moeder, weinig tijd om te eten) van haar slordigheid ervaart.
Met het oog op de ontwikkeling van een goede relatie tussen leraar en leerling, is het vaak nodig wel in te gaan op situaties waarin de leerling met een probleem zit.
Dit komt in het volgende hoofdstuk aan de orde.

■ ■ ■ Samenvatting

In dit hoofdstuk staan de theoretische uitgangspunten centraal die Gordon hanteert voor zijn communicatievaardigheden. Deze zijn in belangrijke mate ontleend aan de theorie van Rogers. Het gaat om de begrippen gelijkwaardigheid, echtheid, aanvaarding/acceptatie, empathie en ontvankelijkheid. Alleen een relatie die aan deze kenmerken voldoet, vormt een basis voor een goede en effectieve communicatie tussen leraar en leerling.
Het begrip acceptatie, dat al aan de orde kwam in hoofdstuk 3, krijgt in dit hoofdstuk een extra accent. We maken het begrip acceptatie hanteerbaar voor de praktijk. We bepalen daarvoor om wiens probleem het gaat – leraar of leerling of beiden – en bespreken een veelvoorkomende valkuil: probleemverwisseling. Het hoofdstuk besluit waarom het belangrijk is niet in deze valkuil te lopen.

Kernbegrippenlijst

Acceptatie Het aanvaarden van de ander als persoon met zijn meningen en gevoelens.

Congruentie Er is overeenstemming tussen gevoelens en gedrag, tussen denken en doen, tussen beleven en bewust weten.

Echtheid Je gedragen zoals je je voelt en bent, zonder je achter een façade te verschuilen. Er is congruentie tussen gevoelens en gedrag, tussen denken en doen, tussen beleven en bewust weten.

Empathie Verplaatsen in, begrijpen van de gevoelens van de ander, zonder hierover te oordelen.

Gelijkwaardigheid In het gesprek tussen leraar en leerling speelt het machtsverschil dat er normaal gesproken is, geen rol. Door goed luisteren toont de leraar het kind serieus te nemen, het te respecteren in zijn gevoelens, gedachten en meningen en het een gelijkwaardige gesprekspartner te achten.

Ontvankelijkheid Zowel de leraar als de leerling(en) moeten bereid én in staat zijn op deze manier met elkaar te communiceren.

Probleemanalyse Het bepalen wie een probleem heeft met het oog op het op de juiste wijze omgaan met dat probleem.

Probleemtoewijzing Sommige situaties kunnen een probleem vormen zowel voor de leraar als de leerling. Voor het effectief communiceren is het noodzakelijk vast te stellen wie welk probleem heeft.

Probleemverwisseling Het verschuiven van een probleem dat eigenlijk van jou is naar een ander en een probleem dat eigenlijk van een ander is tot het jouwe maken.

Vragen

4.1 Esther heeft door een sterke faalangst zwakke rekenresultaten, terwijl je de indruk hebt dat ze beter kan. Wiens probleem is het?

4.2 Hieronder vind je een aantal beschrijvingen van problemen. Geef aan om wiens probleem het gaat en motiveer je antwoord.

a Ronnie is een jongetje dat voortdurend klikt.
leraar – Ronnie – andere kinderen

b Greetje heeft vandaag, zonder duidelijke redenen, geen zin in werken.
leraar – Greetje

c Frida plast regelmatig per ongeluk een beetje in haar broek.
leraar – Frida

d Jantjes hondje is gisteren overleden. Vandaag komt Jantje duidelijk niet tot werken.
leraar – Jantje – hondje

e Nannette komt huilend veel te laat in de klas. Jij bent net iets heel moeilijks aan de andere leerlingen aan het uitleggen.
leraar – Nannette – de andere leerlingen

f Jopie scheldt zijn Surinaamse klasgenoot Jeffrey uit voor nikker. Jeffrey reageert er niet op. Jij windt je erg op over dit voorval.
leraar – Jopie – Jeffrey

g Jopie scheldt zijn Surinaamse klasgenoot Jeffrey uit voor nikker. Jeffrey begint te huilen. Jij windt je erg op over dit voorval.
leraar – Jopie – Jeffrey

4.3 Probeer een voorbeeld op te schrijven van een probleem, waarvan je denkt dat het jouw probleem is, maar dat eigenlijk dat van de leerling is.

4.4 Probeer een voorbeeld op te schrijven van een probleem, waarvan je denkt dat het van de leerling is, maar dat eigenlijk jouw probleem is.

4.5 Bedenk een situatie, waarin je geneigd bent oplossingen aan te dragen, maar die eigenlijk zeer geschikt is om het kind te leren dat hij verantwoordelijk is voor bepaald gedrag, door hem de gevolgen van dat gedrag te laten ervaren.

4.6 Maak een probleemanalyse van de volgende situatie
Mirjam (groep 4) vertoont in de groep nogal angstig gedrag. Zij geeft aan dat zij steeds geplaagd wordt. Zij vindt het niet leuk op school. In de pauze staat zij het liefst vlak bij de leraar. De leraar vindt dit niet prettig. Hij kan daardoor niet met zijn collega's praten. Mirjam wordt weggestuurd, maar komt even later weer terug, huilend, omdat de kinderen niet met haar willen spelen.

Luisteren: een kunst, een kunde

5

Goed luisteren, actief luisteren genoemd, is een vaak ondergewaardeerde vaardigheid. Maar het is wel een voor leraren noodzakelijke vaardigheid, omdat zij leerlingen daardoor kunnen helpen problemen het hoofd te bieden. Actief luisteren vormt dus een essentieel element in het streven een pedagogisch klimaat te scheppen, waarin plaats is voor begrip, warmte en veiligheid: een belangrijke pedagogische competentie.
In dit hoofdstuk komen achtereenvolgens aan de orde het uitzenden en opvangen van signalen (par. 5.1), taal van de non-acceptatie (par. 5.2), taal van de acceptatie (par. 5.3), praktische wenken (par. 5.4) en actief luisteren als hulpmiddel in de omgang met ouders (par. 5.5).

5.1 Uitzenden en opvangen van signalen

Elke leerling komt in zijn leven wel eens problemen tegen die zijn leren en functioneren negatief beïnvloeden. En hoe jong een kind ook is, het heeft gevoelens en meningen over die problemen. Echter, jonge kinderen, tot ongeveer de leeftijd van acht jaar, zijn weinig gericht op het communiceren van datgene wat hen bezighoudt en hebben niet altijd in de gaten dat volwassenen niet op de hoogte zijn over wat er in hen omgaat (Delfos, 2003). Wel vertonen leerlingen allerlei gedragingen die wenken, aanwijzingen, inlichtingen en signalen kunnen zijn dat er iets fout is, dat ze problemen hebben (Gordon, 1979). Kijk eens naar de volgende situaties.

Signalen

Voorbeeld 5.1

Marian (11) zit onder de les uit het raam te staren. Ronald, een jongen uit de hoogste klas van de lagere school, spijbelt regelmatig. Yusuf zit pas op de kleuterschool en huilt steeds als zijn moeder weggaat. Marieke is de laatste tijd niet te genieten, zelfs een geringe terechtwijzing doet haar al in tranen uitbarsten. Tom maakt opeens voortdurend ruzie met zijn klasgenoten. Rianne wil niet meer schoolzwemmen.

Ook Karen uit de openingscasus zendt allerlei signalen uit dat er iets aan de hand is. Zij droomt bijvoorbeeld weg en haar werk is slechter.

Tussenvraag 5.1

Karen zendt nog meer signalen uit dat er problemen zijn. Welke?

Tussenvraag 5.2

Waarom zendt een kind signalen uit en vertelt het niet gewoon aan de leraar wat er is?

Wat moeten leraren doen wanneer ze zulke signalen opvangen? Ze negeren en hopen dat ze over zullen gaan? De leerlingen vertellen dat hun problemen niet in de klas thuishoren? De leerlingen naar het schoolhoofd sturen? Het gedrag de kop indrukken door dreiging of straf? Aanmelden voor een school waar de kinderen hopelijk minder problemen hebben?

Veel leraren weten niet precies wat ze moeten doen wanneer leerlingen hun gevoelens of problemen laten blijken of ter sprake brengen. Sommigen voelen er niet veel voor om op te treden als helper of raadgever. Of ze weten niet of raad geven wel of niet tot de taak van de leraar behoort. Of ze vinden dat bemoeienis met de problemen van leerlingen niet past in de doelstelling van de school (Gordon, 1979). Veel leraren denken net zo over problemen van leerlingen als directeuren en werkgevers over die van hun werknemers: problemen dienen achtergelaten te worden waar ze horen: thuis. In het geval van Karen had de leraar aanvankelijk ook deze houding: Karen moest gewoon werken, tenslotte was duidelijk dat zij goed kon presteren.

Problemen verstoren leerproces

Een reactie hierop is dat de wens dan de vader van de gedachte is, want je gaat daarmee voorbij aan het feit dat *problemen* van leerlingen niet thuisgelaten kunnen worden. Ze komen onvermijdelijk mee naar school en als ze daar eenmaal zijn, kunnen ze het *leerproces* ernstig *verstoren* en het leren soms zelfs feitelijk onmogelijk maken. Leerlingen die te kampen hebben met heftige gevoelens of emotionele nood, omdat hun veiligheid wordt bedreigd, of die lichamelijke behoeften hebben waarin niet wordt voorzien, of die denken dat ze geïsoleerd zijn of minderwaardig, of dat ze niet aardig gevonden worden, zullen worden belemmerd in hun werk op school. Op zulke momenten zijn de pogingen die een leraar onderneemt om echt les te geven alleen maar frustrerend en misschien wel vergeefs.
De meeste leraren zullen de signalen van de leerlingen die te kennen geven dat ze te kampen hebben met problemen, wel opvangen. Toch is dat opvangen alleen niet voldoende. Veel leraren vinden het moeilijk hulp te bieden, omdat ze niet goed weten hoe ze effectief kunnen reageren.

In de openingscasus zien we dit ook bij Karen: de leraar benadrukt eerst dat het toch mogelijk moet zijn voor Karen zich 'gewoon' te concentreren, omdat zij dat op de meeste andere dagen ook doet. Deze reactie versterkt echter alleen maar de emotionele uitbarsting van Karen.

5.2 Taal van de non-acceptatie

We bekijken nu eerst de manier waarop leraren vaak reageren op leerlingen met problemen. De signalen die de leraar in zo'n geval uitzendt, delen aan de leerling mee dat zijn gedrag (probleem) niet gewenst is; dat wil zeggen dat de leraar wil dat de leerling verandert, wil dat hij doet alsof hij geen probleem heeft, wil dat hij anders doet, wil dat hij ophoudt met het hebben van wat voor probleem dan ook (Gordon, 1979). Kortom, de leraar wil 'gewoon' doorgaan met lesgeven. De taal die de leraar dan gebruikt is 'de taal van de non-acceptatie'.
Laten we veronderstellen dat een leerling, Monika van 5 jaar, huilend bij de leraar komt en zegt: 'Ik mag van Diana niet met die pop spelen!' De reacties hierop, die volgens Gordon vaak voorkomen en die non-acceptatie overbrengen, zijn onder te verdelen in drie categorieën.

1. *Adviezen geven, oplossingen aandragen*. Dit kan verschillende vormen aannemen:
   - Suggesties geven - adviseren: 'Droog maar gauw je tranen. Straks mag jij met die pop.'
   - Beleren - logisch redeneren: 'Kies maar wat anders; je kunt niet allebei tegelijk met die pop spelen.'
   - Moraliseren: 'Dat is vervelend, maar je kunt nu eenmaal niet altijd je zin krijgen.'
   - Bevelen - voorschrijven: 'Ophouden met huilen en snel iets anders kiezen.'
   - Waarschuwen - dreigen: 'Als je niet gauw ophoudt met huilen mag je helemaal niet meer met de pop spelen.'

2 *Oordelen, negatieve waardering uitdrukken.* Ook dit komt weer in verschillende vormen voor:
   - Analyseren - interpreteren: 'Je bent zeker met wat anders gaan spelen en nu wil je de pop weer terug.'
   - Kritiek leveren - beschuldigen: 'Jij wilt altijd met iets spelen, waar een ander net mee bezig is.'
   - Etiketteren - schelden: 'Er kan ook nooit wat gebeuren of jij begint meteen te huilen.'

3 *Het probleem uit de weg gaan, vermijden.* Dit neemt overwegend twee vormen aan:
   - Afleiden - negeren: 'Kom, jij mag de juf even helpen met het pakken van de melk.'
   - Sarcastisch zijn - grapjes maken: 'Wat een tranen. En het is vandaag al zo nat buiten!'

Blokkerende opmerkingen

In geen van de drie categorieën wordt geprobeerd in te gaan op de gevoelens van de leerling. De leraar accepteert het gedrag van de leerling niet en maakt daardoor geen gebruik van de kans om er achter te komen wat echt het probleem van de leerling is, zodat daarmee eventueel rekening kan worden gehouden. Deze leraar blokkeert als het ware die mogelijkheid. Vandaar dat we dit soort reacties *blokkerende opmerkingen* noemen. Dit is als volgt weergegeven in figuur 5.1.

Figuur 5.1 **Schema blokkerende opmerkingen**

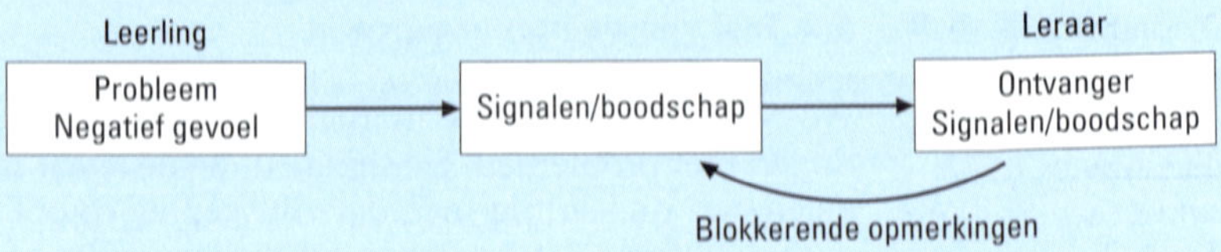

Deze taal van non-acceptatie komt vaak voor in het onderwijs. In de praktijk blijken leraren het veelal moeilijk te vinden dat hun reactie zo bepalend is voor de relatie tussen hen en de leerling. Het geeft hun het gevoel dat zij voortdurend hun reacties op een goudschaaltje moeten wegen. Blokkerende opmerkingen zijn te beschouwen als gemiste kansen om verbetering te brengen in de relatie tussen leraar en leerling. Dit is voor kinderen met een stevig zelfbeeld meestal niet direct schadelijk. Zij zullen in de regel opnieuw en vaak een duidelijker signaal geven. Kinderen met een negatief zelfbeeld zullen dat niet zo gauw doen. Vooral bij kinderen met een zwak ontwikkeld of negatief zelfbeeld of bij een zwakke relatie leraar-leerling is het gebruik van deze taal daarom groeibelemmerend.
Overigens is het bij heel duidelijke signalen, ongeacht het zelfbeeld van het kind, altijd belemmerend voor de relatie als je daarop blokkerend reageert.

■ Voorbeeld 5.2

Saskia, een altijd opgewekt kind, komt op een dag op school met een betraand gezicht en met diepe kringen onder haar ogen.
Een dergelijk signaal mag je als leraar niet laten liggen of afdoen met een blokkerende opmerking.

Luisteren effectief en vruchtbaar

De vraag is dus *hoe* we met kinderen kunnen *communiceren* om te weten te komen wat hen dwarszit. De belangrijkste hulp die je een kind met problemen kunt bieden is vaak orde te scheppen in de chaos die het rond zijn problemen ervaart (Delfos, 2003). *Luisteren* blijkt vaak de meest effectieve en vruchtbare aanpak. Niet 'zomaar' luisteren, maar luisteren vanuit respect en acceptatie: actief luisteren. Dit is weergegeven in figuur 5.2.

Figuur 5.2 **Schema actief luisteren**

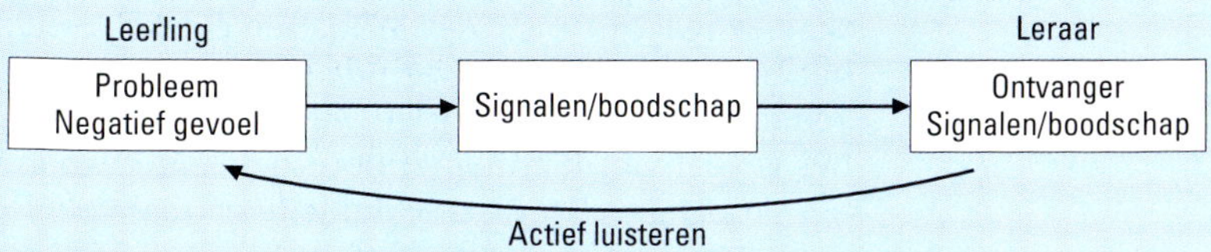

Tussenvraag 5.3
Waardoor kenmerkt zich de taal van de non-acceptatie?

Tussenvraag 5.4
Onder welke categorie valt de aanvankelijke reactie van de leraar van Karen?

■ ■ ■ 5.3 Taal van de acceptatie

Wanneer iemand voelt dat hij door een ander echt geaccepteerd wordt zoals hij is, dan voelt hij zich vrij om vanaf dat punt verder te gaan en na te denken over hoe hij wil gaan veranderen, hoe hij het anders kan doen, hoe hij wil groeien, hoe hij zichzelf kan veranderen, hoe hij zich naar beste vermogen kan ontwikkelen.
Vergelijk de volgende gesprekken eens:

■ Voorbeeld 5.3

Rianne: 'Ik doe niet meer mee met schoolzwemmen.'
Leraar: 'Ja hoor eens, dat is nu eenmaal verplicht in groep zeven, dus je gaat maar, net als alle andere kinderen.'
Rianne: 'Toch ga ik niet naar dat rot zwemmen.'
Leraar: 'Ik wil niet dat je zulke woorden gebruikt; zwemmen is gezond en goed voor je. Ik zie niet in waarom je niet zou gaan. En ga nu je zwempak maar pakken.'

En nu hetzelfde voorbeeld maar nu met een reactie waarin de leraar acceptatie toont.
Rianne: 'Ik doe niet meer mee met schoolzwemmen.'
Leraar: 'O, nee?'
Rianne: 'Nee, ik vind er niets meer aan.'
Leraar: 'Zwemmen is dus niks.'
Rianne: 'Nee, die jongens duiken altijd boven op je en de badmeester zegt er niks van. Ik ga nu maar steeds in het ondiepe, maar dat is zo kinderachtig.'
Leraar: 'Je bent dus bang voor de jongens, maar je schaamt je ook om in het ondiepe te gaan.'
Rianne: 'Ja, dat is het eigenlijk. Trouwens Evelien en Karin vinden het ook. We kunnen het vanmiddag misschien wel tegen de nieuwe badmeester zeggen; hij lijkt best wel aardig.'
Leraar: 'Dat lijkt me een goed idee.'
(Rianne gaat haar zwemspullen pakken.)

In het eerste gesprek geeft de leraar haar eigen mening over wat Rianne zegt, ze reageert niet op wat Rianne eigenlijk wil zeggen *(blokkeren)*. In het tweede gesprek probeert de leraar te begrijpen wat Rianne eigenlijk bedoelt, welke gevoelens ze wil duidelijk maken. De leraar accepteert het gevoel van Rianne, en door het onder woorden te brengen wordt het probleem voor Rianne duidelijker: taal van de acceptatie.
Ter illustratie een ander gesprek:

■ Voorbeeld 5.4
Sven: 'Ik ga nooit meer naar school; het is een rot school.'
Directeur: 'Zo, jij bent behoorlijk kwaad! Er is vast iets naars gebeurd.'
Sven: 'Nou! Die stomme vent van gym moet ook altijd mij hebben.'
Directeur: 'Je vindt het oneerlijk, hè, dat hij steeds jou eruit stuurt.'
Sven: 'Ja, ik was echt niet de enige die zat te klieren.'
Directeur: 'Dus jij vindt dat als hij de anderen niet straft, hij jou ook niet moet straffen.'
Sven: 'Ja, precies. Nou ja, ik dééd wel wat, maar niet alleen. Hij is eigenlijk best aardig, maar hij kan helemaal geen orde houden.'
(Sven kalmeert. Voor hem is het probleem voor dit moment opgelost.)

Actief luisteren

Dit gesprek en het tweede gesprek met Rianne laten een goede manier zien om acceptatie te tonen. We noemen deze manier: *actief luisteren*. Je kunt hem toepassen als het kind een probleem heeft, ergens mee zit. Deze manier van luisteren bestaat uit twee onderdelen:

1. Je moet goed luisteren naar wat de leerling *eigenlijk* wil zeggen en proberen je in te leven in welke gevoelens er spelen (empathie).
2. Vervolgens moet je dat onder woorden brengen en dat tegen het kind zeggen.

Ad 1 Empathie
Het uiten van gevoelens en verlangens kan op verschillende manieren gebeuren. Je kunt rechtstreeks zeggen wat je wilt of voelt: 'Ik vind het niet leuk hier in de klas' of 'Ik ben bang dat ik blijf zitten.'
Meestal echter worden gevoelens en verlangens nièt direct geuit. Daarvoor kunnen onder andere de volgende redenen bestaan (Van Londen e.a., 1979):

- leerlingen weten zelf niet precies wat zij willen of voelen.
- leerlingen kunnen hun gevoel of verlangen niet goed onder woorden brengen.
- leerlingen durven hun gevoelens of verlangens niet rechtstreeks te uiten.

■ Voorbeeld 5.5

Patrick maakt zich veel zorgen over zijn spelling, omdat hij daarmee achter is. Hij vraagt aan de leraar: 'Krijgen we al gauw een dictee?'

Hoewel Patrick slechts informeert naar het tijdstip van een dictee, zit er achter zijn vraag méér: hij maakt zich namelijk zorgen over zijn achterstand bij spelling.
Zo is het ook in het voorbeeld van Rianne: Rianne wil best gaan zwemmen, maar ze was bang dat de jongens op haar zouden duiken, en ze schaamde zich om in het instructiebadje te gaan.
Uit deze voorbeelden wordt duidelijk dat kinderen dat, wat ze voelen en willen vaak niet op een directe manier zeggen, maar dat ze hun gevoelens en verlangens als het ware 'verpakken', zoals weergegeven in figuur 5.3.

Figuur 5.3 **Het 'verpakken' van gevoelens**

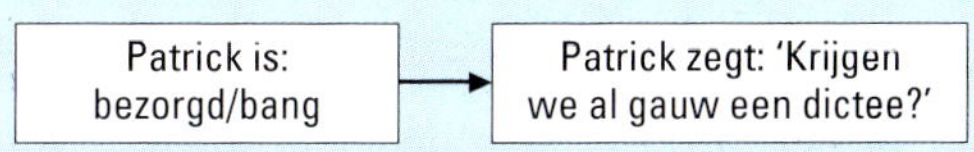

Wat een kind zegt, moet dus vaak niet al te letterlijk worden opgevat; we kunnen beter proberen erachter te komen wat het kind eigenlijk wil zeggen. We moeten wat het kind zegt als het ware 'vertalen'. De leraar vat Patricks vraag 'Krijgen we al gauw een dictee?' als volgt op: 'Hij maakt zich zorgen over zijn spelling.' Dat is in dit geval dus goed 'vertaald', zie figuur 5.4.

Figuur 5.4 **Het 'vertalen' van gevoelens**

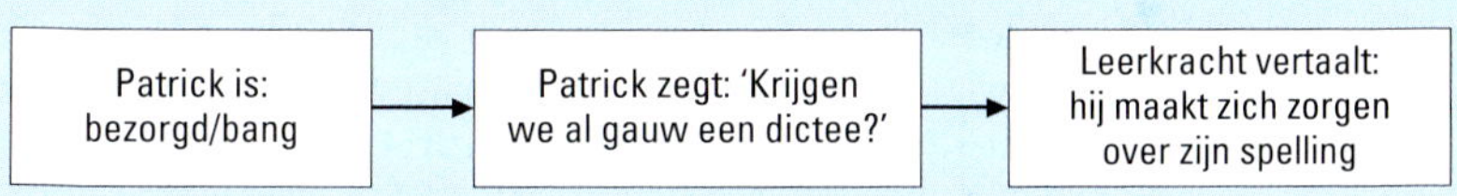

Ad 2 Onder woorden brengen/zeggen

Als je eenmaal de woorden van de leerling vertaald hebt, kun je:
- niets doen, maar dan kan het zijn dat je een kans laat liggen om acceptatie te tonen. Bovendien ziet de leerling je dan niet als iemand van wie hulp en begrip te verwachten zijn. De leraar had bijvoorbeeld kunnen zeggen: 'Oh, dat weet ik nog niet precies, dat merk je wel.' Er is dan echter geen sprake van actief luisteren;
- de achterliggende verlangens en gevoelens onder woorden proberen te brengen.

In ons voorbeeld zou de leraar tegen Patrick kunnen zeggen: 'Je maakt je de laatste tijd, geloof ik, nogal zorgen over je spelling, hè?'
Volledig in schema gebracht verloopt de situatie als afgebeeld in figuur 5.5.

Figuur 5.5 **Volledig ingevuld schema**

Patrick is: bezorgd/bang →	Patrick zegt: 'Krijgen we al gauw een dictee?' →	Leerkracht vertaalt: hij maakt zich zorgen over zijn spelling →	Leerkracht zegt: 'Je maakt je de laatste tijd, geloof ik, nogal zorgen over je spelling, he?'

Als je de gevoelens en/of verlangens van een leerling goed onder woorden brengt, is de kans groot dat hij zelf verdergaat met het onderzoeken en oplossen van zijn probleem. Als je niet goed vertaalt en onder woorden brengt, is dat niet erg. Het kind zal dat dan wel aangeven, omdat het voelt dat je probeert hem te begrijpen.
De leraar had de boodschap ook als volgt kunnen vertalen: hij heeft zeker thuis geoefend. Als hij tegen het kind gezegd had: 'Heb je gisteren thuis alvast geoefend, zodat je het nu nog goed weet', dan had hij er dus naast gezeten. Dat is niet erg, omdat de leerling dan waarschijnlijk 'nee' had gezegd, of zijn schouders had opgehaald. De leraar had dan wel begrepen dat de leerling iets anders bedoelde, en hij zou opnieuw kunnen proberen erachter te komen wat de leerling dan wél bedoelde.

Herkennen gevoelens/verlangens

Wat we willen bereiken is: herkennen van de gevoelens en verlangens van de ander, en de ander laten wéten dat we zijn *gevoel* en *verlangen herkennen*, en dat we bereid zijn er met hem verder op in te gaan. We willen het kind de gelegenheid geven zelf zijn probleem op te lossen. Tegelijkertijd tonen we onze bereidheid om daarbij te helpen.
Actief luisteren wil niet zeggen dat de leerling ook altijd een oplossing zal vinden voor zijn probleem. Maar ook als er geen oplossing gevonden wordt, of als zich zelfs helemaal geen oplossing voor het probleem aandient, dan is het voor het kind toch vaak een opluchting dat het er met iemand over kan praten. Hierdoor wordt het ook gemakkelijker om een probleem, waar niets aan te doen valt, te accepteren.

In het geval van Karen, in de openingscasus, is er slechts gedeeltelijk een oplossing mogelijk voor haar probleem. Maar het begrip dat de leraar toont en zijn bereidheid rekening te houden met haar 'probleemdagen', hebben op zichzelf al een positief effect.

Tussenvraag 5.5
Waardoor kenmerkt zich de taal van de acceptatie?

Actief luisteren leidt meestal tot verbetering van de relatie leerling-leraar. Het kind zal de leraar gaan zien als iemand bij wie het met zijn problemen terecht kan. Dit komt zowel het leren als doceren ten goede.

Actief luisteren nalaten

Actief luisteren is zonder meer af te raden wanneer:

- er onvoldoende tijd is om het kind zich volledig te laten uiten; zeg dan liever tegen het kind dat je nu geen tijd hebt, maar dat je er straks, of morgen over wilt praten;
- je het op dat moment niet aankunt. Dan ook maar liever later of een volgende keer; zeg dit ook weer tegen de leerling;
- je niet echt wilt luisteren naar het kind, het niet echt wilt helpen; je de gevoelens en/of verlangens van het kind niet kunt accepteren; je vindt dat het kind zich zo niet zou moeten voelen. Als je vaak de gevoelens en/of verlangens van het kind niet kunt accepteren, mag je overigens wel eens nagaan waarom dat zo is (Van Londen e.a., 1979);
- je er geen vertrouwen in hebt dat de leerling zal proberen zijn eigen problemen op te lossen;
- je de leerling niet in staat acht de met de mogelijke oplossing gepaard gaande verantwoordelijkheid te dragen.

5.4 Praktische wenken

Hieronder volgt een aantal opmerkingen met betrekking tot problemen die veel voorkomen bij actief luisteren (Van Londen e.a., 1979):

a Het komt bij het leren 'vertalen en verwoorden' vaak voor dat je het kind alleen maar napraat en het gevoel vergeet. Kijk eens naar het volgende voorbeeld:

Voorbeeld 5.6

Hugo: 'Juf, oma heeft gevraagd of ik morgen bij haar kom logeren.'
Leraar: 'Ja, heeft oma je gevraagd of je komt logeren?'

In dit voorbeeld herhaalt de leidster bijna letterlijk wat Hugo heeft gezegd en zij vergeet het gevoel van Hugo onder woorden te brengen. Als de leidster het gevoel van Hugo onder woorden had gebracht, had zij zoiets als: 'Dat vind je fijn, hè?', gezegd.

b Als je niet vergeet het gevoel onder woorden te brengen, kan het ook zijn, dat je het met te weinig of te veel gevoel verwoordt. Iemand voelt zich het best begrepen, als de ander precies zegt wat hij voelt. Dus als iemand erg verdrietig is, voelt deze zich het best begrepen, als de ander dat ook zegt. Als die ander zou zeggen: 'Je vindt het niet leuk', dan zou hij zich minder begrepen voelen. Het omgekeerde is ook het geval: Als je iets minder leuk vindt en de ander zegt: 'Je vindt het vreselijk', dan voel je je eveneens minder begrepen.

We moeten dus proberen het gevoel van het kind met de juiste 'sterkte' onder woorden te brengen.

c Ook met de vraag: 'Waarom?' doet een kind niet zoveel. In de eerste plaats weten we (kinderen en volwassenen) vaak niet waarom we boos, bang, blij, verdrietig enzovoort zijn. Op de vraag 'Waarom?'

moeten we dan ook vaak het antwoord schuldig blijven. Als je verdrietig bent, zul je je schouders ophalen; als je kwaad bent, zul je misschien iets zeggen in de geest van: 'Nou, dáárom'.
Verder durven leerlingen hun gevoelens vaak niet rechtstreeks te uiten. Zeker wanneer zich grote problemen voordoen, heeft de vraag naar het waarom dan ook geen zin. Als we daarentegen de gevoelens van een ander gaan verwoorden, kunnen ze vaak wel gehanteerd worden: dit nu is het doel van actief luisteren.

d We moeten ons bovendien realiseren dat kinderen het niet altijd prettig vinden over hun gevoelens te praten. Soms hebben ze er geen tijd voor, maar het kan ook zijn dat ze het (op dat moment) te pijnlijk vinden om erover te praten. Het kind wil er dan niet over praten, en de enig juiste manier om actief te luisteren is dan... juist: er niet verder op doorgaan! Ook kun je het signaal verwoorden, namelijk dat het kind er op dat moment niet over wil praten. Ditzelfde geldt, als je al actief aan het luisteren was, maar het kind te kennen geeft door bijvoorbeeld de andere kant op te kijken, een ongeduldige gezichtsuitdrukking, of iets te zeggen dat hij het zo wel genoeg vindt.

e Niet bij alles wat het kind zegt, is actief luisteren op zijn plaats. Soms wil de leerling alleen maar informatie. Een kind dat zwemt als een rat, zou vreemd staan te kijken, als je op zijn vraag: 'Meester, hoe diep is het water hier?' zou antwoorden: 'Ben je soms bang dat het zo diep is dat je verdrinkt?'

f Ook moet degene die actief luistert, voorkomen dat hij halverwege het gesprek vervalt in zijn oude reacties. Kijk eens naar het volgende voorbeeld.

■ Voorbeeld 5.7

Marieke: 'Ik wil mijn kastje niet opruimen, het is niet nodig.'
Leraar: 'Je vindt het vervelend, hè, dat ik je telkens zeg dat je je kastje op moet ruimen?'
Marieke: 'Ja, ik vind een beetje rommelig helemaal niet erg, ik kan toch alles vinden.'
Leraar: 'Ja, maar, als de hele klas zo zou zijn, dan was de bende niet te overzien.' (De leraar moraliseert hier, geeft een oordeel.)
Marieke: 'Ach, we hoeven toch niet allemaal zo netjes te zijn.'
Leraar: 'Ik zou mijn mond maar houden en snel mijn kastje gaan opruimen.' (De leraar moraliseert en beveelt hier.)

Het zal wel duidelijk zijn dat Marieke zich in de kou voelt staan, als de leraar wel op haar gevoel ingaat, aangeeft over het probleem te willen praten, maar als Marieke zich dan uit, het gesprek afbreekt door zoals in dit voorbeeld te moraliseren, te oordelen en te bevelen.

g Ten slotte willen we voor het volgende waarschuwen: gebruik deze manier nóóit als een 'truc' om kinderen te laten denken en handelen zoals jij dat zou willen.
Bekijk het volgende voorbeeld eens.

■ Voorbeeld 5.8

Henk: 'Philip slaat me steeds.'
Leraar: 'Je bent kwaad op Philip en je vindt zeker dat het geruzie alleen maar aan hem ligt.'

In dit voorbeeld accepteert de leraar het gevoel van Henk niet en hij dringt Henk zijn mening op. 'Dat jullie ruzie hebben, ligt niet alleen aan Philip, maar ook aan jou.'

5.5 Omgang met ouders

Niemand zal ontkennen dat een goede relatie tussen ouders en leraar bevorderlijk is voor de omgang met de leerlingen. Hoewel dit enigszins naar een zijspoor voert, willen we er toch op ingaan.
De meeste scholen onderkennen het belang van overleg tussen ouders en leraren en treffen daartoe voorzieningen in de vorm van ouderavonden en gesprekken. Het doel van deze gesprekken is in de eerste plaats de ouder informeren over het functioneren van het kind op school. Iedere leraar die deze gesprekken wel eens heeft gevoerd, weet echter hoe gemakkelijk ook allerlei andere zaken aan de orde kunnen komen, bijvoorbeeld:

- opvoedingsproblemen thuis;
- huwelijksmoeilijkheden;
- ruzies in de buurt;
- bezwaren tegen andere leraren of het hoofd;
- nadrukkelijk ophemelen van de vorige leraar;
- aanwezigheid en toename van het aantal buitenlandse kinderen op school.

Een veelgehoorde klacht van leraren is dat zij niet weten óf zij wel moeten ingaan op dergelijke discussies en zo ja, hoe. Op school bestaan hiervoor zelden speciale richtlijnen.
Wat zou nu een effectieve aanpak kunnen zijn?
Eerst moet je je afvragen: 'Wiens probleem is het? Raakt dit probleem mij op zo'n manier dat ik mij in mijn werk of als persoon belemmerd voel?' Bij het beantwoorden van deze vraag kan weer gebruik worden gemaakt van 'de rechthoek', zie figuur 5.6.

Figuur 5.6 **De 'rechthoek'**

Ouder vraagt de leerkracht harder op te treden	Het probleem is van de leerkracht	Ouder verzoekt de leerkracht wat vaker op huisbezoek te komen
Ouder vraagt hoe het niveaulezen in elkaar zit	Geen probleem	Ouder wil weten of de school meedoet aan de verkeersexamens
Ouder uit bezorgdheid over toename buitenlandse kinderen op school	Het probleem is van de ouder	Ouder meldt gedragsproblemen thuis

Als het antwoord op bovenstaande vraag ontkennend is – gaat het dus om een probleem van de ouder –. Als de leraar voor zichzelf bepaald heeft dat het gaat om een probleem van de ouder en dat hij er wel op in wil gaan, is *actief luisteren* een zeer geschikt hulpmiddel. Als het te berde gebrachte onderwerp de leraar echter duidelijk en concreet raakt, is actief luisteren niet langer geschikt, daar het probleem dan van de leraar is (in het volgende hoofdstuk wordt besproken op welke wijze je dan kunt reageren).

Actief luisteren

Ten slotte willen we erop wijzen dat opmerkingen van ouders die in eerste instantie geen probleem lijken in te houden, aanduidingen kunnen blijken van onderliggende problemen. Bijvoorbeeld met de vraag: 'Hoe zit niveaulezen in elkaar' kan de ouder bedoelen: 'Waarom is mijn kind niet naar de volgende niveaugroep gegaan'. De leraar kan in zo'n geval twee dingen doen:

1. Hij beantwoordt de gestelde vraag. In dit geval geeft hij alle informatie die hij heeft over niveaulezen.
2. Hij geeft door middel van actief luisteren de ouders de gelegenheid hun (vermoede) problemen naar voren te brengen, bijvoorbeeld door te zeggen: 'Bent u soms bezorgd over de leesvorderingen van uw kind?' Gaan de ouders hier niet op in of antwoorden ze ontkennend, dan kan de gevraagde informatie alsnog gegeven worden.

Samenvatting

In dit hoofdstuk is de invloed van problemen van leerlingen op hun leren aan de orde geweest en de invloed van de reactie van de leraar hierop. Deze reactie kan afwijzend zijn. Dit uit zich in blokkerende opmerkingen: de taal van de non-acceptatie. De leraar laat daarmee weten geen oog of oor te hebben voor de problemen van de leerling. Hij vindt dat de leerling zich 'gewoon' moet gedragen, zodat het onderwijs niet verstoord wordt. Als je als leraar wel oog of oor hebt voor een probleem van een leerling, is actief luisteren in het kader van een goede communicatie tussen leraar en leerling de aangewezen handelwijze. Met actief luisteren leef je je in de gevoelens van de ander in en probeer je vervolgens die gevoelens onder woorden te brengen, te 'vertalen'. Hiermee toon je acceptatie van de problemen van de ander en stimuleer je hem daarvoor oplossingen te zoeken. Actief luisteren leidt meestal tot een verbetering van de relatie tussen leraar en leerling. Dit draagt weer bij aan het doel van een goede communicatie: een zo groot mogelijk doceer-leergebied. Actief luisteren is ook goed toe te passen in de omgang met ouders.

Kernbegrippenlijst

Actief luisteren	Actief luisteren een effectieve manier van reageren wanneer de ander een probleem heeft; je toont daarmee oog en oor te hebben voor de problemen van de ander en bereid te zijn erop in te gaan.
Blokkerende opmerkingen	Opmerkingen waardoor je de mogelijkheid blokkeert er achter te komen wat het probleem van de ander is, zodat je daar eventueel rekening mee kunt houden; zie ook taal van de non-acceptatie.
Empathie	Verplaatsen in, begrijpen van de gevoelens van de ander zonder hierover te oordelen.
Taal van de acceptatie	De spreker probeert aan de ander over te brengen dat hij de signalen opvangt van zijn problemen en bereid is erop in te gaan.
Taal van de non-acceptatie	Het tegenovergestelde van acceptatie: de spreker zendt naar de ander de boodschap uit geen oog of oor te hebben voor zijn problemen.

Vragen

5.1 Geef aan welk 'gevoel' mogelijk is bij de volgende opmerkingen. Het gaat er niet om of het goed of fout is, maar om te laten zien dat achter elke opmerking een bepaald gevoel schuil kan gaan. Om je op weg te helpen het volgende voorbeeld. Een kind zegt: 'Ik wil nooit meer met Yvonne spelen. Ze is stom en vervelend'.
Het gevoel dat hierachter kan zitten is boosheid, verontwaardiging of verdriet.

a Gelukkig, nog maar tien dagen, dan is het vakantie.
b Mag ik naast jou lopen als we naar zwemmen gaan?
c De juffrouw van vorig jaar deed het altijd heel anders.
d Het ging een tijdje goed, maar nu gaat het nog slechter dan eerst, en ik doe toch echt mijn best.
e Ik wil niet meer naast Jeroen zitten.
f Juf, kijk eens, ik heb thuis een vliegtuig gemaakt met m'n nieuwe gereedschap.
g Mijn kleren zijn heel anders dan die van Jeannette en Leonie.

5.2 Bedenk nu bij elk van de voorbeelden uit oefening 1 een zin, waaruit blijkt dat je actief luisterend ingaat op een van de achterliggende gevoelens.

5.3 Beschrijf hoe het gesprek tussen Karen, uit de openingscasus, en haar leraar verlopen kan zijn nadat zij de klas uit is gelopen.

Ik-boodschappen

6

In dit hoofdstuk laten we zien dat een probleem van de leraar een heel andere wijze van reageren vraagt dan een probleem van een leerling. Achtereenvolgens komen aan de orde wanneer de leraar een probleem heeft en hoe je dat kunt herkennen (par. 6.1), een manier van reageren die ineffectief is (par. 6.2), een effectieve wijze van reageren (par. 6.3) en wat je in de praktijk van deze laatste wijze van communiceren kunt verwachten (par. 6.4).

6.1 Probleem van de leraar

Onacceptabel gedrag

Allerlei gedragingen van leerlingen kunnen de leraar belemmeren in het doceren. Concreet verhinderen deze gedragingen de leraar om zijn werk op zijn manier te doen. Kijk eens naar de volgende situaties. Een leerling zit steeds te wippen. Een leerling zit kauwgom te kauwen. Onder het uitleggen van de les zitten een paar meisjes besmuikt te giechelen. Een leerling pakt zonder te vragen een pen van je tafel. Een paar leerlingen komen keer op keer op luidruchtige wijze te laat binnen. Een leerling praat steeds voor zijn beurt. Een leerling ruimt de door hem gebruikte materialen niet op. Een leerling verspilt tekenpapier. Geen enkele leraar wil de rommel van een ander opruimen, tegen kauwende gezichten aankijken of iets uitleggen aan kinderen die niet luisteren. Ook leraren hebben zo hun wensen en verlangens. Zij maken talloze gedragingen van leerlingen mee, die zij niet willen of kunnen accepteren. De leraar zit hier dus met een probleem. Dergelijke gedragingen horen dan ook in het bovenste gedeelte van de acceptatierechthoek, onder de acceptatielijn (zie figuur 4.1).

Bemerk je bij jezelf gevoelens van verveling, boosheid, verstrooidheid en irritatie, dan zijn dat duidelijke aanwijzingen dat jij als leraar met een probleem zit. Een ander soort aanwijzingen vormt de lichamelijke uiting van deze innerlijke gevoelens: gespannenheid, een onbehaaglijk gevoel, een maag die van streek is, hoofdpijn, zenuwachtigheid (Gordon, 1979).

Signalen onderkennen

Het is van groot belang dat je deze *signalen bij jezelf onderkent*, net zoals het belangrijk was om de signalen op te vangen die een leerling uitzendt om aan te geven dat hij een probleem heeft (hoofdstuk 5).

> Op haar slechte dagen let Karen, uit de openingscasus van dit deel, niet goed op. Haar leraar zou dit van haar kunnen accepteren en het erbij laten. Dan is er geen probleem. Hij ervaart het echter als hinderlijk en heeft dus een probleem.

Als dit het geval is – het probleem is dan van jou – is actief luisteren niet de aangewezen manier van reageren; ook kun je niet doen als of er niets aan de hand is; het doceer-leergebied wordt namelijk verkleind en daarmee de mogelijkheid tot optimaal lesgeven. Daarom dient er naar een oplossing gezocht te worden. Vaak gebeurt dit, bezien vanuit de optiek van de communicatievaardigheden, op een niet zo effectieve wijze.

Tussenvraag 6.1
Hoe kun je vaststellen dat jij als leraar een probleem hebt?

6.2 Jij-boodschappen: ineffectief

Negatieve invloed

Op school doen zich veel situaties voor waarin de leraar vindt dat de leerling het probleem vormt. Hij schrijft het probleem aan de leerling toe. In veel gevallen is dat echter nog maar de vraag.
Kijk eens naar de situatie in het volgende voorbeeld.

■ **Voorbeeld 6.1**

Een leraar is onder schooltijd de klas alvast grondig aan het opruimen met het oog op de naderende zomervakantie. De kinderen worden steeds rumoeriger en met name Rob loopt hem steeds voor de voeten.
Hier volgt een aantal reacties, die in een dergelijke situatie wel door leraren worden gegeven:

- Wat ben jij toch weer vervelend.
- Kun jij nou niet eens één keertje doen wat ik je vraag.
- Ga weg!
- Jij denkt zeker dat ik niets anders te doen heb.
- Hoe zou jij het vinden, als je bezig bent, en ik kom je telkens storen?
- Je denkt zeker dat het al vakantie is.

In dit voorbeeld ligt het probleem niet bij het kind – dit heeft misschien wel het grootste plezier –, maar bij de leraar: die wil opschieten en vindt het vervelend dat de leerling hem voor de voeten loopt. Uit zijn reacties blijkt dit echter niet. Deze wekken de indruk dat het om een probleem van de leerling gaat: hìj is vervelend en moet eens een keertje doen wat van hem gevraagd wordt. Het nadeel en het oneerlijke van deze reacties is, dat zowel de schuld, als de oplossing voor het probleem bij de ander gelegd wordt. We noemen deze reacties daarom jij-boodschappen (Van Londen e.a., 1979): Wat doe *jij* toch weer vervelend. Je houdt ook nooit eens rekening met een ander! En: Ga weg! waar mee ook de ander bedoeld wordt: ga *jij* eens weg.

Uit de reacties van de leraar van Karen blijkt, dat hij niet vindt dat hij een probleem heeft. Integendeel, Karen moet opletten, beter haar best doen, want bij dat gedrag kan hij gewoon doorgaan met lesgeven. Daarmee legt hij zowel de oorzaak als de oplossing bij Karen.

Ga bij jezelf eens na: hoe zou jij je voelen, als iemand een dergelijke opmerking tegen je maakte. Je voelt je waarschijnlijk gekleineerd, onrechtvaardig behandeld of opstandig; en als het vaker gebeurt, wend je je misschien wel af van die persoon. Zo vergaat het een kind ook.

Negatieve invloed jij-boodschappen

Hoe groot de *negatieve invloed van jij-boodschappen* is, hangt af van de kwaliteit van het zelfbeeld van het kind en van de relatie tussen leraar en leerling. Betreft het een kind met een stevig zelfbeeld en kan de leraar een potje breken bij de leerling, dan zullen de gevolgen minder negatief zijn. Bevorderend voor de relatie zijn jij-boodschappen echter nooit.
Daarom is het, als het probleem bij de leraar ligt, beter daarvoor ook de verantwoordelijkheid te nemen. Dit gebeurt door middel van ik-boodschappen.

Tussenvraag 6.2
Waarom zijn jij-boodschappen ineffectief?

6.3 Effectief reageren

Er zijn belangrijke verschillen aan te geven tussen ik-boodschappen en jij-boodschappen. In figuur 6.1 maken we dit duidelijk aan de hand van een in de dagelijkse praktijk veelvoorkomende situatie.

Figuur 6.1 **Voorbeeld ik- en jij-boodschap**

De leerkracht vindt het vervelend, dat hij/zij niet kan opschieten

Jij-boodschap	Ik-boodschap
Leerkracht zegt bijvoorbeeld: wat ben je toch weer vervelend, hoepel op	Leerkracht zegt: ik vind het vervelend dat je voor mijn voeten loopt, want ik wil graag opschieten
↓	↓
Kind denkt: ik ben vervelend, ik moet weg	Kind denkt: de juffrouw/meester wil graag opschieten

Verantwoordelijkheid voor probleem

De essentie van ik-boodschappen is dat de *verantwoordelijkheid voor het probleem* daar gelegd wordt waar deze thuishoort, namelijk bij degene van wie het probleem is. Daarom luidt in voorbeeld 6.1 de ik-boodschap: 'Ik vind het vervelend dat je voor mijn voeten loopt, want ik wil graag opschieten.'
Door middel van ik-boodschappen geef je als leraar te kennen dat jìj een probleem hebt, zonder dat je de schuld daarvoor op de leerling afschuift. Je gaat ervan uit, je vertrouwt erop, dat het kind bereid is rekening te houden met je gevoelens. Je doet dus wel een beroep op het kind zich anders te gedragen, maar dit wordt niet dwingend opgelegd.

Tussenvraag 6.3
Waarom is het in het kader van de communicatieve vaardigheden volgens Gordon verkeerd ander gedrag dwingend aan een leerling op te leggen?

De verschillen tussen ik- en jij-boodschappen staan aangegeven in figuur 6.2.

Samenstelling ik-boodschap

Een ik-boodschap is als volgt samengesteld, hij
- begint met 'ik';
- zegt wat je voelt en denkt;
- noemt het gedrag van de ander.

Figuur 6.2 **Verschillen ik- en jij-boodschappen**

Bij jij-boodschappen	Bij ik-boodschappen
Toon je je eigen gevoel niet	Zeg je eerlijk wat je denkt en voelt
Leg je de schuld bij het kind, ver-/beoordeel je het kind; hij/zij zal zich daardoor schuldig of boos voelen en wordt opstandig en/of wordt in de verdediging gedrukt (non-acceptatie)	Geef je aan dat het probleem bij jezelf ligt, je wekt daardoor minder weerstand en opstandigheid op
Leg je de verantwoordelijkheid bij het kind voor wat jouw gevoel is, en doe je alsof hij expres geen rekening met jou houdt	Neem je zelf verantwoordelijkheid voor je eigen gevoel en vertrouw je dat het kind rekening wil houden met jouw gevoel

De volgende voorbeelden illustreren dit.

■ Voorbeeld 6.2

Na de tekenles worden de verfdozen telkens niet opgeruimd.
Ik-boodschap, bijvoorbeeld: 'Jongens, ik erger me verschrikkelijk, dat jullie de verfdozen nooit terugzetten in de kast, want nu moet ik het iedere keer na schooltijd nog doen.'
Irma (10) zit ondanks herhaalde waarschuwingen toch telkens weer met haar voeten in het gangpad. Je bent er al een keer bijna over gestruikeld en het begint je steeds meer te irriteren.
Ik-boodschap, bijvoorbeeld: 'Als je met je voeten in het gangpad zit, dan kan ik er gemakkelijk over vallen. Ik vind het erg vervelend daar telkens op te moeten letten.'

Tussenvraag 6.4
Wat is de essentie van een ik-boodschap?

■ ■ ■ 6.4 Fouten bij ik-boodschappen

Niet elke boodschap die met 'ik' begint, is daarmee een ik-boodschap. Je kunt verschillende fouten maken bij ik-boodschappen:

a verkapte jij-boodschap;
b niet het eigenlijke gevoel weergeven;
c onvoldoende je gevoel weergeven of het gevoel afzwakken;
d manipuleren.

Ad a Verkapte jij-boodschap
Het feit dat een zin met 'ik' begint, wil nog niet zeggen dat het een goede ik-boodschap is. Zinnen als 'ik vind, dat jij...' geven niet je gevoel weer en leggen nog steeds de schuld en verantwoordelijkheid voor het probleem bij het kind.
In de zin: 'Ik vind dat je erg slordig schrijft de laatste tijd', geef je niet je gevoel weer.

Een ik-boodschap zou als volgt kunnen luiden: 'Ik vind het vervelend dat je zo slordig schrijft, want dat kost me veel tijd bij het nakijken.'
Bij een zin als 'Ik word doodmoe van je gezeur' leg je de oorzaak van het probleem bij het kind. Daarom is ook dit een verkapte jij-boodschap. Een echte ik-boodschap zou zijn: 'Ik ben erg moe en wil even niet gestoord worden.'

Ad b Niet het eigenlijke gevoel weergeven
Vooral als iemand niet gewend is uiting te geven aan zijn gevoelens, zal het niet altijd gemakkelijk zijn het juiste gevoel weer te geven. Een kind zal het in het algemeen aanvoelen als de verbale en non-verbale boodschap niet met elkaar in overeenstemming zijn. Daarmee is de boodschap minder effectief.

■ Voorbeeld 6.3
Een leraar staat aan de kant toe te kijken tijdens de zwemles. Een van de leerlingen gooit een kind dat nog nauwelijks kan zwemmen, in het diepe. Zijn primaire reactie is schrik. Maar dan gaat hij, terwijl de badmeester het kind uit het water vist, op de boosdoener af en veegt hem de mantel uit: 'Als je dat nog eens waagt, jij snotaap. Wil je soms dat hij verdrinkt?' (Duidelijke jij-boodschappen.)

De bedoeling van het 'boos doen' is de leerling te bestraffen in de hoop dat hij het niet nog eens zal doen, en om je eigen (schrik)gevoelens af te reageren.

Primaire gevoelens

Boosheid is een secundair gevoel, er gaat een *primair gevoel* aan vooraf (bijvoorbeeld eerst schrik, gekwetstheid, opluchting, en dan pas boosheid).

■ Voorbeeld 6.4
De leraar heeft veel moeite gedaan om een interessante demonstratie voor te bereiden. De leerlingen zijn rusteloos en verveeld en zitten briefjes aan elkaar door te geven. Het primaire gevoel van de leraar is teleurstelling. De leraar zegt dan boos: 'Je moet niet denken dat ik nog eens zoveel moeite zal doen om iets leuks te maken voor jullie. Het is toch niet besteed aan zo'n ondankbaar stelletje.'

Het is erg belangrijk boze jij-boodschappen te herkennen en ze op hun waarde te schatten (secundaire gevoelens) en je te richten op het uitzenden van het primaire gevoel in de vorm van een ik-boodschap.
In het voorbeeld van de zwemles had de leraar erbij moeten zeggen dat hij zich wild geschrokken was (primair gevoel).

Ad c Onvoldoende je gevoel weergeven of het gevoel afzwakken
Omdat we vaak niet gewend zijn gevoelens te uiten, is het niet alleen lastig het juiste gevoel weer te geven, maar ook om de intensiteit ervan goed tot uitdrukking te brengen. Ook hier geldt dat als er een verschil is tussen de verbale en non-verbale boodschap, de boodschap aan effectiviteit inboet.

■ Voorbeeld 6.5
Tijdens het speelkwartier loopt een kind onverwacht van het plein af en steekt de straat over. Het is een drukke verkeersweg en dus schrik je erg. Je gaat naar het kind toe en zegt: 'Ik vind het niet prettig dat je zo maar de weg oversteekt.'

Dit is wel een ik-boodschap, maar de heftigheid van de gevoelens komen er niet in tot uiting. Op deze wijze is het voor het kind onduidelijk wat het probleem is voor de leraar, waardoor de kans kleiner is dat het er rekening mee zal houden.

Ad d Manipuleren
Omdat voor optimaal lesgeven rust en orde in de klas nu eenmaal essentieel zijn, kun je geneigd zijn ik-boodschappen als truc toe te passen. Een voorbeeld hiervan is zeggen: 'Ik ben erg teleurgesteld', terwijl je eigenlijk gewoon boos bent, omdat je weet dat een kind gevoeliger is voor teleurstelling dan boosheid. Dit is manipuleren en dat draagt beslist niet bij aan een goede communicatie.
In dit voorbeeld is sprake van een gericht gebruik van een ik-boodschap als truc. In de praktijk zien we nog een ander verkeerd gebruik van de ik-boodschap dat neerkomt op manipuleren. In paragraaf 6.3 hebben we al aangegeven dat bij een ik-boodschap essentieel is dat je dat wat je wilt niet dwingend oplegt. Toch kunnen ik-boodschappen dit effect hebben als je deze toepast zonder de relatie te leggen met de bedoelingen van de communicatievaardigheden in dit deel. Je verpakt dan als het ware wat je wilt in een prettig klinkende boodschap – een ik-boodschap is plezieriger om te horen dan een jij-boodschap –, maar wel met de bedoeling je zin te krijgen. Deze ik-boodschappen gaan voorbij aan het uitgangspunt dat het kind bereid is rekening te houden met wat jij wilt. Dit komt neer op manipuleren.
Een ik-boodschap mag dus nooit een truc worden om je zin te krijgen.

Tussenvraag 6.5
Geef in je eigen woorden kort weer welke fouten je kunt maken bij ik-boodschappen.

6.5 Resultaten in de praktijk

Bij het geven van ik-boodschappen leg je de verantwoordelijkheid om zich anders te gedragen bij de leerling (Van Londen e.a., 1979). Je zegt niet: 'Ruim die rommel eens op', maar: 'Ik vind het naar, als ik steeds jouw rommel moet opruimen.' In het laatste geval ga je er dus van uit, vertrouw je erop, dat het kind bereid is rekening te houden met je gevoelens. Toch moet je niet verbaasd zijn, als de leerling ik-boodschappen soms negeert. Dit negeren komt zeker in het begin nogal eens voor. Je moet je realiseren dat het voor het kind – evenals voor jezelf – in het begin nogal onwennig is. Het is dan ook niet vreemd dat kinderen proberen of je het wel echt meent. Je kunt hun duidelijk maken dat het je ernst is, dat je geen grapje maakt, door als ze je eerste ik-boodschap negeren nog eens een tweede ik-boodschap te geven (Van Londen e.a., 1979). Dat kan dezelfde ik-boodschap zijn als de eerste, maar je kunt ook iets zeggen in de geest van: 'Ik voel me voor gek staan, als je net doet of je me niet hoort' of: 'Ik vind het naar, dat je geen rekening wilt houden met mijn gevoelens.'
Meestal zal het kind zijn gedrag, nadat je één of meer ik-boodschappen gegeven hebt, wel veranderen, zeker als het eraan gewend is om op deze manier met anderen om te gaan.

Soms echter wil het kind zijn gedrag niet veranderen. Het is dan ook heel goed mogelijk dat een 'echte' ik-boodschap van jou beantwoord wordt met een ik-boodschap van het kind. Dit is geen reden om ontmoedigd te raken: je gaat even actief luisteren en herhaalt dan nog eens je ik-boodschap. Op deze manier kan een open en eerlijke relatie ontstaan.

■ Voorbeeld 6.6

Stel dat Nicole (11), met wie je hebt afgesproken dat zij de zorg heeft voor de planten, er al een paar keer niets aan gedaan heeft.
Een gesprek daarover zou als volgt kunnen verlopen:
Leraar: 'Ik vind het jammer dat je al een paar keer de planten niet hebt gedaan, terwijl we toch hadden afgesproken dat jij er de zorg voor had. Nu heb ik het moeten doen.'
Nicole: 'Alle anderen gaan altijd meteen naar buiten en dan kan ik niet meer meedoen.'
Leraar: 'Je bent dus bang dat je niet meer mee mag doen, als je niet ook meteen naar buiten gaat.' (De leraar gaat actief luisteren.)
Nicole: 'Ja, het is al een paar keer gebeurd dat ze zeiden: "Ga jij maar weg, je kan er nou niet meer bij". En dan had ik niets meer te doen.'
Leraar: 'Ja, dat is inderdaad heel vervelend voor je (actief luisteren), maar ik had het prettig gevonden als je even naar me toe was gekomen, want nu staan de planten droog' (tweede ik-boodschap).
Nicole: 'Zou iemand anders het niet willen doen?'
Leerkracht: 'Dat is misschien wel een idee, dat zullen we morgen in de klas even bespreken.'

Als het kind zijn gedrag niet wil veranderen en jij je gedrag ook niet veranderen wilt dan hebben jullie een gezamenlijk probleem, dan is er een conflict.
Dit behandelen we in het volgende hoofdstuk.

■ ■ ■ Samenvatting

In dit hoofdstuk gaat het om situaties waarin de leraar een probleem heeft. Allerlei gedragingen van leerlingen kunnen hem verhinderen om zijn werk te doen. Het gaat dan om gedragingen waarvan de leerling(en) geen last heeft (hebben), maar de leraar wel. Een veelvoorkomende reactie van leraren in die gevallen is de oorzaak en de oplossing van het probleem bij de leerling leggen. Deze wijze van reageren noemen we jij-boodschappen. Jij-boodschappen zijn ineffectieve reacties, die de relatie tussen leraar en leerling onder druk kunnen zetten. Ook is het effect zelden een – blijvende – oplossing van het probleem. Een effectieve manier van reageren als je als leraar een probleem hebt, is het geven van een ik-boodschap. Je geeft daarmee aan zelf de verantwoordelijkheid voor het probleem te nemen. Je vraagt aan de leerling rekening met je te houden zonder dit dwingend op te leggen. Als een leerling dit niet doet, is er een gezamenlijk probleem, een conflict.

Kernbegrippenlijst

Actief luisteren	Een effectieve manier van reageren wanneer de ander een probleem heeft. Je toont daarmee oog en oor te hebben voor de problemen van de ander en bereid te zijn erop in te gaan.
Ik-boodschappen	Een effectieve manier van reageren wanneer jij als leraar een probleem hebt. Je legt daarmee de verantwoordelijkheid voor het probleem waar deze thuishoort, bij jezelf.
Jij-boodschappen	Een ineffectieve manier van reageren wanneer jij als leraar een probleem hebt. Je legt de schuld voor het probleem bij de ander, terwijl jìj een probleem hebt.
Manipulerende ik-boodschappen	Ik-boodschappen – al dan niet bewust – gebruiken als middel om je zin te krijgen.
Verkapte jij-boodschappen	Het verpakken van een jij-boodschap als een ik-boodschap; je gebruikt alleen de taal van de ik-boodschap, maar met de bedoeling je zin te krijgen.

Vragen

6.1 Omcirkel het antwoord met de ik-boodschap.
Davey ($7\frac{1}{2}$) zit zeer zichtbaar kauwgum te kauwen.
a Ik heb een hekel aan dat gekauw.
b Ik vind dat je die kauwgum nu maar eens weg moet doen.
c Spuug uit, die boel.

Geef aan waarom de andere twee antwoorden fout zijn.

6.2 Omcirkel weer de ik-boodschap.
Erwin (5) doet een uitval naar een ander kind met een schaar.
a Ben je nou helemaal gek geworden. Ga nou maar even de klas uit.
b Ik vind het toch wel jammer dat je nu al weer ruzie hebt.
c Joh, dát kan je niet doen. Ik schrik me wild! Dat is toch hartstikke gevaarlijk.

Geef een toelichting waarom de andere antwoorden niet goed zijn.

6.3 Geef aan hoe een ik-boodschap luidt in de volgende situaties:
a Je hebt al een paar keer aan Michael (8) gevraagd of hij zijn neus wil snuiten, maar hij blijft zijn neus ophalen.
b Rudi (5) zit aan een voorwerpje op je tafel waar je nogal aan gehecht bent.

6.4 Tijdens de les word je gestoord door de directeur. Je zegt tegen de klas dat zij even stil moeten doorwerken. Terwijl je op de gang met de directeur praat, wordt het behoorlijk rumoerig in de klas. De kinderen hebben duidelijk verschrikkelijke veel pret. Je komt de klas weer binnen.
a Schrijf op hoe je reageert met een jij-boodschap.
b Schrijf op hoe je reageert met een ik-boodschap.
c Schrijf op hoe je reageert met een verkapte jij-boodschap.

6.5 Marcel (groep 6) is in de pauze zo kwaad geworden op zijn klasgenoten dat hij van school is weggelopen. Na de pauze is hij nog niet binnen. Pas na een kwartier komt hij tot je opluchting weer binnen.
a Geef een juiste ik-boodschap.
b Geef een jij-boodschap.
c Geef een verkapte jij-boodschap.
d Geef een boodschap, waarbij je niet je eigenlijke gevoel weergeeft.

6.6 Geef aan wat een goede ik-boodschap is op het moment dat Karen (uit de openingscasus) slordig werk inlevert.

6.7 Verzin een situatie, waarbij je een ik-boodschap geeft die een manipulerende bedoeling heeft.

7 Oplossen van conflicten

Conflicten tussen leraar en leerling worden vaak opgelost op een manier, die maar bevredigend is voor één van beide partijen. Dat er ook oplossingen mogelijk zijn, waar beide partijen zich in kunnen vinden, bespreken we in dit hoofdstuk.
In paragraaf 7.1 geven we aan wanneer er sprake is van een conflict. Vervolgens komen aan de orde de twee methoden waarbij er sprake is van winnaars en verliezers (par. 7.2), de win-winmethode (par. 7.3) en ten slotte geven we in par. 7.4 nog een aantal praktische wenken.

7.1 Wat is een conflict?

Conflicten aanpakken

Conflicten kunnen zeer schadelijk zijn voor een goede relatie tussen leraar en leerling(en), met name als er niets mee gedaan wordt (Bernstein, 2006). Het is dus zaak een *conflict aan te pakken*. Maar dan moeten we eerst bepalen wat we onder een conflict verstaan.
We gaan uit van de volgende omschrijving van een conflict (Bernstein, 2006; Gordon, 1979):
Een conflict is de strijd of botsing die tussen twee (of meer) mensen ontstaat als:

a hun gedragingen indruisen tegen het voldoen aan de behoeften van de ander of

b als hun waardeoordelen niet met elkaar overeenstemmen.

Kijk eens naar de volgende voorbeelden.

■ Voorbeeld 7.1

De inspecteur, een uitzonderlijk kleine man, komt de klas binnenlopen. Terwijl je met hem staat te praten, hoor je een stel kinderen lacherig met elkaar fluisteren en giechelen en je vangt commentaar op over het verschil in lengte tussen jullie.
Nadat hij weggegaan is, veeg je de betreffende kinderen de mantel uit, omdat je vindt dat je dergelijk gedrag niet kunt tolereren. De leerlingen reageren verontwaardigd met de opmerking: 'Zo erg was het toch ook weer niet.'

Vóór de pauze heb je de leerlingen van je klas verteld dat ze binnen moeten komen zodra je hen roept, omdat er iemand van de verkeerspolitie wat komt vertellen en dat hij weinig tijd heeft. Toen je ze ging roepen, bleven de meesten doodgemoedereerd doorspelen. Ten slotte kreeg je ze pas binnen door woedend tegen ze te keer te gaan.

Gezamenlijk probleem

In deze voorbeelden hebben leraar en leerling een *gezamenlijk probleem*: er is dan een *conflict* ontstaan.

In de openingscasus van dit deel zagen we dat er ook tussen Karen en haar leraar op haar 'slechte' dagen een conflict is. De leraar wil graag doorgaan met lesgeven. Hij heeft er last van dat zij niet oplet, want dan moet hij haar straks extra uitleg geven. Karen piekert dan over over de situatie thuis en kan zich daardoor niet goed concentreren. Zij wil op die dagen met rust gelaten worden, temeer daar zij op andere dagen goed presteert. Aandrang van de leraar goed op te letten en te werken roept alleen maar verzet bij haar op. Soms doet zij om de lieve vrede een poging beter op te letten, maar veel verbetering levert dit niet op. Zij is te zeer met haar gedachten bij thuis.

Waardeconflict

In de omschrijving van een conflict onder *b* spreken we van een *waardeconflict*, omdat het gaat om een botsing van normen en waarden. Dergelijke conflicten stoelen vaak op morele of politieke opvattingen. Zij zijn gemakkelijk als zodanig te herkennen doordat je denkt en spreekt in termen van: 'Dat hoort niet, dat past niet, dat kan ik niet toestaan.' Voorbeeld 7.1 is een illustratie van een dergelijk conflict.

Behoefteconflict

In het tweede voorbeeld gaat het om een conflict zoals beschreven bij *a*. Dit noemen we een behoefteconflict. Hierna geven we hiervan nog een ander voorbeeld.

■ Voorbeeld 7.2

'Hoe vaak ik mijn kleuters ook vertel dat iedereen moet helpen opruimen als we buiten hebben gespeeld, toch draait het er altijd weer op uit dat ik het snel zelf doe. Ik heb het al geprobeerd met straf en ook met ik-boodschappen, maar de situatie doet zich steeds weer voor.'

In deze situatie bestaat het conflict uit de gerechtvaardigde wens (behoefte) van de leraar dat de kinderen helpen bij het opruimen, en de behoefte van de kinderen om door te spelen. Op dat moment is er een *behoefteconflict*.
Het is onvermijdelijk dat leraren in situaties terechtkomen waarin hun ik-boodschappen niet tot gevolg hebben dat de leerling(en) zijn (hun) gedrag wil(len) veranderen. Dit komt meestal doordat de behoeften die aanleiding zijn voor het onaanvaardbare gedrag van de leerling(en), zo sterk zijn dat de leerlingen deze *niet willen of kunnen veranderen*. Ook kan het zijn dat de relatie met de leraar van dien aard is, dat het de leerlingen niet kan schelen of ze wel of niet aan de behoeften van de leraar tegemoetkomen.
Veel conflicten hebben zowel een waarde- als een behoefte-element in zich. Stel je eens de volgende situatie voor.

■ Voorbeeld 7.3

Je bent de klas een dictee aan het afnemen. Op een gegeven moment hoor je een leerling vloekend commentaar geven.

Dit conflict wordt een waardeconflict als het accent komt te liggen op het niet-accepteren van het vloeken, omdat dit niet strookt met jóúw normen en waarden. Er is sprake van een behoefteconflict als je ingaat op het feit dat je in je lesgeven gestoord wordt.

In het geval van Karen en haar leraar, uit de openingscasus, kun je spreken van een behoefteconflict. Karen heeft behoefte aan minder (goed) werken op haar slechte dagen en haar leraar wil dat zij op hetzelfde niveau presteert als anders.

Probleemdefiniëring

In de praktijk lijken leraren geneigd te zijn botsende belangen algauw als een conflict van waarden te zien of te ervaren, en dienovereenkomstig te reageren. Het is dan ook belangrijk bij een conflict tot een juiste *probleemdefiniëring* te komen, namelijk of het een behoefte- of een waardeconflict betreft.
Bij de bespreking over het oplossen van conflicten laten we het waarde-element buiten beschouwing, omdat normen en waarden in onze opvatting persoonsgebonden zijn. Wij beperken ons dus tot die conflicten die ontstaan wanneer het gedrag van de leerling(en) merkbaar en concreet in strijd is met de behoeften en verlangens van de leraar, die zo goed mogelijk wil lesgeven.

Tussenvraag 7.1
Geef aan wat het verschil is tussen een waarde- en een behoefteconflict.

7.2 De twee win- of verliesmethoden

Autoritair of anti-autoritair

Hoe worden behoefteconflicten vaak opgelost? Leraren hebben nogal eens het gevoel dat zij bij het oplossen van conflicten slechts uit twee benaderingsmethoden kunnen kiezen: ze kunnen streng of toegevend zijn, de leerlingen hard of zacht aanpakken, *autoritair of anti-autoritair* zijn. Het is heel gebruikelijk dat mensen, en dus ook leraren, bij het oplossen van conflicten denken in termen van winnen of verliezen. Dit komt tot uiting in de volgende uitdrukkingen:

- 'Ik vertik het om over me heen te laten lopen!'
- 'Het probleem van deze tijd is dat de leerlingen veel te veel mogen.'
- 'De leerlingen krijgen altijd hun zin.'
- 'Hoe zouden wij, leraren, ook de baas kunnen blijven?'
- 'De schoolleiding steunt ons nooit, dus geven we iedere keer maar toe.'
- 'Ik? Och, soms trek ik aan het langste eind, soms niet. Maar in de belangrijkste dingen bepaal ik wat er gebeurt.'

Positie als overwinnaar

Het volgende verhaal is zeer illustratief voor de manier waarop een leraar zich kan verzekeren van een *positie als overwinnaar*.

■ Voorbeeld 7.4
'Wat ik als beginnend leraar het eerste te horen kreeg, was de stelregel hoe ik mijn klas in de hand kon houden. Het was heel eenvoudig. Het enige wat ik moest doen was: beginnen met een strenge aanpak en geen "flauwekul" gedurende de eerste paar weken. Als de leerlingen dan eenmaal wisten wie er de baas was, kon ik de teugel een beetje laten vieren.'

Afkeer van conflicten

Voor sommige leraren is deze stelregel moeilijk na te leven omdat ze een *afkeer* hebben *van conflicten* in de klas, zoals in het volgende voorbeeld.

■ Voorbeeld 7.5
Een leraar zegt:
'Ik houd niet van autoritair optreden. Ik heb een hekel aan schreeuwen en doe liever alsof ik niets merk dan door hard optreden mijn zin door te zetten.'

Deze leraar heeft dus een voorkeur voor een toegevende houding.
De termen 'autoritair' en 'anti-autoritair' zijn in de pedagogiek zo vaak gebruikt dat ze een emotionele lading hebben gekregen, waardoor ze soms verhitte discussies doen ontstaan. Om verwarring en discussies te voorkomen, noemen we de twee tegenovergestelde win/verliesmethoden methode I en methode II. In methode I wint de leraar de strijd, zodat de leerling dus verliest. In methode II verliest de leraar en wint de leerling (Gordon, 1979).

Tussenvraag 7.2
Waarom zijn er bij veelgebruikte oplossingen van conflicten winnaars en verliezers?

Methode I
In de volgende situatie is er een conflict: de behoefte van de leraar dat de kinderen rustig op het plein spelen botst met het (gewelddadige) verlangen van de kinderen om volgens de spelregels te spelen.

■ Voorbeeld 7.6
Een onderwijzeres is aan het surveilleren. Een groep jongens uit haar eigen klas (groep 5) is met een spel bezig. Na korte tijd ontstaat er een hevige ruzie over wie er wel en niet mogen meedoen. Er dreigt een handgemeen.
De aanpak volgens methode I zou ongeveer als volgt zijn:
Leraar (kortaf): 'Wat is hier aan de hand?'
Hans: 'Wim en Janko verpesten steeds het spel, ze houden zich niet aan de spelregels.'
Ronald: 'Wim kan niet tegen zijn verlies, hij wil nooit af zijn.'
Hans: 'En Maarten moet ook altijd meedoen en die snapt er nooit wat van.'
Thijs: 'Er is zo helemaal niks aan.'
Leraar: 'We maken geen ruzie op het schoolplein. Als jullie niet normaal met elkaar kunnen spelen, blijven jullie morgen maar eens in de pauze binnen.'
Thijs en *Hans*: 'Ja, maar, dat is niet eerlijk, wij doen niks, zij doen het.' (wijzend op Wim, Janko en Maarten)
Wim en *Maarten*: 'O, jullie doen nooit wat, hè?'
Leraar: 'Nu is het genoeg, ga allemaal de rest van de pauze maar binnen zitten.'

Kenmerkend voor de in dit conflict gekozen oplossing is dat deze alleen voor de leraar aanvaardbaar is (de leraar heeft gewonnen). Bij een dergelijke gedragslijn is de kans groot dat de geschiedenis zich zal herhalen in de eerstvolgende pauze waarin de leerlingen weer naar buiten mogen, omdat aan hun behoefte, namelijk spelen volgens de spelregels, niet is voldaan.

Effecten methode I

Wat weten we over methode I?
Er bestaat veel onderzoek naar de *effecten* van conflictoplossing op de autoritaire manier – in gezinnen (Berk, 2003; Tausch & Tausch, 1980), in de maatschappij, enzovoort. Een aantal van de uitkomsten van deze studies verduidelijkt wat er precies kan gebeuren als methode I gebruikt wordt:

Doelmatig

a Deze methode is *doelmatig* in die situaties die direct handelen vereisen. Denk bijvoorbeeld aan een kind dat zonder uitkijken de straat wil oversteken. Verder is zij vaak het enige effectieve middel in die situaties, waarin het gaat om een groot aantal mensen. Het is dan moeilijk in overleg de gang van zaken te regelen, bijvoorbeeld het tot rust manen van de kinderen bij een schoolvoorstelling ('En nu allemaal stil!').

Negatieve gevoelens

b Deze handelwijze zal bij de leerling ('de verliezer') zeer waarschijnlijk allerlei *negatieve gevoelens* oproepen: wrok, vijandigheid, gevoelens van vernedering (niemand ervaart het als prettig als iets afge-

dwongen wordt) en verzet. Dit soort gevoelens zal meestal tot gevolg hebben dat de leerling vooral uit angst voor de winnaar zal doen wat hem opgedragen wordt. Hierdoor zal de leerling zich maar nauwelijks betrokken voelen bij de aangedragen oplossingen. Evenmin zal hij zich verantwoordelijk voelen voor zijn handelen bij conflicten. Een gevolg is dat hij niet leert zelf oplossingsmethoden te vinden, die passen bij zijn persoonlijkheid.
Ten slotte is de kans om zelfbeheersing en zelfdiscipline te ontwikkelen erg klein, als de leraar alles beheerst.

Dwang

c Deze methode kost in het algemeen de leraar ('winnaar') veel inspanning, omdat hij de enige regelaar is en het gebeuren in de klas niet totstandkomt door samenwerking, maar door *dwang* ('politieagent spelen'). Bovendien zal hij meestal steeds meer macht moeten gebruiken om te zorgen dat de ander toegeeft. De leraar dient te beseffen dat hij met het gebruik van deze methode steeds meer van het doceer-leergebied zal afknabbelen.

Tussenvraag 7.3
Waarom werkt oplossingsmethode I op de lange duur meestal niet?

Methode II
Volgens methode II verloopt het oplossen van het conflict uit hetzelfde voorbeeld ongeveer als volgt:

■ **Voorbeeld 7.7**
Leraar (vragend): 'Wat is hier aan de hand?'
Hans: 'Wim en Janko verpesten het spel. Zij houden zich niet aan de spelregels.'
Ronald: 'Wim kan niet tegen zijn verlies. Hij wil nooit af zijn.'
Hans: 'Maarten moet ook altijd meedoen en die snapt er nooit wat van.'
Thijs: 'Er is zo helemaal niets aan.'
Leraar: 'Jongens, probeer nou leuk te spelen en maak geen ruzie.'
Thijs en Hans: 'Oké, maar dan doen zij (wijzend op Wim, Janko en Maarten) niet meer mee.'
Wim en Maarten: 'Huh, dat zullen jullie uitmaken!'
Leraar (weglopend): 'Geen ruzie, hè jongens!!'
Even later vliegen de kinderen elkaar in de haren.
Hier bieden de kinderen weerstand aan de oplossing van de leraar en deze geeft toe, zij het niet van harte.

Wat weten we over methode II?
Ook naar de effecten van deze aanpak is het nodige onderzoek gedaan (Berk, 2003). Een aantal bevindingen:

Weinig conflicten

a Het voordeel van deze handelwijze is dat je met *weinig conflicten* te maken krijgt: je geeft namelijk toe. Daarmee blijft de sfeer in de klas vaak plezierig.

Incapabel en slap

b Hier staat echter tegenover dat de verliezer (de leraar) vaak gevoelens van afkeer krijgt ten opzichte van de winnaar (de leerlingen) en daarmee van het lesgeven. Hij zal zichzelf op den duur als een *incapabel en slap* iemand gaan zien en waarschijnlijk zullen de leerlingen hem ook als zodanig beschouwen.

c De ruimte die deze methode de leerlingen laat, zal hun spontaniteit vergroten (wat wel ten koste gaat van de leraar). Bovendien wordt bij de leerlingen ongedisciplineerdheid, veeleisendheid en een gevoel van zelfzucht in de hand gewerkt, waardoor ze steeds minder bereid en in staat zijn tot samenwerking. Uiteindelijk kan de klas hierdoor *chaotisch en onhandelbaar* worden.

Chaotisch en onhandelbaar

In het algemeen kan een al te wisselend gebruik van methode I en II verwarring wekken bij de leerlingen, in die zin dat het hun dan niet duidelijk is waarom bepaald gedrag op het ene moment wel toegestaan is en op het andere moment niet.
Het is ondoenlijk alleen maar autoritair of alleen maar anti-autoritair te zijn, maar als je de leerlingen duidelijk maakt, waarom je de ene keer zus en de andere keer zo handelt (bijvoorbeeld 'Ik heb er vandaag mijn hoofd niet bij, want ik heb hoofdpijn'), zal er minder verwarring zijn ten aanzien van de vraag waar de grenzen liggen (ik-boodschappen).

Tussenvraag 7.4
Wat zijn de kenmerken van oplossingsmethode methode II? Geef aan wat de voor- en nadelen zijn.

7.3 De win-winmethode: methode III

Conflicten als niet-destructieve gebeurtenissen

Waar bij methode I en II een conflict gezien wordt als een strijd met een winnaar en een verliezer, worden bij methode III *conflicten* beschouwd als *niet-destructieve*, natuurlijke *gebeurtenissen* in de relatie tussen leraar en leerling(en). Met de conflicten wordt op zodanige manier omgegaan, dat waar ze eerst tegenstanders waren, er ten slotte bij leraar en leerling meestal eerder positieve dan negatieve gevoelens ten opzichte van elkaar ontstaan.
Bij methode III wordt een conflict gedefinieerd als een probleem dat om een oplossing vraagt, waarbij de behoefteconflictsituatie zodanig aangepakt wordt, dat de partijen in het conflict samen naar een oplossing zoeken, die voor *beide* aanvaardbaar is (Gordon, 1979). Dit betekent dat er uiteindelijk noch een winnaar noch een verliezer is.
De win-winmethode is schematisch weergegeven in figuur 7.1.

Figuur 7.1 **Methode III**

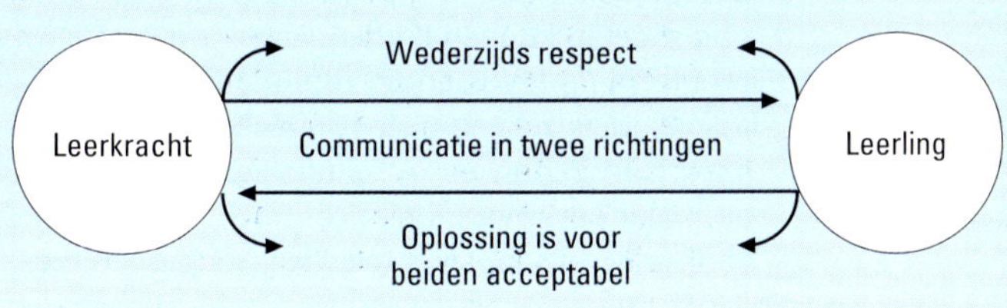

Gelijkwaardigheid

Bij het bekijken van de figuur zul je opmerken dat hierin de leraar en de leerling worden weergegeven door cirkels van gelijke grootte om aan te geven dat het gaat om een relatie van *gelijkwaardigheid*. De één staat niet boven de ander en elk van beiden geeft weer wat er in hem omgaat (behoeften of gevoelens). De leraar wenst zijn macht niet te gebruiken en de leerling weet dat: in methode III speelt macht geen enkele rol (Gordon, 1979).

De leraar moet bij een conflict het volgende kunnen overbrengen (Gordon, 1979): 'Ik wil mijn macht niet gebruiken om te winnen ten koste van jou, maar ook weiger ik jou te laten winnen ten koste van mezelf. Ik ben bereid jouw behoeften te respecteren, maar ik wil mijn eigen behoeften niet negeren. Laten we eens een andere aanpak proberen waarmee we een oplossing kunnen vinden die zowel aan jouw als aan mijn behoeften tegemoetkomt.'

Tweerichtingsverkeer

Deze oplossingsmethode is het gevolg van een interactieproces dat zich afspeelt als twee mensen samen hun best doen een aanvaardbare weg te vinden om te voldoen aan hun beider behoeften. De oplossing moet zowel voor de leraar als voor de leerling aanvaardbaar zijn. Aan de behoeften van elk van beiden moet worden voldaan zodat er een *tweerichtingsverkeer* van wederzijds respect ontstaat, in plaats van een naar één kant gerichte stroom van negatieve gevoelens.

Tussenvraag 7.5

Geef met een paar woorden aan wat de essentie is van de wijze waarop Gordon conflicten oplost (methode III).

Methode III: concrete uitwerking

Het ligt in de aard van de methode dat deze aan de leerlingen voorgelegd wordt in de vorm van een probleem dat opgelost moet worden. ('We hebben samen een probleem, laten we eens kijken of we tot een oplossing kunnen komen.') Het gaat hier om een proces, waarbij verschillende stadia doorlopen moeten worden.

Het volgende verslag van een leraar is een voorbeeld van zo'n probleemoplossingsproces.

■ Voorbeeld 7.8

Leraar: 'Ik zit met een probleem en wil graag dat we daar met z'n allen over praten. Dit jaar zijn er voortdurend problemen tussen Mark en de klas. Ik heb geprobeerd daar wat aan te doen, maar dat heeft niet geholpen. Toch wil ik graag dat dit probleem opgelost wordt, want het stoort mij te vaak in mijn lesgeven. Jullie zitten in groep 7 en ik vind dat we met elkaar toch tot een oplossing moeten kunnen komen. Laten we eens allerlei dingen bedenken om dit probleem op te lossen op zo'n manier dat we allemaal tevreden zijn met de oplossing. Ik zal een paar voorstellen doen en jullie komen met alles wat je maar kunt bedenken. Ik schrijf alles op het bord. We schrijven ieder voorstel op, maar geven nog geen commentaar. Later bespreken we ze allemaal en de voorstellen die ons niet bevallen, schrappen we.'

De lijst van voorstellen die op het bord kwam, zag er als volgt uit:

1 Mark in een andere klas zetten.
2 Mark meer straf geven.
3 Mark met rust laten.
4 Proberen niet zo gauw boos te worden op elkaar.
5 Mark blijft in de pauze binnen.
6 De andere kinderen sneller straf geven.
7 Mij (d.i. Mark) gewoon mee laten doen.
8 Mark dichter bij de tafel van de meester laten zitten.
9 Proberen vrienden met hem te worden door hem 's morgens van huis op te halen.
10 Mark moet niet zo gauw schoppen en slaan.
11 De meester moet ons meer helpen als we ruzie krijgen.

Leraar: 'Laten we nu eens wegstrepen, waar we het niet mee eens zijn. Ik zou de punten 1, 2, 5 en 10 willen schrappen, daar ben ik het niet mee eens. Vooral dat schoppen en slaan is nu juist waar Mark zelf ook zo mee zit. Dat kan hij niet één-twee-drie veranderen.' (Mark schrapt 2 en 8 en de andere leerlingen de punten 6 en 7).
Leraar: 'Laten we nu eens de overgebleven punten bekijken. Wat vinden jullie van punt 3?'
Yvonne: 'Dat hebben we al vaak geprobeerd en dat hielp niets.'
Leraar: 'Punt 4 dan?' (Er komen geen bezwaren.)
Leraar: 'Goed, dan zijn we het er dus over eens dat we proberen minder gauw boos te worden, dat Mark 's morgens van huis gehaald wordt en ik sneller te hulp kom bij ruzies. We hebben nu een soort contract met elkaar, een overeenkomst tussen jullie en mij. We moeten allemaal proberen deze overeenkomst na te komen en het contract niet te verbreken.'

Stapsgewijze aanpak

In dit voorbeeld gaat de leraar *stapsgewijs te werk*. We gaan nu het probleemoplossingsproces nader analyseren. Er blijken dan zes fasen te onderscheiden:

- *Fase 1*: Stel eerst vast *dat* er een conflict is, *wat* het conflict is, en kijk wat de behoeften van alle partijen zijn.
- *Fase 2*. Verzamel daarna zoveel mogelijk oplossingen die het conflict uit de weg kunnen ruimen, en besef wel: er zijn vele oplossingen mogelijk.
- *Fase 3*. Evalueer de gevonden oplossingen.
- *Fase 4*. Kies één of meer oplossingen uit, die voor beiden aanvaardbaar is (zijn).
- *Fase 5*. Maak daarover concrete afspraken: wie wanneer wat doet.
- *Fase 6*. Als de oplossing na enige tijd niet blijkt te werken, is het noodzakelijk er nogmaals over te praten.

Deze zes fasen vormen de richtlijnen bij het toepassen van methode III in de klas. Deze fasen zullen we nu nader uitwerken.

Fase 1 Beschrijven en vaststellen van probleem of conflict
Deze fase is zeer belangrijk. Immers, het gezamenlijk zoeken naar een oplossing is al bij voorbaat tot mislukking gedoemd, als je niet heel precies weet over welk probleem of conflict je het hebt.

Ik-boodschappen en actief luisteren

De behoeften en wensen van de betrokkenen moeten in kaart gebracht worden: door gebruik te maken van doelgerichte *ik-boodschappen* kun je jouw gevoelens weergeven. Als de leerlingen hetzelfde doen ten aanzien van hun verlangens kun je goed gebruikmaken van *actief luisteren*.

Alleen behoeften aangeven

In deze fase dienen *alleen behoeften aangegeven* te worden (de definitie van het probleem dient weergegeven te worden in termen van een behoefteconflict, er mogen geen oplossingen aangedragen worden. Verzeker je ervan dat eenieder met zijn behoeften en verlangens voldoende aan bod is gekomen.

Fase 2 Verzamelen van mogelijke oplossingen

Nadat een probleem nauwkeurig gedefinieerd is, kan (kunnen) zowel de leraar als de leerling(en) oplossingen aandragen, maar als de leerlingen methode III nog niet kennen, is het meestal beter dat de leraar eerst hun oplossingen aanhoort alvorens zelf een oplossing voor te stellen. Fase 2 heeft het karakter van een brainstormproces: de oplossingen dienen 'sec' aangedragen te worden. Noch degene die ze aandraagt, noch de anderen mogen commentaar of toelichting geven. Dit is nodig om te voorkomen dat het zoeken naar een oplossing telkens opnieuw ontaardt in een emotionele discussie. Dit is voor kinderen vaak erg moeilijk, daarom dien je als leraar het verloop van deze fase nauwlettend te bewaken.

Brainstormen

Het is aan te bevelen de voorgestelde oplossingen op te schrijven, vooral als er verscheidene oplossingen mogelijk zijn.

Niet altijd zullen leerlingen met oplossingen komen. De reden kan zijn dat zij (nog) niet aan deze benadering gewend zijn, niet met oplossingen durven komen of echt geen oplossingen weten. Op zichzelf is dat niet erg. De leraar moet er dan wel voor oppassen niet alleen zelf met oplossingen te komen. Ogenschijnlijk vinden de kinderen dit prima, want dan gebeurt er tenminste iets aan het conflict. Nadeel is dat hun eigen oplossingen dan geen rol hebben gespeeld in het keuzeproces met het risico dat de door de leraar aangedragen oplossing niet werkt. Doet deze situatie zich voor, dan vergt deze fase extra aandacht. Een mogelijkheid is dan om de discussie uit te stellen en de kinderen gelegenheid te geven, bijvoorbeeld in overleg met elkaar of hun ouders, oplossingen te verzinnen, die zij op een ander moment in de discussie kunnen inbrengen.

Fase 3 Evalueren van de mogelijke oplossingen

In deze fase worden de aangedragen oplossingen op hun waarde beoordeeld. Al die oplossingen, die voor een van de betrokkenen om wat voor reden dan ook niet aanvaardbaar zijn, moeten worden geschrapt. Hierbij spelen ik-boodschappen een belangrijke rol.

Bemiddelaar

Voor de leraar ligt hier een belangrijke taak als *bemiddelaar*. Hij moet er door middel van actief luisteren voor zorgen dat eenieder precies begrijpt welke wensen en behoeften er geuit worden. Het is belangrijk ruimschoots de tijd te nemen voor het evalueren van de mogelijke oplossingen: overhaast het proces vooral niet en probeer eenieder zo goed mogelijk aan bod te laten komen.

Voor ieder aanvaardbare oplossing

Fase 3 kan niet afgesloten worden als niet minstens één *voor ieder aanvaardbare oplossing* overgebleven is. Is dit niet het geval, dan moet fase 2 herhaald worden.

Fase 4 Uitkiezen van de oplossing(en)

Als de fasen 1, 2 en 3 nauwkeurig doorlopen zijn, zal fase 4 niet zo moeilijk zijn als het misschien lijkt. In sommige gevallen komt de goede oplossing vanzelf naar boven. Iedereen is het dan eens en fase 4 is klaar.

Maar veel vaker komt het voor dat er diverse goede oplossingen blijken te zijn aan het eind van fase 3. Het is dan nodig deze tegen elkaar af te wegen en zo op elkaar af te stemmen dat het mogelijk wordt ze uit te voeren. (Hierbij is het houden van een stemming in tegenspraak met methode III en dus uit den boze!)

Tussenvraag 7.6
Waarom is het houden van een stemming in tegenspraak met het oplossen van een conflict volgens methode III?

Fase 5 Uitvoering van de beslissing
Het gaat hier om het maken van afspraken, wie doet wat en wanneer. Vaak stranden pogingen om tot een oplossing te komen ondanks alle goede wil op het niet voldoende *concreet* zijn bij het maken van de *afspraken*. Afspraken maken in de vorm van een contract is hierbij een handig hulpmiddel.

Concrete afspraken

Fase 6 Toetsing van de oplossing
Bekijken in hoeverre het conflict of probleem nog bestaat, is meestal geen formele kwestie. Vaak is het al voldoende de vraag te stellen: 'Is het probleem verdwenen?' of 'Zijn we nog steeds gelukkig met de gekozen oplossing?'
Blijkt het antwoord op een van deze vragen 'nee' te zijn, dan kan het probleem of conflict aan de hand van de verschillende fasen opnieuw aangepakt worden.
Als er sprake is van een omvangrijk of langdurig conflict, is het verstandig vaker te kijken of de oplossing (nog) werkt.

■ Voorbeeld 7.9
Je hebt een paar dagen geleden van de ouders van Martine gehoord dat zij erg gepest wordt. Je wist dit niet. Het pesten blijkt al een paar maanden aan de gang te zijn. Er zijn goede oplossingen gevonden in het gesprek met de groep. Je spreekt af dat je na een week en dan elke twee weken vraagt of er nog gepest wordt. Dit hou je vol tot je ervan overtuigd bent dat het probleem definitief verdwenen is.

Met deze zes fasen in gedachten, gaan we even terug naar voorbeeld 7.8. In deze bijeenkomst deed de leraar een heleboel dingen erg goed, maar hij liet een paar belangrijke dingen na:

- Hij verwoordde het probleem in termen van zijn eigen behoeften en gebruikte ik-boodschappen om zijn gevoelens over te brengen. Maar zijn ik-boodschappen leken wat te zwak om weer te geven wat voor hem het 'voelbare' en concrete effect was van de vele ruzies tussen de leerlingen.
- Hij had moeten verklaren waarom hij het met de oplossingen die hij schrapte, niet eens was.
- Verder dan fase 4 ging de procedure niet, en toen werd er een beslissing genomen. Hij had fase 5 kunnen uitvoeren door de leerlingen te vragen: 'Goed, hoe gaan we dit nu doen? Wat moet er gebeuren? Wie doet wat?'

- Fase 6, de toetsing, had ingeleid kunnen worden met: 'Wanneer zullen we er weer over praten om te zien of we tevreden zijn met onze afspraken?'

Omdat het hier ging om een diepgaand conflict, was het verstandig van de leraar dat hij de procedure vrij nauwkeurig volgde.

7.4 Praktische wenken

Als de zaken niet verlopen zoals men had verwacht, ligt dat meestal aan de beslissingen en niet aan de leerlingen, hoewel de leerling(en) zich niet aan de afgesproken oplossing zou(den) kunnen houden om de volgende redenen (Gordon, 1979):

- De leerlingen zijn er (nog) niet aan gewend dat de problemen op deze manier worden opgelost; ze staan er dan ook vaak wat wantrouwend tegenover.
- De leerlingen zijn ook (nog) niet gewend om verantwoordelijkheid te dragen. Ze hebben zo'n situatie nog niet vaak meegemaakt, omdat de leraar bijna alles regelde. Je zult er dus begrip voor moeten hebben, dat zij moeite hebben met het leren dragen van hun eigen verantwoordelijkheid.

Het zoeken naar oplossingen volgens methode III kost in het algemeen vrij veel tijd. Als het in de praktijk niet mogelijk is deze tijd te besteden aan het oplossen van een conflict, zorg er dan voor dat er in ieder geval voldoende tijd is om tenminste één fase van het proces af te maken. Ook kun je door middel van ik-boodschappen aangeven dat je hebt geconstateerd dat er een conflict bestaat, en dat je er later op terug wilt komen, als er meer tijd is.
In sommige leraar-leerlingconflicten is het niet nodig om de procedure van methode III strikt te volgen. Om dit te illustreren is hieronder weergegeven hoe *methode III verkort* wordt gebruikt bij de ruzie op de speelplaats (voorbeeld methode I en II):

Methode III verkort

■ Voorbeeld 7.10

Leraar: 'Komen jullie allemaal eens hier, ik wil met jullie praten. Het lijkt erop dat jullie in de pauze zelden met elkaar kunnen spelen zonder ruzie te maken. Hebben jullie een idee hoe dat komt?'
Hans: 'Wim en Janko houden zich nooit aan de spelregels.'
Ronald: 'Wim kan niet tegen zijn verlies, hij gaat dan altijd vechten.'
Maarten: 'En ik mag van Thijs nooit meedoen.'
Leraar: 'Dat is inderdaad niet leuk. Hoe zit dat precies, jongens?'
Thijs: 'Hij snapt er nooit wat van!'
Hans: 'Er is niks aan dat er nog steeds anderen bijkomen als we al aan het spelen zijn.'
Maarten (herhalend): 'Ik ben best op tijd, maar ik mag nooit meedoen, omdat ik er volgens jullie niets van snap.'
Hans: 'Ja, dat is eigenlijk wel zo. Maar volgens mij ken je de spelregels niet en dat is zo lastig.'
Maarten: 'Dat is wel zo, maar dan moeten jullie ze niet telkens veranderen.'
Leraar: 'Als ik jullie zo hoor, is er nogal wat onduidelijkheid over de spelregels.'
De jongens beamen dit.

Leraar: 'Wat vinden jullie ervan om dit eens met elkaar te bespreken?'
Thijs: 'Dat vind ik best, maar alleen als ook Janko en Wim eerlijk doen.'
Leraar: 'Wat bedoel je daarmee?'
Thijs: 'Nou, ze moeten zich gewoon aan de spelregels houden.'
Ronald: 'Maar dan moeten we wel vaste spelregels hebben.'
Leraar: 'Denken jullie dat het zin heeft om de spelregels op te schrijven en af te spreken je eraan te houden?'
(Allen bevestigen dit, behalve Wim.)
Wim: 'Kunt u ons daarmee dan misschien helpen?'
Leraar: 'Als de rest het daarmee eens is, vind ik het prima.'

In samenwerking met de leraar werd vervolgens een contract met de spelregels opgesteld. Van tijd tot tijd werd gecontroleerd in hoeverre deze oplossing werkte en voor iedereen nog bevredigend was.

In de voorbeelden in dit hoofdstuk ging het om conflicten tussen een leraar en een aantal leerlingen. In die gevallen is het kringgesprek een goede vorm om methode III toe te passen. Gaat het echter om een probleem tussen de leraar en één leerling, dan kan dit natuurlijk niet. De leraar moet er dan voor zorgen dat de privacy van de leerling gewaarborgd is en dit kan alleen in een gesprek onder vier ogen.

We gaan even terug naar de openingscasus van dit deel.
In het geval van Karen en haar leraar is het denkbaar dat een gesprek als volgt verloopt.
Leraar: 'Zo, zit je hier. Waarom ben je de klas uitgelopen, je weet dat dat tegen de regels is. Straks kan ik je alles opnieuw uitleggen (behoefteconflict, ik-boodschap). Dit is al een tijdje aan de gang en het kan zo echt niet langer.'
Karen: zat stilletjes te huilen, maar dat gaat na deze opmerking over in hevig huilen.
Leraar: 'Je bent vandaag helemaal van slag, zo ken ik je niet, Karen. Ik maak mij zorgen over je.' (leraar gaat over op een ik-boodschap)
Karen: huilt nog harder en wendt haar hoofd af van de leraar.
Leraar: 'Ik zie dat je vreselijk verdrietig bent en dat je het moeilijk vindt erover te praten.'
Karen: knikt 'ja'.
Leraar: 'Ik vind dat wel erg jammer. Als ik niet weet wat er mis is met jou, kan ik er geen rekening mee houden en dan word ik boos als je niet oplet' (conflictbeschrijving)
Karen (snikkend): 'Het is thuis helemaal niet leuk meer.'
Leraar: 'Wat is er dan?'
Karen: zwijgt.
Leraar: 'Ik merk dat je het moeilijk vindt erover te praten (actief luisteren). Zijn er thuis problemen?'
Karen: knikt 'ja'
Leraar: 'Wil je vertellen wat er aan de hand is?'
Karen: 'Ik mag er niet over praten.'
Leraar (begrijpt inmiddels dat er bij Karen thuis serieuze problemen zijn): 'Oke, maar wat moet ik dan als er bij jou thuis problemen zijn?'
Karen: zwijgt en haalt haar schouders op.

Leraar: 'Zullen we afspreken dat jij mij een seintje geeft als het thuis niet goed gaat? Dan probeer ik daar rekening mee te houden en niet boos te worden, als jij niet goed werkt. Als ik geen seintje gehad heb, word ik gewoon boos als je niet goed werkt.'
Karen: 'Oké.'
Later vertelt Karen onder geheimhouding van de leraar wel wat er thuis aan de hand is, nadat ze de leraar bezworen heeft er tegen niemand iets over te vertellen.

Samenvatting

In dit hoofdstuk is aan de orde geweest hoe de oplossing van conflicten in de praktijk vaak verloopt en hoe deze volgens Gordon kan verlopen. Het belangrijkste verschil tussen de gangbare oplossingen en de werkwijze beschreven in dit hoofdstuk is dat er in het eerste geval winnaars en verliezers zijn. Er is werkelijk een conflict in de zin van tegenover elkaar staande partijen die er veel aan gelegen is hun zin te krijgen. Bij Gordon is een conflict een natuurlijke situatie waarin de behoeften van betrokkenen met elkaar botsen. Er is sprake van een zodanige relatie tussen betrokkenen dat geen van beiden zijn macht wil gebruiken om zijn zin te krijgen. Betrokkenen pakken het probleem op zo'n manier aan dat er een voor beide partijen aanvaardbare oplossing uitkomt. Aan de behoeften van elk van beide wordt voldaan, waarmee er een tweerichtingsverkeer van wederzijds respect ontstaat. Deze methode van probleemoplossing kent verschillende fasen. Het is van belang, zeker als je met deze aanpak nog niet vertrouwd bent, te werk te gaan volgens de zes fasen die besproken zijn.

Kernbegrippenlijst

Actief luisteren Een effectieve manier van reageren wanneer de ander een probleem heef. Je toont daarmee oog en oor te hebben voor de problemen van de ander en bereid te zijn erop in te gaan.

Anti-autoritair Gekant tegen het gebruik van macht en/of positie om de gang van zaken te bepalen, beslissingen af te dwingen.

Autoritair Gebruikmaken van macht en/of positie om de gang van zaken te bepalen, beslissingen af te dwingen.

Brainstormproces Oplossingen voor een conflict worden aangedragen zonder commentaar of toelichting.

Conflict Een probleem dat om een oplossing vraagt, waarbij de behoefteconflictsituatie zodanig aangepakt wordt, dat de partijen in het conflict samen naar een oplossing zoeken die voor beide aanvaardbaar is.

Ik-boodschappen Een effectieve manier van reageren wanneer jij als leraar een probleem hebt. Je legt daarmee de verantwoordelijkheid voor het probleem waar deze thuishoort, bij jezelf.

Probleemdefiniëring Vaststellen of het om een behoefte- of een waardeconflict gaat.

Vragen

7.1 Bepaal van de hierna genoemde conflicten of het om een behoefte- en/of waardeconflict gaat. Motiveer je antwoord.

a Marianne (9) heeft niet opgelet en gaat daardoor niet aan het werk.
b Pietertje (5) weigert de van huis meegebrachte melk op te drinken.
c Hans (11) wil voor een estafetteloop niet bij een groep meisjes ingedeeld worden.
d Ondanks herhaalde ik-boodschappen komt Klaas ($7\frac{1}{2}$) weer met moddervoeten de klas in.

7.2 Hierna wordt het conflict tussen Hans uit oefening 7.1*c* en de gymnastiekleraar nader beschreven.
Na de les neemt de leraar hem even apart. Het volgende gesprek ontwikkelt zich:
Leraar: 'Hans, ik heb er moeite mee dat jij niet bij een groep meisjes ingedeeld wilt worden.'
Hans haalt zijn schouders op en krijgt een kleur.
Leraar: 'Ik vind dat we hier samen een oplossing voor moeten zien te vinden. Heb jij een idee?'
Hans: 'Nou, mij gewoon niet meer bij de meisjes indelen.'
Leraar: 'Ja, ik snap dat je dat wilt, maar daar kan ik natuurlijk niet aan beginnen. Wat dacht je ervan dat je zelf de meisjes uit mag kiezen? Ook kunnen we misschien afspreken dat je eens zonder discussie vier lessen gewoon meedoet en als je er dan nog zoveel problemen mee hebt, kunnen we er opnieuw over praten.'
Hans: 'We kunnen het ook om en om doen, de ene les wel en de andere niet.'
Leraar: 'Geen gek idee, dat kunnen we altijd nog doen na die vier lessen. Zullen we het zo maar afspreken?'
Hans (mompelend): 'Oké.'

De eerstvolgende gymles doet het probleem zich alweer voor. De leraar heeft geprobeerd volgens methode III het conflict op te lossen, maar niet op de goede manier. Geef de fouten aan en motiveer je antwoord.

7.3 Werk uit hoe de oplossing van het conflict volgens methode III wel zou moeten gaan. Beschrijf de zes fasen.

7.4 In de openingscasus van dit deel staat beschreven dat de leraar en Karen afgesproken hebben dat Karen een seintje geeft als er thuis problemen zijn. Je hebt op een gegeven moment de indruk dat Karen soms misbruik maakt van de situatie. Vooral bij rekenen geeft zij vaker een seintje dan bij andere vakken. Je vertrouwt het niet helemaal en besluit tot een gesprek.
Beschrijf dit gesprek.

3 Gedrags-beïnvloeding

Er zijn behalve de communicatievaardigheden uit deel 2 ook nog andere manieren om te komen tot goed omgaan met kinderen en een zo groot mogelijk doceer-leergebied. Eén van die manieren is je richten op het gedrag van het kind met als doel dat te veranderen. Deze verandering probeer je te bewerkstelligen door belonen en straffen. Door gewenst gedrag te belonen zal het kind gedrag gaan vertonen dat de leraar graag wil zien. Het kind krijgt daardoor meer ruimte om te werken. Straffen van ongewenst gedrag is erop gericht dat het kind dit ongewenste gedrag niet meer vertoont, waardoor er ook meer ruimte ontstaat om te werken. Deze benadering is gebaseerd op de principes van de gedragstheorie. De gedragstheorie is ontstaan in reactie op psychologische stromingen die uitgaan van begrippen en processen die niet waargenomen kunnen worden. Deze zouden verwerpelijk zijn omdat ze berusten op niet-bewijsbare veronderstellingen (zoals het bestaan van het on(der)bewuste bij Freud en Jung).
De gedragstheorie is op verschillende manieren uitgewerkt door onder meer Pavlov, Skinner en Bandura.
De vaardigheden van deel 3 berusten voornamelijk op het werk van B.F. Skinner (geb. 1904). Zijn zienswijze vatten we als volgt samen: 'Men kan in het onderwijs zijn doelen bereiken door een situatie te scheppen, die bepaalde gedragingen mogelijk maakt - zowel met betrekking tot het omgaan met elkaar als tot het leren en dan vervolgens dat gedrag te belonen.'
Net als bij communicatievaardigheden speelt ook in deze benadering acceptatie een belangrijke rol. Acceptatie is het beginpunt van het belonen en straffen. Je accepteert dat het kind bepaald gedrag nu eenmaal geleerd heeft; je rekent hem dat niet aan. Dat neemt niet weg dat je soms wel wilt dat het verandert. Bij deze handelwijze is de verbetering van de relatie geen doel, zoals bij communicatievaardigheden, maar wel een belangrijk bij-effect. Als het ongewenste gedrag verdwijnt en er komt gewenst gedrag voor in de plaats, is er meer ruimte om plezierig met elkaar om te gaan.

OPENINGSCASUS

Quinten

Quinten (groep 3) is een heel spontaan, druk jongetje. De leraar mag zijn spontaniteit wel, al wordt hij er soms ook behoorlijk moe van. Quinten heeft veel moeite rustig stil te zitten. Hij loopt steeds uit zijn bank, praat tijdens de instructie voor zijn beurt als hij een antwoord op een vraag al weet. Het antwoord is overigens meestal goed. Tijdens de verwerking van de leerstof wil hij altijd als eerste klaar zijn, hij let erg op de snelheid van werken van de andere kinderen en probeert hen voor te zijn. Zijn eigen werk is dan vaak niet goed, maar dat vindt Quinten niet erg. Hij is immers als eerste klaar. Wanneer de leraar het werk samen met Quinten doet, blijkt hij het goed te snappen.
De leraren van groep 1 en 2 vonden Quinten een heel gezellig, nog wat speels jongetje. Zij maakten zich weinig zorgen over hem. Als zijn werk niet in orde was, maakte hij het gewoon over. Als hij wat erg veel met werk van andere kinderen bezig was, kreeg hij een waarschuwing. Als hij niet op zijn plaats bleef zitten, werd hij, als zij het echt nodig vonden, met een lach of een geintje weer op zijn plaats gezet. Verder hebben zij geen bijzondere maatregelen genomen. De gedachte was dat Quinten hooguit nog een beetje speels was en dat dit wel zou bijtrekken in groep 3. Ook de ouders maken zich geen zorgen. Zij zijn erg trots op hem. Zij zien vooral wat hij allemaal goed doet. Als over zijn gedrag gesproken wordt, zeggen zijn ouders lachend in koor, dat vader ook zo geweest is. Zij vertellen allerlei anekdotes over Quinten, hoe leuk hij uit de hoek kan komen en hoe bedrijvig hij is. Vader geeft aan dat de leraar zich niet zo druk moet maken. Het gaat net als bij hem vanzelf over.
De leraar van groep 3 geeft aan dat hij in de les echter echt last heeft van het gedrag van Quinten. Zijn gedrag stoort de kinderen die wel moeite hebben met de leerstof. Ook kost het de leraar veel energie om Quinten in het gareel te houden. De leraar van groep 3 heeft al verschillende pogingen gedaan om het gedrag van Quinten bij te sturen. Een tijdje heeft hij hem heel streng aangepakt. Quinten kreeg veel straf als hij niet rustig was en als hij niet goed werkte. Deze aanpak had weinig, zo niet een averechts effect. De leraar bleef straffen. Er ontstonden nu conflicten met Quinten die er voorheen niet waren. Quinten werd somberder. Het plezier in school verdween, zo meldden de ouders.
In plaats van straffen besloot de leraar het te proberen met belonen. Als Quinten rustig en goed werkte, dan kreeg hij een sticker. Als hij tien stickers had, mocht hij van zijn ouders iets moois kopen. In het begin was deze aanpak een groot succes. De eerste dagen haalde hij met gemak een sticker. Iedereen was blij. Echter, na een week bleek ook deze aanpak niet het gewenste effect te hebben. Quinten verviel weer in zijn oude gedrag. Hij kreeg geen beloningen meer, maar dat deerde hem blijkbaar niet.
Ook zijn gedrag negeren was geen succes. Nu de leraar niet meer reageerde op zijn gedrag en alleen zijn werk beoordeelde, liep Quinten nog meer door de klas en praatte nog vaker voor zijn beurt. De prestaties van Quinten gingen zienderogen achteruit.

8 Theoretische uitgangspunten van gedragsbeïnvloeding

In dit hoofdstuk bespreken we kort de theorie van de gedragsbeïnvloeding. Een leraar kan alleen dan bewust veranderingen aanbrengen in bepaald gedrag van een kind, wanneer hij precies weet wat gedrag inhoudt en hoe het ontstaat. In paragraaf 8.1 behandelen we de belangrijkste principes van gedragsbeïnvloeding. In paragraaf 8.2 komt aan de orde wat gedrag is, in paragraaf 8.3 het ontstaan van gedrag. In paragraaf 8.4 geven we aan wat volgens de gedragstheorie ongewenst gedrag is. In paragraaf 8.5 ten slotte weerleggen we een aantal veel geuite bezwaren tegen de gedragstheorie.

8.1 Principes van de gedragstheorie

In het vorige deel hebben we besproken hoe je als leraar met behulp van de communicatievaardigheden van Rogers een goede relatie met de leerling(en) kunt opbouwen. Acceptatie vormde een wezenlijk onderdeel van deze benadering. Maar al accepteer je een kind als persoon, dan kan het toch nog gedragingen vertonen die je anders zou willen zien. Denk bijvoorbeeld aan een jongen die in de klas steeds op zijn stoel zit te wippen.
In dit deel wordt beschreven hoe zulk gedrag veranderd kan worden op basis van de gedragstheorie. Aan deze theorie verbonden namen zijn: Pavlov, Skinner, Bandura en Eysenck. Zij onderscheiden aangeboren en aangeleerd gedrag.

Aangeboren gedrag

Aangeboren gedrag is al het gedrag dat we bij onze geboorte hebben meegekregen. Een bekend voorbeeld van aangeboren gedrag is de kniepeesreflex: wanneer de dokter tegen je kniepees tikt, springt je onderbeen omhoog. Een ander voorbeeld is het in elkaar duiken bij een plotseling hard geluid. Dit zijn voorbeelden van gedrag dat elk mens vertoont. Er is geen enkele vorm van leren voor nodig geweest, dit in tegenstelling tot aangeleerd gedrag, dat we niet bij onze geboorte hebben meegekregen.

Aangeleerd gedrag

De aanleg om *aangeleerd gedrag* te vertonen is meestal wel aanwezig, er is echter een vorm van leren nodig alvorens iemand dit gedrag kan vertonen. Voorbeelden van aangeleerd gedrag zijn: spreken, schrijven, stilzitten. De gedragstheorie richt zich uitsluitend op aangeleerd gedrag. De nadruk ligt op gedragsdeterminanten buiten ons lichaam, ons gedrag (Schreuder Peters & Boomkamp, 2004).

Kenmerken gedragstheorie

Zij onderscheidt zich van andere psychologische theorieën door de volgende kenmerken:

- De gedragstheorie betreft uitsluitend gedrag zoals we dat met onze zintuigen kunnen waarnemen: *waarneembaar gedrag*.
- De nadruk ligt op het huidige gedrag. Gegevens uit het verleden zijn alleen belangrijk voorzover zij het huidige gedrag beïnvloeden. Deze invloed zal uit observaties moeten blijken.
- Gedrag wordt bepaald door de *directe gevolgen* die het heeft. Daar deze niet constant zijn, is gedrag aan verandering onderhevig.

In de praktijk betekent dit, dat wie gedrag wil veranderen eerst nauwkeurig dient te bepalen om welk gedrag het gaat. Daarna kijkt hij naar hetgeen steeds volgt op het gedrag. Door in de gevolgen veranderingen aan te brengen (bijvoorbeeld door niet meer te reageren als de leerling iets vraagt zonder zijn vinger op te steken), zal het gedrag waarschijnlijk ook veranderen (in het voorbeeld zal het kind waarschijnlijk voortaan wél zijn vinger opsteken als het iets wil vragen).

Tussenvraag 8.1
Welke soorten gedrag onderscheidt de gedragstheorie en om welk gedrag gaat het bij gedragsbeïnvloeding?

8.2 Wat is gedrag?

Wanneer we over kinderen praten, maken we zelden onderscheid tussen wat we feitelijk waarnemen (wippen op een stoel) en onze gedachten en mening daarover (het is een onrustig kind).
Vergelijk eens in figuur 8.1 de uitspraken aan de linkerkant met die aan de rechterkant.

Figuur 8.1 **Interpretaties van gedrag**

Karel is lui	Het lukt Karel haast nooit binnen de daarvoor gegeven tijd zijn werk af te maken
Ineke is een lief meisje	Ineke praat weinig in de klas
Rob is zo verlegen	Rob zegt weinig in de klas
Bart is erg agressief	Bart vecht elke dag wel een keer met iemand

Hoewel Ineke en Rob hetzelfde gedrag vertonen, namelijk weinig zeggen, wordt Ineke beschreven als lief en Rob als verlegen. 'Lief' en 'verlegen' zijn namelijk interpretaties van gedrag.
Dit is in tegenspraak met de meest elementaire opvatting in de gedragstheorie, namelijk: *gedrag is alleen dat wat we met onze zintuigen kunnen waarnemen.*
Waarom nu juist deze definitie? Om dit te verduidelijken geven we het volgende voorbeeld: op veel scholen is het gebruikelijk dat een leraar bij de overgang een beschrijving geeft van elk kind. Stel je nu eens voor dat Karel beschreven wordt als een luie, niet te motiveren jongen. Het beeld dat de nieuwe leraar hierdoor van Karel krijgt, hoeft absoluut niet overeen te komen met dat van de vorige leraar. Hij kan dat gedrag ook heel goed als traag bestempelen. Lui is namelijk een begrip waaraan ieder een verschillende inhoud en waarde kan toekennen. Met andere woorden: 'lui' is een *interpretatie van gedrag*, geen beschrijving van gedrag.

Interpretatie van gedrag

Ook bij Quinten, uit de openingscasus, zien we dit verschijnsel. De ouders en de leraren geven allemaal een andere interpretatie van het gedrag van Quinten. De ouders en de leraren van groep 1 en 2 bestempelen zijn gedrag als spontaan en speels. De leraar van groep 3 vindt hem erg druk.

Wanneer we spreken in interpretaties kan dit een bron zijn van aanzienlijke misverstanden. Daarom mag gedrag in de gedragstheorie alleen beschreven worden in termen van *waarneembare uitingen.*
In de voorbeelden van figuur 8.1 zijn de uitspraken in de linker kolom interpretaties van gedrag (gedachten en meningen). De rechter kolom beschrijft gedragsuitingen die we waarnemen.

Waarneembare uitingen

Tussenvraag 8.2
Waarom maakt de gedragstheorie verschil tussen waarneembaar gedrag en interpretaties van gedrag?

■ ■ ■ 8.3 Ontstaan van gedrag

In de gedragstheorie bepalen de directe gevolgen of iemand gedrag aanleert of afleert. Dit lichten we toe aan de hand van de volgende voorbeelden.

■ Voorbeeld 8.1
Marieke gaat graag naar gymnastiek, want ze kan het goed en mag vaak oefeningen voordoen en bovendien krijgt ze complimenten van de vakleraar.
Anton gaat niet graag naar gymnastiek, want hij valt veel en wordt regelmatig uitgelachen door de andere kinderen.

Kernprincipe

We zien dat het al dan niet naar gymnastiek gaan bepaald wordt door de gevolgen die het heeft: prettige voor Marieke, waardoor ze graag gaat; onprettige voor Anton, waardoor hij niet graag gaat. Dit is een *kernprincipe* in de gedragstheorie: *gedrag wordt bepaald door de directe gevolgen die het heeft*:
- zijn de gevolgen prettig, dan kan gedrag ontstaan, blijft het voorkomen of neemt het toe;
- zijn de gevolgen onprettig, dan neemt het gedrag af of het verdwijnt.

In figuur 8.2 is dit schematisch weergegeven (Van Londen, 1979).

Figuur 8.2 **Directe gevolgen van bepaald gedrag**

Situatie	Gedrag	Gevolgen
Marieke gaat naar gymnastiek	Ze voert de opdrachten uit met succes	Ze mag veel voordoen en krijgt complimenten
Volgende keer		
Marieke gaat naar gymnastiek	Ze doet dit met (nog) meer enthousiasme	

Situatie	Gedrag	Gevolgen
Anton gaat naar gymnastiek	Hij voert de opdrachten uit, maar valt steeds	Hij doet zich pijn en wordt uitgelachen
Volgende keer		
Anton gaat naar gymnastiek	Hij wil niet meer meedoen	

Versterking en verzwakking

Dus: afhankelijk van de directe gevolgen wordt gedrag aan- of afgeleerd. In de gedragstheorie onderscheiden we de begrippen *versterking* en *verzwakking*.

- Als gedrag wordt aangeleerd, blijft bestaan of toeneemt doordat het gevolgd wordt door prettige dingen of gebeurtenissen, spreken we van versterking van gedrag. De prettige gevolgen (beloningen) noemen we de *versterkers*.
  In het voorbeeld van Marieke vindt er versterking van het gedrag plaats, omdat het gevolgd wordt door iets prettigs; de versterkers zijn het voordoen en de complimenten die ze krijgt.
- We spreken van verzwakking als gedrag afneemt of verdwijnt doordat het gevolgd wordt door onprettige dingen of gebeurtenissen. Deze onprettige gevolgen noemen we de *verzwakkers* (onthouden van beloningen, negeren en straffen). In het voorbeeld van Anton waren dit het zich pijn doen en het uitgelachen worden.

Tussenvraag 8.3
Hoe ontstaat volgens de gedragstheorie gedrag?

8.4 Probleemgedrag

Een kind ontwikkelt zowel gewenst als ongewenst gedrag. Ongewenst gedrag is gedrag dat de omgeving, zoals ouders of leraren, niet acceptabel vindt.
Hoe kijkt men vanuit de gedragstheorie nu aan tegen ongewenst gedrag in de klas? We zullen dit aan de hand van een voorbeeld illustreren.

■ Voorbeeld 8.2
Patricia zit tijdens de verkeersles steeds achterstevoren in haar bank met andere kinderen te praten. Wanneer de leraar daar iets van zegt, luistert ze niet en praat door.

Een aantal gedragingen van Patricia zijn voor de leraar een probleem: achterstevoren in de bank zitten; praten met andere kinderen; niet luisteren naar de leraar.

Ongewenste gedragingen/ probleemgedrag

We zien, dat we niet spreken over Patricia als probleemkind, maar als een kind met *ongewenste gedragingen*. Gedrag dat een kind vertoont, maar niet zou moeten vertonen, noemen we *probleemgedrag* (OSM, 1981).
In voorbeeld 8.2 is zonder meer duidelijk dat Patricia iets doet, wat ze niet zou moeten doen: het probleemgedrag is hier duidelijk waarneembaar. Dit is echter niet altijd het geval.

■ Voorbeeld 8.3
Joke is een stil meisje dat weinig praat. Als ze wat zegt, is ze moeilijk verstaanbaar. Tijdens het buiten spelen doet ze zelden mee. Ze blijft meestal in de buurt van de juffrouw.

In dit voorbeeld gaat het, in tegenstelling tot het voorbeeld van Patricia, om gedrag dat juist niet valt waar te nemen, maar dat men graag zou willen zien. Ook dan spreken we van probleemgedrag: in het geval van Joke is dat weinig zeggen en onverstaanbaar spreken.
We keren even terug naar de openingscasus. De ouders en de leraren van groep 1 en 2 vonden het gedrag van Quinten vertederend. Het is zo'n spontaan en gezellig jongetje. Wanneer Quinten zich niet aan een opdracht of taak hield, werd daarop niet negatief gereageerd. Men probeerde hem met een grapje en een lach weer aan het werk te krijgen.
In termen van de gedragstheorie: er volgden geen verzwakkers. Integendeel, de grap en de lach zijn positieve reacties en werken als versterkers.
De leraar van groep 3 heeft geen kans gezien dit patroon te doorbreken.

Doelbewust en systematisch

Zoals gezegd gaat men er in de gedragstheorie vanuit dat vrijwel alle gedrag aangeleerd is, dus ook probleemgedrag. En als iets is aangeleerd, kan het ook worden afgeleerd. Probleemgedrag kan men vaak afleren door de principes van versterking en verzwakking *doelbewust* en *systematisch* te hanteren. Hoe dit in zijn werk gaat, komt in de volgende hoofdstukken aan de orde. In hoofdstuk 9 en 10 gaan we in op respectievelijk het aanleren/doen toenemen en het afleren/doen afnemen van gedrag. Hoewel deze technieken in de praktijk eerder naast elkaar dan apart gebruikt moeten worden (bijvoorbeeld het belonen van het vinger opsteken naast het negeren van het niet opsteken van de vinger), bespreken we ze hier los van elkaar ter wille van een duidelijk overzicht.

Tussenvraag 8.4
Wat is volgens de gedragstheorie probleemgedrag en op welke wijze stelt men volgens de gedragstheorie vast dat er sprake is van probleemgedrag?

8.5 Bezwaren tegen de gedragstheorie

Er rijzen nogal eens bezwaren tegen gedragsveranderingsprogramma's. Op een aantal vaak gehoorde bezwaren gaan wij hier in.

Manipulatie en omkoping

Leraren nemen veel beslissingen voor leerlingen. Ze moeten nu eenmaal begeleiden en lesgeven. Het gaat er niet om of je wel of niet mag beïnvloeden, want dat doe je toch wel. Het gaat erom dat je dit met overleg en systematisch doet, én in het belang van het kind zodat het zich ontwikkelt tot een zelfstandig, bekwaam, creatief en verantwoordelijk persoon. In dit verband zijn belonen en (effectief) straffen volkomen legitiem.

Waarde gedragsbeïnvloeding

Gedragsbeïnvloeding heeft onder andere zijn *waarde* bewezen in situaties, waarin de verhouding tussen leraar en leerling zo slecht was, dat een zinvol gebruik van de communicatievaardigheden uit het eerste deel onoverkomelijke bezwaren zou hebben opgeleverd. Gedragsveranderingsprogramma's bieden namelijk de gelegenheid tot een zakelijke

benadering van problemen, zonder dat negatieve gevoelens een (hoofd)rol spelen.
Een (prettige) bijkomstigheid is dat de relatie vaak verbetert als de gedragsverandering optreedt, waardoor beter gebruikgemaakt kan worden van de communicatievaardigheden.

Het is onnatuurlijk

Veel gedrag en veel versterkers bestaan reeds in de klas. Het is vaak een kwestie van beter rangschikken. Als we kunstmatige versterkers gebruiken, moeten we die langzamerhand vervangen door meer natuurlijke versterkers zoals sociale versterkers. Prijzen, complimenten en genegenheid zijn hiervan voorbeelden. Tenslotte zal het kind er zelf trots op zijn of er plezier in krijgen in wat hij doet (Van Londen e.a., 1979).
Het slagen van een programma zal in het algemeen een gunstig effect hebben op het zelfbeeld van het kind. Doordat een gedragsprogramma zich steeds richt op iets, wat een leerling kan, wordt zijn gevoel van bekwaamheid versterkt. Het overleg met de leraar en de versterkers die het kind krijgt (complimentjes, aandacht) brengen mee dat het zich door de leraar als persoon geaccepteerd voelt.

Het is alleen symptoombestrijding

Dit is ten dele waar. Uit onderzoek (Cladder & Truyens-van Berkel, 1975) is echter gebleken dat vaak overdracht van het geleerde plaatsvindt naar andere situaties, hetgeen het functioneren van het kind ten goede komt. Zo is gebleken dat bij behandeling van één angst vaak een generaliserend effect optreedt naar andere angsten, dat wil zeggen dat het kind ook minder bang is in andere situaties dan die ene waarom het bij de behandeling ging. Wel bestaat bij deze methode het risico dat bij abrupt verminderen van de hoeveelheid versterkers de leerling weer het oorspronkelijke gedrag (symptomen) gaat vertonen. Ook kan hij op andere, mogelijk eveneens ongewenste, gedragingen overgaan om aan zijn versterkers te komen (symptoomverschuiving).
Een voorbeeld van zogenaamde symptoomverschuiving is het verhaal van Alexa in voorbeeld 10.9. De angst voor gymnastiek is zo groot dat Alexa, om deze angst te vermijden, hoe dan ook haar toevlucht zal nemen tot probleemgedrag.
Als er symptoomverschuiving optreedt, is het belangrijk de reden hiervan op te sporen, zodat je adequater kunt reageren.

Moet voor ieder probleem een programma gemaakt worden?

Neen, formele programma's zijn alleen nodig als de minder formele niet helpen. En als je een formeel programma maakt, kun je dat het beste doen op de manier, die in dit deel beschreven is (Van Londen e.a., 1979).

Het is te veel moeite en kost te veel tijd

Meestal kost deze aanpak niet meer moeite en tijd dan je toch al kwijt bent. Wanneer een kind problemen heeft, die met je gebruikelijke benadering niet op te lossen zijn, vraagt dat kind toch al veel tijd en energie. Op de lange duur zal het minder tijd en moeite vergen dan bij een niet-systematische aanpak van het probleemgedrag. Een goed programma stelt het kind immers in staat meer zelf te doen.

Tussenvraag 8.5
Welke kritiek is mogelijk op de aanpak van problemen door een gedragsveranderingsprogramma?

Samenvatting

In het vorige deel is aan de orde geweest hoe je als leraar met behulp van communicatievaardigheden een goede relatie met de leerling(en) kan opbouwen. Acceptatie vormde een wezenlijk onderdeel van deze benadering. Echter, acceptatie van de persoon in zijn eigenheid betekent niet dat je ook al zijn gedragingen accepteert. De gedragstheorie richt zich op het veranderen van gedrag. In deze theorie gaat men ervan uit dat vrijwel alle gedrag aangeleerd is. In de gedragstheorie gaat het om dit aangeleerde gedrag. De belangrijkste verschillen tussen de gedragstheorie en andere theorieën zijn dat de gedragstheorie zich uitsluitend richt op gedrag zoals we dat met onze zintuigen kunnen waarnemen; dat de nadruk ligt op het huidige gedrag; en dat gedrag wordt bepaald door de directe gevolgen die het heeft.
In de gedragstheorie gaat men ervan uit dat als iets is aangeleerd, het ook kan worden afgeleerd. Net als andere gedragingen is ook probleemgedrag aangeleerd gedrag, en is dus af te leren. Het afleren van probleemgedrag gaat bij voorkeur gepaard met het aanleren van gewenst gedrag. Het aanleren/doen toenemen van gewenst gedrag dan wel het afleren/doen afnemen van ongewenst gedrag kun je bereiken door de principes van versterking en verzwakking doelbewust en systematisch te hanteren. Hoe dit in zijn werk gaat, bespreken we in de volgende hoofdstukken.

Kernbegrippenlijst

Acceptatie
Het aanvaarden van de ander als persoon met zijn meningen en gevoelens.

Aangeboren gedrag
Dit is al het gedrag dat we bij onze geboorte hebben meegekregen. Het zijn gedragingen die elk mens vertoont. Er is geen enkele vorm van leren voor nodig geweest.

Aangeleerd gedrag
De gedragstheorie gaat ervan uit dat de aanleg om *gedrag* te vertonen meestal wel aanwezig is, maar dat er een vorm van leren nodig alvorens iemand dit gedrag kan vertonen.

Gedrag
In de gedragstheorie betreft dit uitsluitend gedrag zoals we dat met onze zintuigen kunnen waarnemen. Gedrag wordt bepaald door de directe gevolgen die het heeft. Daar deze niet constant zijn, is gedrag aan verandering onderhevig.

Gedragstheorie
Theorieën van onder meer Pavlov, Skinner en Eysenck over het ontstaan en veranderen van gedrag.

Probleemgedrag
Een kind ontwikkelt zowel gewenst als ongewenst gedrag. Probleemgedrag is ongewenst gedrag: gedrag dat de omgeving, zoals ouders of leraren, niet acceptabel vindt.

Versterker(s)
Als gedrag wordt aangeleerd, blijft bestaan of toeneemt doordat het gevolgd wordt door prettige dingen of gebeurtenissen, spreken we van versterking van gedrag. De prettige gevolgen (beloningen) noemen we de versterkers.

Verzwakker(s)
We spreken van verzwakking als gedrag afneemt of verdwijnt doordat het gevolgd wordt door onprettige dingen of gebeurtenissen, zoals het onthouden van een beloning, negeren of straf. Deze onprettige gevolgen noemen we de verzwakkers.

Vragen

8.1 In de gedragstheorie spreken we altijd over gedrag, nooit over interpretaties van gedrag. In de praktijk echter zijn we gewend nogal eens interpretaties van gedrag te gebruiken. Beschrijf de waarneembare gedragsuitingen die tot de volgende vier interpretaties kunnen leiden:

1 stiekem
2 irriterend
3 rustig
4 blij.

8.2 In deze vraag keren we het om. In een verslag staan waarneembare gedragsuitingen beschreven. Geef aan wat een mogelijke interpretatie zou zijn.

1 Peter loopt tijdens een uur driemaal uit zijn bank
2 Tijdens het kringgesprek heeft Karin zich niet bewogen.
3 Nancy heeft een kind geslagen. Zij kijkt de leraar niet aan, als hij haar ernaar vraagt.
4 Charlene heeft tijdens een dictee negenmaal door een woord gekrast om het woord te verbeteren.
5 Tijdens een rekenles van 30 minuten levert Kees na 15 minuten zijn werk in. Hij heeft geen enkele fout gemaakt.
6 Tijdens diezelfde rekenles levert Petra na Kees ook haar werk in. Zij heeft een heleboel sommen niet gemaakt.

8.3 Ga bij jezelf eens na, welke interpretaties je vaak gebruikt; probeer in plaats van deze interpretaties waarneembaar gedrag te formuleren.

8.4 Probeer hoe je onderstaande beschrijvingen van problemen met kinderen zodanig kunt veranderen dat ze voldoen aan de principes van de gedragstheorie.

a Karla is een leuk spontaan meisje, dat weinig zelfstandig is. Een probleem is dat ze zich snel op stang laat jagen en dan stilletjes in een hoekje gaat zitten.

b Jelle is een probleemkind. Het is één brok onrust. Hij zit altijd met zijn gedachten ergens anders. Hoewel het een pienter joch is, kan hij niet meekomen met het klasseniveau. Hierdoor heeft hij faalangst ontwikkeld.

Aanleren/doen toenemen van gewenst gedrag

9

In de klas doen zich regelmatig situaties voor waarin een leraar denkt: 'Ik zou graag willen dat dat kind zich eens anders gedroeg.' Met behulp van de gedragstheorie kan de leraar dit beïnvloeden door op systematische wijze de gevolgen van bepaald gedrag te veranderen. In paragraaf 9.1 geven we een korte toelichting op de theoretische principes van het aanleren/doen toenemen van gewenst gedrag. In paragraaf 9.2 behandelen we de praktische uitwerking van gedragsverandering. In paragraaf 9.3 ten slotte, geven we een aantal praktische wenken.

9.1 Theoretische kanttekeningen

Gewenst gedrag

In hoofdstuk 8 hebben we aangegeven wat gezien vanuit de gedragstheorie ongewenst gedrag in de klas is, namelijk gedrag dat voor de leraar niet acceptabel is. *Gewenst gedrag* is dan gedrag dat de leraar graag zou zien.

■ Voorbeeld 9.1

Tijdens het kringgesprek ontstaat steeds ruzie doordat Eduard telkens aan de kinderen naast hem zit. De leraar krijgt hier langzamerhand genoeg van. Zij zou graag zien dat Eduard op zijn stoel blijft zitten zonder aan andere kinderen te komen.
Dat is het gewenste gedrag dat de leidster graag zou uitlokken.

Hoe kan nu gewenst gedrag ontstaan of toenemen?
In hoofdstuk 8 hebben we ook gezien dat bepaald gedrag kan ontstaan, blijft voorkomen of toeneemt indien dat wat er direct op volgt prettig is voor het kind dat het gedrag vertoont.
We gaan daarom kijken welke gevolgen het kind prettig vindt; anders gezegd: we bepalen de versterkers. Vervolgens laten we deze versterkers systematisch volgen op elke uiting van het gedrag dat we graag willen zien. Bij het veranderen van gedrag komt het aan op het *kiezen* van de juiste *versterker(s)*.

Kiezen versterker(s)

■ Voorbeeld 9.2

Chantal, een meisje dat niet gesteld is op lichamelijk contact, is een trage werkster. De leraar zou graag een hoger werktempo zien en besluit om iedere keer als ze een taak af heeft haar te belonen met een aai over haar bol. Deze leraar moet niet verwonderd zijn als zij, tegen zijn verwachting in, nog minder af heeft. Gelet namelijk op het feit dat zij niet gesteld is op lichamelijk contact, zal Chantal de aai over haar hoofd absoluut niet als prettig ervaren. Integendeel zelfs, ze kan maar het beste nog minder gaan werken om deze 'versterker' te vermijden.
Voor Ronnie, een enorme knuffelaar, zou in dezelfde situatie de aai over zijn bol waarschijnlijk wel een juiste versterker geweest zijn.

Zelfbeeld en beleving uitgangspunt

Uit deze voorbeelden blijkt dat het kiezen van de juiste versterker volkomen afhankelijk is van het kind waarmee je te maken hebt. Bij het kiezen van versterkers dient dan ook het *zelfbeeld en de beleving* van het kind *uitgangspunt* te zijn.

Tussenvraag 9.1
Wat bepaalt of de reactie van een leraar op het gedrag van een leerling een versterker is of niet?

9.2 Gedragsverandering in de praktijk

Systematisch te werk gaan

Als je bepaald gedrag wilt aanleren of wilt doen toenemen, zul je *systematisch te werk moeten gaan*. In de openingscasus van dit deel mislukte de beloningsaanpak doordat de leraar niet systematisch te werk was gegaan. Voor gedragsverandering kun je gebruikmaken van een programma dat bestaat uit vijf stappen (Van Londen e.a., 1979):

- *Stap 1*: overzicht maken van een gebeurtenis;
- *Stap 2*: specificeren/concreet omschrijven van gedrag;
- *Stap 3*: tellen en meten;
- *Stap 4*: het vaststellen van de nieuwe gevolgen (versterkers);
- *Stap 5*: kijken of het al beter gaat.

Stap 1 Overzicht maken van een gebeurtenis
Om inzicht te krijgen welke factoren van invloed zijn op het gedrag waarop we ons richten, moeten we weten in welke situatie het gedrag zich voordoet, wat het gedrag zelf is en wat de gevolgen zijn. We maken daarbij gebruik van het zogenaamde S-G-G-schema (situatie-gedrag-gevolgen), zoals weergegeven in figuur 9.1.

Figuur 9.1 **S-G-G-schema**

Wat voor situatie is het	Wat doet het kind	Wat is het gevolg
Wie zijn er bij? Waar is het? Wanneer doet het zich voor?	Gedrag omschrijven in termen van waarneembare uitingen	Het directe gevolg/de directe gevolgen voor het kind

Met behulp van dit schema kun je meer inzicht krijgen in wat er gebeurt. In de middelste kolom beschrijf je het probleemgedrag waarom het gaat, in de eerste kolom de situatie waarin het voorkomt, in de derde kolom de gevolgen (versterkers) die het gedrag nu heeft.

In het geval van Quinten, uit de openingscasus, zijn er verschillende mogelijkheden voor een schematisch overzicht (zie figuur 9.2).

Figuur 9.2 **S-G-G-schema van Quinten**

a

Wat voor situatie is het	Wat doet het kind	Wat is het gevolg
Tijdens instructie en verwerking	uit de bank lopen	met lach en geintje terug sturen of laten lopen

b

Wat voor situatie is het	Wat doet het kind	Wat is het gevolg
Tijdens instructie	voor de beurt praten	er iets van zeggen, maar het antwoord toch goedvinden

c

Wat voor situatie is het	Wat doet het kind	Wat is het gevolg
Tijdens verwerken	veel te snel werken	werk nakijken en individueel opnieuw langsgaan

In woorden: het gedrag van de leraar werkt in dit geval waarschijnlijk als een versterker voor Quinten (het levert hem aandacht op, zijn werk wordt goedgekeurd), waardoor het probleemgedrag blijft voorkomen. Dat het gedrag van de leraar de versterker zou zijn, is een vooronderstelling (hypothese). Mogelijk gelden ook andere versterkers, bijvoorbeeld dat Quinten door uit zijn bank te lopen contact kan hebben met andere kinderen, of dat de leraar hem komt helpen.

Stap 2 Specificeren/concreet omschrijven van bepaald gedrag

Probleemgedrag/ doelgedrag

Stap 1 bestaat uit een algemene omschrijving. Dit is echter niet voldoende. De beschrijving van het te veranderen gedrag (*probleemgedrag*) en het gewenste gedrag (*doelgedrag*) moet voldoen aan de principes van de gedragstheorie.

Je gaat als volgt te werk.

Observatie in waarneembare uitingen

a Eerst omschrijf je het probleemgedrag in termen van *waarneembare uitingen*. Je wilt heel precies weten om *welk* gedrag het gaat, *wanneer* het optreedt en wat *erna* gebeurt. Dat kun je alleen vaststellen door middel van *observatie*.
We hebben gezien dat gedrag, dus ook probleemgedrag, in stand wordt gehouden door versterkers. Als probleemgedrag regelmatig voorkomt, dan kunnen we er ook van uitgaan dat het regelmatig wordt versterkt en daardoor weer wordt uitgelokt. Anders zou het probleemgedrag verdwijnen.
Ook hebben we gezien dat versterkers altijd prettige dingen of gebeurtenissen zijn, die onmiddellijk op het gedrag volgen.

■ **Voorbeeld 9.3**

Erik kliedert vaak met zijn melk. Zijn gedrag wordt versterkt door de andere kinderen, die daar steeds om moeten lachen.
Helen kauwt steeds het uiteinde van haar potlood stuk. Als zij het helemaal afgekauwd heeft, krijgt zij van de leraar een nieuw potlood. Bestraffende woorden dat zij dat niet meer moet doen, helpen niet. Iedere keer dat zij een mooi, nieuw potlood krijgt van de leraar, werkt dit als versterker voor het kauwgedrag.

Deze versterkers kunnen, zoals gezegd, geïdentificeerd worden door observatie van wat er direct op het probleemgedrag volgt. Bij de observatie in stap 2 stellen we dus de volgende vragen:

- Wat is het probleemgedrag?
- Wanneer, in welke situatie komt het voor?
- Wat is de versterker of wat zijn de versterkers?

Bij het aanleren/doen toenemen van gewenst gedrag staat niet het probleemgedrag centraal, maar het doelgedrag. Het nauwkeurig beschrijven van het probleemgedrag is noodzakelijk om goed te kunnen bepalen welk gedrag je dan wél wenst te zien.

Bepalen doelgedrag

b Nu kun je *bepalen* welk gedrag je meer wenst te zien, dit is het *doelgedrag* (zie figuur 9.3).

Wie gedrag wil veranderen, moet dat zo omschrijven dat er om te beginnen geen misverstand kan ontstaan over de uitingen die men bedoelt, maar ook zo dat de schrijver (of iemand anders) kan tellen of meten hoe vaak de uiting van dat gedrag voorkomt en wat de tijdsduur ervan is.

Figuur 9.3 **Probleemgedrag en doelgedrag**

Probleemgedrag	Doelgedrag
Patricia zit onder de verkeersles steeds achterstevoren, praat met andere kinderen en luistert niet.	Patricia moet tijdens de verkeersles recht zitten, haar mond houden en luisteren.
Joke praat weinig en onverstaanbaar en speelt niet met de andere kinderen	Joke moet vaker iets zeggen, verstaanbaar zijn en vaker met de andere kinderen spelen

Een specifiek omschreven gedrag is het zeggen van: 'Dag, hoe gaat het met u' of na de handenarbeidles de eigen spullen opruimen zonder dat erom gevraagd wordt. Niet specifiek is onder andere 'aardig zijn' en 'zijn werk doen'.

> *Specifiek, concreet gedrag is dus iets wat je kunt zien en tellen of meten, en waarover, als je het aan een ander beschrijft, geen misverstanden mogelijk zijn* (Van Londen e.a., 1979).

In figuur 9.4 zien we de beschrijving van het gedrag van Quinten uit de openingscasus.

Figuur 9.4 **Probleemgedrag en doelgedrag van Quinten**

Probleemgedrag	Doelgedrag
Uit de bank lopen zonder te vragen	Tijdens de instructie gedurende tien minuten in de bank blijven zitten
Voor de beurt praten	Vinger opsteken en pas iets zeggen als zijn naam genoemd wordt
Te snel werken en veel fouten maken	Hoogstens vier fouten maken door een lager tempo bij twintig sommen

Tussenvraag 9.2
Wat is het verschil tussen probleemgedrag en doelgedrag?

Stap 3 Tellen en meten

We hebben al aangegeven dat het bij het aanleren/doen toenemen van gewenst gedrag niet gaat om het probleemgedrag. Bij deze stap staat het *doelgedrag centraal*. Om het doelgedrag te kunnen versterken, moeten we eerst weten of het in elementaire vorm voorkomt, en zo ja, hoe vaak en/of hoe lang. Om dit te weten te komen, gaan we tellen of (tijd)meten. Daartoe moeten we weer gaan observeren.

Doelgedrag centraal

Bij observeren moeten we twee keuzen maken: gaan we tellen of (tijd)meten en bepalen we het tijdstip of de duur van de observatie.

a Tellen of (tijd)meten

Frequentie of duur

Wat we kiezen is afhankelijk van de meest kenmerkende eigenschap van het doelgedrag, namelijk of het vaak voorkomt *(frequentie)* of dat het gedurende een bepaalde periode voorkomt *(duur)*.

Bij Patricia uit voorbeeld 8.2 was het doelgedrag: tijdens de verkeersles rechtzitten, mond dichthouden en luisteren. Dit zijn alle driegedragingen, waarbij de *duur* de kenmerkende eigenschap is. In zo'n geval gaan we *(tijd)meten*.

Bij Joke (voorbeeld 8.3) daarentegen, die vaker wat moet zeggen, verstaanbaar moet zijn en meer met andere kinderen moet spelen, is het belangrijkste hoe vááк dit doelgedrag voorkomt. Dus gaan we bij haar *tellen*.

b Bepalen van het tijdstip of de duur van de observatie

In het voorbeeld van Joke kunnen we aannemen dat het doelgedrag niet vaak voorkomt. Observeren gedurende een lange, aaneengesloten periode is dan de aangewezen methode. We zetten bijvoorbeeld gedurende de gehele dag iedere keer een streepje als het gedrag voorkomt.

Dit is echter niet altijd mogelijk. Interfereert het observeren van het gedrag te zeer met het lesgeven of is het doelgedrag gebonden aan een specifieke situatie, dan is het beter om gedurende een bepaalde periode van de dag te observeren.

Zo is in het voorbeeld van Patricia het doelgedrag gebonden aan een specifieke situatie, namelijk de verkeersles. Het is daarom volkomen nutteloos gedurende de gymnastiekles te observeren.

Ook als rechtzitten enzovoort gedurende de gehele dag het doelgedrag zou zijn, kan toch het observeren tijdens een bepaalde periode de aangewezen methode blijken. Immers, het is in de praktijk van de klas meestal onmogelijk dat de leraar zulk gedrag de hele dag observeert. Bovendien is een uur observatie meestal wel voldoende om een goed beeld te krijgen van de mate waarin het kind aanzetten tot het doelgedrag vertoont. We observeren dan wel iedere dag even lang en op dezelfde tijd, bijvoorbeeld iedere ochtend van negen tot tien. Deze observatieperiode hoeft niet aaneengesloten te zijn. Wij kunnen bijvoorbeeld iedere ochtend van half tien tot tien uur en iedere middag van half twee tot twee uur observeren. Bij de keuze van het tijdstip dient de leraar wel rekening te houden met mogelijke verschillen in gedrag in de loop van de dag onder invloed van een factor als vermoeidheid.

Bij Quinten, uit de openingscasus, gaat het om drie probleemgedragingen (zie figuur 9.4). Aan de hand daarvan hebben vastgesteld wat het gewenste gedrag is, het doelgedrag. Dit was respectievelijk tijdens de instructie gedurende tien minuten in de bank blijven zitten; vinger opsteken en pas iets zeggen als zijn naam genoemd wordt; hooguit vier fouten maken in twintig sommen door een lager tempo. Deze gedragingen gaan we tellen of meten. De leraar moet een keuze maken welk doelgedrag hij het liefst wil zien. Alle probleemgedragingen tegelijk oplossen zal niet lukken.

Als het uit de bank lopen het grootste probleem is, is het te observeren doelgedrag hoe lang Quinten tijdens een les in de bank kan blijven zitten. Dit is gedrag dat we alleen kunnen meten. Tijdens een rekenles gaat de leraar gedurende een lesweek observeren. De uitslag van de observatie 'blijven zitten in de bank' is te zien in figuur 9.5.

Figuur 9.5 **Uitslag observatie**

Dag	1	2	3	4	5
Duur	3 minuten	2 minuten	2 minuten	7 minuten	4 minuten

Als het voor de beurt praten het grootste probleem is, is het te observeren doelgedrag hoe vaak hij iets zegt in combinatie met zijn vinger opsteken. Dit is gedrag dat we alleen kunnen tellen. Tijdens de instructie van een rekenles gaat de leraar gedurende een lesweek observeren. Dit is in figuur 9.6 weergegeven.

Figuur 9.6 **Praten in combinatie met vinger opsteken**

Dag	1	2	3	4	5
Aantal keren	0	3	1	2	3

Als het snelle werken het grootste probleemgedrag is, wordt het aantal goede antwoorden geteld in een rekenles met twintig sommen.

Ernst probleem

Tellen en meten is nuttig om twee redenen:
1 We kunnen precies zien hoe *ernstig het probleem* is. Je denkt bijvoorbeeld dat een kind iets nooit doet, het doelgedrag dus helemaal niet vertoont. Uit de telling of meting kan dan blijken dat het af en toe wel dat gedrag vertoont. Ook kan blijken dat probleemgedrag minder vaak voorkomt dan je denkt: 'Jij maakt je rekenen nooit af' blijkt dan bijvoorbeeld twee keer per week te zijn.
2 We kunnen pas veranderingen meten, als we eerst weten hoe vaak of hoe lang bepaald gedrag voorkomt: dus wat we bij stap 3 geteld of gemeten hebben, dient als uitgangspunt voor het verdere veranderingsprogramma. Dit noemen we de *basislijn*.

Basislijn

Stap 4 Vaststellen van de nieuwe gevolgen (versterkers)

Veranderen gedrag

In de vorige stappen zijn we bezig geweest met vast te stellen hoe de situatie nu is, hoe vaak bepaald gedrag nu voorkomt. In deze fase gaan we proberen dit *gedrag daadwerkelijk* te *veranderen*. Dit doen we door het optreden van het gedrag te laten volgen door iets wat voor het kind prettig is.

Consequent reageren

Deze stap is waarschijnlijk de belangrijkste van elk gedragsveranderingsprogramma. Om gewenst gedrag aan te leren/te doen toenemen moeten we er *consequent* op een bepaalde, vastgestelde manier op *reageren*. Deze wijze van reageren moet een versterkende werking hebben, zodat het doelgedrag inderdaad (meer) gaat voorkomen.
In het algemeen worden vier soorten versterkers onderscheiden (OSM, 1981):
1 sociale versterkers
2 ruilversterkers
3 activiteitenversterkers
4 materiële versterkers (zie bijlage 1).

Ad 1 Sociale versterkers
Mensen gebruiken in de omgang met elkaar sociale versterkers. Deze vormen altijd een onderdeel van hun gedragingen.
Voorbeelden van sociale versterkers zijn:
- klopje op de schouder
- een complimentje, aandacht
- aai over de bol.

Ad 2 Ruilversterkers
Ruilversterkers hebben op zichzelf als versterker geen waarde, maar ze werken als versterker omdat ze ingeruild kunnen worden tegen leuke dingen (versterkers).
Het voordeel van ruilversterkers is dat ze direct na het gewenste gedrag gegeven kunnen worden, terwijl dit met andere versterkers niet altijd mogelijk is. Een duidelijk voorbeeld van een ruilversterker is een stempel: je kunt stempels inruilen tegen allerlei prettige versterkers zoals een stripverhaal of een kwartier vrijspelen. Ook spaarzegels en fiches zijn voorbeelden van ruilversterkers.

Ad 3 Activiteitenversterkers
Ook prettige activiteiten kunnen als versterker dienen. Als Piet bijvoorbeeld eerst zijn taak moet afmaken en pas daarna op het schoolplein mag spelen, is het spelen een versterker voor het afmaken van zijn taak.

Ad 4 Materiële versterkers
Voorbeelden van materiële versterkers zijn: snoepjes, stripboek, kleurpotloden. Het gaat dus om tastbare zaken.

Tussenvraag 9.3
Noem verschillende soorten versterkers.

Bepalen versterker

Omdat een gevolg, dat als versterker bedoeld is, ook echt een versterker moet zijn voor het kind, kun je zo'n *versterker* het beste in overleg met het kind *bepalen*. Indien je vindt dat dit om een of andere reden niet mogelijk is (je vindt het kind er bijvoorbeeld te jong voor), dan moet je op grond van wat je van het kind weet – of te weten kunt komen door hem in de klas gade te slaan – bepalen welke versterkers voor dit kind het geschiktst zijn. In de praktijk blijken leraren nogal eens met plaatjes en stickers (materiële versterkers) te werken zonder zich af te vragen of deze voor het kind ook op de lange duur een echte beloning vormen.
Het zal echter duidelijk zijn dat onze voorkeur uitgaat naar de eerste mogelijkheid, omdat dan de kans op misverstanden het kleinst is. Probeer dus met het kind te bespreken welke versterkers het zou willen verdienen, voor welk gedrag het precies geldt (zie stap 2), en hoe vaak het gedrag moet voorkomen om beloond te worden. Voor dit onderhandelen kunnen we goed gebruikmaken van de vaardigheden die in het vorige deel besproken zijn (ik-boodschappen, actief luisteren).

We keren weer even terug naar de openingscasus. In het geval van Quinten ziet het vaststellen van de versterkers er als volgt uit:
Quinten is 7 jaar en zit in de groep 3. Sociale versterkers blijken voor hem belangrijk te zijn. Vanwege zijn leeftijd denken we dat het toepassen van sociale versterkers alléén niet het gewenste resultaat zal opleveren en we besluiten daarnaast ruilversterkers te gebruiken.
De leraar geeft met behulp van ik-boodschappen aan dat hij last heeft van de ongedurigheid van Quinten tijdens de rekenles. Hij zegt dat hij eens wil kijken of Quinten wat beter stil kan zitten. Afgesproken wordt dat na een paar minuten stilzitten een beloning volgt.
Uit de observatie blijkt dat Quinten in elk geval twee minuten kan stilzitten. Dat is niet veel. Het is daarom niet reëel te verwachten dat hij het in één keer klaarspeelt om gedurende de gehele rekenles stil te zitten.

Subdoelgedrag

Het is belangrijk dat de duur of frequentie van het gedrag dat het kind moet gaan vertonen, haalbaar is voor het kind. Is dit niet het geval, dan is de kans groot dat het gedragsprogramma geen resultaat oplevert. Als het vertonen van het doelgedrag namelijk niet binnen de mogelijkheden van het kind ligt, kunnen er geen versterkers gegeven worden en zal het gedrag dus ook niet toenemen. Deze moeilijkheid kan ondervangen worden door het gestelde doelgedrag te splitsen in *subdoelgedragingen*.

Zoals we in de openingscasus lazen, heeft de leraar bij Quinten al gewerkt met beloningen, echter zonder succes. De verklaring hiervoor is dat de leraar ervan uitging dat het doelgedrag in één keer haalbaar was voor Quinten; hij werkte niet met subdoelgedragingen. De kloof tussen het doelgedrag en de basislijn was te groot. Gevolg: geen gedragsverandering.

Het voorgaande kunnen we in de volgende twee basisprincipes samenvatten:

1 Het kind moet het 'eerste stukje gedrag' dat je wilt gaan versterken, kunnen vertonen. Met andere woorden de eerste stap (subdoelgedrag) moet *aansluiten bij de mogelijkheden van het kind.*
2 Gedrag kun je het beste *beetje bij beetje* veranderen, stapsgewijs (Van Londen e.a., 1979).

Deze basisprincipes moet je voortdurend in gedachten houden.
Als de leerling het eerste subdoelgedrag blijkt te kunnen halen, dient de leraar het volgende subdoelgedrag vast te stellen. Dit ligt weer net een stapje hoger.

Eerste te versterken gedrag

Uit de observatie bleek dat Quinten, uit de openingscasus in elk geval twee minuten stil kon zitten. Zoals gezegd noemen we dit de basislijn (zie stap 3). Op grond van de basislijn wordt vastgesteld wat het *eerste gedrag* is dat de leraar gaat *versterken*. Uitgaande van de basislijn zou drie minuten stilzitten en werken haalbaar moeten zijn voor Quinten. Nu moeten er nog drie dingen gebeuren:

1 afspreken wélke ruilversterkers gebruikt gaan worden: Quinten kiest voor plaatjes en voor de afspraak dat hij bij vijf plaatjes de leraar mag helpen met het opruimen van de klas (dit heeft hij zelf gekozen);
2 afspreken gedurende welke termijn dit gedrag versterkt gaat worden: voor Quinten wordt deze termijn gesteld op twee weken, waarna ze samen de resultaten zullen bespreken;
3 ook wordt de afspraak gemaakt dat als Quinten meer dan twee minuten langer stilzit en werkt dan afgesproken is, hij twee plaatjes krijgt.

Het is wenselijk de gemaakte afspraken op te schrijven. Dit noemen we het opstellen van een 'contract'.
We blijven even bij Quinten.
Het contract voor hem zou er als volgt uit kunnen zien.
'Wij, Quinten Klapstra en meester Sevenster, spreken het volgende af: als het Quinten lukt tijdens de rekenles een paar minuten stil te zitten, krijgt hij een plaatje. Als hij vijf plaatjes heeft mag hij de meester helpen opruimen. Dit houden we twee weken vol.

Datum: *Handtekeningen*:

N.B. *Mocht binnen de genoemde periode blijken dat één van beiden de afspraak niet meer ziet zitten, kan in onderling overleg besloten worden deze te veranderen of te ontbinden.'*

Een dergelijke toevoeging is nodig om te voorkomen dat de spanningen tussen leraar en leerling hoog oplopen indien het gedragsveranderingsprogramma al snel helemaal zou mislopen (bijvoorbeeld door fout tellen of meten).

Stap 5 Kijken of het al beter gaat

Nadat je met het programma gestart bent, dat wil zeggen nadat je andere versterkers bent gaan gebruiken, blijf je tellen of meten, zodat je – objectief – kunt vaststellen of de gewenste veranderingen optreden. Je zult waarschijnlijk niet onmiddellijk de gewenste verandering in het gedrag kunnen zien. Soms proberen kinderen eerst of je wel werkelijk meent wat je zegt. De gemaakte *afspraken* dienen dan ook *consequent nagekomen* te worden: als het kind het verdient, geef je de versterker(s) en als het de versterker(s) niet verdient, geef je deze ook niet.

Afspraken consequent nakomen

Bij een positief resultaat kun je doorgaan. Soms kan en moet je al van succes spreken, als het gewenste gedrag zelfs maar één keer meer voorkomt dan voordat het programma startte.

In twee weken zijn bij Quinten de volgende resultaten bereikt:

Figuur 9.7 **Resultaten gedrag Quinten**

Dag	6	7	8	9	10
Duur	8 minuten 2 plaatjes	7 minuten 2 plaatjes	2 minuten geen	1 minuut geen	5 minuten 1 plaatje
Dag	**11**	**12**	**13**	**14**	**15**
Duur	5 minuten 1 plaatje	8 minuten 2 plaatjes	5 minuten 1 plaatje	10 minuten 2 plaatjes	7 minuten 1 plaatje

Na dag 11 wordt het subdoelgedrag aangepast: na vier minuten volgt een beloning. Na dag 14 wordt opnieuw het subdoelgedrag verhoogd, nu naar zes minuten.
Ook het aantal plaatjes voor de beloning is verhoogd: 12 plaatjes = 2 keer helpen

Alleen op de achtste en negende dag zijn de scores laag. Dit is een veelvoorkomend verschijnsel. Het nieuwtje van een dergelijke afspraak tussen leraar en leerling is er dan af en, zoals gezegd, gaat het kind dan vaak proberen of de leraar wel consequent is in het geven van de versterker.

Figuur 9.8 **Het nieuwigheidseffect**

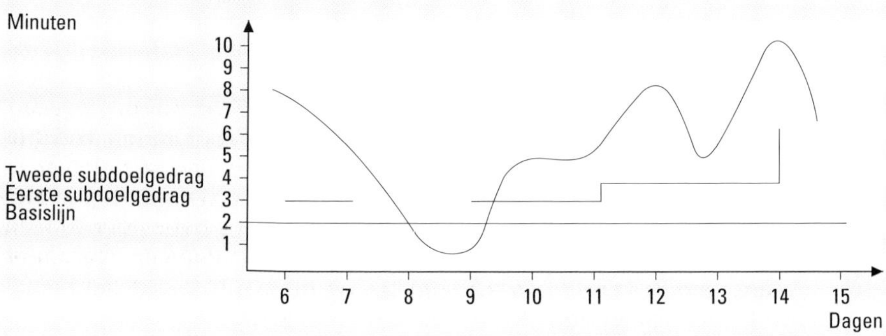

Nieuwigheidseffect

We zien in figuur 9.8 dat na twee dagen het resultaat ineens snel zakt. De nieuwigheid is er blijkbaar vanaf. Volgens de theorie van de gedragsbeïnvloeding is dit geen reden het programma te stoppen. De resultaten van de eerste twee dagen moeten namelijk als bovenmatig en niet als normaal gezien worden. Ook dat is een veelvoorkomend verschijnsel, voortkomend uit het enthousiasme van het kind voor een geheel andere aanpak. Dit noemen we het *nieuwigheidseffect*. Uitgaande van de basislijn zijn de resultaten van dag acht en negen normaal te noemen. Als de eerste twee dagen buiten beschouwing blijven, is uit de grafiek een duidelijk positieve trend af te lezen.

De resultaten van de tweede week laten zien dat het programma het gewenste resultaat heeft en wel zodanig, dat in overleg met Quinten vier minuten stilzitten als volgende subdoelgedraging gesteld wordt. Ook nu geldt weer een termijn van twee weken. Hoewel uit het schema blijkt dat hij ook tien minuten kan stilzitten, wordt toch zes minuten als subdoel genomen. Tien minuten zou een te hoge eis inhouden. Denk aan het principe beetje-bij-beetje veranderen; door een te hoge eis zou het programma kunnen mislukken. Op deze manier tracht men het uiteindelijke doelgedrag te bereiken.
Soms treden de verwachte veranderingen niet op, bedenk dan:
Er is meestal niets fout met jou of het kind maar bijna altijd met het programma.

Uitblijven succes

We bespreken hier enkele aspecten die je bij het *uitblijven van succes* nader kunt bekijken.

- *Stap 1*: overzicht maken van een gebeurtenis. Kijk dit overzicht nog eens na. Staat alles onder de goede kolom? Staat het gedrag nauwkeurig genoeg omschreven?
- *Stap 2*: specificeren, concreet beschrijven van een gedragsuiting. Is het gedrag concreet en specifiek? Kun je het gedrag zien en tellen of meten en kun je het voor een ander zodanig beschrijven dat er geen misverstanden over kunnen bestaan?
- *Stap 3*: tellen en meten. Heb je consequent geteld of gemeten? Heb je de juiste telmethode gebruikt, steeds op dezelfde tijden, en kan iedereen de resultaten zien?
- *Stap 4*: het vaststellen van de gevolgen. Zijn de gevolgen juist? Zijn het echte versterkers voor het kind? Heb je eerlijk en positief onderhandeld? Was het kind het met jou eens, écht eens? Je kunt er nog een keer over praten. Je kunt andere gevolgen afspreken en kijken of die werken. Ben je gemakkelijk genoeg begonnen, en heb je de kleine stapjes wel in de gaten gehouden?

Stoppen gedragsveranderingsprogramma

Het starten van een *gedragsveranderingsprogramma* leidt automatisch tot de vraag wanneer en hoe ermee te *stoppen*. Je kunt er namelijk niet zo maar op een willekeurig moment mee ophouden. Omdat het afbouwen van een gedragsveranderingsprogramma voor het aanleren/doen toenemen van gewenst gedrag en afleren/doen afnemen van ongewenst gedrag hetzelfde is, behandelen we dit aan het eind van hoofdstuk 10 in paragraaf 10.3.

Er is nu een programma opgesteld voor Quinten voor doorwerken tijdens de rekenles en om het uit de bank lopen tegen te gaan. Als blijkt dat dit doelgedrag stabiel genoeg is, kan de leraar het contract uitbreiden met de andere doelgedragingen (vinger opsteken en zonder fouten werken). Hierbij moet de leraar dezelfde procedure volgen als bij het eerste doelgedrag.

Tussenvraag 9.4
Noem bij elke stap van het gedragsveranderingsprogramma oorzaken waardoor het programma kan mislukken.

9.3 Praktische wenken

Ter afsluiting van dit hoofdstuk plaatsen we nog een aantal kanttekeningen.

Doelgedrag komt niet voor

Bij het opstellen van een programma voor gedragsverandering kun je op het probleem stuiten dat bij het vaststellen van de basislijn (stap 3) blijkt dat het *doelgedrag* in het geheel *niet voorkomt*. Dit betekent dat je het kind uitgebreid moet uitleggen welk gedrag je graag wilt zien en hoe het dit kan vertonen. Hierbij is het vaak nodig het gewenste gedrag voor te doen opdat het kind het kan nadoen. Dit noemen we imitatieleren. Heel duidelijke voorbeelden zien we in het kinderspel waarin vaders, moeders, treinconducteurs, cowboys enzovoort worden gespeeld (OSM, 1981).

Doelgedrag niet te absoluut

Het is belangrijk het *doelgedrag niet te absoluut* te stellen. Bij kinderen die al een tijd als lastig ervaren worden, heeft de leraar soms de neiging dat wel te doen, als hij meer dan genoeg heeft van het probleemgedrag. Het is dan niet altijd gemakkelijk genoegen te nemen met heel kleine stapjes. Een voorbeeld van te absoluut gesteld doelgedrag is gedurende de gehele les doorwerken en niet uit de bank komen. Deze eis wordt ook niet aan andere kinderen gesteld. Elk kind overtreedt wel eens een regel.

Afnemen probleemgedrag

Ten slotte kan het gebeuren dat probleemgedrag onder invloed van de observatie niet of nauwelijks meer voorkomt. De kreet die we dan horen, is: 'Zo gek, hij vertoont dat gedrag niet meer'. Hiervoor is een goede verklaring. Doordat de aandacht van de leraar nu uitgaat naar het observeren, blijven de reacties uit die eerst op het probleemgedrag volgden. In termen van de gedragstheorie: door het uitblijven van de versterkers *neemt het probleemgedrag af*.

Samenvatting

In dit hoofdstuk staat centraal het aanleren/doen toenemen van gewenst gedrag volgens de principes van de gedragstheorie.
In het vorige hoofdstuk is behandeld dat gedrag blijft voorkomen of toeneemt, als dat wat erop volgt voor het kind prettig is. Als je dus wilt dat een kind bepaald gedrag (meer) gaat vertonen, komt het aan op het kiezen van de juiste gevolgen: de versterkers. We hebben al aangegeven dat in de gedragstheorie een systematische aanpak essentieel is. Het is dan ook vaak zinvol gebruik te maken van een gedragsveranderingsprogramma. In dit hoofdstuk bespreken hoe een dergelijk programma voor het aanleren/doen toenemen van gewenst gedrag eruitziet. De vijf stappen zijn: een overzicht maken van de situatie waarom het gaat; het concreet omschrijven van het te veranderen gedrag (probleemgedrag) en het gewenste gedrag (doelgedrag); het vaststellen van de duur of fre-

quentie van het gedrag; het vaststellen van de versterkers en ten slotte kijken of het al beter gaat.
Als je gedrag wilt veranderen, kan dat alleen stapsgewijs en het kind moet het gedrag dat je graag wilt zien, kunnen vertonen: je moet dus aansluiten bij zijn mogelijkheden. Deze basisprincipes dien je voortdurend in gedachten te houden. Doe je dit niet, dan is de kans groot dat succes uitblijft. Het gevolg is onvrede en frustratie bij zowel leraar als leerling. En dat is weer slecht voor de relatie tussen hen beiden.

Kernbegrippenlijst

Activiteiten-versterkers	Prettige activiteiten die als versterker dienen.
Basislijn	Veranderingen zijn alleen te meten, als we weten hoe vaak of hoe lang bepaald gedrag eerst voorkwam. Dat doen we door tellen of meten. De resultaten van die telling of meting dienen als uitgangspunt voor het verdere veranderingsprogramma.
Doelgedrag	Gewenst gedrag dat het kind moet (gaan) vertonen.
Gedrag	In de gedragstheorie betreft dit uitsluitend en alleen gedrag zoals we dat met onze zintuigen kunnen waarnemen. Gedrag wordt bepaald door de directe gevolgen die het heeft. Daar deze niet constant zijn, is gedrag aan verandering onderhevig.
Gedragstheorie	De theorie over het ontstaan en veranderen van gedrag.
Gedragsveranderings-programma	Als je gedrag wilt aanleren of wilt doen toenemen, zul je systematisch te werk moeten gaan. Hierbij kan gebruikgemaakt worden van een programma dat bestaat uit vijf stappen.
Gewenst gedrag	Gedrag dat de omgeving, zoals ouders en leraren, graag zou zien.
Imitatie-leren	Als het doelgedrag in het geheel niet voorkomt, heeft een kind uitgebreid uitleg nodig welk gedrag gewenst is en hoe het dit kan vertonen. Hierbij is het vaak nodig het gewenste gedrag voor te doen opdat het kind het kan nadoen.
Materiële versterkers	Allerlei tastbare zaken die als versterkers van gedrag dienen.
Nieuwigheidseffect	De resultaten van de eerste twee à drie dagen na de start van een gedragsveranderingsprogramma moeten als bovenmatig en niet als normaal gezien worden. Dat is een veelvoorkomend verschijnsel, voortkomend uit het enthousiasme van het kind voor een geheel andere aanpak.
Probleemgedrag	Een kind ontwikkelt zowel gewenst als ongewenst gedrag. Probleemgedrag is ongewenst gedrag: gedrag dat de omgeving, zoals ouders of leraren, niet acceptabel vindt.
S-G-G-schema	Dit schema beschrijft de situatie, het gedrag en de gevolgen. Met behulp van dit schema kun je meer inzicht krijgen in wat er gebeurt.
Ruilversterkers	Dit zijn allerlei dingen die op zichzelf als versterker geen waarde hebben, maar die als versterker werken, omdat ze ingeruild kunnen worden tegen leuke dingen.

Sociale versterkers Versterkers die mensen in de omgang met elkaar gebruiken.

Versterker(s) Als gedrag wordt aangeleerd, blijft bestaan of toeneemt doordat het gevolgd wordt door prettige dingen of gebeurtenissen, spreken we van versterking van gedrag. De prettige gevolgen noemen we de versterkers.

Vragen

9.1 Beschrijf bij onderstaande voorbeelden het doelgedrag en bepaal of je gaat tellen of meten. Stel vervolgens het tijdstip en de duur van de observatie vast.

a Yvonne (10) heeft de laatste twee maanden haar rekenwerk niet afgemaakt in de daarvoor gestelde tijd.
b René (7) zit veel in zijn neus te peuteren.
c Frans (11) begint te huilen als hij een beurt krijgt.

9.2 Maak een programma voor het aanleren van gewenst gedrag, waarbij het doelgedrag is het vinger opsteken uit de openingscasus. Verzin er, indien nodig, zelf observatiegegevens bij. Volg nauwkeurig de vijf stappen. Gebruik het protocol.

9.3 Wat zijn de fouten in het volgende programma?
Bert van 6 jaar doet voortdurend onaardig tegen Ruud, naast wie hij zit. De leraar, meneer Van Son, besloot om het aantal keren dat Bert iets aardigs of vriendelijks tegen Ruud zei te gaan tellen. Een week lang telde hij het aantal keren tussen 9.00 uur en 10.30 uur. Resultaten:

Dag	**1**	**2**	**3**	**4**	**5**	**Totaal**
	–	1	2	–	–	3 keer

Na deze resultaten besloot meneer Van Son het volgende tegen Bert te zeggen: 'Bert, zoals jij je gedraagt kan het niet langer. Je bent voortdurend onaardig en daar heb je later last van. Als je zo blijft dan word je een heel vervelende jongen. Daarom wil ik je een kans geven om te veranderen en weer aardig te worden. Van nu af aan moet je elke dag een paar keer aardig zijn tegen Ruud en, als dat lukt, dan mag je mij helpen en krijg je een plaatje.'

De resultaten van het gedragsveranderingsprogramma zijn:

Dag	**6**	**7**	**8**	**9**	**10**	**11**	**12**	**13**	**14**	**15**	**Totaal**
	8	6	6	5	4	2	1	–	1	–	33

Je ziet de resultaten na een goed begin weer afnemen. Wat zijn de fouten in dit programma?

10 Afleren/doen afnemen van ongewenst gedrag

In het onderwijs wordt heel wat gestraft met de bedoeling ongewenst gedrag af te leren. Vaak is dit echter niet het resultaat. Hoe men ongewenst gedrag met meer kans op succes op een effectieve manier kan afleren, bespreken we in dit hoofdstuk. In paragraaf 10.1 geven we een korte toelichting op de theoretische principes van het afleren/doen afnemen van gewenst gedrag. In paragraaf 10.2 komt effectief straffen in verband met het afleren van ongewenst gedrag aan de orde. In paragraaf 10.3 behandelen we de praktische uitwerking van gedragsverandering. In paragraaf 10.4 ten slotte bespreken we hoe je een gedragsveranderingsprogramma kunt afbouwen.

10.1 Enige theoretische kanttekeningen

In hoofdstuk 9 is besproken hoe je probleemgedrag kunt veranderen door gewenst gedrag aan te leren. Een andere benadering om probleemgedrag te veranderen is het afleren van het ongewenst gedrag. Volgens de gedragstheorie zal gedrag verdwijnen als het gevolgd wordt door onprettige dingen of gebeurtenissen (verzwakkers).

Straf

Een vooral in het onderwijs veelgebruikte verzwakker is *straf*. Een leraar straft met de bedoeling ongewenst gedrag af te leren. De straf (zie ook figuur 10.1) heeft echter niet altijd het bedoelde effect: het probleemgedrag wordt er dan niet door afgeleerd (OSM, 1981).

Figuur 10.1 **De gevolgen van het geven van straf**

Situatie	Gedrag	Gevolgen
Klaas gaat naar school	Hij doet zijn werk en maakt veel fouten	Juf moppert en voor straf moet hij zijn werk overdoen
De volgende keer ←		
Klaas gaat naar school	Hij wil zijn werk niet doen	

In het voorbeeld in figuur 10.1 is de bedoeling van de straf dat Klaas beter gaat werken. Het effect is echter dat hij niet meer werkt.
Er bestaat dus een belangrijk onderscheid tussen de *bedoeling* van straf en het *effect* van straf. Daarom spreken we pas van een effectieve straf als het gedrag, dat we door middel van onprettige gevolgen willen afleren, ook echt vermindert of verdwijnt.

10.2 Effectief straffen

Een leerling vertoont gedrag dat voor de leraar niet acceptabel is. De leraar wil de leerling duidelijk maken dat het gedrag ongewenst is en wil bewerkstelligen dat de leerling dit gedrag in de toekomst niet meer vertoont. Hiertoe dient een straf.
Vaak blijkt echter dat de leerling ondanks (de dreiging van) straf het ongewenste gedrag blijft vertonen, soms zelfs in sterkere mate. Dit betekent dat de (dreiging van) straf niet effectief was.
Hoe je als leraar effectief kunt straffen, zullen we hierna uiteenzetten.
In de situatie, waarin de leraar ongewenst gedrag wil afleren door middel van straf, onderscheiden we:
1 leerling-daad (gedrag)
2 leraar-daad (gedrag)
3 daad (gedrag)-straf
4 straf-leerling.

Dit wordt in schema als volgt weergegeven in figuur 10.2.

Figuur 10.2 **Onderlinge relaties bij het geven van straf**

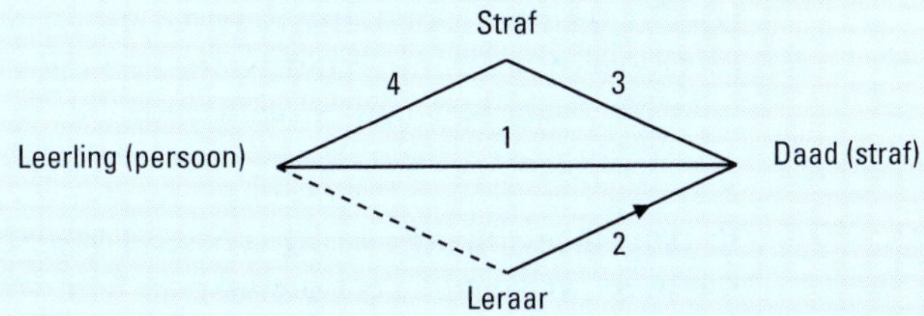

Deze vier relaties zullen we stuk voor stuk bespreken.

Ad 1 Leerling-daad (gedrag)

Een leerling doet iets of heeft iets gedaan. Dit gedrag is in de ogen van de leraar ongewenst. Een leerling kan ongewenst gedrag vertonen, omdat er zodanige beperkingen (lichamelijk, cognitief, emotioneel, sociaal) zijn, dat hij *echt niet in staat is ander gedrag te vertonen.*

Geen ander gedrag mogelijk

■ Voorbeeld 10.1

Annette is een meisje dat medicijnen krijgt tegen epilepsie. Deze werken enigszins versuffend. Haar werktempo ligt daardoor lager. Dit heeft tot gevolg dat zij haar werk meestal niet afkrijgt. Ook al is dit gedrag ongewenst (voor de leraar), toch is het zinloos te straffen omdat ze haar werk niet afheeft. Straf zal er namelijk niet toe leiden dat zij sneller gaat werken.

Petra heeft erg veel problemen thuis. Haar ouders zijn aan het scheiden en zij kan dit erg moeilijk verwerken. In de klas kan ze hierdoor haar aandacht niet bij het werk houden en maakt ze meer fouten dan anders. Straf zal het schoolleven voor Petra moeilijker maken en daardoor dus zeker niet effectief zijn.

Ingaan op achterliggende problemen

In dergelijke situaties is het beter en zinvol *in te gaan op de achterliggende problemen*, bijvoorbeeld door actief te luisteren (hoofdstuk 5) of het kind voorlopig maar met rust te laten.

Gewenst gedrag niet geleerd

In het onderwijs komt het nogal eens voor dat er gestraft wordt zonder dat men zich realiseert dat het kind het ongewenst gedrag vertoont, omdat *niet geleerd heeft hoe het het gewenst gedrag* kan vertonen. Zowel op pedagogisch als didactisch gebied zien we dit gebeuren. Een dyslectisch kind krijgt straf, omdat het niet meeleest met klassikaal lezen; een cognitief zwakke leerling moet nablijven omdat hij het rekenwerk niet afheeft; de leraar rekent alle woorden fout die hij niet goed kan lezen, terwijl bekend is dat de leerling motorisch zwak is; een leerling met ADHD krijgt straf omdat hij zo onrustig is.

■ Voorbeeld 10.2

Bernadette is een meisje van 4 jaar dat door haar moeder hevig betutteld wordt. Ze zit nu een paar maanden op de kleuterschool. Het begint de leidster steeds meer te ergeren dat Bernadette bij het opruimen altijd maar wat rondhangt. Ook als ze straf krijgt, komt ze niet tot opruimen. Wanneer dit probleem met moeder besproken wordt, blijkt dat Bernadette thuis nooit hoeft op te ruimen. Met andere woorden: het door de leraar gewenste gedrag was het kind onbekend.

Ook bij Quinten, uit de openingscasus van dit deel, zie je dat straffen niet het gewenste resultaat heeft. Het is in het geval van Quinten heel goed mogelijk dat hij het gedrag dat de leraar van groep 3 wenst te zien niet geleerd heeft. Alleen maar straffen leidt bij hem dan tot negatieve emoties, zoals onmacht en boosheid.

In dergelijke situaties wordt een kind gemakkelijk onzeker, omdat het niet weet welk gedrag er eigenlijk van hem verlangd wordt. Daarom kun je het kind beter vertellen welk gedrag je graag ziet en dat in zo concreet mogelijke termen. Op deze manier geef je het kind de kans om te doen wat jij graag wilt, je biedt het structuur. Met andere woorden straffen heeft alleen dan zin, als de leerling tegelijkertijd geleerd wordt hoe hij gewenst gedrag kan vertonen. Wordt hem het alternatief (namelijk het gewenste gedrag) niet geboden, dan kan de situatie gemakkelijk uit de hand lopen en leiden tot steeds zwaardere straffen voor hetzelfde vergrijp.

Tussenvraag 10.1
Wanneer is straffen niet zinvol?

Ad 2 Leraar-daad (gedrag)
De leraar ziet gedrag van een leerling, vindt dit ongewenst en wil het daarom bestraffen. Wil die straf effectief zijn, dan zal de leraar zich vooral moeten richten op de *daad*. Het signaleren van ongewenst gedrag gaat echter meestal gepaard met negatieve gevoelens ten aanzien van de (persoon van de) leerling. Dit is op zichzelf vanzelfsprekend en hoeft ook niet onderdrukt te worden (ik-boodschappen, hoofdstuk 6). Vaak echter zien we dat deze gevoelens een zodanige rol gaan spelen dat de leraar de daad uit het oog verliest en zich te veel (of alleen) gaat richten op (de persoon van) de leerling. Dit wordt in figuur 10.3 zichtbaar gemaakt doordat de stippellijnen uit figuur 10.2 zijn vervangen door een doorlopende lijn en de relatie leraar-daad door een stippellijntje.

Figuur 10.3 **Gewijzigde relatie leraar-leerling**

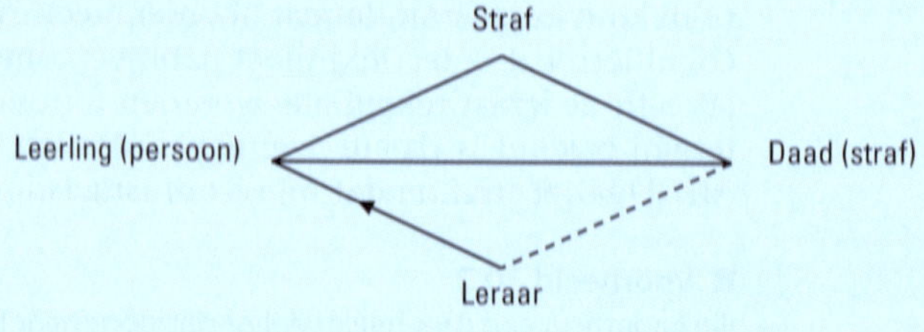

In deze benadering voelt de leerling zich persoonlijk aangevallen, waardoor de kans groot is dat er problemen ontstaan in de relatie leraar-leerling, die langzamerhand een eigen leven gaan leiden. Is dit het geval, dan komt *straf* nogal eens *in de prestigesfeer* te liggen. De straf is dan allerminst effectief.

Straf in prestigesfeer

■ **Voorbeeld 10.3**

Erik is een vrij ongedurige jongen, die nogal eens een correctie nodig heeft. Op een middag valt hij met zijn stoel achterover. Voor de leraar is hiermee de grens bereikt en hij vaart hevig tegen hem uit, waarbij hij hem uitmaakt voor alles wat mooi en lelijk is. Erik moet van hem als straf drie kwartier voor het bord staan. Deze is verbaasd en verontwaardigd, en weigert de straf, omdat hij vindt dat het zo erg niet was wat hij deed. Bovendien deed hij het ook niet expres. Door deze reactie wordt de leraar nog bozer en verzwaart de straf. Op dit moment is de daad op de achtergrond geraakt, zijn er problemen ontstaan tussen leraar en leerling en is de straf in de prestigesfeer gekomen.

Tussenvraag 10.2

Geef aan hoe emoties van een leraar zich verhouden tot straffen.

Ad 3 Daad (gedrag)-straf

Straf in verhouding tot daad

Een *straf* kan alleen effectief zijn, als deze *in verhouding staat tot de daad.* Dat wil zeggen dat voor een geringe overtreding een lichte straf gegeven wordt en voor een ernstiger overtreding een zwaardere straf. Soms echter is een lichte overtreding voor de leraar de druppel die de emmer doet overlopen. Het gevolg is dat de leerling dan een veel te zware straf krijgt. De leerling kan dit als onrechtvaardig ervaren, wat gevoelens van verzet roept.

■ **Voorbeeld 10.4**

Al de hele dag zit de leraar te mopperen over de sfeer en de werklust van de kinderen. Hij waarschuwt en dreigt regelmatig met straf. Op een gegeven moment zegt hij dat degene die het eerst nog wat tegen zijn buurman zegt, flink straf zal krijgen. Op dat moment vraagt Zahmira, een van de rustigste kinderen van de groep, aan haar buurvrouw haar gum terug. Zahmira krijgt daarop de volle laag van de leraar. Zij loopt huilend de klas uit.

Het gedrag van Zahmira was de druppel die de emmer deed overlopen. Zahmira krijgt als het ware een straf in relatie tot de emmer en niet in relatie tot de druppel. Zeker gezien het feit dat Zahmira zo'n rustig kind is, maakt dat de leraar heel wat uit te praten heeft met haar, wil de relatie tussen hen niet verstoord raken.

In de praktijk komt het veel voor dat de straf veeleer in overeenstemming is met de emotie van de leraar dan met de aard van de daad. (Denk aan het voorbeeld van Erik.)

Diezelfde leraar zal op een ander moment voor diezelfde daad misschien een veel lichtere straf geven. De leerling krijgt dan een gevoel van willekeur en de straf zal niet effectief zijn.

■ **Voorbeeld 10.5**

De leraar van groep 7 heeft veel ordeproblemen. Het zijn met name drie jongens, Dwight, Robin en Kevin die de boel telkens op stelten zetten. De leraar heeft op allerlei manieren geprobeerd hen in de hand te houden, maar dat is hem niet gelukt. Het is nu februari en hij heeft het min of meer opgegeven. Hij 'negeert' hun gedrag zoveel mogelijk, of liever gezegd, hij zit zich te verbijten om er niets van te zeggen. Als het erg uit de hand loopt, komt het steeds vaker voor dat hij ongewenst gedrag van een ander kind niet accepteert, waar hij dat voorheen wel gedaan zou hebben. Niet weten waar de klas is met lezen, voor de beurt praten, praten met een buurman, hij zit er bovenop en deelt ruim straffen uit. Steeds meer kinderen voelen zich onrechtvaardig behandeld, wat de sfeer en de motivatie van de kinderen aantast.

In dit voorbeeld kan de leraar niet omgaan met zijn gevoelens van onmacht om orde te houden en reageert dit af op de andere kinderen. Vaak heeft een leraar in zo'n situatie niet in de gaten wat er gaande is. Een dergelijke situatie kan dan gemakkelijk escaleren.

■ Voorbeeld 10.6

In groep 6 heerst de laatste tijd nogal wanorde. Het kost de leraar veel moeite om orde te houden. Hij probeert de klas in toom te houden door namen van kinderen die vervelend zijn op het bord te schrijven. Elke keer als een kind zich misdraagt komt er een kruisje achter zijn naam. Bij vier kruisjes moeten zij nablijven. Echter, een kind kan door zich goed te gedragen ervoor zorgen dat een kruisje achter zijn naam weggeveegd wordt.
Dit systeem kan voor heel wat wanorde, onrust en gezagsondermijning zorgen. Zo ook in deze groep. De leraar dreigt voortdurend met kruisjes door op het bord te tikken als waarschuwing. Soms deelt hij ineens heel wat kruisjes uit en dan weer houdt hij het bij dreigen. Er ontstaat een steeds grotere willekeur. De kinderen weten niet meer waar zij aan toe zijn en komen in verzet. Zo gooit Tom op een gegeven moment een propje naar Elise. De leraar zegt er niets van. Kim steekt dan haar vinger op om te 'vragen' waarom Tom geen kruisje krijgt. Vervolgens krijgt Kim een kruisje. Stephan heeft al drie kruisjes. Op een zeker ogenblik steekt hij zijn vinger op met de opmerking dat hij nu al een tijdje lief is en dat hij vond dat er een kruisje weg moet. Het gevolg is dat de leraar kwaad wordt en een vierde kruisje achter zijn naam zet.
Na afloop van de lessen zijn er altijd wel een paar kinderen met vier of meer kruisjes. Het valt sterk te betwijfelen of zowel de leraar als de kinderen nog precies weten welk gedrag de oorzaak was voor de straf. Ineffectieve straffen dus. Deze aanpak leidt dan ook niet tot meer orde in de klas.

Nog een voorbeeld

Peter is een 6-jarige jongen, die tijdens het voorlezen zit te giechelen. Voor straf moet hij om half vier nablijven.
De kans is groot dat Peter om half vier allang niet meer weet waarvoor hij straf heeft. Deze zal dan ook weinig effect hebben.

Tijd tussen daad en straf

Straf en daad moeten dus in verhouding staan tot elkaar. Verder hangt de effectiviteit van straf af van de *tijd die er zit tussen daad en straf*. De effectiviteit is optimaal als deze zo kort mogelijk volgt op de daad.

Het is dus niet altijd mogelijk een straf direct aan een leerling op te leggen. Als er langere tijd zit tussen daad en straf, is het noodzakelijk de leerling duidelijk te maken welke daad tot de straf heeft geleid. Doe dit door kort te noemen welke daad tot de straf geleid heeft. In zo'n situatie zijn leraren wel eens geneigd er een moralistisch tintje aan te geven door te vragen of het kind nog weet wat het fout gedaan heeft. Een dergelijke benadering maakt een straf in het algemeen minder effectief.

Tussenvraag 10.3
Waar moet je op letten opdat de leerling een duidelijke relatie blijft zien tussen zijn gedrag en een straf?

Ad 4 Straf-leerling
Straf zal alleen dan het ongewenste gedrag verminderen, als:
a de leerling precies weet wat hij verkeerd gedaan heeft (denk aan de drie elementen van effectieve kritiek, (*par. 3.3*) en de straf ziet in samenhang met zijn daad;
b de leerling de straf als zodanig ervaart.

Voor Theo is nablijven echt een straf, want hij doet niets liever dan buiten spelen, maar voor Ellen, die veel aandacht tekortkomt, werkt het eerder als een versterker.

Straf afstemmen op persoon

Ook een *straf* dient dus *afgestemd te worden* op de persoon voor wie hij bedoeld is. Het draagt bij aan een zakelijke benadering als je als leraar van tevoren bepaalt welke straf voor een bepaald kind passend is. Straffen is een creatief proces. Het ter plekke moeten uitzoeken of een straf is afgestemd op de persoon, is niet reëel. Op dat moment spelen er allerlei emoties en wil je een situatie niet uit de hand laten lopen. Dat leidt algauw tot het uitdelen van standaardstraffen. En die zijn minder effectief.
In de praktijk blijken leraren soms bezwaar te hebben tegen het afstemmen van een straf op de persoon. Men heeft het idee dat dit zich slecht verhoudt met een ander uitgangspunt, namelijk dat je consequent zou moeten zijn bij het geven van straf. Consequent houdt voor hen in dezelfde reactie op eenzelfde daad, dus standaardstraffen. De reden voor standaardstraffen is veelal dat straffen afgestemd op de leerling reacties bij leraren en kinderen oproepen dat dat niet rechtvaardig zou zijn. Het verhaal van gelijke monniken, gelijke kappen. Dit kan een principiële keus zijn. Maar vaker is het zo dat dergelijke discussies met elkaar en met kinderen lastig zijn. Zonder algemene regels moet je namelijk zelf bij ieder kind bedenken wat een effectieve straf zou kunnen zijn. Bij de beslissing over de manier van straffen dient ons inziens de effectiviteit van het straffen zwaar te wegen. En hiervoor is al gezegd dat standaardstraffen minder effectief zijn.

Bijverschijnselen niet effectief straffen

Effectief straffen is zo belangrijk, omdat *niet effectief straffen* nogal eens nare *bijverschijnselen* oproept.

Terugtrekken

- Het kind kan zich gaan *terugtrekken*. Het kan de plaats waar het gestraft wordt gaan mijden (niet meer naar school gaan bijvoorbeeld). Het kan de persoon die gestraft heeft gaan mijden (niet meer naar je toe komen). Het kan de hele situatie mijden (bijvoorbeeld thuis geen schoolcijfers meer laten zien of helemaal niet meer vertellen wat het op school of na school gedaan heeft).
- Het kind kan agressief worden als het op een erg boze manier bestraft wordt. Zijn schrik omdat het door jou gestraft wordt, kan het kind bijvoorbeeld *afreageren* op zijn vriendjes, broertjes, of het kan dingen gaan vernielen (soms jouw dingen, als wraak).

Afreageren

  Omdat het geven van straf op agressieve wijze kan gebeuren, is het mogelijk dat het kind op deze manier (via imitatie) agressief gedrag kan leren. Het kan jouw voorbeeld gaan nadoen.

Ander gedrag minder vertonen

- Het kind kan ook *ander gedrag minder gaan vertonen*, terwijl je dat niet bedoeld hebt. Als je hem bijvoorbeeld gestraft hebt toen hij een ander kind in de rede viel tijdens het kringgesprek, kan hij ook zijn mond gaan houden in andere situaties, waarin hij wel spontaan mag praten, bijvoorbeeld als hij zelf aan de beurt is.

Negatief zelfbeeld

- Behalve dat niet effectief straffen de sfeer niet ten goede komt, bestaat er ook het gevaar dat het kind een negatief zelfbeeld ontwikkelt. In het eerste hoofdstuk zijn we uitvoerig op het zelfbeeld ingegaan. Als het kind gaat denken: 'Ik ben toch slecht, dus ik kan net zo goed verkeerde dingen doen', heb je juist ongewenst gedrag gestimuleerd in plaats van afgeremd.

Gedrag onderdrukken

- Het kind kan het *gedrag* waarvoor hij op school gestraft wordt op school *onderdrukken*, maar op andere plaatsen, bijvoorbeeld op straat of thuis juist meer vertonen (vloeken en vechten bijvoorbeeld).

Tijdelijk verdwijnen

- Ook bestaat de kans dat het gedrag maar *tijdelijk verdwijnt* en na verloop van tijd weer terugkomt. Als dat gebeurt, moet je steeds na een bepaalde tijd weer gaan straffen, en dat is ook voor jou niet prettig. Je moet dan vaak steeds zwaarder straffen, wil het nog effect sorteren.

Tot slot van deze paragraaf merken we nog het volgende op. Er is een verschil tussen een kind straf geven met het doel ongewenst gedrag af te leren en het treffen van – pedagogische – maatregelen met het oog op een goed verloop van de les.

■ Voorbeeld 10.7

Het is bekend dat Sven (groep 5) ADHD heeft. Hij is soms zo onrustig, dat de leraar niet goed in staat is instructie aan de groep te geven. Met Sven is afgesproken dat hij tijdens de instructie even buiten de klas gaat zitten. Na de instructie mag hij weer binnenkomen en krijgt hij apart instructie van de leraar. Dit uit de klas gaan is dus geen straf. Het is niet de bedoeling dat Sven door het uit de klas gaan beter gaat opletten. Dat zal overigens ook niet lukken.

Dit voorbeeld laat zien dat het van belang is duidelijk voor ogen te hebben wat het doel is van maatregelen die je neemt. Zorgen voor voortgang van het onderwijs is een legitiem doel. Je kunt dan echter niet verwachten dat de maatregel, bijvoorbeeld het uit de klas sturen van een leerling, als effectieve straf werkt. De maatregel is namelijk bedoeld voor jezelf en niet voor de leerling. Het doel van een maatregel voor ogen houden betekent ook dat de leerling als hij terugkomt in de les, instructie krijgt zodat hij verder kan met de les. Doe je dat niet, dan probeer je – verkapt – toch de leerling te straffen voor zijn gedrag. Wil je tegelijkertijd het ongewenste gedrag aanpakken, dan dien je de uitgangspunten van effectief straffen te hanteren.

Tussenvraag 10.4

Noem verschillende redenen waarom het zo belangrijk is effectief te straffen.

10.3 Ongewenst gedrag afleren: de praktijk

Bij het afleren/doen afnemen van ongewenst gedrag maken we gebruik van de methode uit het vorige hoofdstuk. De vijf stappen zijn nu als volgt:

- *Stap 1*: overzicht maken van een gebeurtenis;
- *Stap 2*: specificeren/concreet beschrijven van gedrag;
- *Stap 3*: tellen en meten;
- *Stap 4*: het vaststellen van de nieuwe gevolgen (verzwakkers);
- *Stap 5*: kijken of het ongewenste gedrag al afneemt.

Hoewel het afleren/doen afnemen van ongewenst gedrag apart behandeld wordt, willen we er nogmaals op wijzen dat, indien mogelijk, de beste resultaten behaald worden als het aanleren van gewenst gedrag direct hieraan gekoppeld wordt.

Stap 1 Overzicht maken van een gebeurtenis

Deze stap is precies hetzelfde als stap 1 in het vorige hoofdstuk (zie par. 9.2).

Stap 2 Specificeren/concreet maken van gedrag

In het vorige hoofdstuk bestond stap 2 uit twee gedeelten: het omschrijven van het probleemgedrag in waarneembare gedragsuitingen en vervolgens het vaststellen van het doelgedrag.
Bij het afleren/doen afnemen van ongewenst gedrag is slechts één handeling noodzakelijk: het omschrijven van het probleemgedrag (het ongewenst gedrag) in waarneembare termen.

Het probleemgedrag van Quinten uit de openingscasus is:
a steeds uit de bank lopen;
b zonder zijn vinger op te steken antwoord geven op vragen;
c te snel werken.

Het vaststellen van het doelgedrag komt niet aan de orde, omdat je je richt op het probleemgedrag. Het vermijden van het probleemgedrag, dat is het doelgedrag.
Net als in hoofdstuk 9 wordt om het gedrag in waarneembare termen te omschrijven gebruikgemaakt van observatie.

Tussenvraag 10.5

Waarom hoeft bij het afleren/doen afnemen van ongewenst gedrag geen doelgedrag vastgesteld te worden?

Stap 3 Tellen en meten

Om ongewenst gedrag af te leren/te doen afnemen, moeten we eerst weten in welke mate (hoe vaak, hoe lang) het voorkomt (de basislijn). Bij de keuze hoe je dit gaat doen (tellen of meten) spelen dezelfde overwegingen een rol als in stap 3 in hoofdstuk 9.

Het probleemgedrag van Quinten is gemakkelijk te tellen of te meten, bijvoorbeeld:

a uit de bank lopen. Er wordt gedurende een uur geobserveerd en geteld hoe vaak dit gedrag voorkomt. In figuur 10.4 is dit weergegeven.

Figuur 10.4 **Quinten: het uit de bank lopen**

Dag	1	2	3	4	5
Duur	6	2	8	3	7

b antwoord geven zonder vinger op te steken. Er wordt geobserveerd tijdens de instructie. Er wordt geteld tijdens de eerste tien vragen die de leraar stelt aan de klas. De resultaten staan in figuur 10.5.

Figuur 10.5 **Quinten: antwoord geven zonder vinger op steken**

Dag	1	2	3	4	5
Duur	3	4	3	1	5

Stap 4 Vaststellen van de nieuwe gevolgen (verzwakkers)

We weten uit stap 3 in welke mate het ongewenst gedrag voorkomt. Nu gaan we ons richten op het afleren/doen afnemen van dit ongewenst gedrag. We doen dit door op het gedrag te reageren met andere gevolgen, die niet-versterkend of zelfs onaangenaam zijn voor het kind, zodat het niet lonend meer is om dat gedrag te vertonen. We kunnen hierbij onderscheiden:

a straf

b uitdoving.

Ad a Straf als verzwakker

We kennen verschillende soorten straf:

- *Materiële straf.* Het kind moet dan iets fijns afstaan of krijgt iets niet wat hij juist fijn vindt om te krijgen.
- *Sociale straf.* Hieronder vallen straffen als een boos gezicht, misprijzen of een standje. Kortom, dingen die deel uitmaken van de omgang tussen mensen.
- *Activiteitenstraf.* Het kind moet dan iets vervelends doen (aanvegen) of mag iets leuks niet doen (buiten spelen);.
- *Fysieke straf.* Niet wenselijk in de schoolsituatie: bijvoorbeeld een draai om z'n oren.

Wij willen nog wijzen op twee strafmogelijkheden, waarbij de kans te vervallen in niet-effectief straffen beperkt is, het boetesysteem en afzondering.

Het boetesysteem

- *Het boetesysteem.* Evenals alle andere vormen van straf moet men boete liefst niet alleen gebruiken, maar bij voorkeur samen met versterking van gewenst gedrag. Boete wordt vrijwel altijd in de vorm van een puntensysteem gebruikt. Bij dit systeem ga je als volgt te werk: het probleemgedrag is reeds vastgesteld. Er wordt nu een maat gesteld ten aanzien van het vertonen van het probleemgedrag (bijvoorbeeld in twee uur mag hij hoogstens zes keer uit zijn bank lopen).
  Nu kun je twee dingen doen:
  1 Het kind krijgt een bepaald aantal kaarten (of iets dergelijks) – in dit geval zes – en elke keer dat hij het probleemgedrag vertoont, moet hij een kaart inleveren. Zijn de kaarten op, dan volgt de afgesproken straf.
  2 Iedere keer dat het kind het probleemgedrag vertoont, krijgt hij een boetepunt (op het bord, in een schrift enzovoort) en bij een bepaald aantal punten – volgens afspraak – volgt de straf.

We kijken nog even naar de openingscasus van dit deel. Bij Quinten wordt gekozen voor een kaartsysteem voor het uit de bank lopen. Uit de observatie is gebleken dat hij tot acht keer in een uur uit de bank loopt. Dat is de basislijn. De straf komt daarmee te liggen bij zevenmaal uit zijn bank lopen, dat moet voor hem haalbaar zijn. Quinten krijgt nu zes gele kaarten (=waarschuwingen) en één rode kaart (straf). Op de rode kaart staat de straf geschreven. De zeven kaarten liggen op zijn bank. Elke keer als hij uit de bank loopt, moet hij meteen naar de leraar gaan om een gele kaart in te leveren. Zijn de gele kaarten op, dan moet hij als hij nog een keer de bank uit loopt, de rode kaart inleveren en wordt de afgesproken straf snel uitgevoerd.

Bij het gebruik van boete gelden de volgende richtlijnen (OSM, cursusboek, 1981):
Boetes mogen niet zo groot zijn dat het kind in één keer bankroet is, maar ook niet zo klein dat het kind zijn schouders erover ophaalt.
Leg een boete zo snel mogelijk na het probleemgedrag op.

Time-out

- *Afzondering (time-out).* Met de afzonderingsmethode leren we een kind probleemgedrag af doordat we het kind bij het optreden van dit gedrag korte tijd in een saaie ruimte zetten, met als doel dat het even geen toegang heeft tot versterkers.

■ Voorbeeld 10.8
Het kringgesprek wordt telkens verstoord door het gedrag van Max, die door de clown uit te hangen de aandacht naar zich toe weet te trekken.

Als de leraar negeren zou toepassen om het probleemgedrag af te leren, zou dat waarschijnlijk niet voldoende effect hebben, omdat de aandacht van de kinderen voor Max' gedragingen blijft. Ook straf zal niet altijd helpen, bijvoorbeeld als het succes bij de andere kinderen te aantrekkelijk voor hem is, bijvoorbeeld doordat hij door dit gedrag een hoge sociale status heeft.

In zo'n geval kunnen we de afzonderingsmethode toepassen. We zetten Max dan bij het optreden van het probleemgedrag gedurende een korte periode (zeker niet te lang, 3-5 minuten) in een kale, saaie ruimte. Hij moet zich in die ruimte niet kunnen vermaken. Op deze manier heeft hij geen toegang tot de versterkers die het probleemgedrag instandhouden, waardoor dit waarschijnlijk zal verminderen. Als het kind het probleemgedrag vertoont, gebruiken we eerst een waarschuwingsteken, bijvoorbeeld het noemen van de naam ('Max...!')of het opsteken van een oranje kaart. Het waarschuwingsteken is iedere keer hetzelfde en geeft het kind de kans om de afzondering te voorkomen. Als het kind echter het probleemgedrag blijft vertonen gaat het zonder verdere vorm van discussie naar de afzonderingsruimte. Als de leerling bij terugkomst het probleemgedrag weer vertoont, zonder hem dan meteen weer af.
De afzonderingsmethode dient altijd met het kind besproken te worden voor je deze toepast.
Bij het gebruik van deze methode moet je er goed op letten dat een leerling deze niet als ontvluchting voor een vervelende(r) situatie gaat gebruiken. De afzondering wordt dan versterker voor het probleemgedrag; als het kind bijvoorbeeld erg bang is voor zwemmen en in de gaten krijgt dat hij door zich vervelend te gedragen steeds weggestuurd wordt, zal dit probleemgedrag in elk geval blijven bestaan en waarschijnlijk zelfs toenemen.

Ad b Uitdoving als verzwakker
Er zijn situaties waarin het handelen van de leraar ongewild werkt als versterker voor ongewenst gedrag. Kijk eens naar het volgende voorbeeld.

■ **Voorbeeld 10.9**
Alexa heeft sinds enige weken zo nu en dan haar gymspullen niet bij zich. De leraar stuurt haar dan bij het begin van de gymles naar huis om haar spullen te halen, waardoor Alexa nog maar een kwartier mee kan doen. Op een gegeven moment realiseert de leraar zich dat Alexa steeds vaker haar gymkleren niet bij zich heeft. Uit observatie blijkt dat zij zich nogal eens probeert te onttrekken aan de gymnastiekopdrachten. In een gesprek met haar komt naar voren dat ze gymnastiek niet leuk vindt. Hieruit kan geconcludeerd worden dat het ophalen van de gymspullen als versterker werkt voor het niet meenemen ervan.

Het ongewenste gedrag is in dit voorbeeld het vergeten van de gymspullen. Omdat bekend is welke versterker dit gedrag instandhoudt, is een goede methode om het gedrag af te leren ervoor te zorgen dat de versterker niet meer op het gedrag volgt. Dit betekent dat de leraar ervoor moet zorgen dat Alexa de gymles niet meer kan ontlopen. De afspraak zou bijvoorbeeld gemaakt kunnen worden dat zij op dagen dat er gymnastiek is, een kwartier eerder op school komt om haar gymspullen te laten zien.

Instandhoudende versterkers

We spreken van *uitdoving*, als het ongewenste gedrag vermindert/afgeleerd wordt doordat de *instandhoudende versterkers* er niet meer op volgen. Uitdoving kun je dus alleen toepassen als de versterkers van het gedrag bekend zijn.

Negeren

De meest voorkomende vorm van uitdoving is *negeren*. Negeren is het onthouden van aandacht. Aandacht, zelfs negatieve aandacht, blijkt vaak als een versterker te (gaan) werken ('beter negatieve aandacht dan helemaal geen aandacht'). Als we uitdoving toepassen, moeten we op twee dingen voorbereid zijn (OSM, handleiding, 1981):

Opleving probleemgedrag

1 Het probleemgedrag neemt bij uitdoving in het begin meestal toe. Het kind probeert als het ware door meer inzet toch versterking te krijgen voor het probleemgedrag dat tot nu toe regelmatig werd versterkt. Het is erg belangrijk om de uitdoving zeer consequent vol te houden, want alleen dan zal het *probleemgedrag* na de *opleving* snel afnemen.

Ander probleemgedrag

2 In het begin van het toepassen van uitdoving gaat het kind soms ander probleemgedrag vertonen om toch zijn zin te krijgen. In het voorbeeld van Alexa is het denkbaar dat zij nu iedere keer bij het begin van de gymnastiekles naar de wc moet. Ook hier geldt dat je consequent moet volhouden, omdat alleen dan de probleemgedragingen snel zullen verdwijnen.
Het is wel aan te raden na te gaan waarom een leerling zo hardnekkig probleemgedragingen vertoont (actief luisteren). Het kan namelijk zijn dat de reden voor het probleemgedrag van zodanige aard is, dat het in eerste instantie belangrijker is hierachter te komen dan dat je je richt op het afleren van het ongewenste gedrag. Bij Alexa zou de reden van haar probleemgedrag (het mijden van de gymnastiek) een sterke angst kunnen zijn als gevolg van evenwichtsproblemen. Omdat angst een zeer sterke drijfveer is, is de kans op resultaat door middel van uitdoving gering. Er kan in dit geval beter gekozen worden voor het aanleren van gewenst gedrag.

Negeren is erg moeilijk. Alleen negeren heeft in de praktijk van het onderwijs meestal weinig resultaat. In een groepssituatie zijn er bijna altijd wel reacties van andere kinderen op het ongewenste gedrag van het kind, waardoor het blijft bestaan. Voor een leerling is negeren door een leraar een erg negatieve situatie. Hij verliest alleen maar wat, namelijk aandacht. Zowel uit een oogpunt van uitvoerbaarheid als pedagogisch handelen verdient het de voorkeur negeren van ongewenst gedrag te koppelen aan het aanleren van gewenst gedrag.
Negeren is overigens niet hetzelfde als zwijgen en je verbijten. Zijn dit sterke gevoelens, dan verraadt de lichaamstaal vaak dat er geen sprake is van negeren. In hoofdstuk 1 hebben we al duidelijk gemaakt dat een kind deze signalen oppakt. We adviseren dan ook negeren alleen toe te passen als je jezelf in staat acht tot een zakelijk, neutrale houding. Anders is de kans op effect gering.

Tussenvraag 10.6
Waarom is in de praktijk het advies het ongewenste gedrag te negeren zo moeilijk uit te voeren?

Stap 5 Kijken of het al afneemt

Deze stap verschilt alleen in die zin van stap 5 uit het vorige hoofdstuk, dat je erop let of het probleemgedrag afneemt in plaats van te kijken of het doelgedrag toeneemt.

Tussenvraag 10.7
Noem de verschillen in de vijf stappen van een programma voor aanleren en voor afleren van bepaald gedrag.

10.4 Afbouwen van het programma

Deze paragraaf geeft aan hoe je het gedragsveranderingsprogramma kunt afbouwen, zowel voor het aanleren/doen toenemen van gewenst gedrag als voor het afleren/doen afnemen van ongewenst gedrag.
Het starten van een gedragsveranderingsprogramma leidt automatisch tot de vraag wanneer je ermee kunt/moet stoppen. Het antwoord luidt dat het *doelgedrag gestabiliseerd* moet zijn. Hoewel 'stabiel' niet in een concrete maat valt aan te geven, kan het wel omschreven worden: het doelgedrag moet gedurende een langere periode met grote regelmaat voorkomen. Dit lijkt misschien vanzelfsprekend, maar in de praktijk blijken leraren nogal eens in de fout te vervallen dat ze de versterker(s) achterwege laten als het doelgedrag vier of vijf keer bereikt is. Hierdoor steekt het probleemgedrag meestal weer snel de kop op.

Stabilisatie doelgedrag

Het afbouwen van het programma vergt de nodige aandacht. Het kan niet van de ene op de andere dag stopgezet worden, ook al is het doelgedrag bereikt of het probleemgedrag verdwenen. Bij een plotselinge beëindiging ervan is de kans op een opleving van het probleemgedrag namelijk groot. *Afbouwen* dient dus *geleidelijk* plaats te vinden. Bij het afbouwen van een programma kunnen de volgende wegen bewandeld worden:

Geleidelijk afbouwen

a Van de verschillende soorten versterkers en verzwakkers doen sommige vrij kunstmatig aan (bijvoorbeeld materiële versterkers). Andere kunnen we gemakkelijk in ons gewone gedrag opnemen. Het betreft dan bijna altijd sociale versterkers, zoals het geven van een complimentje (OSM, cursusboek, 1981).
Van dit gegeven kunnen we gebruikmaken bij het afbouwen van het programma. Geleidelijk aan vervangen we 'kunstmatige' door sociale versterkers of verzwakkers. Deze overgang levert de minste problemen op als in de opzet van het programma de 'kunstmatige' versterker gekoppeld is aan de sociale versterker(s).

Onregelmatige versterking

b Bij het afbouwen van een programma voor het aanleren/doen toenemen van gewenst gedrag kunnen we ook gebruikmaken van *onregelmatige versterking*. Dat wil zeggen dat de versterker niet meer altijd volgt op het doelgedrag, maar slechts zo nu en dan. Hierdoor ontstaat een soepele overgang naar de dagelijkse gang van zaken.
Deze aanpak geldt niet voor het afleren/doen afnemen van ongewenst gedrag. Als je de verzwakker onregelmatig zou laten volgen op het gedrag, zou het kind het idee kunnen krijgen dat de leraar het probleem niet meer serieus neemt. Hij kan het gedrag dan weer (meer) gaan vertonen. Hier is een consequente toepassing dus op zijn plaats tot het gewenste effect gestabiliseerd is.
De toepassing van onregelmatige versterking dient heel geleidelijk te gebeuren. Als we een te grote stap maken, waardoor het kind plotseling te weinig versterking krijgt, kan het probleemgedrag weer toenemen en het doelgedrag afnemen (OSM, handleiding, 1981).

c Als je vindt dat je kunt stoppen met het programma, kun je goed gebruikmaken van de communicatievaardigheden van Rogers. Door middel van ik-boodschappen geef je aan dat je graag zou willen stoppen met het programma, omdat je de indruk hebt dat het kind het gedrag uit zichzelf kan vertonen. Door actief te luisteren kun je vaststellen wat de leerling daarvan vindt. Meestal zal het kind hiervoor wel openstaan, omdat het vertonen van het doelgedrag op zichzelf als versterker werkt, omdat ook het kind dat gedrag als prettig ervaart.

We kijken weer even naar de openingscasus. De leraar heeft eerst het uit de bank lopen aangepakt. Dat stoorde hem het meest. Hij heeft gewerkt met het kaartsysteem zoals beschreven in stap 4 van paragraaf 10.2. Toen het aantal ingeleverde kaarten steeds minder werd, heeft hij met Quinten afgesproken dat hij nu ook ander ongewenst gedrag zou aanpakken, zoals het voor zijn beurt zonder vinger op te steken antwoord geven. Hij doet dit door een combinatie van belonen van gewenst gedrag (de vinger opsteken) en straffen van ongewenst gedrag (zonder vinger opsteken voor zijn beurt antwoord geven). Hij spreekt af dat Quinten een sticker kan verdienen als hij pas antwoord geeft nadat hij zijn vinger heeft opgestoken en de beurt heeft gekregen. In één les zal hij Quinten twee keer een beurt geven, tenslotte moeten de andere kinderen ook aan bod komen. Quinten kan dus twee stickers per les verdienen. Als hij voor zijn beurt antwoord geeft, moet hij een sticker inleveren. Het maakt niet uit of hij een goed of een fout antwoord geeft.
De stickers werden op den duur vervangen door complimenten. Vooral bij het vinger opsteken ging dat op een heel natuurlijke manier.
Het te snel werken werd aangepakt door regelmatige controle. In twintig sommen mocht hij vier fouten maken. Na vijf sommen moest hij naar de leraar gaan. Zonder aanstrepen vertelde deze hoeveel fouten Quinten al had. De afspraak was dat hij de hele taak over moest maken als hij meer dan vier fouten had. Het afbouwen bestond uit het verminderen van het aantal controlemomenten.

■ ■ ■ Samenvatting

In het vorige hoofdstuk ging het om het aanleren/doen toenemen van gewenst gedrag. In dit hoofdstuk is het afleren/doen afnemen van ongewenst gedrag aan de orde. Volgens de gedragstheorie verdwijnt gedrag als het gevolgd wordt door onprettige dingen of gebeurtenissen, zogenaamde verzwakkers. In het onderwijs is straf een veelgebruikte verzwakker. Straf heeft de bedoeling ongewenst gedrag af te leren. Dit is echter niet altijd het effect: het probleemgedrag wordt in dat geval niet afgeleerd. Er is dan sprake van ineffectief straffen. We spreken pas van een effectieve straf als het ongewenste gedrag ook echt vermindert of verdwijnt. Soms is straf niet effectief, omdat een kind niet weet hoe het het gewenste gedrag kan vertonen. In die situatie is het noodzakelijk het alternatief (namelijk het gewenste gedrag) duidelijk uit te leggen of voor te doen. Gebeurt dit niet, dan kan de situatie gemakkelijk uit de hand lopen en leiden tot steeds zwaardere straffen voor hetzelfde vergrijp. Verdere voorwaarden voor effectiviteit van een straf zijn dat deze

gericht is op de daad; deze in verhouding staat tot de daad; en de straf afgestemd is op de persoon voor wie hij bedoeld is.
Bij het afleren/doen afnemen van ongewenst gedrag gaan we te werk volgens de methode uit het vorige hoofdstuk. Hoewel het afleren/doen afnemen van ongewenst gedrag apart behandeld wordt, willen we er met nadruk op wijzen dat de beste resultaten behaald worden als, indien mogelijk, het aanleren van gewenst gedrag direct hieraan gekoppeld wordt.
De vijf stappen voor het afleren/doen afnemen van ongewenst gedrag verschillen in de volgende opzichten van die van het aanleren/doen toenemen van gewenst gedrag: het vaststellen van het doelgedrag komt niet aan de orde, omdat je je richt op het probleemgedrag. Het vermijden van het probleemgedrag, dat is het doelgedrag. Het afleren/doen afnemen van ongewenst gedrag bewerkstelligen we door op het gedrag te reageren met andere gevolgen, die niet-versterkend of zelfs onaangenaam zijn voor het kind (verzwakkers), zodat het niet meer lonend is om dat gedrag te vertonen. De belangrijkste verzwakkers zijn straf en uitdoving.
Met een gedragsveranderingsprogramma kun je niet zomaar stoppen. Het hoofdstuk besluit met aan te geven hoe je hierbij te werk kunt gaan.

Kernbegrippenlijst

Activiteitenstraf Het kind moet iets vervelends doen (aanvegen) of mag iets leuks niet doen (buiten spelen).

Basislijn Veranderingen zijn alleen te meten, als we weten hoe vaak of hoe lang bepaald gedrag eerst voorkwam. Dat doen we door tellen of meten. De resultaten van die telling of meting dienen als uitgangspunt voor het verdere veranderingsprogramma.

Boetesysteem Een vorm van straf, vrijwel altijd gebruikt in de vorm van een puntensysteem. Bij een afgesproken aantal punten volgt een straf.

Doelgedrag Het gedrag, dat het kind moet (gaan) vertonen: het gewenste gedrag.

Fysieke straf Bijvoorbeeld een kind een draai om z'n oren geven (niet wenselijk in de schoolsituatie).

Gedrag In de gedragstheorie betreft dit uitsluitend gedrag zoals we dat met onze zintuigen kunnen waarnemen. Gedrag wordt bepaald door de directe gevolgen die het heeft. Daar deze niet constant zijn, is gedrag aan verandering onderhevig.

Gedragsveranderingsprogramma Als je gedrag wilt aanleren of wilt doen toenemen, zul je systematisch te werk moeten gaan. Hierbij kan gebruikgemaakt worden van een programma dat bestaat uit vijf stappen.

Gewenst gedrag Gedrag dat de omgeving, zoals ouders en leraren, graag zou zien.

Materiële straf Iets fijns afstaan of iets niet krijgen wat een kind juist fijn vindt om te krijgen.

Negeren Het onthouden, niet geven van aandacht.

Probleemgedrag Een kind ontwikkelt zowel gewenst als ongewenst gedrag. Probleemgedrag is ongewenst gedrag: gedrag dat de omgeving, zoals ouders of leraren, niet acceptabel vindt.

Sociale straf Dit zijn straffen als een boos gezicht, misprijzen of een standje; kortom dingen die deel uitmaken van de omgang tussen mensen.

Straf Straf is een verzwakker. Een straf kan wel of niet effectief zijn. We spreken pas van een effectieve straf, als het gedrag, dat we door middel van onprettige gevolgen willen afleren, ook echt vermindert of verdwijnt.

Versterker(s) Als gedrag wordt aangeleerd, blijft bestaan of toeneemt doordat het gevolgd wordt door prettige dingen of gebeurtenissen, spreken we van versterking van gedrag. De prettige gevolgen noemen we de versterkers.

Verzwakker(s)

We spreken van verzwakking als gedrag afneemt of verdwijnt doordat het gevolgd wordt door onprettige dingen of gebeurtenissen. Deze onprettige gevolgen noemen we de verzwakkers.

Vragen

10.1 Wat is een goede straf voor een kind dat steeds zit te praten onder het uitleggen van een les?

10.2 Gijs (5) mept een ander kind in de zandbak flink met een schep. Je vindt dit niet acceptabel. Wat is een effectieve straf?

10.3 Richard is een jongen van 8 jaar. Hij komt uit een gezin, waarin de kinderen veel aan zichzelf worden overgelaten. Hij heeft door een zwakke fijne motoriek problemen met schrijven.
Al sinds geruime tijd zit Richard tijdens de taalles voortdurend te kletsen. Waarschuwen heeft niet geholpen en je laat hem voor straf na schooltijd zijn werk afmaken. Na verloop van tijd blijkt dat hij nog minder is gaan uitvoeren. Hoe komt dit?

10.4 Maak een programma voor Quinten om af te leren dat hij antwoordt zonder zijn vinger op te steken. Gebruik de observatiegetallen van par. 10.2. Maak gebruik van het protocol in bijlage 2. Bedenk waar nodig zelf getallen.

10.5 Maak een programma voor het afremmen van de werksnelheid van Quinten. Verzin, indien nodig, zelf de observatiegegevens. Maak gebruik van het protocol.

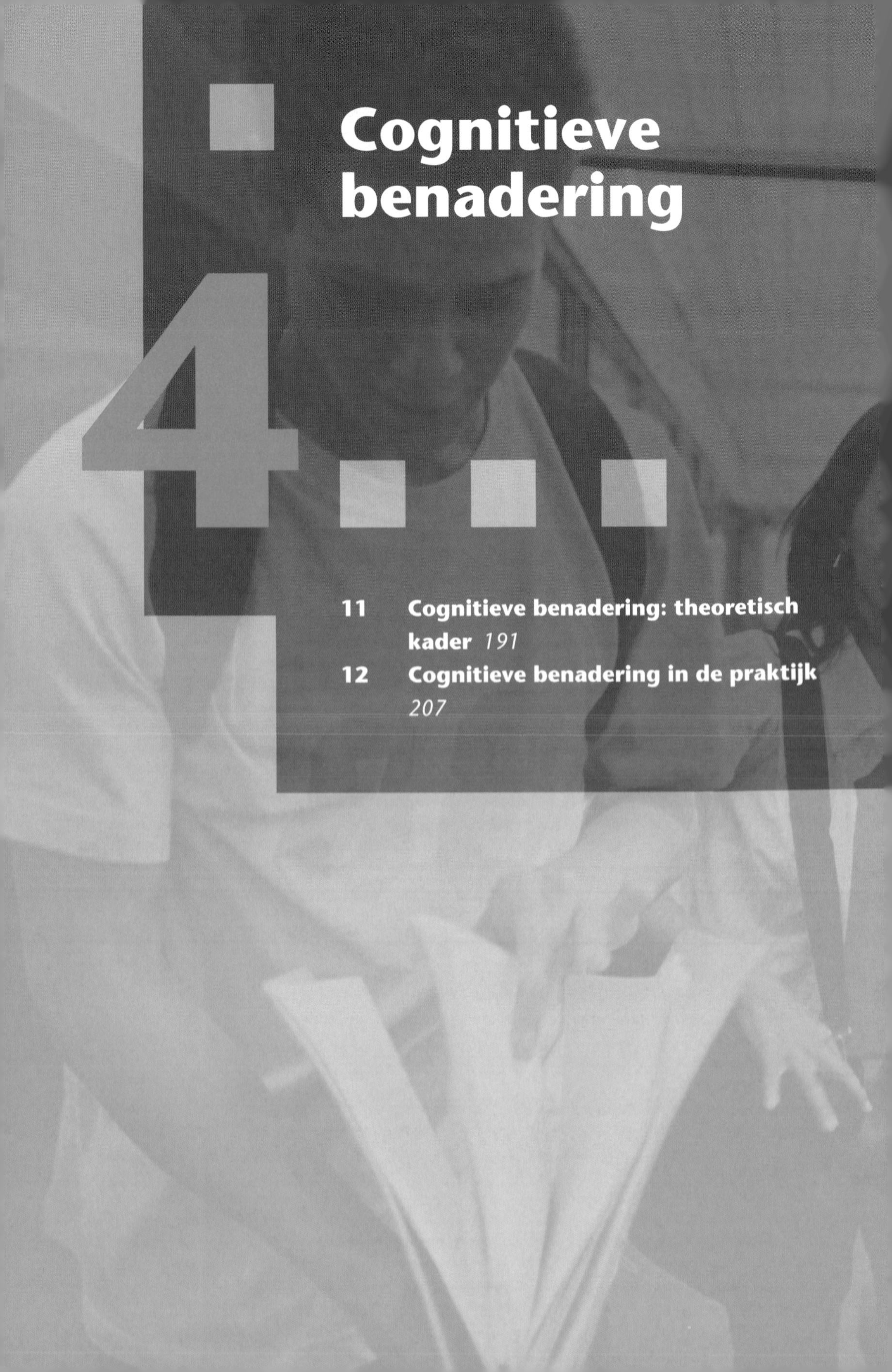

4 Cognitieve benadering

We hebben het bij de inleiding bij de vorige delen ook al gezegd: een zo groot mogelijk doceer-leergebied is in het belang van zowel leraar als leerling. Problemen, zowel van de leerling als de leraar, verkleinen dit gebied. In deel 2 is de manier om het doceer-leergebied zo groot mogelijk te maken gericht op de relatie tussen leraar en leerling door gebruik te maken van communicatievaardigheden. In deel 3 probeert de leraar dit doel te bereiken door gedragsverandering van de leerling.
Maar ook de leraar zélf kan de oorzaak zijn van verkleining van het doceer-leergebied. Immers, als een leraar problemen heeft met één of meer leerlingen, gaat dit ten koste van het lesgeven en het leren. In dit deel laten we zien hoe de leraar het doceer-leergebied weer zo groot kan krijgen door zijn acceptatielijn ter discussie te stellen. Het verhogen van de acceptatielijn leidt immers tot een vergroting van het doceer-leergebied (zie hoofdstuk 3).
Met de vaardigheden van dit deel leer je kritisch te kijken naar de door jou gehanteerde acceptatiegrenzen met als doel deze bewust te kunnen variëren. Je kijkt als het ware naar je eigen houding en gevoelens in een bepaalde probleemsituatie met de bedoeling hierin verandering te brengen (een belangrijke competentie). Het uitgangspunt van deze benadering is de cognitieve theorie. Een belangrijke vertegenwoordiger van deze richting is Albert Ellis (geb. 1913). Hij is zich in de loop van zijn leven steeds meer gaan interesseren voor de invloed die mensen zelf op hun gedrag kunnen uitoefenen. Zijn opvatting is dat de mens door middel van de rede, het denken inzicht kan krijgen in de drijfveren van zijn handelen en dat hij daardoor tot veranderen in staat is. Rationaliteit en gezond verstand zijn daarbij de sleutelwoorden.
De cognitieve benadering beoogt 'te leren veranderen wat men kan veranderen, te leren accepteren wat niet valt te veranderen, én te leren beide categorieën te onderscheiden.'

Ellen

Uit het dagboek van Ellen van der Boog, leraar groep 6

20 augustus
Morgen weer naar school. De eerste schooldag na een heerlijke vakantie. Ik heb er echt zin in. Ik hoop dat deze groep weer net zo gezellig is als de groep van vorig jaar. Michiel (vorige leraar van deze groep) zei voor de vakantie dat het een gezellige, drukke groep was.

21 augustus
Doodop. Wat een stel, zeg. We moeten er nog helemaal inkomen. Ik ben wel geschrokken van hun niveau. Zij zijn werkelijk alles vergeten van vorig jaar.

25 augustus
Ik ben blij dat het weekend is. Het is wel wat rustiger, maar ik vind het nog erg druk in de groep. Michiel zei dat hij in het begin de groep flink had aangepakt. Daarna ging het een stuk beter volgens hem. Dat flinke aanpakken ligt mij niet zo, maar ik moet het misschien toch maar doen.

29 augustus
Rot dag gehad. Ik heb de groep stevig aangepakt. Het werd een mislukking. Maarten, Bob, en Serge gingen gewoon door. Ik heb hen op een gegeven moment uit de klas gezet. Daarna werd het rustiger. Ik moet gauw een oplossing vinden. Ik word gek van de drukte en vooral van dat groepje jongens.

4 september
Met Bob een enorme aanvaring gehad. Michiel zei dat ik nog veel te zacht was voor Bob, Maarten en Serge. Ik word daar zenuwachtig van. Ik kan niet goed zo streng zijn. Na de pauze vroeg ik Bob of hij Marian wilde gaan helpen. Hij was immers klaar met zijn werk. Dat weigerde hij en al lachend ging hij verder met Serge een spelletje doen. Toen ik het hem nogmaals vroeg, zei hij dat Marian stonk. Ik werd toen onnoemelijk kwaad en pakte hem in zijn nekvel. Hij had niet in de gaten gehad dat ik naar hem toekwam en ik `gooide' hem bij Michiel in de klas. Hij vindt hem namelijk een leuk ventje.

7 september
Ik word steeds nerveuzer van Bob en zijn maatjes. Bob luistert nooit en zit constant te klieren. Je ziet aan het gezicht van Michiel dat hij het wel grappig vindt, dat ik zo'n moeite heb met Bob. Aan zo'n vent heb je natuurlijk helemaal niets. Het is gewoon een arrogante kwast.
Ik probeer nu van alles met Bob. Ik pak hem zelfs heel lief aan. Dan weer negeer ik hem, maar dat werkt ook niet. Ik ga hem toch maar weer hard aanpakken. Ik moet zorgen dat ik de baas over hem wordt. Anders heb ik dit jaar geen leven meer.

14 september
Crisis. Ik word echt doodziek van Bob en die andere knullen. Ik heb nu echt alles geprobeerd. Niets werkt. Ik heb tegen Jan (directeur) gezegd dat ik het niet meer zie zitten met Bob. Hij stelde voor om maar eens met Michiel te gaan pra-

ten! Aan zo'n vent heb je dus ook niets. Ik ben woedend. Ik heb tegen Bob gezegd dat hij maar direct naar de klas van Michiel moet gaan. Ik wil hem niet meer in de klas hebben. Ik kon eindelijk eens rustig les geven. De klas is duidelijk onder de indruk van de situatie.

15 september
Woedend ben ik. De ouders van Bob zijn bij Jan geweest om een klacht tegen mij in te dienen. Hoe durven zij. Ik heb een hekel aan Bob, zeiden zij, en daarom moet Bob bij Michiel in de klas. Volgens mij is Jan doodsbenauwd voor die ouders. Hij stelde een gesprek voor met de ouders, Michiel, hemzelf en mij. Dat zie ik absoluut niet zitten. Ik weet precies wat er dan gebeurt. Michiel zegt dat hij nooit zo'n last van Bob heeft gehad, de ouders zeggen dat Bob thuis een lief, rustig jongetje is en Jan zegt niets. Zij zullen mij zeker afvallen bij de ouders. En de schuld komt dan bij mij te liggen. Als dat gebeurt, zal ik de ouders precies vertellen wat een vreselijk ventje hun zoontje is.

20 september
Diep in de put. Ik zie het helemaal niet meer zitten. Zoals ik al verwachtte, ligt het allemaal aan mij. Ik pak Bob blijkbaar verkeerd aan. Ik moet hem weer in de klas nemen. Ik weet absoluut niet meer wat ik moet doen. Ik sta er helemaal alleen voor. Als ik vraag hoe ik het moet aanpakken, zeggen zij dat ik streng moet zijn voor Bob. En als ik streng ben, vinden zij mij niet rechtvaardig en zeggen zij dat ik een hekel heb aan hem. Ik voel mij compleet onderuitgehaald door Michiel en Jan. Ik kan er blijkbaar niets meer van. Als het zo doorgaat, haal ik de herfstvakantie niet eens. Ik kan gewoon niet meer lesgeven.
Er moet iets gebeuren.

23 september
De schoolbegeleider was vandaag op school. Ik heb een gesprek met hem gehad over de situatie in mijn klas. We waren het erover eens dat er iets moet gebeuren. Hij heeft mij verschillende mogelijkheden aangereikt. Hij heeft duidelijk gemaakt dat ik kan proberen met behulp van communicatievaardigheden (ik-boodschappen) de relatie met Bob weer wat in het gareel te krijgen; ik zou ook een programma kunnen opstellen voor gedragsverandering; en ik kan ook mijn eigen houding en gevoelens eens onder de loep nemen met de bedoeling deze te veranderen. Ik moet er maar eens over denken, want op deze manier loop ik helemaal vast.

Cognitieve benadering: theoretisch kader

11

Elke leraar ervaart wel eens momenten dat hij vindt dat hij niet adequaat reageert op en handelt tegenover een leerling. Steeds weer neemt hij zich voor anders te reageren, maar dat lukt niet. Veelgehoorde opmerkingen zijn dan: `Had ik maar anders gereageerd. Ik heb alles al geprobeerd, maar niets werkt. Wat moest ik anders in die situatie'. Hiermee wordt aangegeven dat ze zich graag anders zouden willen gedragen, maar het idee hebben dat ze hierin door de situatie beperkt worden. Dat dit een onjuiste en irreële opvatting is, bespreken we in dit hoofdstuk. In paragraaf 11.1 geven we aan waarom het zo belangrijk is dat een leraar zich ervan bewust wordt/is als hij zodanige problemen heeft met één of meer leerlingen dat het ten koste gaat van het lesgeven en leren. In paragraaf 11.2 gaan we in op de theoretische opvattingen die aan dit deel ten grondslag liggen. Paragraaf 11.3 behandelt het verband tussen denken, voelen en handelen en het onderscheid tussen rationele en irrationele gedachten. In paragraaf 11.4 ten slotte geven we aan wat de waarde is van de cognitieve benadering in de klas.

11.1 Leraar: een spilfunctie

Zonder leraar geen onderwijs, leerlingen kunnen niet zonder leraar. Een open deur zul je zeggen. Maar hoeveel leraren realiseren zich het belang hiervan en de consequenties die dat met zich meebrengt? Of korter gezegd: de *verantwoordelijkheid* die dat met zich meebrengt. Elk kind, nu ja, bijna elk kind heeft wel herinneringen aan die leraar door wie hij in een moeilijke periode er goed doorheen kwam; of juist die leraar die hem het leven zo zuur maakte, dat dat jaar hem nog steeds met de nodige nare herinneringen in zijn geheugen staat. De leerling is dus in hoge mate afhankelijk van de leraar, zowel qua kennis en kunde, maar vooral in zijn relatie met hem.

Spilfunctie
Welbevinden van de leerling

Als leraar heb je dus een *spilfunctie*. Je bepaalt in hoge mate het *welbevinden van de leerling*. Maar wat als je een leerling helemaal niet (meer) ziet zitten? Helemaal genoeg van hem hebt? Dat zeggen we maar liever niet al te hard? Of zwakken het af? Want het is natuurlijk niet prettig te constateren dat het je niet lukt ongewenst gedrag van een leerling om te buigen. Dat wordt al gauw als zwakte gezien, misschien zelfs onkunde, dus daar kom je niet snel mee voor de dag. Maar dat betekent dat de situatie vroeger of later vastloopt.

Je kunt dus weinig (meer) hebben van de leerling, die je niet meer ziet zitten. In termen van acceptatie (hoofdstuk 3, par. 3.2) betekent dit dat je je acceptatiegrens zover hebt verlaagd, dat er nauwelijks meer ruimte overblijft voor lesgeven; en dus voor de leerling niet voor leren. Schematisch is dit weer te geven als afgebeeld in figuur 11.1.

Figuur 11.1 **Door lage acceptatiegrens doceer-leergebied klein**

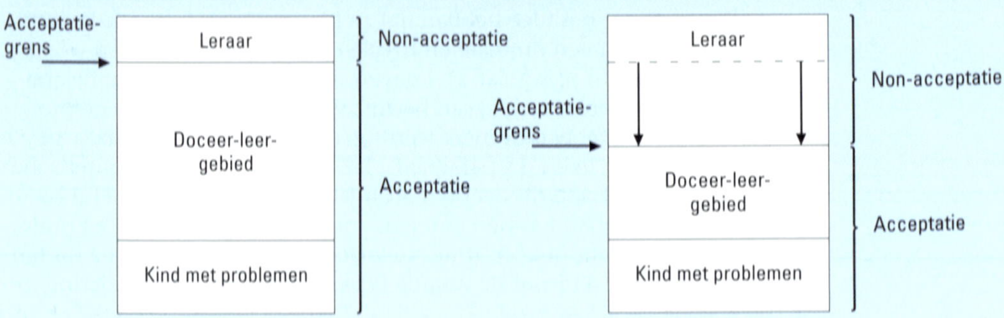

Die acceptatiegrens moet dus weer omhoog. Dat doen we door het onder ogen te zien en hardop te zeggen, als het tussen jou als leraar en een leerling vastloopt.

Tussenvraag 11.1
In welke situaties is de aangewezen aanpak je eigen gevoelens, gedachten en handelen over een leerling onder de loep te nemen?

Uiterste acceptatiegrens

Laat er overigens geen misverstand over bestaan dat er een grens is aan het verleggen van je acceptatiegrens.

■ **Voorbeeld 11.1**

Bij Rinke (groep 7) is officieel ADHD vastgesteld. Beweeglijkheid is onderdeel van het probleem. De ouders willen hem (nog) geen medicatie geven. Rinke is erg druk in de klas. Afgesproken is die beweeglijkheid te accepteren. Hij zit nu achter in de klas. Tijdens de uitleg staat hij vaak en tijdens de verwerking mag hij wat meer door de klas lopen.
Op een gegeven moment geeft Rinke een leerling een gerichte elleboogstoot tijdens de les. De leraar wordt boos en geeft hem een straf. Het verweer van Rinke dat hij er niets aan kan doen omdat hij ADHD heeft, wordt door de leraar ter zijde geschoven. Hij geeft aan dat dit soort gedrag onacceptabel is, met of zonder ADHD. Dit standpunt zal hij ook innemen als de ouders problemen hebben met de straf!

Figuur 11.2 **Uiterste acceptatiegrens**

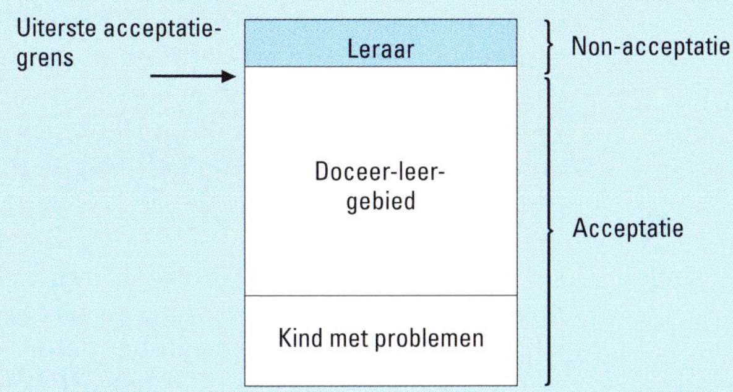

Uiterste acceptatiegrens

Met dit voorbeeld willen we duidelijk maken dat ook bij een kind met problemen niet alle gedrag acceptabel is. In de praktijk blijkt hierover nogal eens discussie te zijn. Het is van groot belang om als school en als leraar duidelijk te zijn dat er altijd, ongeacht de problemen van het kind, een gebied van principieel onaanvaardbaar gedrag geldt: geweld, racistische opmerkingen, intimidatie enzovoort, kortom, tot hier en niet verder! Een leraar dient dus altijd voor zichzelf – in overeenstemming met het schoolbeleid – zijn *uiterste acceptatiegrens* vast te stellen.

Cognitieve benadering

Je gaat dus iets aan de problemen doen door met jezelf aan de slag te gaan. De aanpak die we daarvoor gebruiken is de *cognitieve benadering*.

■ ■ ■ 11.2 Denkbeelden van de leraar

In de vorige delen hebben we steeds weer benadrukt hoe belangrijk het is om een kind in zijn waarde te laten: door aandacht te hebben voor een positief zelfbeeld, door communicatievaardigheden en door je bij problemen te richten op het gedrag van het kind en niet op de persoon.

In de praktijk blijkt het lang niet altijd mee te vallen elk kind in zijn waarde te laten.

Ideeën en verwachtingen

Uit onderzoek blijkt dat, meer dan je zou verwachten, een leraar bepaalde *ideeën en verwachtingen* heeft over en van zijn leerlingen. Deze ideeën en verwachtingen krijgen al snel vorm in het begin van het schooljaar en veranderen niet gemakkelijk gedurende het jaar. Zijn de verwachtingen en ideeën negatief, maar is er een verklaring die houvast biedt voor een aanpak – bijvoorbeeld dyslexie, faalangst – dan geeft dit de leraar aanleiding tot ondersteuning en extra aandacht.

Kind wil wel, maar kan niet

Heeft dit geen of onvoldoende effect, dan zien we het idee postvatten: 'de leerling wil wel, maar kan niet'.

Kan wel, maar wil niet

Anders ligt het bij de leerling die niet meedoet of lastig is, terwijl er geen verklaring is voor dat gedrag. Dan is het al gauw: 'de leerling kan wel, maar wil niet' (Stevens, 1997). Het blijkt voor veel leraren niet mee te vallen dergelijke situaties aan te pakken. Gevolg kan zijn dat het probleem erger wordt en zelfs escaleert met alle gevolgen van dien. Dit is wat er gebeurt in de casus van Ellen.

Wat in dergelijke situaties gebeurt, is dat gevoelens de overhand krijgen en dat je daar geen controle meer over hebt (Bernstein, 2006). Gevolg is dat je als leraar geen kans (meer) ziet onderscheid te maken tussen het gedrag van een kind en het kind als persoon. En dat kan er weer heel gemakkelijk toe leiden dat je helemaal vast komt te zitten in je negatieve gevoelens voor die leerling. Het lesgeven komt dan danig in de verdrukking en ook van een goede relatie tussen jou en de leerling is bepaald geen sprake meer!

Dit is geen ongebruikelijke situatie. Hoe professioneel ook, je blijft een mens met menselijke gevoelens en reacties.

Inschatten eigen gedachten en gevoelens

Hierbij is het van belang te weten dat uit onderzoek blijkt dat mensen zich vaak niet of veel minder bewust zijn van hun *gedachten en gevoelens* over een ander dan zij zelf *inschatten*. Anders gezegd, mensen hebben lang niet altijd goed zicht op of inzicht in hun eigen reacties. Het kan dus heel goed zo zijn dat je je als leraar niet bewust bent van bepaalde – negatieve – denkbeelden en gevoelens over een leerling.

■ **Voorbeeld 11.2**

Het is 8.40 uur.

De klas is binnen. Er zijn nog twee lege plekken: van Quincy en van Eveline. Quincy is een jongen met veel gedragsproblemen. Je voelt een soort opluchting dat hij er vandaag niet is. 'Vandaag geen problemen. Ik kan rustig lesgeven'.

Het is 8.45 uur.

Quincy komt binnen. Je ervaart een duidelijke teleurstelling en je begint direct uit te varen tegen hem, omdat hij te laat is en zegt dat hij zich de rest van de dag zich rustig moet houden.

Het is 8.50 uur.

Eveline komt binnen. Eveline, een rustig, lief meisje, heeft veel problemen thuis. Je was wat bezorgd dat zij er niet was. Als zij de klas in komt, ben je opgelucht en zegt tegen haar: 'Mooi zo, ga maar gauw zitten'.

Dezelfde gebeurtenis, verschillende reacties van de leerkracht. Quincy merkt heus wel het verschil!

Het niet of onvoldoende zicht hebben op eigen denkbeelden en gevoelens is des te meer reden om bij problemen met een leerling deze te onderzoeken. Blijken deze zo negatief te zijn, dat het ten koste gaat van het leren en het lesgeven, dan is het hoog tijd iets te ondernemen!
En dan richten we ons niet op het verbeteren van communicatievaardigheden of gedragsverandering bij de leerling, maar op joúw denkbeelden en gevoelens, omdat deze een verbetering van de situatie in de weg staan. Uit onderzoek is gebleken dat dit een effectieve manier is om een problematische situatie weer hanteerbaar te maken (Bernstein, 2006).

Cognitieve benadering

Het aanpakken van problemen door je te richten op je eigen denkbeelden noemen we de *cognitieve benadering*. De kern van de cognitieve theorieën is dat mensen zich in hun handelen laten leiden door cognities: denkbeelden. De cognitieve theorie houdt zich bezig met de mentale processen (geheugen, leren en denken, waarnemen, problemen oplossen) en de invloed daarvan op de verwerking van informatie.

Albert Ellis

Een belangrijke vertegenwoordiger van deze richting is *Albert Ellis*, de grondlegger van de rationeel-emotieve therapie. Hij is zich in de loop van zijn leven steeds meer gaan interesseren in de invloed die mensen zelf op hun gedrag kunnen uitoefenen. Zijn opvatting is dat de mens door middel van de rede, het denken inzicht kan krijgen in de drijfveren van zijn handelen en dat hij daardoor tot veranderen in staat is.

Rationaliteit en gezond verstand

Rationaliteit en *gezond verstand* zijn daarbij de sleutelwoorden.

In dit deel reiken we de vaardigheden aan hoe je je kunt verdiepen in joúw gevoelens, gedachten, ideeën, kortom denkbeelden en hoe deze te veranderen.

11.3 Anders denken, anders voelen, anders handelen

Mensen denken. Van deze uitspraak zal niemand opkijken.
Mensen voelen, hebben emoties. Ook van die uitspraak zal niemand opkijken.
Maar bij de koppeling van denken aan gevoelens zijn de reacties terughoudender. Als iemand het advies krijgt een situatie wat minder emotioneel, en liever wat rationeler, met wat meer gezond verstand te benaderen, is de kans groot dat dit advies weerstand oproept.

Als ze het woord 'rationeel' horen, reageren veel mensen afwijzend. Ze denken dat iemand, die rationeel denkt en leeft een soort robot is, een weinig emotioneel en weinig creatief persoon, die alles beredeneert en maar weinig menselijks meer heeft (Diekstra & Van Dassen, 1979). Dat rationeel denken juist alles te maken heeft met gevoelens en waar gevoelens toe kunnen leiden, zullen we in het vervolg duidelijk maken.
Bekijk de volgende situaties eens:

- Je wilt graag op tijd thuis zijn na je werk, maar je krijgt een lichte aanrijding, waardoor je na $1\frac{1}{2}$ uur nog niet thuis bent.
- Een kind dat op het bord staat te schrijven, valt plotseling flauw.
- Tijdens de leesles zie je opeens dat Vincent een bladzijde uit zijn boek scheurt.

Het zal niemand verbazen als de betrokkene in dergelijke situaties reageert met irritatie, schrik of woede. Als gevraagd zou worden waarom de genoemde reacties zo vanzelfsprekend zijn, dan is het antwoord: 'Dat is toch logisch, wie wordt er nu niet kwaad (geïrriteerd, bang) in zo'n situatie.' Dit is schematisch als volgt weer te geven (figuur 11.3).

Figuur 11.3 **De situatie bepaalt hoe wij voelen en handelen**

Situatie – gebeurtenis
↓
Gevoelens → Handelen

In woorden wil dit zeggen dat de situatie bepaalt hoe wij voelen en handelen. In de opvatting van de cognitieve benadering is dit onzin! Een situatie of gebeurtenis kan niet op een min of meer wetmatige wijze gevoelens en handelingen meebrengen. Niet elk kind is verdrietig als het blijft zitten. Niet elke leraar wordt boos als een kind erg brutaal is. Met andere woorden, *in dezelfde situatie zijn verschillende reacties* mogelijk. Bekijk de volgende voorbeelden eens.

Dezelfde situatie – verschillende reacties

■ Voorbeeld 11.3

Op het moment dat Vincent (zie hiervoor) de bladzijde uit het boek scheurt, komt net het schoolhoofd langs en deze ziet wat er gebeurt. Terwijl de leraar woedend uitvaart tegen Vincent, komt het hoofd binnenlopen en zegt op kalme toon tegen Vincent: 'Dat had je beter niet kunnen doen joh, want dat gaat je geld kosten. Kom om twaalf uur maar bij me.'

Twee kinderen (10 jaar) uit je klas hebben een fikse onvoldoende gekregen voor een rekentaak. Het ene kind begint te huilen, als hij ziet welk cijfer hij heeft gekregen, terwijl het andere kind zijn rekenboek pakt en de gemaakte taak gaat controleren.

Aan twee mensen, een leraar en een schoolarts, wordt gevraagd welke reactie de volgende rij woorden bij hen oproept: directeur-hondje-doubleren-hoofdluis.

De leraar zegt: 'Oh, hoofdluis, ik krijg al jeuk bij het idee!' De schoolarts zegt: 'Directeuren, praat me er niet van, nooit hebben ze eens tijd voor je!'

Tussenvraag 11.2

Waarom is het in de opvatting van de cognitieve benadering onzin als iemand zegt dat hij in een bepaalde situatie niet anders kon handelen dan hij deed?

Eerdergenoemde voorbeelden hebben gemeen dat de betrokkenen in eenzelfde situatie anders voelen en reageren.

Vermogen om te denken en te redeneren

Hoe komt dit? De belangrijkste conclusie in dit verband is dat mensen het unieke *vermogen* hebben om te *denken* en te *redeneren*. Dat wil zeggen: met wat voor situaties we ook in aanraking komen, we hebben er altijd wel een mening, een (voor)oordeel of opvatting over (Diekstra & Van Dassen, 1979). Dit hangt nauw samen met ervaringen en kennis die we hebben opgedaan. Onze meningen, gedachten en verwachtingen met betrekking tot een bepaalde situatie liggen ten grondslag aan onze gevoelens en handelingen. Soms verloopt dit proces van interpretatie zo snel dat we ons er niet van bewust zijn dat het heeft plaatsgevonden. Als je dan echter terug zou gaan denken, blijken er wel degelijk allerlei gedachten aan je gevoelens en handelingen vooraf te zijn gegaan. Als je jezelf heel intensief zou gaan bestuderen, zou je merken dat ons denken altijd verloopt in eenvoudige zinnen en uitdrukkingen. Anders gezegd, wanneer we denken, praten we tegen onszelf. Ofschoon we het soms ook hardop doen, praten we meestal zachtjes in onszelf (Diekstra & Van Dassen, 1979). Dit verklaart waarom de betrokkenen in bovenstaande voorbeelden elk voor zich anders voelden en handelden. Zij hadden namelijk ieder een andere kijk op de situatie en ze hielden er andere gedachten op na.

We kunnen dit samenvatten in de volgende stelling:
'*We voelen zoals we denken*' (Diekstra & Van Dassen, 1979)

Gedachten – gevoelens – handelingen

Onze handelingen volgen gewoonlijk onze gevoelens. Wat we doen zal meestal afhangen van wat we in een bepaalde situatie denken en voelen. Dus: *gedachten* veroorzaken *gevoelens* die op hun beurt weer *handelingen* teweegbrengen (Diekstra & Van Dassen, 1979). In deze theorie blijven buiten beschouwing de gevoelens die veroorzaakt worden door drugs, hormonen, en dergelijke. Deze stelling betekent dat de schematische weergave herzien moet worden en wel als volgt (zie figuur 11.4):

Figuur 11.4 **Gedachten, gevoelens en handelingen**

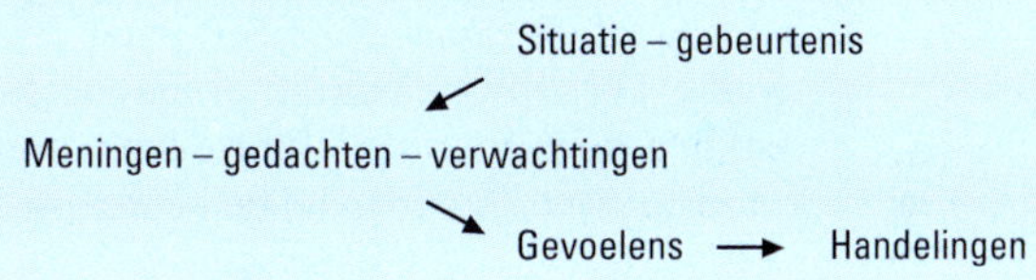

Standpunt – gevoel

Verder redenerend kunnen we zeggen dat hoe extremer ons *standpunt* over een gebeurtenis is, hoe heftiger ons *gevoel* en handelen ten aanzien van die gebeurtenis zijn.
De reden dat de leraar van Vincent erg boos reageerde, was omdat hij in dit geval dacht: "Het zal Vincent eens niet zijn. Die kan de laatste tijd nergens met zijn vingers meer van afblijven!'
De directeur daarentegen dacht: 'Daar gaat mijn boek. Even zorgen dat hij het zelf betaalt.' Hierdoor waren zijn gevoelens en handelen veel gematigder.

Tussenvraag 11.3
Welke rol speelt het denken in relatie tot een gebeurtenis en ons handelen?

In de cognitieve benadering staat centraal hoe we voelen en handelen. Daaruit volgt de volgende redenering: als iemand anders gaat denken over een situatie, zal hij ook anders voelen en zal hij daarom anders handelen in die situatie.

■ **Voorbeeld 11.4**
Een leraar heeft net een verkeersles gegeven. De leerlingen moeten nu in hun werkschrift plaatjes bij de behandelde les plakken. Een van de leerlingen zit voor zich uit te kijken en doet niets. De leraar geeft hem een aansporing, maar als hij na vijf minuten opkijkt, blijkt de leerling nog steeds niets gedaan te hebben. De leraar raakt geïrriteerd en begint zich steeds meer op te winden. Op een gegeven moment stapt hij naar de leerling toe met het voornemen hem flink de mantel uit te vegen. Hij komt bij zijn tafel, maar voordat hij iets heeft kunnen zeggen, zegt de leerling: 'Meester, mijn opa is gisteren doodgegaan.' De leraar toont zijn medeleven en laat het niet-werken verder voor wat het is.

Wat hier gebeurt, is dat de kwaadheid van de leraar is omgeslagen in medelijden. De drastische ommekeer in gevoelens in dit voorbeeld komt niet doordat de gebeurtenis is veranderd. Nee, louter en alleen ten gevolge van nieuwe kennis kijkt de leraar op een heel andere manier tegen de situatie aan.

Verandering gedachten – verandering gevoelens

Met andere woorden: *Een verandering van gedachten veroorzaakt een verandering van gevoelens* (Diekstra & Van Dassen, 1979).
Dit is de kern van de theorie van de cognitieve benadering. Dit betekent namelijk dat iemand in een bepaalde situatie anders kan gaan voelen en handelen, terwijl hij eerst dacht hiertoe niet in staat te zijn.

Ellen geeft in haar dagboek in de openingscasus aan niet meer te weten wat ze moet doen. Zij heeft naar haar idee alles geprobeerd en niets werkt. Dit zijn gedachten en gevoelens die ervoor zorgen dat zij bij de pakken neerzit en de situatie over zich heen laat komen.

Tussenvraag 11.4
Hoe kan iemand volgens de cognitieve benadering komen tot ander handelen?

Gevoelens zijn nodig

Ieder mens heeft zijn eigen gevoelens. De intensiteit ervan verschilt van mens tot mens. *Gevoelens op zichzelf zijn nodig.* Iemand zal zelden aangename gevoelens uit de weg gaan, maar ook onaangename gevoelens hebben zin. Zo kan bijvoorbeeld verdriet helpen bij het verwerken van een rouwproces; met boosheid kan iemand zijn ongenoegen met betrekking tot een bepaalde situatie kenbaar maken opdat de ander(en) hierop zullen reageren.
Echter, onaangename gevoelens zijn alleen dan zinnig als ze duidelijk in verband staan met de werkelijkheid (de situatie) en bijdragen tot een

adequate manier van reageren. Kenmerkend is dat ze na enige tijd weer verdwijnen.
Soms echter zijn gevoelens te hevig in verhouding tot een situatie; ze komen telkens terug of duren te lang voort. Het zit je erg dwars dat je je zo voelt, je zou liever willen dat je je anders voelde. Als dit zo is, dan zijn de gevoelens niet zinnig meer. Integendeel, dikwijls verhinderen ze je dan *adequaat te reageren en te handelen*. De kans is zeer groot dat dergelijke gevoelens het gevolg zijn van 'niet-zinnige' gedachten.

Adequaat reageren en handelen

We noemen dergelijke *gedachten irrationeel*. Er is een belangrijk onderscheid tussen rationele en irrationele gedachten.

Rationele gedachten

Rationele gedachten zijn gedachten die maken dat we ons prettig voelen of dat we gevoelens als schuld, angst, woede, depressie in een zodanige vorm ervaren, dat deze in verhouding staan tot de situatie of gebeurtenis. Het is dus niet zo dat het gedachten zijn die leiden tot het afvlakken of onderdrukken van gevoelens. Kenmerkend voor gevoelens die voortkomen uit rationele gedachten is dat ze tijdelijk zijn en niet een opzichzelfstaand leven gaan leiden. Als die nare gevoelens niet te hevig zijn en niet te lang duren, kunnen ze ons helpen om adequaat te handelen en om problemen effectief op te lossen.

■ **Voorbeeld 11.5**

Een leraar komt na een vermoeiend weekend, bepaald niet uitgerust, op maandagmorgen op school. Eenmaal binnen spreekt de directeur hem aan met de mededeling, dat de leraar de lezing van die avond van hem moet overnemen, omdat deze om dringende redenen niet aanwezig kan zijn.
In deze situatie kan de leraar verschillende dingen denken:

- 'Hè, wat vervelend nou. Nu moet ik m'n afspraak om half vier met mevrouw Van der Vlught afzeggen, omdat ik die lezing moet voorbereiden.'
- 'O jee, van dat onderwerp weet ik weinig. Ken ik niet iemand, die er meer van weet en die het van me over zou willen nemen?'
- 'Wel p...! (krachtterm). Ik had het kunnen weten. Eerst dat rot weekend en nu dit ook nog!'
- 'Het is ook altijd hetzelfde. Op belangrijke momenten schittert hij door afwezigheid en zadelt een ander op met de rotklussen. Zo kan ik ook directeur zijn!'

Verhouding situatie en gevoelens

De eerste twee gedachten zijn rationeel, wat valt af te leiden uit het feit dat de mate van vervelende *gevoelens in verhouding* is met de aard van de *situatie* en de leraar adequaat probeert te handelen. Dit geldt niet voor de laatste twee gedachten. Deze zijn dan ook irrationeel.

Irrationele gedachten

Irrationele gedachten zijn gedachten die gevoelens met zich meebrengen, waarvan de hevigheid niet in verhouding staat tot de situatie en/of die (onnodig) langdurig zijn. Bijvoorbeeld lang wroeging voelen of vaak angstig of woedend zijn. Daardoor zijn we dikwijls niet meer in staat om adequaat te reageren. Bovendien zien we vaak dat er nog meer problemen bijkomen in plaats dat het aanvankelijke probleem wordt opgelost. In voorbeeld 11.5 is het gevolg van de irrationele gedachten van de leraar dat hij zich die morgen afreageert op de klas. Later heeft hij hier weer spijt van. Wellicht zit iemand die zo reageert tussen de middag voortdurend te mopperen over de situatie, terwijl hij deze tijd had kunnen gebruiken om de avond voor te bereiden (adequaat handelen).

Tussenvraag 11.5
Geef het verschil aan tussen rationele en irrationele gedachten.

Drie veelvoorkomende irrationele gedachten
Als we onszelf gedurende enige tijd zouden kunnen beluisteren, zouden we merken dat we woorden als 'moet', 'altijd' en 'nooit' en 'verschrikkelijk' veelvuldig gebruiken. Meestal houdt dit taalgebruik een (sterke) overdrijving in, en gaan er heftige gevoelens mee gepaard. Niet zozeer de woorden roepen deze overdrijving op, als wel de houding van de spreker die erachter schuilgaat, en zijn neiging om te overdrijven. Er zijn drie groepen van veelvoorkomende irrationele gedachten:
a moetisme
b absolutisme
c dramatiseren.

Ad a Moetisme
Het gebruik van het woordje 'moet' of 'moeten' is een vorm van jezelf onnodig onder druk zetten. Van een wens wordt een eis gemaakt, en wel veelal een irreële eis. Wanneer je zegt dat iets moet, zou dat inhouden dat het dus zo zou lopen zoals jij dat wilt; dit betekent dat als jij zou willen dat het gras voortaan paars zou zijn, dat ook zou gebeuren. Hoe kunstmatig dit voorbeeld ook lijkt, het maakt wel duidelijk hoe onzinnig en irreëel het gebruik van 'moet' is. Je wilt hoogstens iets heel graag, maar 'het moet' niet. Je wilt graag goed kunnen opschieten met de kinderen uit je klas, maar als je zou zeggen dat het moet, is bij uitblijvend succes de kans op gevoelens van onkunde, teleurstelling, onmacht enzovoort erg groot. En dat het niet volledig lukt is een aan zekerheid grenzende waarschijnlijkheid. Moetisme (van Londen e.a., 1979) is zo irrationeel, omdat het leidt tot allerlei onnodig onaangename gevoelens.
Het woordje 'moet' is op zijn plaats:
- als de gebeurtenissen onderhevig zijn aan natuurwetten (Als je een krijtje loslaat, moet het vallen, dat is de wet van de zwaartekracht.);
- als aan alle voorwaarden is voldaan om iets te laten gebeuren.

We geven een paar voorbeelden.

■ Voorbeeld 11.6
Een landkaart die aan de muur hangt, valt naar beneden. Dit *moet* gebeuren, omdat aan de voorwaarden voldaan is, namelijk de spijker is niet groot/stevig genoeg om de landkaart te dragen. Als niet aan alle voorwaarden is voldaan, hoeft iets niet logischerwijs te gebeuren en zal het ook niet gebeuren. Als de spijker stevig genoeg was geweest zou de kaart niet zijn gevallen.
Als een kind aan het eind van de pauze de bel niet hoort, daarop naar binnen loopt, zijn jas uittrekt en de klas ingaat (dit zijn de voorwaarden om op tijd in de klas te zijn), dan kan het niet bijtijds in de klas zijn. Het is dan ook irrationeel om te denken: 'Hij had op tijd in de klas *moeten* zijn', want niet aan alle voorwaarden was voldaan.
Als je je examen wilt halen, moet je de stof leren.

Het antwoord op de vraag 'Moet het?' is bijna altijd: 'Nee, het moet niet! Wij *willen* het graag.' Als wij willen dat iets gebeurt, kunnen we proberen de voorwaarden tot stand te brengen om het te laten gebeuren.

Ad b Absolutisme
Vaak maken mensen zonder dat zij er erg in hebben kwistig gebruik van de woorden 'absoluut', en 'altijd' en 'nooit'. 'Hij luistert nooit'; 'zij is altijd vervelend'; 'hij kan zich absoluut niet concentreren.' Ook deze woorden houden een overdrijving in. Het zal maar zeer zelden voorkomen dat een kind altijd vervelend is, of zich absoluut niet kan concentreren. Dergelijke beweringen zullen dan ook meestal niet waar zijn. Het gebruik van dergelijke termen leidt tot sterke gevoelens van boosheid, machteloosheid en wanhoop. Zij hebben een absoluut karakter en daardoor is de leraar vaak niet in staat goede momenten te zien, ze op waarde te schatten en er gebruik van te maken om het probleem aan te pakken.

Ad c Dramatiseren
Het gebruik van woorden als 'verschrikkelijk', 'rampzalig', 'ontzettend' en 'afschuwelijk' houdt meestal een irreële overdrijving in. Wanneer je iets verschrikkelijk noemt, maak je van een teleurstelling een ramp of een catastrofe. Door een dergelijke manier van denken maak je van een ongemakkelijke of onfortuinlijke situatie iets ergs, terwijl je die situatie hoogstens als ongemakkelijk of onfortuinlijk hoeft te beschouwen (Diekstra & Van Dassen, 1979).

Het onderscheiden van rationele en irrationele gedachten is zo belangrijk, omdat het de sleutel biedt tot hoe we onze gevoelens en handelingen kunnen veranderen. De praktische toepassing van dit principe komt in het volgende hoofdstuk aan de orde.

Tussenvraag 11.6
Noem drie veelvoorkomende irrationele gedachten en licht toe waarom deze irrationeel zijn.

11.4 Waarde van de cognitieve benadering in de klas

Hoe vaak komt het niet voor dat je je – terwijl je met de kinderen bezig bent – eerst geweldig opwindt over iets, maar op een gegeven moment denkt: 'Ach, zo erg is het ook weer niet, ik maak me eigenlijk druk om niets.' Hierdoor ontdoe je je van onnodige opwinding, waardoor je adequater kunt handelen en de omgang met de kinderen plezieriger zal zijn.
Dit is in een notendop de essentie van het rationeel denken en een demonstratie van de waarde ervan in de klas. Elke leraar zal het liefst zo lesgeven dat hij zo min mogelijk gehinderd wordt door (hevige) negatieve gevoelens, die hem in zijn handelen belemmeren. Deze wens moet, zoals ook al eerder gezegd, niet leiden tot het aankweken van een onverschillige, onkwetsbare houding. De wens houdt in dat een leraar

kan besluiten een probleemsituatie aan te pakken door te proberen zijn eigen gevoelens en gedrag te veranderen. Rationeel denken stelt een leraar in staat zo efficiënt mogelijk zijn doel (namelijk zo goed mogelijk lesgeven op een zo prettig mogelijke manier) te bereiken zonder een ongewenst conflict met zichzelf of met zijn omgeving. Het is van belang de term ongewenst juist te begrijpen: ongewenst conflict verwijst alleen naar wat de betreffende persoon niet *wil* accepteren.

We keren nog even terug naar Ellen uit de openingscasus.
Ellen ziet het niet meer zitten. Dit is het gevolg van allerlei gedachten, die als irrationeel te bestempelen zijn. Het dagboek maakt dit duidelijk.
'Ik word doodziek van Bob.
Je hebt ook helemaal niets aan Jan.
Jan en Michiel zullen mij zeker afvallen bij de ouders.
Ik sta er helemaal alleen voor.
Ik haal de herfstvakantie zo niet.'
Dit zijn gedachten die gemakkelijk een eigen leven gaan leiden. Zij leiden niet tot gevoelens die in verhouding staan tot de situatie en helpen niet om adequaat te handelen. Integendeel, zij leiden tot wanhoop en bij de pakken neerzitten. Als Ellen zo blijft denken, krijgt zij gelijk dat zij de herfstvakantie niet haalt!

■ ■ ■ Samenvatting

In dit hoofdstuk staat de opvatting centraal dat gevoelens en gedrag nooit veroorzaakt kunnen worden door een situatie, maar dat zij het directe gevolg zijn van de gedachten van de persoon over die situatie. Een verandering van gevoelens en gedrag kan men teweegbrengen door de daaraan voorafgaande gedachten aan een kritische beschouwing te onderwerpen en door die gedachten, die niet rationeel blijken te zijn (dat wil zeggen dat ze leiden tot buitenproportioneel onaangename gevoelens en inadequaat gedrag) te vervangen door rationele gedachten.

Kernbegrippenlijst

Absolutisme Woorden als 'absoluut', en 'altijd' en 'nooit' houden een overdrijving in. Het zal maar zeer zelden voorkomen dat een kind altijd vervelend is, of zich absoluut niet kan concentreren. Dergelijke beweringen zijn zelden waar. Dergelijke woorden hebben een absoluut karakter en daardoor is iemand vaak niet in staat adequaat op een situatie te reageren.

Acceptatie Het aanvaarden van de ander als persoon met zíjn meningen en gevoelens.

Acceptatiegrenzen Onder invloed van verschillende factoren zijn er wisselingen in datgene wat iemand wel en niet accepteert. Het is van belang dat een leraar vaststelt wat de grenzen zijn van zijn acceptatievermogen (zie ook uiterste acceptatiegrens).

Cognities De gedachten, ideeën, denkbeelden, inzichten die iemand heeft met betrekking tot zichzelf en de wereld om hem heen.

Cognitieve benadering De cognitieve theorie houdt zich bezig met de mentale processen (geheugen, leren en denken, waarnemen, problemen oplossen) en de invloed daarvan op de verwerking van informatie.

Doceer-leergebied In de acceptatierechthoek van Gordon onderscheiden we een deel met de aanvaardbare gedragingen: het acceptatiegebied. In dit gebied hoeft de leraar niet te mopperen, boos te worden, te straffen enzovoort. De leerling kan in rust leren. In dit gebied vindt het leren en doceren plaats.

Dramatiseren Woorden als 'verschrikkelijk', 'rampzalig', 'ontzettend' en 'afschuwelijk' houden meestal een irreële overdrijving in. Door een dergelijke manier van denken maak je van een ongemakkelijke of onfortuinlijke situatie iets ergs, terwijl je die situatie hoogstens als ongemakkelijk of onfortuinlijk hoeft te beschouwen. Dit staat adequaat handelen in de weg.

Moetisme Het woord 'moet' of 'moeten' is een vorm van overdrijven. Van een wens wordt een eis gemaakt, en wel een veelal irreële eis. Wanneer je zegt dat iets moet, zou dat inhouden dat het dus zo zou lopen zoals jij dat wilt. Je wilt hoogstens iets heel graag, maar 'het moet' niet. Moetisme is zo irrationeel, omdat het leidt tot allerlei onnodig onaangename gevoelens.

Irrationele gedachten Dat zijn gedachten die gevoelens meebrengen, waarvan de hevigheid niet in verhouding staat tot de situatie en/of die (onnodig) lang duren. Dikwijls verhinderen dergelijke gedachten je adequaat te reageren en te handelen.

Rationeel-emotieve therapie (R.E.T.)
Dit is de term voor de opvattingen van Albert Ellis. Ellis (geb. 1913) is zich in de loop van zijn leven steeds meer gaan interesseren voor de invloed die mensen zelf op hun gedrag kunnen uitoefenen. Zijn opvatting is dat de mens door middel van de rede inzicht kan krijgen in de drijfveren van zijn handelen en dat hij daardoor tot veranderen in staat is.

Rationele gedachten
Dit zijn gedachten die maken dat we ons prettig voelen of dat we gevoelens in een zodanige vorm ervaren, dat deze in verhouding staan tot de situatie of gebeurtenis. Deze gevoelens zijn tijdelijk en gaan niet een opzichzelfstaand leven leiden. Als die nare gevoelens niet te hevig zijn en niet te lang duren, kunnen ze ons helpen om adequaat te handelen en om problemen effectief op te lossen.

R.E.T.
Rationeel-Emotieve Therapie.

Uiterste acceptatiegrens
Ongeacht de problemen van het kind, blijft er altijd een gebied van principieel onaanvaardbaar gedrag. Een leraar dient dus altijd voor zichzelf – in overeenstemming met het schoolbeleid – zijn uiterste acceptatiegrens vast te stellen.

Vragen

11.1 Hieronder staat een aantal uitspraken.
Bekijk eens of deze rationeel of irrationeel zijn. Motiveer je antwoord en probeer de irrationele uitspraken om te zetten in rationele.

a Hij kan zich absoluut niet concentreren.
b Hij vraagt om een oplawaai.
c Wat vervelend dat hij te laat is.
d Hij moet binnen een kwartier zijn rekenen afhebben.
e Had ik nou toch maar ingegrepen.
f Doe ik het goed?
g Het zal Pim eens niet zijn!
h Waarom moest mij dat nou overkomen?
i Ik vind hem vandaag knap lastig.

11.2 Geef aan waarom vooroordelen horen tot de irrationele gedachten.
Voorbeelden zijn:
'Oh, niet weer een kind van de familie Van der Vlam in de klas.'
'Linkshandige kinderen hebben moeite met schrijven.'
'Die kinderen van Hindoestaanse afkomst laten nooit blijken wat er in hen omgaat.'

11.3 Vergelijk de gedachten van Ellen uit de openingscasus van 14 september en erna en geef de verschillen aan.

12 Cognitieve benadering in de praktijk

De kracht van het rationele denken schuilt in de praktische bruikbaarheid ervan in die situaties waarin iemand zich graag rustiger zou willen voelen en gerichter zou willen handelen. Wat daarbij komt kijken, bespreken we in dit hoofdstuk. In paragraaf 12.1 werken we de definitie van het vorige hoofdstuk uit dat onze gedachten over een gebeurtenis bepalen hoe we ons in die situatie zullen voelen en gedragen. In paragraaf 12.2 laten we zien hoe je op praktische wijze kunt komen tot het veranderen van gedachten en dus ook van gevoelens en handelen. In paragraaf 12.3 komt aan de orde hoe je zo vertrouwd kunt raken met de cognitieve benadering dat deze een plaats krijgt in je dagelijks reageren en handelen. In paragraaf 12.4 ten slotte bespreken we hoe ook voor kinderen met problemen de cognitieve benadering een hulpmiddel kan zijn.

12.1 ABC van emoties

Gedachten bepalen gevoelens en gedragingen

In het vorige hoofdstuk lazen we dat *gedachten* over een gebeurtenis *bepalen welke gevoelens en welke gedragingen* op die gebeurtenis zullen volgen. Als we nu de gebeurtenis 'A' noemen, de gedachten 'B' en de gevoelens en gedrag 'C', dan kan iedere emotie en de daaropvolgende handelingen als een optelsom beschreven worden.

A = de gebeurtenis, je neemt iets waar.
B = je interpretatie van de gebeurtenis (gedachten erover).

C = (de uitkomst van A en B samen) het lichamelijk effect, het gevoel, en het gedrag dat daarbij hoort.

Dus: A + B = C.

Voorbeeld 12.1

Op de grote weg word je flink gesneden door een andere auto (A). Je kunt denken: 'Die snelheidsmaniak, en de politie is natuurlijk weer nergens te bekennen!' (B). Het gevolg is woede, een snel kloppend hart, schelden en op je toeter drukken (C).

Dit kunnen we schematisch weergeven, zoals te zien in figuur 12.1.

Figuur 12.1 **Het ABC van emoties**

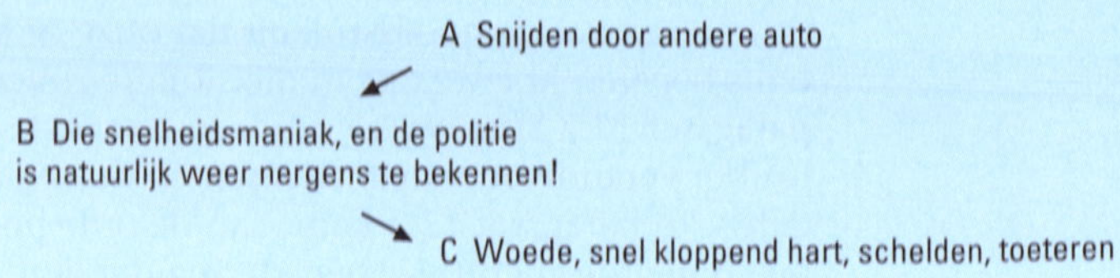

C komt dus niet uit de lucht vallen, A + B gaan er altijd aan vooraf. Daarbij is B het belangrijkste. Als je in bovenstaande situatie (A) iets anders denkt (B), volgen andere gevoelens en gedragingen (C). Bijvoorbeeld: een logisch gevolg van de gedachte: 'Tja, dat is een nadeel als je veel op de weg zit', is dat je niet woedend wordt, maar slechts geïrriteerd. Je zult bovendien anders handelen: je toetert niet en neemt hoogstens wat gas terug. In figuur 12.2 is dit weergegeven.

Anders willen voelen en handelen

Gedachten beoordelen op rationaliteit

Vergelijking van figuur 12.1 en 12.2 maakt duidelijk dat een verandering van B een andere C tot gevolg heeft. Van dit gegeven kun je gebruikmaken in die situaties waarin je *anders wilt voelen en handelen*. 'Anders' houdt hier in dat je (onaangename) gevoelens in verhouding staan tot de situatie, waardoor je tot adequa(a)t(er) handelen in staat bent. Hiertoe dien je je *gedachten* bij B te gaan *beoordelen* op hun *rationaliteit*.
Het is niet altijd gemakkelijk om uit te maken of onze gedachten rationeel of irrationeel zijn. We denken bepaalde dingen vaak al heel lang. Dan zijn het denkgewoonten, waarvan we zelf niet zo gauw zullen zeg-

Figuur 12.2 **Het ABC van emoties: een andere benadering**

A Snijden door andere auto

B Die snelheidsmaniak, en de politie is natuurlijk weer nergens te bekennen!

C Woede, snel kloppend hart, schelden, toeteren

B Tja, dat is een nadeel als je veel op de weg zit

C Irritatie, niet toeteren, gas terugnemen

gen dat het onzin is. Ook zijn we ons niet altijd bewust wat onze gedachten zijn en leiden deze als het ware automatisch tot gevoelens en handelingen.
Een manier om er achter te komen of je gedachten rationeel zijn of niet, is: de gedachten (kort) omschrijven en vervolgens antwoord geven op de volgende vier vragen.

1 Is deze gedachte waar? Dat wil zeggen, gebaseerd op de objectieve werkelijkheid? (Kan een camera het zien/horen?)
2 Leidt deze gedachte ertoe dat ik mijn doel bereik?
3 Leidt deze gedachte ertoe dat ik ongewenste gevoelens voorkom?
4 Leidt deze gedachte ertoe dat ik ongewenste conflicten vermijd?

Is het antwoord op de meeste vragen 'ja', dan is de gedachte rationeel. Echter, wat voor de één rationeel is, hoeft het voor de ander niet te zijn, je bepaalt altijd voor jezelf wat rationeel is, afhankelijk van je eigen doel, met deze vier vragen.

■ Voorbeeld 12.2

We gaan uit van de gedachte: 'Had ik maar bijtijds ingegrepen'.
Vraag 1: Is deze gedachte waar?
Antwoord: Nee, je hebt niet ingegrepen, dus kan het niet waar zijn.
Vraag 2: Leidt deze gedachte ertoe dat ik mijn doel bereik?
Antwoord: Je kunt je doel niet meer bereiken, omdat de gebeurtenis al verleden tijd is. Het antwoord is dus nee.
Vraag 3: Leidt deze gedachte ertoe dat ik ongewenste gevoelens voorkom?
Antwoord: Nee, je bezorgt jezelf alleen maar schuldgevoelens door je druk te maken over iets wat al gebeurd is.
Vraag 4: Leidt deze gedachte ertoe dat ik ongewenste conflicten vermijd?
Antwoord: Nee, iets wat al gebeurd is, kun je niet meer voorkomen.

Op alle vier vragen is het antwoord 'nee', dus het is geen rationele gedachte.

Alle irrationele gedachten systematisch vervangen

Om nu te komen tot gewenst gevoel en gedrag, ga je *alle irrationele gedachten systematisch vervangen* door rationele gedachten. Deze methode noemen we de cognitieve benadering.

■ ■ ■ 12.2 ABC-schema

Gedachten veranderen niet vanzelf

Gedachten veranderen niet vanzelf, je zult er moeite voor moeten doen. Hoe de cognitieve benadering hierbij gebruikt kan worden, zullen we hierna uiteenzetten.

- De gebeurtenis – A – is een vast gegeven. Beschrijf deze zo objectief mogelijk. Denk hierbij aan het verschil tussen observeren en interpreteren uit het gedeelte over gedragsbeïnvloeding: beschrijf de gebeurtenis dus in termen van waarneembaar gedrag.
- Vervolgens worden de ongewenste gevoelens en gedragingen, die direct volgen op de gebeurtenis bij A, beschreven. Dit is C.
- Zoals we hebben laten zien, kan een gebeurtenis nooit gevoelens en gedrag veroorzaken, maar zijn deze het gevolg van de (irrationele) gedachten, die daaraan vooraf zijn gegaan. Dit is B (irrationele gedachten).

Tot nu toe zijn alleen de ongewenste gevoelens en gedragingen aan de orde geweest.

- Het doel is echter te komen tot *gewenste* gevoelens en gedrag. Dit doen we door in het schema eerst C (ongewenst gevoel/gedrag) te vervangen door een beschrijving van het door jou gewenste gevoel en gedrag. Dit is C'. Dit gewenste gevoel en gedrag ontstaat echter niet vanzelf.
- Er zullen rationele gedachten aan vooraf moeten gaan. Daarom worden irrationele gedachten bij B stuk voor stuk vervangen door rationele gedachten. Dit is B'. Zo komen we tot het volgende werkschema, weergegeven in figuur 12.3.

Figuur 12.3 **Het ABC -schema**

A gebeurtenis
↙ ↘
B Irrationele gedachten | B' Rationele gedachten
↓ | ↓
C Ongewenst gevoel + gedrag | C' Gewenst gevoel + gedrag

Bij het invullen van het schema volgen we dus de weg:
A C B C' B'

Ter illustratie zullen we de cognitieve benadering gebruiken bij de irrationele gedachten van Ellen uit de openingscasus.

De situatie tussen Ellen en Bob is behoorlijk uit de hand gelopen. Ook de relatie met de ouders van Bob en met Michiel staat sterk onder druk. Ellen ziet het helemaal niet meer zitten en toch moet zij Bob weer in de klas opnemen. Als zij blijft denken zoals in de laatste dagen van haar dagboek beschreven staat, is te verwachten dat het al heel snel weer mis zal lopen. Ellen wil op de een of andere manier weer ruimte voor zichzelf creëren en de relatie met Bob in een rustiger vaarwater zien te krijgen. Na haar gesprek met de schoolbegeleider besluit zij gebruik te maken van de cognitieve benadering.

We gaan nu het ABC-schema gebruiken. Voor we het schema gaan invullen, geven we hieronder nog even een korte samenvatting van de te volgen stappen:

1 Eerst geef je de gebeurtenis (A) zo objectief mogelijk weer (geen interpretaties).
2 Vervolgens beschrijf je bij (C) de gevoelens en gedragingen, die je wilt veranderen.
3 Vul nu bij (B) zoveel mogelijk gedachten in, die aan deze ongewenste gevoelens en gedragingen vooraf zijn gegaan. Het is aan te raden deze gedachten stuk voor stuk te nummeren.
4 We gaan nu naar de rechterhelft van het schema en vullen bij C' in, hoe je een volgende keer zou willen voelen en handelen.
5 Zoals gezegd ontstaan gevoelens en gedrag niet vanzelf, maar gaan er gedachten aan vooraf. Hoe komen we nu aan rationele gedachten (B'), die aan het gewenste gevoel en gedrag vooraf zouden moeten gaan? Dit bereik je door elke gedachte bij B te toetsen op zijn rationaliteit aan de hand van de vier vragen uit paragraaf 12.1. De gedachte is irrationeel als het antwoord op de meeste vragen 'nee' is. Voor elke irrationele gedachte bij B moet bij B' een gedachte geplaatst worden, die op de meeste van de vier vragen tot een 'ja-antwoord' leidt (en die dus rationeel is). We passen het voorgaande toe aan de hand van het conflict tussen Ellen en Bob uit de openingscasus.

A *Gebeurtenis*
Ik heb conflicten met Bob. Hij voert opdrachten niet uit die ik hem geef. Hij praat door instructies heen. Hij geeft brutale antwoorden als ik hem iets vraag, spreekt me vaak tegen.

De lerares beschrijft nu eerst hoe zij zich op het moment voelt en hoe zij handelt in deze situatie. Deze gevoelens en haar handelen zijn gemakkelijk terug te vinden in haar dagboek.

C *Ongewenste gevoelens en gedrag*
- Ik voel mij compleet onderuitgehaald door Michiel en Jan.
- Ik ben woedend.
- Ik wil Bob niet meer in de klas.
- Ik word steeds nerveuzer van Bob en zijn maatjes.
- Ik voel mij een hopeloze leraar.

Deze gevoelens en gedragingen vloeien voort uit een aantal gedachten, die ook in het dagboek te vinden zijn.

B *Huidige gedachten*
- Jan en Michiel zullen mij zeker afvallen bij de ouders.
- Hoe durven die ouders een klacht in te dienen, ik zal hun eens vertellen wat een vreselijk zoontje zij hebben.
- Ik word doodziek van Bob en zijn maatjes.
- Ik wil hem niet meer terug in de klas.
- Ik weet niet meer wat ik moet doen, ik kan blijkbaar niets meer van lesgeven.

Deze gedachten leiden tot sterk negatieve gevoelens bij Ellen en tot een weinig succesvolle handelwijze.

Tussenvraag 12.1
In het dagboek zijn nog wel meer gedachten te vinden die bij Ellen leiden tot haar huidige gevoelens en gedrag. Noem er nog drie.

Na het gesprek met de ouders, Jan en Michiel moet Ellen Bob weer in de klas nemen. Het is natuurlijk niet de bedoeling dat zij eraan onderdoor gaat. Dat betekent dat zij voor zichzelf duidelijk moet krijgen hoe zij zich dan wel zou willen voelen en hoe zij zou willen handelen.

C′ *Gewenste gevoelens en gewenst handelen*
- Ik wil steun van Jan en Michiel, en mij niet uit het veld laten slaan als dat soms niet gebeurt.
- Ik wil minder heftig reageren – niet zo woedend worden en me zo machteloos voelen – in de eerste plaats op Bob, maar ook op Jan, Michiel en de ouders van Bob.
- Ik wil Bob weer in de klas nemen en hem en mijzelf een echte kans geven.
- Ik wil weer vertrouwen krijgen in mijn eigen kunnen.
- Ik wil weten wat ik kan doen om hem effectief aan te pakken en ook wat ik kan doen als het mij toch te veel dreigt te worden.

Als Ellen zich echt zo wil voelen en zo wil handelen, is het nodig dat zij anders gaat denken. Haar gedachten – bij B – leiden tot de huidige ongewenste gevoelens en gedrag. Zij moet dus haar huidige gedachten toetsen op rationaliteit en irrationaliteit aan de hand van de vier vragen in paragraaf 12.1. Vervolgens moet zij elke gedachte die irrationeel blijkt te zijn, vervangen door een rationele gedachte, dus een gedachte die wel op de meeste van de vier vragen tot een 'ja-antwoord' leidt (= B′).
We gaan weer terug naar de openingscasus.

1 Jan en Michiel zullen mij zeker afvallen bij de ouders

- Is deze gedachte waar?
  Nee, dit staat niet al bij voorbaat vast. Tenzij Jan en Michiel dit van tevoren meegedeeld hebben.
- Leidt deze gedachte tot het bereiken van mijn doel?
  Nee, met deze gedachte ga je ervan uit dat er van Jan en Michiel geen hulp te verwachten is. Dat leidt tot een gevoel dat je er alleen voor staat, tot machteloosheid, afhankelijkheid en daarmee eerder tot het gevoel dat de situatie niet op te lossen is. Je zult je moeten afvragen in hoeverre de steun van Jan en Michiel nodig is, en zo ja, hoe kun je dan steun kunt krijgen.
- Leidt deze gedachte tot het voorkomen van ongewenste gevoelens?
  Nee, deze gedachte leidt eerder tot versterking van de aanwezige negatieve gevoelens; er kan bijvoorbeeld gemakkelijk bitterheid ontstaan.
- Leidt deze gedachte tot het vermijden van ongewenste conflicten?
  Nee, doordat je al uitgaat van het ontbreken van steun, zal iedere nieuwe situatie waarin dat ook inderdaad zo is, tot heftige gevoelens leiden. Als je niet oppast, worden de negatieve gevoelens jegens Jan en Michiel alleen maar sterker.

Vier keer 'nee', deze gedachte is dus irrationeel en moet worden vervangen.
Een rationele gedachte zou kunnen zijn:
B1′ Ik zou steun willen hebben van Jan en Michiel of ik zou ten minste willen dat zij mij niet afvallen in mijn nieuwe aanpak van Bob. Maar ik wil ook het gevoel hebben dat ik het aankan, als zij die steun niet geven.

2 Hoe durven die ouders een klacht in te dienen, ik zal hun eens vertellen wat een vreselijk zoontje zij hebben.

- Is deze gedachte waar?
  Nee. Ellen vindt hem een vreselijk ventje, maar andere leraren op school delen die mening niet. De gedachte getuigt van absolutisme.
- Leidt deze gedachte tot het bereiken van mijn doel?
  Nee, deze gedachte leidt er niet toe dat je je doel bereikt. Integendeel, met een dergelijke gedachte maak je het jezelf moeilijk Bob een nieuwe kans te geven (je nieuw geformuleerde gevoelens en handelen).
- Leidt deze gedachte tot het voorkomen van ongewenste gevoelens?
  Nee, door je heftige reactie versterk je alleen maar de opwinding, terwijl het juist je wens is minder heftig te reageren.
- Leidt deze gedachte tot het vermijden van ongewenste conflicten?
  Uitgesproken 'nee'. Als je dit zou doen, heb je een groot conflict met de ouders.

Vier keer nee, deze gedachte is dus irrationeel en dient vervangen te worden. Een rationele gedachte zou kunnen zijn:
B2' Ik wil op basis van feiten de ouders duidelijk maken wat de problemen zijn met Bob in de klas.

3 Ik word doodziek van Bob en zijn maatjes.

- Is deze gedachte waar?
  Het lijkt er wel op, het dagboek lezende, dat Ellen ziek wordt, maar doodziek is toch wel een vorm van dramatiseren. Het antwoord is dus 'nee'.
- Leidt deze gedachte tot het bereiken van mijn doel?
  Nee, het gewenste doel is dat de situatie met Bob weer leefbaar wordt. Dat bereik je niet door deze gedachte. Als je iedere keer dat je zo'n kind ziet denkt, 'ik word doodziek van hem', gaan al je stekels meteen overeind staan en is de kans klein dat je hem een faire kans geeft.
- Leidt deze gedachte tot het voorkomen van ongewenste gevoelens?
  Nee, je wordt heus niet rustiger door telkens te denken dat je doodziek van iemand wordt.
- Leidt deze gedachte tot het vermijden van ongewenste conflicten?
  Nee, een dergelijke gedachte leidt ertoe dat als Bob maar iets doet, je vindt dat hij te ver gaat en je dus heftige maatregelen neemt. Deze gedachte staat proportioneel en adequaat handelen in de weg.
  Deze gedachte is irrationeel.

Een rationele gedachte is:
B3' Ik heb behoorlijk moeite met Bob.

4 Ik wil hem niet meer terug in de klas

- Is deze gedachte waar?
  Ja, deze gedachte is waar in deze situatie.
- Leidt deze gedachte tot het bereiken van mijn doel?
  Nee, de uitkomst van de gesprekken is dat hij terugkomt bij jou in de groep. Je wilt ook een oplossing voor dit probleem, een werkbare situatie voor Bob en jou.
- Leidt deze gedachte tot het voorkomen van ongewenste gevoelens?
  Nee, als je dit blijft denken, geeft dat je een gevoel het onderspit te delven, en voel je je machteloos en somber over de uitzichtloosheid van de situatie.
- Leidt deze gedachte tot het vermijden van ongewenste conflicten?
  Nee, deze gedachte leidt ertoe dat je bij het minste of geringste emotioneel reageert en Bob de klas uitstuurt.

Driemaal 'nee'. De gedachte is dus irrationeel. Een rationele gedachte zou kunnen zijn:
B4' Al kost het mij moeite, ik wil proberen Bob een eerlijke kans te geven. Misschien kan ik wat meer op zijn positieve kanten letten.

5 Ik weet niet meer wat ik moet doen, ik kan blijkbaar niets meer van lesgeven.

- Is deze gedachte waar?
  Nee, niet in deze absolute zin. Op dit moment lukt het niet Bob adequaat aan te pakken, maar met de overige kinderen zijn er geen problemen.
- Leidt deze gedachte tot het bereiken van mijn doel?
  Nee, deze gedachte leidt er op geen enkele manier toe dat je weet hoe je Bob zou kunnen aanpakken.

- Leidt deze gedachte tot het voorkomen van ongewenste gevoelens?
  Nee, uitdrukkingen als 'niets' en 'nooit' getuigen van absolutisme. Dit leidt bijna altijd tot buitenproportionele verheviging van gevoelens.
- Leidt deze gedachte tot het vermijden van ongewenste conflicten?
  Nee, een dergelijke gedachte leidt tot gevoelens van machteloosheid. In zo'n situatie is een geringe aanleiding al genoeg om de situatie te laten escaleren
  Dus: deze gedachte is irrationeel. Een rationele gedachte is:
  B5' Als ik kijk naar de afgelopen jaren en hoe de andere kinderen in de klas functioneren, ben ik best een goede leraar. Ik weet alleen voor Bob tot nog toe kennelijk niet de juiste aanpak.

We vatten het voorgaande als volgt samen in het ABC-schema.

A De situatie
Ik heb conflicten met Bob.

B irrationeel	*B' rationeel*
· Jan en Michiel zullen mij zeker afvallen bij de ouders.	Ik zou steun willen hebben van Jan en Michiel of ik zou ten minste willen dat zij mij niet afvallen in mijn nieuwe aanpak van Bob. Maar ik wil ook het gevoel hebben dat ik het aankan, als zij die niet geven.
· Hoe durven die ouders een klacht in te dienen, ik zal hun eens vertellen wat een vreselijk zoontje zij hebben.	Ik wil op basis van feiten de ouders duidelijk maken wat de problemen zijn met Bob in de klas.
· Ik word doodziek van Bob en zijn maatjes.	Ik heb behoorlijk moeite met Bob.
· Ik wil hem niet meer terug in de klas.	Al kost het mij moeite, ik wil proberen Bob een eerlijke kans te geven. Misschien kan ik wat meer op zijn positieve kanten letten.
· Ik weet niet meer wat ik moet doen, ik kan er blijkbaar niets meer van.	Als ik kijk naar de afgelopen jaren en hoe de andere kinderen in de klas functioneren, ben ik best een goede leraar. Ik weet alleen voor Bob tot nog toe kennelijk niet de juiste aanpak.
C *Ongewenste gevoelens en ongewenst gedrag*	*C' Gewenste gevoelens en gewenst handelen*
· Ik voel mij compleet onderuitgehaald door Jan en Michiel.	Ik wil steun van Jan en Michiel, maar mij niet uit het veld laten slaan als dat soms niet gebeurt.
· Ik ben woedend.	Ik wil minder heftig reageren – niet zo woedend en machteloos –, in de eerste plaats op Bob, maar ook op Jan, Michiel en de ouders van Bob.
· Ik word steeds nerveuzer van Bob en zijn maatjes.	Ik wil weten wat ik kan doen om hem effectief aan te pakken en ook wat ik kan doen als het mij toch te veel dreigt te worden.
· Ik kan niet meer verdragen Bob in de groep te hebben.	Ik wil Bob weer in de klas nemen en hem en mijzelf een echte kans geven.
· Ik voel mij een hopeloze leraar.	Ik wil weer vertrouwen krijgen in mijn eigen kunnen.

Deze casus maakt duidelijk dat bij toetsing van de gedachte het antwoord niet altijd op alle vier vragen 'nee' hoeft te zijn. Naar onze mening wegen vooral de antwoorden op de vragen 2 en 3 zwaar.
Zo'n *ABC*-schema is bedoeld als houvast voor een leraar om zich deze benadering eigen te maken. Het is de bedoeling dat Ellen, als Bob weer in de klas komt, haar gewenste gevoelens kan ervaren en zo tot het door haar gewenste handelen kan komen. Dit lukt niet zo maar, daarvoor zal zij moeite moeten doen. Daarop gaan we in de volgende paragraaf in.

12.3 Zich eigen maken van de cognitieve benadering

Zoals hiervoor aangegeven, is het maken van een ABC-schema alléén natuurlijk niet voldoende om in het dagelijks leven te komen tot gewenste gevoelens en gedragingen (ter vervanging van ongewenste). De rationele gedachten die je in de plaats gesteld hebt van de irrationele, zullen niet altijd direct leiden tot het gewenste gevoel en gedrag. Dit komt doordat je weliswaar rationele dingen hebt *be*dacht, maar nog niet hebt *ge*dacht. De elementen om je anders te voelen en te gedragen zijn wel aanwezig, maar zullen alleen een plaats hebben in je dagelijks doen en laten, als je daar moeite voor doet. Wil de cognitieve benadering effectief zijn, dan *vergt dit tijd en oefening*. Je zou het kunnen vergelijken met blokfluit leren spelen: je kent wel de noten, maar om te komen tot het spelen van muziek, zul je veel en goed moeten oefenen. Ook is het van belang dat de gewenste gevoelens en het gewenste gedrag haalbaar zijn. Denk aan de stelregel bij een gedragsveranderingsprogramma dat met succes veranderen met kleine stapjes gaat. Als het uiteindelijk gewenste gevoel en gedrag veraf ligt van het ongewenste gedrag en gevoel, is het aan te raden met tussendoelen te werken. Weliswaar voel je je niet meteen zoals je zou willen, maar je haalt wel de scherpe kantjes eraf.

Cognitieve benadering vergt tijd en oefening

Oefenen

Hoe gaat *dit oefenen* in zijn werk? Je kunt het op twee manieren doen:
1 oefenen in verbeelding;
2 de cognitieve benadering verkort toepassen.

Ad 1 Oefenen in verbeelding

Oefenen in verbeelding

Als een situatie zich niet zo vaak voordoet of erg moeilijk voor je is, valt aan te raden eerst in je verbeelding te oefenen. Je gaat daarbij als volgt te werk (werk, want het lukt niet als je alléén voor je uit gaat zitten staren). Neem het ABC-schema en stel je een situatie waarin je je onaangenaam voelt, zo levendig mogelijk voor. Het maakt niet uit of het een gebeurtenis is die je al hebt meegemaakt, of iets wat nog komt. Probeer je iedere gedachte (weer) voor de geest te halen. Stel je dan intensief voor dat je nu inderdaad
- rationeel denkt in die situatie; en
- dat je je voelt zoals jij dat in die situatie redelijk vindt: hoogstens ontevreden, teleurgesteld, geprikkeld, maar niet overstuur, en dat je je nu ook adequaat gedraagt.

Dit lijkt misschien kunstmatig, maar in feite doe je dit (waarschijnlijk) al regelmatig, alleen benoem je het dan niet. Iedere keer dat je denkt: 'Dat zal me de volgende keer niet meer gebeuren. Dan probeer ik...' ben je in verbeelding aan het oefenen om zo te denken dat je bij een volgende gelegenheid wel de gewenste gevoelens en handelingen kunt vertonen. Dit is hetzelfde principe als ten grondslag ligt aan de cognitieve benadering.

Ad 2 De cognitieve benadering verkort toepassen
Als een situatie die je onaangename gevoelens bezorgt en die niet te moeilijk is, vaak voorkomt, kun je het rationeel denken en daardoor komen tot gewenste gevoelens en gedrag direct in de praktijk proberen toe te passen: dit is het verkort gebruik van de cognitieve benadering. Op deze manier oefen je in de werkelijkheid.

■ Voorbeeld 12.3

Bij een rapportbespreking raakt een leraar hevig geïrriteerd doordat een vader van een van de leerlingen doorzeurt over het feit dat zijn zoon een $8\frac{1}{2}$ in plaats van een 8 voor rekenen had moeten hebben. De leraar staat op het punt de vader stevig van repliek te dienen. Voordat het echter zover is denkt hij (doelbewust): 'Ach, laat ook maar zitten, over vijf minuten is hij weg.' Hij voelt zijn irritatie wegebben en is blij dat hij zo een onnodige woordenwisseling kon voorkomen.

Als de benadering volgens de uitgangspunten van de cognitieve benadering je nog helemaal niet vertrouwd is, is het aan te raden eerst met een paar situaties in je verbeelding te oefenen. Pas als je enigszins vertrouwd bent met de werkwijze is er resultaat te verwachten van de verkorte toepassing.

Ten slotte geven we nog de volgende opmerkingen mee.

Gedachten gemakkelijker te veranderen dan gevoelens

- Bedenk dat je je *gedachten gemakkelijker kunt veranderen dan je gevoelens*. In het begin zul je daarom soms merken dat je weliswaar de cognitieve benadering toepast, maar nog steeds dezelfde onaangename gevoelens hebt. Dit is een kwestie van tijd en oefening. En er blijven natuurlijk altijd situaties bestaan, waarin de problemen zo gecompliceerd en gevarieerd zijn, dat de cognitieve benadering als hulpmiddel niet toereikend is.

Gedachtepatronen weerbarstig

- In de praktijk blijken bepaalde *gedachtepatronen* behoorlijk *weerbarstig* te zijn. Dit hoeft niet te verbazen, want die gedachten en dus gevoelens vloeien voort uit wie jij bent, uit je persoonlijkheid. Naarmate een situatie je emotioneel dieper raakt, kost veranderen meer inspanning. Het wat rustiger reageren op een onheuse winkelier zal voor menigeen gemakkelijker zijn dan anders handelen met betrekking tot een lastig kind in je klas. In de praktijk komt het dan ook regelmatig voor dat een leraar onder druk van de situatie toch weer volgens zijn oude – ongewenste – gedrag reageert. Het voordeel van (vertrouwd zijn met) het ABC-schema is dat je dan over een instrument beschikt waardoor je snel(ler) je gedrag en handelen kunt veranderen. Daarmee kan een leraar een uit de hand gelopen situatie eerder als een incident zien in plaats van een structureel probleem. Dat vergroot de kans op een goede relatie en daarmee op goed onderwijs.

12.4 Cognitieve benadering bij kinderen

De techniek van de cognitieve benadering is niet alleen toepasbaar voor leraren. Ook kinderen kunnen er baat bij hebben in situaites waarin zij zich niet voelen en gedragen zoals zij zouden willen. Als leraar kun je hen hierbij behulpzaam zijn.

■ Voorbeeld 12.4

Mieke (groep 4) is een meisje dat heel lichtgeraakt is. Een onschuldige opmerking van een klasgenoot, de leraar die niet direct op haar vraag reageert, een pen die het niet doet, allemaal kleine en grotere gebeurtenissen waarop zij boos reageert en soms ook van zich af slaat. De leraar vindt dat er te vaak incidenten zijn die ten koste gaan van het leren en lesgeven. Hij weet ook dat Mieke zelf last heeft van haar gedrag. Hij is bekend met de technieken van de cognitieve benadering en besluit te kijken of dat een manier is, waardoor Mieke kan leren anders te reageren.
De eerstvolgende gebeurtenis grijpt de leraar aan om met Mieke een gesprek te hebben. Het is weer flink misgegaan. Iris, de beste vriendin van Mieke, stoot tijdens de schrijfles Mieke aan, waardoor deze uitschiet met schrijven. Mieke reageert driftig en geeft Iris meteen een stomp, terwijl zij zegt: 'Stom kind'. De andere kinderen van het groepje bemoeien zich ermee. Sergio geeft Mieke een duw en Bram zegt dat zij zelf een stom kind is. De leraar ziet wat er gebeurt en maakt een einde aan de situatie.

Motivatie om te veranderen

In het voorbeeld heeft Mieke zelf ook last van haar gevoelens en gedrag. Dit is een voorwaarde om de cognitieve benadering te kunnen toepassen. Alleen als een kind zijn gedrag en gevoelens als onplezierig ervaart, zal het *gemotiveerd* zijn te *veranderen*.
De aanpak volgt in grote lijnen de stappen van de cognitieve benadering zoals deze in het voorgaande beschreven zijn. Op een enkel onderdeel zijn er verschillen, omdat het gaat om een toepassing van de cognitieve benadering vóór het kind, en niet dóór de persoon zelf. De leraar is als het ware de bemiddelaar tussen het kind en de cognitieve benadering. Het gaat daarbij om de gevoelens, het gedrag en de gedachten van het kind, niet wat de leraar vindt of denkt dat het kind denkt en voelt. Actief luisteren is een goed hulpmiddel om tot een beschrijving te komen van de werkelijke gedachten, het gedrag en de gevoelens van het kind.
Toepassing van de cognitieve benadering samen met een kind verloopt als volgt.

1 Vaststellen van de gebeurtenis: A

De leraar kiest een situatie waar hij zelf bij is geweest. De reden hiervoor is dat als hij het kind een situatie laat beschrijven, het niet zeker is dat het ook zo gebeurd is. Dan is moeilijk vast te stellen wat toe te schrijven valt aan de beleving van het kind en wat er werkelijk gebeurde. Het is van belang dat hij samen met het kind komt tot een objectieve beschrijving van de gebeurtenis. In het gesprek daarover kan al aan de orde komen dat bepaalde dingen niet zo gebeurd zijn, maar dat het kind ze zo ervaren heeft.

2 Vaststellen van het ongewenste gevoel en gedrag: C
Samen met het kind stelt de leraar nu vast hoe het kind zich in die situatie voelde en gedroeg. Let hierbij goed op dat het kind zich helemaal kan herkennen in de beschrijving van de gevoelens en gedragingen.

■ Voorbeeld 12.5
In een gesprek met Mieke is duidelijk geworden dat zij best anders zou willen reageren in zo'n situatie met Iris. Op grond daarvan kan de leraar samen met Mieke de – onplezierige en dus ongewenste gevoelens – gevoelens en gedrag beschrijven. Zij komen tot de volgende vaststelling van C:

- boos op Iris;
- kwaad op de hele groep;
- zich niet geaccepteerd voelen;
- meteen terugduwen.

3 Vaststellen van de gedachten: B
Ook hier dient de leraar, via actief luisteren, erachter te komen welke gedachten aan de gebeurtenis voorafgingen. Is dit vastgesteld, dan kan hij met voorbeelden duidelijk maken dat als het kind zo denkt, het gevoel en gedrag van het kind dan een logisch gevolg zijn. Hij kan ook duidelijk maken dat als het kind zo blijft denken, het moeilijk is anders te voelen en te reageren.

■ Voorbeeld 12.6
De leraar en Mieke hebben vastgesteld dat Mieke het volgende heeft gedacht (B):

- Iris deed het expres;
- zij moeten altijd mij hebben;
- zij moeten mij niet;
- als ik een duw krijg, moet ik gewoon terugduwen, zegt mijn vader.

De leraar wil nu duidelijk maken dat deze gedachten ervoor zorgen dat Mieke zich zo voelt en gedraagt als in het incident. Daarvoor neemt hij de verschillende gedachten met haar door: Iris deed het expres. 'Jij dacht onmiddellijk dat Iris jou expres aanstootte. Maar stel nu eens, dat Iris jou per ongeluk aanstootte, zou je dan ook zo boos reageren en meteen terug stompen?'
Waarschijnlijk realiseert Mieke zich daardoor dat het incident dan anders was gelopen. Het is dus niet de bedoeling een discussie aan te gaan of Iris al dan niet expres Mieke aanstootte. Dat is zinloos en dus irrationeel, want het is al gebeurd. Het is de bedoeling dat Mieke leert dat iets misschien niet expres is en dat het van belang is dat te bepalen. Dan komen er andere gedachten en kan zij anders gaan reageren.

Het is de bedoeling op deze manier samen ook de andere gedachten te bespreken. Daarbij kan de leraar gebruikmaken van de uitgangspunten die beschreven zijn in hoofdstuk 11. Zo is 'altijd' – zij moeten altijd mij hebben – een absolutisme. In voor hem begrijpelijke taal en vorm is het goed mogelijk dit aan een kind duidelijk te maken.
Overigens is de gedachte 'als ik een duw krijg, moet ik gewoon tergduwen, zegt mijn vader' lastig. Het is geen uitzondering dat kinderen dit advies meekrijgen van ouders. Bij dit soort lastige gedachten gaat het erom dat het kind zich gaat realiseren dat deze gedachte leidt tot het ongewenste gedrag en als zij dit blijft denken, veranderen moeilijk is. De nadruk ligt dus op het anders willen voelen en gedragen. Door al-

ternatieven met het kind te bespreken, speel je al in op B': andere gedachten, die leiden tot ander gedrag en anders voelen.

4 Vaststellen van het gewenste gedrag en gevoel: C'

We hebben al benadrukt dat voor met succes toepassen van de cognitieve benadering bij kinderen het een voorwaarde is dat het kind last heeft van het ongewenste gedrag en de nare gevoelens en dus gemotiveerd is te veranderen. Daarvan ga je dan ook uit. Omdat je met een kind te maken hebt, is het goed de voorgaande stappen nog even samen te vatten.

■ Voorbeeld 12.7

Leraar: 'We hebben het erover gehad dat je best wel anders zou willen reageren zoals in de situatie dat Iris je aanstootte. Dan moeten we wel weten hoe je je dan zou willen gedragen en voelen.'

Bij Mieke komt eruit dat:

- zij niet zo gauw boos zou willen worden;
- zij wil dat de kinderen haar aardig vinden;
- zij met woorden wil reageren, en niet met slaan.

5 Vaststellen andere gedachten, die leiden tot het gewenste gevoel en gedrag: B'

Ook bij deze stap is het goed nog even te herhalen wat bij stap 4 besproken is, namelijk dat andere gedachten nodig zijn om je anders te kunnen voelen en gedragen.

■ Voorbeeld 12.8

De leraar en Mieke komen tot de volgende gedachten:

- Een vriendin doet niet zo gauw iets expres.
- Als ik niet aardig ben, is het logisch dat zij mij niet moeten.
- Ik heb best veel vriendinnen, bijvoorbeeld Iris.
- Als ik een duw krijg of geslagen word, moet ik als ik op school ben, naar de leraar gaan.

Bij kinderen, zeker als zij wat jonger zijn is het werken met een formeel ABC-schema niet aan te raden. Zonder een formeel schema op te stellen hebben de leraar en Mieke nu hetzelfde bereikt. Zij moet nu gaan oefenen met de nieuwe gedachten. Het is aan te raden dat zij deze op papier heeft staan. Als het misgaat, is de leraar degene die met het kind nagaat wat het gedacht heeft. Iedere keer opnieuw neemt hij met het kind door wat het had kunnen denken om zich zo te kunnen voelen en gedragen als het zou willen.

Deze aanpak vraagt van een leraar grote betrokkenheid. Dit komt de relatie tussen leraar en leerling ten goede. Bovendien leert de ervaring dat er goede en blijvende resultaten zijn.

■ ■ ■ Samenvatting

In het vorige hoofdstuk is duidelijk geworden dat gedachten over een gebeurtenis bepalen welke gevoelens en gedragingen op die gebeurtenis zullen volgen. Als we de gebeurtenis 'A' noemen, de gedachten 'B' en de gevoelens en gedrag 'C', dan kunnen we nu iedere emotie en de

daaropvolgende handelingen als een optelsom beschrijven. Dit noemen we het ABC van emoties. Door dit in schema te zetten, kun je doelgericht gaan werken aan het veranderen van je gevoelens en gedrag. Deze verandering houdt in dat je (onaangename) gevoelens in verhouding staan tot de situatie, waardoor je tot adequa(a)t(er) handelen in staat bent. De essentie van deze verandering ligt in het vervangen van irrationele gedachten door rationele gedachten. Een manier om er achter te komen of je gedachten rationeel zijn of niet, is de gedachten te toetsen op hun (ir)rationaliteit aan de hand van vier vragen. Het je eigen maken van de cognitieve benadering vergt tijd en oefening. Maar dan heb je ook een effectief instrument in handen om in veel situaties adequaat te kunnen reageren en handelen.
Het hoofdstuk besluit met het toepassen van de cognitieve benadering. bij een kind dat problemen heeft met zijn gedrag en gevoelens en dat graag wil veranderen.

Kernbegrippenlijst

ABC van emoties
Gedachten over een gebeurtenis bepalen welke gevoelens en gedragingen op die gebeurtenis zullen volgen. Die gebeurtenis kunnen we 'A' noemen, de gedachten 'B' en de gevoelens en het gedrag 'C'. Op deze wijze kunnen we nu iedere emotie en de daaropvolgende handelingen als een optelsom beschrijven.

ABC-schema
Door een gebeurtenis 'A' te noemen, gedachten 'B' en gevoelens en gedrag 'C', kunnen we met behulp van een schema uitwerken hoe we kunnen komen tot gewenste gevoelens en gedrag.

Absolutisme
Woorden als 'absoluut', en 'altijd' en 'nooit' houden een overdrijving in. Het zal maar zeer zelden voorkomen dat een kind altijd vervelend is, of zich absoluut niet kan concentreren. Dergelijke beweringen zijn zelden waar. Dergelijke woorden hebben een absoluut karakter en daardoor is iemand vaak niet in staat adequaat op een situatie te reageren.

Cognitieve benadering
De cognitieve theorie houdt zich bezig met de mentale processen (geheugen, leren en denken, waarnemen, problemen oplossen) en de invloed daarvan op de verwerking van informatie.

Dramatiseren
Woorden als 'verschrikkelijk', 'rampzalig', 'ontzettend' en 'afschuwelijk' houden meestal een irreële overdrijving in. Door een dergelijke manier van denken maak je van een ongemakkelijke of onfortuinlijke situatie iets ergs, terwijl je die situatie hooguit als ongemakkelijk of onfortuinlijk hoeft te beschouwen. Dit staat adequaat handelen in de weg.

Irrationele gedachten
Dat zijn gedachten die gevoelens meebrengen, waarvan de hevigheid niet in verhouding staat tot de situatie en/of die (onnodig) lang duren. Dikwijls verhinderen dergelijke gedachten je adequaat te reageren en te handelen.

Moetisme
Het woord 'moet' of 'moeten' is een vorm van overdrijven. Van een wens wordt een eis gemaakt, en wel een veelal irreële eis. Wanneer je zegt dat iets moet, zou dat inhouden dat het dus zo zou lopen zoals jij dat wilt. Je wilt hoogstens iets heel graag, maar 'het moet' niet. Moetisme is zo irrationeel, omdat het leidt tot allerlei onnodig onaangename gevoelens.

Rationeel-Emotieve Therapie (R.E.T.)
Dit is de samenvattende term voor de opvattingen van Albert Ellis. Ellis (geb. 1913) is zich in de loop van zijn leven steeds meer gaan interesseren voor de invloed die mensen zelf op hun gedrag kunnen uitoefenen. Zijn opvatting is dat de mens door middel van de rede inzicht kan krijgen in de drijfveren van zijn handelen en dat hij daardoor tot veranderen in staat is.

Rationele gedachten Dit zijn gedachten die maken dat we ons prettig voelen of dat we gevoelens in een zodanige vorm ervaren, dat deze in verhouding staan tot de situatie of gebeurtenis. Deze gevoelens zijn tijdelijk en gaan niet een opzichzelfstaand leven leiden. Als die nare gevoelens niet te hevig zijn en niet te lang duren, kunnen ze ons helpen om adequaat te handelen en om problemen effectief op te lossen.

R.E.T. Rationeel-Emotieve Therapie.

Vragen

12.1 Maak een ABC-schema voor het volgende voorval.
Twee kinderen hebben de beurt om de vogelkooi schoon te maken. Ze zijn achter in de klas bezig, hebben een hoop plezier en fluisteren druk met elkaar. Plotseling zie je het vogeltje door de klas fladderen. Je schrikt, wordt woedend en 'snauwt' de twee kinderen naar hun tafeltje terug. De klas is in rep en roer, terwijl jij achter het vogeltje aanzit. Als dit weer in zijn kooi zit en de rust is weergekeerd, voel je je behoorlijk schuldig en ongemakkelijk, omdat je vindt dat je te erg bent uitgevaren tegen de kinderen. Je bedenkt namelijk dat je wel wat eerder had kunnen ingrijpen, omdat je gezien had dat de twee 'boosdoeners' hun aandacht niet erg bij hun taak hadden. Je zou graag een volgende keer, als er iets onverwachts gebeurt, wat minder heftig willen reageren, zodat door jouw opwinding de ontstane onrust niet nog eens versterkt wordt.

12.2 Peter is een jongen van 8 jaar, die erg vaak verkouden is. Hij lost het probleem van een volle neus op door telkens luid en duidelijk zijn neus op te halen. In het begin van het schooljaar heeft de leraar hiervoor nog wel begrip. Na verloop van tijd echter gaat het hem steeds meer ergeren. Herhaalde opmerkingen hebben geen effect. De leraar merkt dat hij steeds minder van Peter kan hebben, waardoor de relatie tussen hen beiden verstoord dreigt te raken. De leraar besluit iets aan het probleem te doen. Omdat er voor een ander gedragsprobleem al een programma loopt, besluit hij eerst eens zijn eigen houding en gevoelens onder de loep te nemen met de bedoeling deze te veranderen.
Hieronder staat een aantal irrationele gedachten van deze leraar. Maak een ABC-schema voor deze situatie. Denk aan de vier vragen!

B *Irrationele gedachten*
1 Het enige, waar hij nog goed in is, is zijn neus ophalen.
2 Volgens mij doet hij het expres.
3 Hij moet het toch kunnen laten.
4 Hij stoort de hele klas met dat vieze geluid.

12.3 Stel je de volgende situatie levendig voor.
Je loopt stage in groep 6. De docent van de PABO komt langs om te zien hoe je lesgeeft. De vorige keer was het stagebezoek niet zo'n succes. Je maakt je behoorlijk druk om het bezoek. De avond voor het bezoek maak je een ABC-schema voor jezelf. Hoe zou dit eruit kunnen zien?

Antwoorden studie-tussenvragen

Hoofdstuk 1

1.1 Een goede relatie tussen leraar en leerling is essentieel voor goed onderwijs. Een goede relatie betekent ruimte voor leren en lesgeven. Een leerling die ervaart dat hij en de leraar een positieve relatie hebben, zal eraan hechten die relatie niet op het spel te zetten. Hij zal dus proberen geen gedrag te vertonen waardoor de relatie onder druk komt te staan. Wanneer een kind echter problemen heeft, is de kans groot dat hem dit niet lukt. Bij problemen is de kans groot dat hij aandacht eisend gedrag vertoont. Aandacht eisend gedrag vraagt tijd van een leraar. Het is dus van belang iets aan de problemen van een kind te doen. Binnen een goede relatie is de kans dat je adequaat omgaat met een kind met problemen veel groter dan wanneer de relatie tussen leraar en leerling te wensen overlaat. Zo draagt een goede relatie eraan bij dat er zo veel mogelijk tijd en ruimte is voor lesgeven en leren.

1.2 Acceptatie, ondersteuning en betrokkenheid zijn de drie belangrijkste elementen voor een goede relatie. In een goede relatie tussen een leraar en zijn leerlingen zijn deze elementen dan ook terug te vinden.

1.3 Wanneer een leraar onvoldoende zicht heeft op, of rekening houdt met het zelfbeeld van het kind, is de kans groot dat zijn handelwijze onvoldoende is afgestemd op het kind. Hun relatie kan daarmee onder druk komen te staan.

1.4 De toenemende aandacht voor het zelfbeeld in de westerse samenleving is een geleidelijke ontwikkeling, maar heeft met name in de 20e eeuw duidelijk vorm gekregen.

1.5 De omgeving is voor een kind erg belangrijk. Daardoor gelooft het meestal wat de mensen in deze omgeving zeggen, vooral als bepaalde opmerkingen herhaald worden. Op deze manier bepalen de reacties van de omgeving in belangrijke mate het zelfbeeld van een kind.

1.6 De kern van het begrip identiteit is het besef van eigenheid, iemand te zijn. Als je het hebt over wíe je bent, heb je het over de persoonlijkheid. Het zelfbeeld ten slotte is heel letterlijk het beeld dat van jezelf hebt, je gedachten, ideeën, opvattingen, gevoelens daarover.

1.7 Juffrouw Vos vraagt Anne hoe het thuis is. Terwijl Anne antwoordt, pakt zij haar tas uit en kijkt Anne niet aan.
David komt binnen. Brenda zegt (met strakke blik): 'Fijn dat je er bent, ga maar gauw zitten.'

Hoofdstuk 2

2.1 Antwoord c.

2.2 Als een leerling één of meer aspecten van het zelfbeeld zodanig negatief ervaart dat het bepalend is voor zijn totale zelfbeeld, is er sprake van een negatief zelfbeeld.

2.3 In eerste instantie zal hij gaan werken aan dat negatieve aspect. Als dat niet lukt, zal hij gaan compenseren binnen het aspect, als dat ook niet lukt in een ander aspect.

2.4 Gelet op het antwoord bij 2.3 ligt het voor de hand dat bij uitblijven van resultaat gevoelens van teleurstelling en afnemende eigenwaarde toenemen.

2.5 Een negatief zelfbeeld kan naar binnen gericht en naar buiten gericht tot uiting komen.

2.6 Een kind dat op cognitief gebied niet kan scoren, kan op de drie andere gebieden van het zelfbeeld proberen tot een positieve beleving van zijn zelfbeeld te komen.

2.7 Hierover had je niet hoeven nadenken. Het is namelijk dezelfde vraag in een ander jasje dan 2.6.

2.8 Overeenkomst: het gedrag is in principe hetzelfde.
Verschil: een kind met een positief zelfbeeld kan situaties met spanning hanteren. Een kind wiens zelfbeeld gebaseerd is op compensatiegedrag kan spanning niet goed hanteren, wat in zijn gedrag merkbaar wordt door krampachtigheid, felheid, afweer en dergelijke.

2.9 Een negatief zelfbeeld is reden tot zorg. En achter een zelfbeeld gebaseerd op compensatiegedrag gaat een negatief zelfbeeld schuil.

2.10 Een kind kan van jongs af aan een eenzijdig zelfbeeld hebben. We denken dan aan een kind bij wie de positieve eigenschappen op één aspect zodanig in het oog springen dat van meet af aan alle aandacht daarop gevestigd is. Doordat alle aandacht naar het functioneren op dit ene aspect gaat, raakt de beleving van de andere aspecten als het ware in de schaduw. Er is dus niet zozeer sprake van een negatieve beleving op de andere aspecten, als wel dat deze weinig bijdragen tot zijn zelfbeeld.
Een eenzijdig zelfbeeld kan ook ontstaan onder invloed van de omgeving. Aanvankelijk was er dan wel een positieve beleving van meer aspecten van het zelfbeeld. Door ervaringen van mislukking is echter het positieve gevoel beperkt geraakt tot één aspect. Door het vermijden van negatieve ervaringen is het kind zich steeds sterker gaan richten op dat ene aspect, waarop hij wel positieve reacties van zijn omgeving krijgt. Het vertoont in zo hevige mate compensatiegedrag, dat het de negatieve beleving op de andere aspecten als het ware blokkeert.

2.11 Een positief zelfbeeld gebaseerd op één aspect is een uitermate kwetsbare situatie. Het kind zal niet compenseren op andere aspecten, want die zijn onbetekenend voor hem. Een negatieve beleving van het ene aspect betekent dus meteen een totaal negatief zelfbeeld.

Hoofdstuk 3

3.1 Het acceptatievermogen van elke leraar wisselt. Iedereen weet dat hij soms weinig kan hebben, dat het gedrag dat hij op het ene moment acceptabel vindt, dat op een ander moment niet vindt.

3.2 Drie factoren zijn van invloed op wisselingen in het acceptatievermogen:
a veranderingen bij jezelf (leraar);
b veranderingen in de andere persoon (leerling);
c veranderingen in de situatie of omgeving.

3.3 De ernst van problemen in een klas bepaalt de grootte van het doceer-leergebied. Problemen, bij de leraar, bij de leerling of bij allebei verkleinen het doceer-leergebied.
Een voorbeeld is een kind met faalangst. Deze kinderen vragen veel bevestiging. Dat vraagt tijd en gaat dus ten koste van het leren en doceren. Een ander voorbeeld is een agressief kind. De tijd die je moet besteden aan het in goede banen leiden van zijn gedrag, verkleint het doceer-leergebied.

3.4 Het doelgericht variëren van zijn acceptatiegrenzen is zijn eerste zorg.

3.5 Kinderen met een negatief zelfbeeld zijn al kwetsbaar. Je moet dus goed erop letten dat je gedrag en wat je zegt niet leiden tot het versterken van een negatief zelfbeeld.

3.6 Antwoord c.

3.7 Antwoord c.

3.8 Een effectief compliment beschrijft precies wat het kind deed. Dit soort complimenten kunnen bijdragen aan een positief zelfbeeld.

3.9 Niet-effectieve kritiek heeft een algemeen karakter en houdt een oordeel in over de totale mens, deze drukt de hele persoon naar beneden en daarmee tast de spreker het zelfbeeld aan. Effectieve kritiek bevat drie elementen: het gedrag - het effect - het alternatief. Bij effectieve kritiek weet de leerling dus heel concreet welk gedrag niet aanvaardbaar was.

3.10 Antwoord b.

3.11 'Eva, op deze manier duurt het wat lang (d.i. gedrag) en daardoor kan ik niet verdergaan met uitleggen (d.i. effect). Kom straks maar even terug dan help ik je wel (d.i. alternatief).'

3.12 Complimenten binnen het negatief beleefde aspect van het zelfbeeld zijn effectiever dan algemene complimenten of complimenten op een ander aspect.
Straf geef je binnen het negatief beleefde aspect, omdat je de positief beleefde aspecten niet onder druk wilt zetten.

Hoofdstuk 4

4.1 Er is sprake van gelijkwaardigheid als er geen machtsverschil is tussen leraar en leerling. Dit bereikt de leraar door goed te luisteren. Het kind voelt zich daardoor serieus genomen en gerespecteerd: gelijkwaardig.

4.2 Het doel van een goede communicatie, het ontwikkelen en instandhouden van een goede relatie. Gedragsverandering kan bij een kind wel optreden als gevolg van een goede communicatie, maar het is uitdrukkelijk niet het doel van de communicatievaardigheden volgens de opvattingen van deel 2.

4.3 Voor een adequate toepassing van de communicatievaardigheden volgens deel 2 is het herkennen en analyseren van problemen tussen leraar en leerling essentieel. De probleemanalyse leidt je naar de vaststelling wie nu eigenlijk het probleem heeft. Deze vaststelling van eigendom is van doorslaggevend belang voor het handhaven van effectieve leraar-leerlingrelaties. Daardoor weet je hoe je kunt reageren bij problemen bij een leerling, bij jezelf of bij jullie beiden. Een zuivere probleemanalyse is dé weg voor het op juiste wijze omgaan met die problemen.

4.4 Het probleem is:
- van Jan;
- van de leraar;
- van de leraar.

4.5 Een probleem, dat in werkelijkheid van de leraar is, wordt verschoven naar de leerling en een probleem, dat in werkelijkheid van de leerling is, wordt door de leraar tot het zijne gemaakt.

4.6 Antwoord a.

Hoofdstuk 5

5.1 Zij is moe, in principe is dat te zien. Ook is zij onzeker, ander gedrag dan anders dus en daarmee een signaal.
Zij weet geen antwoorden, terwijl dat anders niet zo is.

5.2 Een kind kan niet altijd gewoon aan de leraar vertellen wat er is, omdat het zich er niet altijd van bewust zal zijn; het kan dus niet altijd onder woorden brengen waarom het doet of voelt zoals het doet of voelt. Alleen als je je bewust bent van gedachten en gevoelens én inzicht hebt in je innerlijke processen kun je rechtstreeks zeggen wat er is. Dat zal bij een kind eerder niet dan wel het geval zijn. Bij Karen is haar bovendien geheimhouding opgelegd. Vertellen over de situatie thuis kan haar in een loyaliteitsconflict brengen.

5.3 In de taal van de non-acceptatie wordt niet geprobeerd in te gaan op de gevoelens van de leerling. De leraar accepteert het gedrag van de leerling niet en maakt daardoor geen gebruik van de kans om er achter te komen wat het probleem van de leerling is, zodat hij daarmee eventueel rekening kan houden. Deze leraar blokkeert als het ware die mogelijkheid. Er zijn drie categorieën te onderscheiden in de taal van de non-acceptatie:

- adviezen geven, oplossingen aandragen;
- oordelen, negatieve waardering uitdrukken;
- het probleem uit de weg gaan, vermijden.

5.4 Karen's leraar probeert aanvankelijk het probleem op te lossen door waarschuwen en dreigen. Dit valt onder de eerste categorie: oplossingen aandragen.

5.5 Als je probeert te begrijpen wat een kind eigenlijk bedoelt, welke gevoelens het wil duidelijk maken, met andere woorden: als je probeert het gevoel van het kind te accepteren en onder woorden te brengen, dan gebruik je de taal van de acceptatie.

Hoofdstuk 6

6.1 Bij het bepalen wiens probleem het is, gaat het erom wie er hinder heeft van de situatie; dat is degene met het probleem. Dus als gedragingen van leerlingen jou verhinderen om op jouw manier je werk te doen, leerlingen zich gedragen op een manier die jij niet acceptabel vindt, dan is dat jouw probleem.

6.2 Jij-boodschappen wekken de indruk dat het om een probleem van de leerling gaat, terwijl het jouw probleem is. Je reageert dienovereenkomstig: jij bent vervelend, jij moet ophouden. Het nadeel en het oneerlijke van deze reacties is, dat zowel de schuld als de oplossing voor het probleem bij de ander gelegd worden. Je legt dus de verantwoordelijkheid waar deze niet thuishoort. Dat is weinig bevorderlijk voor een goede relatie tussen jou en de leerling(en).

6.3 In de communicatievaardigheden volgens deel 2 staat centraal dat in een goede relatie je elkaar respecteert en dat je vanuit dat respect bereid bent rekening met elkaar te houden. Dat betekent dat je zo met elkaar omgaat dat een leerling er zelf voor kiest zich anders te gedragen. Het dwingend opleggen van ander gedrag aan een leerling gaat tegen deze uitgangspunten in.

6.4 De essentie van ik-boodschappen is dat de verantwoordelijkheid voor het probleem daar gelegd wordt waar deze thuishoort, namelijk bij degene van wie het probleem is.

6.5 De belangrijkste fouten zijn:

- Je formuleert wel een ik-zin, maar je legt (de verantwoordelijkheid voor de oplossing van) het probleem nog steeds bij de ander (verkapte jij-boodschap).
- Je geeft niet goed aan wat je gevoel is.
- Je geeft het gevoel van de ander niet goed weer.
- Je geeft een ik-boodschap met de bedoeling je zin te krijgen; dan gebruik je de ik-boodschap als 'truc'.

Hoofdstuk 7

7.1 Bij een waardeconflict is er sprake van een botsing tussen waarden en normen van de betrokken personen. De leerlingen accepteren de waarden van de leraar niet en andersom. Vaak wordt daarbij gedacht in termen van 'dit hoort niet zo'.
Bij een behoefteconflict zijn de belangen van de betrokkenen tegengesteld, waardoor de voortgang van de les in het geding is.

7.2 Dit komt door de wijze waarop behoefteconflicten vaak opgelost worden. In de praktijk hebben leraren nogal eens het gevoel dat zij bij het oplossen van conflicten slechts uit twee benaderingsmethoden kunnen kiezen: ze kunnen streng of toegevend zijn, autoritair of anti-autoritair. Deze benaderingen houden een ongelijkheid van partijen in en daarmee zijn er winnaars en verliezers.

7.3 De belangrijkste reden is dat de oplossing eenzijdig is vastgesteld, namelijk door de leraar. Dat maakt de leerling tot 'verliezer'. Dit kan vaak allerlei negatieve gevoelens oproepen: niemand ervaart het als prettig als iets afgedwongen wordt. Dit soort gevoelens zal meestal tot gevolg hebben dat de leerling vooral uit angst voor de winnaar zal doen wat hem opgedragen wordt. De leerling voelt zich dus nauwelijks betrokken bij de aangedragen oplossingen en ook voelt hij zich er niet verantwoordelijk voor. Dat maakt de kans dat de leerling zich gehouden acht aan de oplossing klein en daarmee de kans op terugkeer van het conflict groot.

7.4 Belangrijkste kenmerk is dat de leerling wint. Hij kan doorgaan met zijn gedrag. Dit brengt gevoelens van onvrede en andere negatieve gevoelens teweeg bij de leraar, waardoor zijn plezier in lesgeven kan verminderen. Een tweede nadeel is dat kinderen geen grenzen gesteld krijgen, wat kan leiden tot chaos en onhandelbaarheid.
Voordelen zijn de ruimte die leerlingen krijgen bij deze benadering en dat een conflict niet gauw hoog oploopt; de leraar geeft immers toe.

7.5 Essentie is dat partijen gelijkwaardig zijn. Er zijn geen verliezers of winnaars. De oplossing van het conflict is voor beiden aanvaardbaar. Er wordt geen macht gebruikt. Aan de behoeften van elk van beiden moet worden voldaan zodat er een tweerichtingsverkeer van wederzijds respect ontstaat.

7.6 Bij een stemming is er sprake van winnaars en verliezers. De oplossing is voor de tegenstemmers niet aanvaardbaar, ze leggen zich er hoogstens bij neer: dus geen win-winsituatie.

Hoofdstuk 8

8.1 De gedragstheorie onderscheidt twee soorten gedrag: aangeboren en aangeleerd gedrag. Aangeboren gedrag is al het gedrag dat we bij onze geboorte hebben meegekregen. Voor deze vorm van gedrag is geen enkele vorm van leren nodig geweest. Aangeleerd gedrag, het woord zegt het al, hebben we niet bij onze geboorte meegekregen. De aanleg om aangeleerd gedrag te vertonen is meestal wel aanwezig, er is echter een vorm van leren nodig alvorens iemand dit gedrag kan vertonen.

8.2 In de gedragstheorie mag gedrag alleen beschreven worden in termen van waarneembare uitingen, omdat het spreken in interpretaties veelal een bron is van aanzienlijke misverstanden. Het begrip 'dom' bijvoorbeeld is geen waarneembare uiting. Veel mensen zullen hieronder iets verschillends verstaan.

8.3 Volgens de gedragstheorie wordt gedrag bepaald door de directe gevolgen die het heeft.

- Zijn de gevolgen prettig, dan kan gedrag ontstaan, blijft het voorkomen of neemt het toe.
- Zijn de gevolgen niet prettig, dan neemt het gedrag af of het verdwijnt.

8.4 Gedrag dat een kind vertoont, maar niet zou moeten vertonen, noemen we probleemgedrag. De omgeving, de leraar bepaalt of er sprake is van gedrag dat het kind niet zou moeten vertonen.

8.5 De belangrijkste bezwaren tegen de aanpak met behulp van een gedragsveranderingsprogramma zijn dat het manipulatie is, onnatuurlijk, alleen symptoombestrijdend en dat het te veel moeite en tijd kost om in een klassensituatie toe te passen.

Hoofdstuk 9

9.1 Gedrag van een leraar is een versterker als het gedrag van een kind dat er direct aan voorafgaat blijft bestaan of toeneemt.

9.2 Probleemgedrag is het ongewenste gedrag, doelgedrag is het gedrag dat je graag (meer) wilt zien.

9.3 Er zijn vier verschillende soorten versterkers:

1. Sociale versterkers: versterkers die mensen in de omgang met elkaar gebruiken. Zij vormen altijd een onderdeel van hun gedragingen.
2. Ruilversterkers: het woord zegt het al, het gaat om ruilen. Het zijn allerlei dingen die op zichzlef als versterker geen waarde hebben, maar die als versterker werken, omdat ze ingeruild kunnen worden tegen leuke dingen (versterkers).
3. Activiteitenversterkers: prettige activiteiten die als versterker dienen.
4. Materiële versterkers: tastbare zaken

9.4 Oorzaken van het mislukken van een gedragsveranderingsprogramma kunnen zijn:

- *Bij stap 1*: De beschrijvingen in het S-G-G-schema kunnen niet juist zijn; het gedrag is wellicht niet nauwkeurig genoeg omschreven.
- *Bij stap 2*: Het gedrag is wellicht niet concreet en specifiek genoeg. Kun je het gedrag zien en tellen of meten en kun je het voor een ander zodanig beschrijven dat er geen misverstanden over kunnen bestaan?
- *Bij stap 3*: Mislukken kan als er niet consequent geteld of gemeten is. Ook kan het zijn dat niet de juiste telmethode gebruikt is en/of niet steeds op dezelfde tijden. Een goede check is ook of iedereen de resultaten kan zien.
- *Bij stap 4*: Wellicht zijn de gevolgen niet juist. Zijn het wel echte versterkers voor het kind? Heb je eerlijk en positief onderhandeld? Was het kind het met jou eens, écht eens? Je kunt er nog een keer over praten. Je kunt andere gevolgen afspreken en kijken of die werken. Ben je gemakkelijk genoeg begonnen, en heb je de kleine stapjes wel in de gaten gehouden?

Hoofdstuk 10

10.1 Een leerling kan ongewenst gedrag vertonen, omdat er zodanige beperkingen (lichamelijk, cognitief, emotioneel, sociaal) zijn, dat hij echt niet in staat is ander gedrag te vertonen. Straffen is alleen zinvol als dit gericht is op de daad en de leerling het gewenste gedrag kan vertonen.

10.2 Bij het antwoord op vraag 10.1 hebben we al aangegeven dat een straf gericht moet zijn op de daad. Het signaleren van ongewenst gedrag gaat echter meestal gepaard met negatieve gevoelens ten aanzien van de (persoon van de) leerling. Deze gevoelens gaan dikwijls een zodanige rol spelen dat de leraar de daad uit het oog verliest en zich te veel (of alleen) gaat richten op (de persoon van) de leerling. De straf moet dus gericht zijn op de daad en ermee in verhouding staan.

10.3 Hier geldt hetzelfde antwoord als bij 10.2. Een straf kan alleen effectief zijn, als deze gericht is op de daad en in verhouding staat tot de daad. In de praktijk komt het veel voor dat de straf veeleer in overeenstemming is met de emotie van de leraar dan met de aard van de daad. Ver- der hangt de effectiviteit van straf af van de tijd die er zit tussen daad en straf. De effectiviteit is optimaal als deze zo kort mogelijk volgt op de daad.

10.4 Effectief straffen is belangrijk, omdat niet-effectief straffen leidt tot nare bijverschijnselen. Deze zijn:

1 terugtrekgedrag van het kind, bijvoorbeeld het mijden van de plaats waar het gestraft wordt, van de persoon die straft;
2 afreageren. Boos straffen kan leiden tot agressieve reacties bij het kind;
3 dat het ook ander gedrag minder gaat vertonen;
4 dat het kind een negatief zelfbeeld ontwikkelt. Het kind gaat denken: 'Ik ben toch slecht, dus ik kan net zo goed verkeerde dingen doen'. En dat is dus het tegengestelde van wat je wilde bereiken;
5 verplaatsing van ongewenste gedrag. Het kind kan het gedrag waarvoor hij op school gestraft wordt op school onderdrukken, maar op andere plaatsen, bijvoorbeeld op straat of thuis juist meer vertonen;
6 tijdelijk effect. Bij ineffectief straffen verdwijnt het gedrag vaak wel, maar dit effect blijkt tijdelijk te zijn. Dit heeft tot gevolg dat je na zekere tijd weer moet gaan straffen. Ook moet je dan vaak steeds harder straffen, wil het nog effect sorteren.

10.5 Het ongewenste gedrag is het doelgedrag.

10.6 Negeren is erg moeilijk. Alleen negeren heeft in de praktijk van het onderwijs meestal weinig effect. In een groepssituatie zijn er bijna altijd wel reacties van andere kinderen op het ongewenste gedrag van het kind, waardoor het gedrag blijft bestaan. Voor een leerling is negeren door een leraar een erg negatieve situatie. Het verliest alleen maar wat, namelijk aandacht. Uit praktisch en pedagogisch oogpunt verdient het de voorkeur wanneer je negeren van ongewenst gedrag toepast door hieraan een ander doel te koppelen, namelijk het gewenste gedrag.

10.7 *Bij stap 2*: Alleen omschrijven van het probleemgedrag. Omschrijven van apart doelgedrag hoeft hier niet, omdat het (afleren van) het probleemgedrag het doelgedrag is.

Hoofdstuk 11

11.1 Het onder de loep nemen van eigen gevoelens, gedachten en handelen hoort tot de professionaliteit van een leraar. Leerlingen zijn in hoge mate afhankelijk van een leraar. Daarom dient hij zich te verdiepen in het waarom van zijn handelen naar zijn leerlingen en zijn beweegredenen om zo te handelen.

11.2 In de opvatting van de cognitieve benadering is het onzin dat een situatie of gebeurtenis op een min of meer wetmatige wijze gevoelens en handelingen zou meebrengen. We hoeven maar om ons heen te kijken naar de reacties van verschillende mensen op eenzelfde situatie om te constateren dat in dezelfde situatie verschillende reacties mogelijk zijn.

11.3 Mensen reageren en voelen in eenzelfde situatie verschillend.
Dit is in belangrijke mate te verklaren uit het gegeven dat mensen het unieke vermogen hebben om te denken en te redeneren. Dat wil zeggen: met wat voor situaties we ook in aanraking komen, we hebben er altijd wel een mening, een oordeel of opvatting over en deze is persoonsgebonden. Met andere woorden, we voelen zoals we denken.

11.4 Uitgaande van het gegeven dat we voelen zoals we denken, betekent dit dat een verandering van gedachten een verandering van gevoelens veroorzaakt. Dit houdt in dat iemand in een bepaalde situatie anders kan gaan voelen en handelen, terwijl hij eerst dacht hiertoe niet in staat te zijn.

11.5 Rationele gedachten zijn gedachten die maken dat we ons prettig voelen of dat we gevoelens in een zodanige vorm ervaren, dat deze in verhouding staan tot de situatie of gebeurtenis. Kenmerkend voor gevoelens die voortkomen uit rationele gedachten is dat ze tijdelijk zijn en niet een opzichzelfstaand leven gaan leiden. Als die nare gevoelens niet te hevig zijn en niet te lang duren, kunnen ze ons helpen om adequaat te handelen en om problemen effectief op te lossen.
Irrationele gedachten brengen gevoelens met zich waarvan de hevigheid niet in verhouding staat tot de gebeurtenis en die vaak onnodig lang duren. Daardoor verhinderen dergelijke gedachten ons dikwijls adequaat op een gebeurtenis te reageren.

11.6 Dramatiseren, absolutisme en moetisme. Deze gedachten zijn irrationeel omdat zij een (sterke) overdrijving inhouden, die zodanig heftige gevoelens oproept dat adequaat handelen niet goed mogelijk is.

Hoofdstuk 12

12.1
1. Ik word gek van de drukte. Getoetst aan de vier vragen is dit geen rationele gedachte. Hij is niet waar, hij helpt niet om ongewenste gevoelens te vermijden, hij helpt niet om het doel te bereiken.
2. Bob luistert nooit. Deze gedachte valt onder absolutisme en is daarmee een irrationele gedachte.
3. Ik moet zorgen dat ik de baas over hem wordt. Is een moetisme en daarmee irrationeel.

Antwoorden eindvragen

De antwoorden op de open vragen zijn vaak niet meer dan een suggestie. Meestal zijn verschillende antwoorden mogelijk.

Hoofdstuk 1

1.1 *Emotioneel.* Hoogstwaarschijnlijk is dit negatief. Door de problemen thuis is zij onzeker geworden, voelt zich niet veilig (meer). Die onzekerheid wordt in eerste instantie door de leraar versterkt.
Cognitief. Wordt door de aanpak van de leraar negatief. Deze accepteert aanvankelijk niet dat Anne het werk niet afkrijgt.
Sociaal. Ten aanzien van juffrouw Vos is dit gelukkig nog positief. De relatie met de leraar was eerst negatief.
Lichamelijk. Daarover is in de casus geen informatie te vinden. Het aspect kan enigszins onder druk komen te staan omdat zij niet meer naar gymnastiek mag. Een duidelijke uitspraak is niet mogelijk.
Vanaf het moment dat de leraar weet wat er met Anne is, is zij aan de slag gegaan. Het emotionele aspect blijft door de thuissituatie negatief, maar daartoe blijft het beperkt. Door het begrip van de leraar komen de andere drie aspecten niet meer onder druk te staan.

1.2 *Emotioneel.* Veel informatie bevat de casus hierover niet. Thuis wordt hij op handen gedragen. Je kunt op grond daarvan voorlopig aannemen dat er wat betreft dit aspect niet direct problemen zijn, maar het is wel een punt om alert te blijven.
Sociaal. Lijkt negatief. De jongens accepteren hem alleen maar omdat hij goed kan voetballen. Met Brenda is er ook geen goede relatie.
Cognitief. Zijn prestaties zijn niet goed. Zijn houding tijdens het werken duidt op een negatief zelfbeeld op dit aspect.
Lichamelijk. Positief. Hij heeft talent en dat weet hij.

1.3 De leraar geeft duidelijk een dubbele boodschap. De verbale boodschap, het compliment, is niet in overeenstemming met de non-verbale boodschap. De leerling kan zich daardoor onzeker gaan voelen. Zoals in dit hoofdstuk aangegeven, kinderen zijn erg gevoeleig voor non-verbale boodschappen. Het emotionele aspect, zich onzeker voelen, en het sociale aspect, niet aardig gevonden worden, kunnen onder druk komen te staan.

1.4 Het plaatje zal nu gemakkelijk helemaal averechts werken. Het werk van Rachid is blijkbaar niet meer de moeite waard om nagekeken te worden. Hij krijgt zonder meer een sticker. Zo'n sticker kan de leerling opvatten als niet serieus genomen worden door de leraar. Zeker als het regel is dat de leraar alleen maar stickers geeft bij goede prestaties.

Hoofdstuk 2

2.1 Bijvoorbeeld: 'Dat vind ik een goed idee, dat je dat wilt doen. Wat denk je, zullen we het briefje even in je broekzak stoppen?' of 'Dat is prettig dat je dat wilt doen. Vind je het gezellig als Jeroen even meegaat?' (Jeroen is een consciëntieuze jongen.)

2.2 Het gaat om problematisch compensatiegedrag. Zijn gedrag op lichamelijk gebied is nadrukkelijk. Ook is vast te stellen dat Shelton niet geliefd is op school. Dat weet hij ook. Er is waarschijnlijk sprake van een negatief zelfbeeld op sociaal gebied. Deze twee gegevens aan elkaar gekoppeld leidt tot de aanname dat er sprake is van problematisch compensatiegedrag.

2.3 Lichamelijk ondervindt Els veel beperkingen. Verder is uit de beschrijving duidelijk dat zij sociaal goed functioneert. Het is moeilijk te bepalen of hier sprake is van natuurlijk dan wel problematisch compensatiegedrag. Dit hangt af van haar lichamelijke zelfbeeld. Is dit niet uitgesproken negatief, dan is natuurlijk compensatiegedrag waarschijnlijk. Is dit wel sterk negatief, dan ligt problematisch compensatiegedrag voor de hand. Dit dien je als leraar dus nader te onderzoeken.

2.4 Het antwoord hierop hangt af van het kind dat je hebt beschreven.

2.5 Gelet op de beschrijving is Sabine's gedrag wel erg nadrukkelijk. Hieruit valt af te leiden dat er een negatieve ontwikkeling in haar zelfbeeld plaatsvindt. In groep 2 en 3, zo is uit de informatie af te leiden, is er een min op het cognitieve vlak te zien, gecompenseerd op het sociale aspect (erg lief en behulpzaam). Die plus is nu in haar gedrag niet meer te merken. Over de andere twee aspecten geeft de beschrijving geen informatie, maar de opmerking dat Sabine lijkt te genieten van negatieve reacties, zou kunnen wijzen op een ontwikkeling in de richting van een totaal negatief zelfbeeld.

Hoofdstuk 3

3.1 a 'Moeilijk is dat, hè, om zo'n hoge toren te bouwen!'
b De pop bewonderen, zonder Melanie op schoot te nemen.

3.2 Iets opzoeken wat hij goed kan of wat wél leuk aan hem is en hem daarover een compliment geven.

3.3 De manieren om acceptatie te tonen zijn in te delen in:
Verbaal
- het gewoon zeggen, een opmerking maken;
- meeleven, aandachtig luisteren. Het luisteren blijkt uit opmerkingen als: 'Oh ja?' 'En toen?' 'Hmmm'.

Non-verbaal
- aanraken, een gebaar maken (aai over de bol, knipoog);
- het kind gewoon zijn gang laten gaan;
- meedoen met het kind (zonder corrigerend op te treden).

3.4 Effectief compliment: 'Dat vind ik fijn, dat je er zelf aan denkt (d.i. gedrag), nu hoef ik er niet meer om te vragen (d.i. effect).'
Niet-effectief compliment: 'Wat goed van je!'

3.5 'Jantine, nu ben je weer zonder schort aan het verven (d.i. gedrag). Daardoor kan er verf op je kleren komen en dat is zonde (d.i. effect). Voortaan mag jij, als je voor verven kiest, eerst aan iedereen de schorten uitdelen' (d.i. alternatief).

3.6 Het antwoord hangt af van de docent.

Hoofdstuk 4

4.1 In eerste instantie is het Esthers probleem, omdat de faalangst haar concreet hindert in het voldoen aan haar behoeften en verlangens. Het is goed mogelijk dat in deze situatie ook de leraar met een probleem komt te zitten, namelijk: hoe moet hij dit gedrag aanpakken?

4.2 a Van de leraar. Die heeft er in eerste instantie last van.
b Van de leraar. Die moet het kind aan het werk krijgen.
c Van Frida. De leraar hoeft er zich in principe niets van aan te trekken.
d Van Jantje.
e Het hangt af van de stellingname van de leraar: als deze zijn les verstoord acht, is het zijn probleem; is dit niet het geval, dan is het Nannettes probleem.
f Van de leraar, want de leraar ergert zich eraan.
g Van Jeffrey en de leraar - want Jeffrey is gekwetst en de leraar voelt zich boos.

4.3 Er zijn vele voorbeelden te bedenken. Essentie is dat jij het probleem overneemt en aan de slag gaat om het probleem op te lossen. Meestal doe je dat omdat je te doen hebt met het kind. Een andere reden kan zijn dat je de situatie snel opgelost wilt zien, omdat je van het kind geen last wilt hebben.

4.4 Dit gebeurt in het onderwijs vrij vaak, vaker ook dan menig leraar denkt. Elke gebeurtenis veroorzaakt door leerlingen, waardoor de voortgang van de lessen in het gedrang komt, is in principe jouw probleem (als de leerlingen er last van hebben is het ook hun probleem). Jij wilt doorgaan met lesgeven, de leerlingen willen iets anders. In deze situatie wordt(en) de veroorzaker van het probleem, de leerling(en), ook het probleem aangewreven en wordt(worden) geacht voor een oplossing te zorgen. 'Jullie zijn vervelend en moeten daarmee ophouden.' Volgens de communicatievaardigheden van deel 2 heeft deze benadering een verstorende invloed op de relatie tussen leraar en leerling, omdat het probleem ergens gelegd wordt waar het niet thuishoort.

4.5 Voorbeelden zijn onderlinge ruzies, huiswerk, jassen op de grond.

4.6 Er zijn twee problemen. Mirjam is bang geplaagd te worden. Dat is haar probleem. De leraar heeft ook een probleem, namelijk dat hij in zijn pauze rustig wil kunnen praten met collega's. Het hangt van de leraar af welk probleem hij voorrang geeft.

Hoofdstuk 5

5.1 a Opgelucht zijn, verwachtingsvol, blij
b Onzeker, aanhankelijk
c Woedend, onzeker, verbaasd
d Ontmoedigd, teleurgesteld
e Ontevreden, boos
f Trots, blij
g Jaloers, verwaand.

5.2
1 'Je hebt, geloof ik, erge zin in de vakantie, hè?'
2 'Natuurlijk, gezellig hè, om zo naast me te lopen.'
3 'Ik geloof dat je het een beetje vreemd vindt dat het in deze klas soms wat anders toegaat.'
4 'Dat is vervelend, hè, als je je zo inspant en het levert je niets op.'
5 'Je bent, geloof ik, erg boos op Jeroen. Wat is er gebeurd?'
6 'Fijn hè, om met je nieuwe spullen te zitten knutselen.?'
7 'Je vindt, geloof ik, de kleren van Jeanette en Leonie erg mooi, hè?

5.3 Het gesprek kan als volgt verlopen zijn:
Leraar (boos): 'Waarom liep je weg uit de klas, je weet toch dat je gewoon moet doorwerken.'
Karen: kijkt heel boos en zegt niets. Zij draait zelfs haar hoofd weg van de leraar.
Leraar (het dringt tot hem door dat Karen overstuur is, zijn boosheid ebt weg en hij gaat over op actief luisteren): 'Ik zie dat je verschrikkelijk boos bent.'
Karen: 'Ja.'
Leraar: 'Kun je mij vertellen waarom je zo boos bent?'
Karen: 'Jawel. Het lukt mij niet om de sommen uit te rekenen. Ik wil echt wel, maar het lukt vandaag gewoon niet.'
Leraar (actief luisteren): 'Ik heb de indruk dat je met andere dingen zit en dat het werken misschien daardoor niet lukt.'
Karen: 'Ja,' en begint hard te huilen.
Leraar: 'Wil je erover praten?'
Karen: 'Nee, nu niet.'
Leraar: 'Vandaag laten we het rekenwerk maar. Als je zo bent, lukt het toch niet. Ga maar mee terug naar de klas en doe wat voor jezelf.'
Een paar dagen later vertelde Karen wat er thuis aan de hand was en maken de leraar en zij afspraken.

Hoofdstuk 6

6.1 a is het goede antwoord;
b is een verkapte jij-boodschap;
c is een regelrechte jij-boodschap.

6.2 Het goede antwoord is *c*; *a* is een jij-boodschap; *b* geeft niet het werkelijke gevoel weer.

6.3 a 'Michael, wil je nu je neus even gaan snuiten? Ik vind dat ophalen een vies geluid.'

b 'Rudi, ik ben erg gesteld op dat potje. Wil je er alsjeblieft afblijven?'

6.4 a 'Wat zijn jullie toch een vervelend stel.'

b 'Ik vind het echt jammer dat als ik even de klas uit ben, jullie niet gewoon doorwerken.'

c 'Ik vind dat jullie je misdragen.'

6.5 a 'Ik ben blij dat je terug bent, maar ik ben ook kwaad dat je weggelopen bent.'

b 'Dit moet je mij niet nog eens leveren. Het is echt onverantwoordelijk, dat weglopen van jou.'

c 'Ik vind dat je niet zo maar weg kunt lopen, ook al ben je nog zo kwaad.'

6.6 Je gaf een teken, zoals we afgesproken hebben. Ik vind het dus niet zo erg dat het vandaag niet goed lukt. Fijn, dat je het toch nog geprobeerd hebt.

6.7 Een veelgehoorde manipulerende ik-boodschap is:
'Ik ben niet boos, maar vind het wel teleurstellend dat jullie...'
In een dergelijke boodschap probeer je je zin te krijgen door in te spelen op het gevoel van het kind. Het is dan namelijk veel moeilijker om weerstand te bieden, omdat de ander verkapt de boodschap geeft: ik vind je vanwege je gedrag minder aardig. Veel kinderen zijn daar gevoelig voor, zeker als zij al een negatief zelfbeeld hebben. Leraren weten dat, en daarmee is een dergelijke boodschap manipulerend.

Hoofdstuk 7

7.1 a Behoefteconflict. De behoefte van Marianne en de wens van de leraar dat zij oplet zijn met elkaar in strijd.

b Waardeconflict. Het feit dat Pietertje zijn melk niet wil opdrinken, hindert de leraar niet rechtstreeks in zijn les. Het conflict ontstaat omdat de leraar vindt dat Pietertje de melk behoort te drinken.

c Behoefteconflict, want de les wordt verstoord.

d Het is een behoefteconflict wanneer de moddersporen zo erg zijn, dat meteen schoonmaken nodig is. Echter, er is een waardeconflict wanneer de leraar vindt dat Hans zich anders dient te gedragen (bijvoorbeeld volgens de regels van de school).

7.2 De fouten zijn:

- De leraar geeft alleen aan wat zijn probleem is. Er is niet vastgesteld wat het conflict is (fase 1).
- De leraar levert commentaar op een aangedragen oplossing. In fase 2 dienen *alle* oplossingen zónder op- of aanmerkingen genoteerd te worden.
- De leraar drukt zijn eigen oplossing door. Hij geeft niet aan waarom de oplossing van Hans voor hem niet acceptabel is.

7.3 Fase 1 beschrijving van het conflict
'Ik vind het vervelend dat in mijn lessen steeds conflicten zijn over het indelen in groepjes. Sommige kinderen willen niet met elkaar in een groepje. Zo kan het niet verder, vind ik. Kunnen jullie mij eens vertellen waarom sommigen van jullie niet bij bepaalde kinderen in een groepje willen?'
Hans geeft aan dat hij wil winnen en daarom niet bij bepaalde kinderen wil.

Fase 2 oplossingen aandragen, door de leerlingen
De volgende oplossingen komen uit de bus.
1 Degene die weigert in een bepaald groepje te gaan, mag gewoon niet meedoen.
2 Jongens en meisjes in aparte groepen.
3 Om en om samen en apart.
4 Bij toerbeurt mogen kinderen groepjes kiezen; hiervan wordt een lijst samengesteld; de groepjes worden voor de les gekozen.
5 Hans mag zelf een groepje kiezen, maar wel met meisjes erbij.

Fase 3 De leraar en de leerlingen evalueren de oplossingen
(1)wordt geschrapt, leerlingen en leraar zijn het erover eens dat dit geen echte oplossing is.
(2)is niet acceptabel voor de leraar, hij wil gemengde groepen.
(3)bespreekbaar, hoewel de leraar niet weg is van de oplossing.
(4)lijkt een goede oplossing, dan is er geen ruzie meer tijdens de les.
(5)sommige kinderen hebben er moeite mee dat Hans altijd zou mogen kiezen.

Fase 4 na wat heen en weer praten ziet Hans dat een uitzonderingspositie voor hem niet eerlijk is. Hij vindt dat wel moeilijk, maar accepteert het wel. De keuze valt op oplossing 4. Dan is hij van tijd tot tijd aan de beurt en kan zelf bepalen wie hij in zijn groepje wil. Om Hans enigszins tegemoet te komen wordt beslist dat er eens in de vier weken aparte groepen jongens en meisjes mogen zijn.

Fase 5 Uitvoering van de beslissing
Leraar en leerlingen stellen samen een lijst op wie aan de beurt is om te kiezen. De leraar spreekt met hen af dat hij voor elke les de samenstelling van de groepjes krijgt. Is er geen lijstje, dan stelt hij zonder verdere discussie de groepjes samen.

Fase 6 Na vier lessen evaluatie.

7.4 Het gesprek zou als volgt kunnen verlopen.
Fase 1
Leraar: 'Karen, ik wil met jou eens over het rekenen praten. Ik heb gemerkt dat jij moeite hebt met rekenen en ik ben bang dat je wel wat gauw aangeeft dat het door de problemen thuis niet goed gaat.'
Karen: 'Ja, maar het is thuis ook echt niet leuk.'
Leraar: 'Dat weet ik, maar daar hebben we afspraken over gemaakt.'
Karen: 'Ja, dat weet ik.'
Leraar: 'Ik heb de indruk dat je, ook als het thuis wat minder naar is, erg tegen rekenen opziet. Je vindt het gewoon erg moeilijk.'
Karen: 'Dat is zo. Ik kan het niet. Dat vind ik heel erg (krijgt tranen in haar ogen). Ik wil dan niet meer rekenen.'

Leraar: 'En dan gebruik je onze afspraak over een seintje geven. Dat vind ik vervelend, daar is die afspraak niet voor bedoeld. Ik vind dat je dan misbruik maakt van onze afspraak.'
Karen: 'Ja, dat is wel zo.' (begint nu echt te huilen)

Fase 2
Leraar: 'We moeten dit probleem kunnen oplossen. Heb jij een idee erover?'
Karen: 'Nee'
Leraar: 'Denk er eens over na, dan praten we morgen verder.'
(Het is belangrijk dat de leraar niet met een oplossing komt. Als hij dat wel zou doen, zou Karen onder druk van de situatie er direct in meegaan.)
De volgende dag
Leraar: 'Hallo Karen, heb je nog over ons probleem nagedacht?'
Karen: 'Ja. Ik zal gewoon al mijn rekenen maken (oplossing 1) en als ik het niet snap, vraag ik u om hulp' (oplossing 2).
Leraar: 'Dat zijn goede oplossingen. We zouden ook nog kunnen afspreken dat we van tevoren nagaan wat je wel of niet snapt (oplossing 3). Misschien vind jij het nog wel veel leuker om helemaal niet meer te rekenen' (oplossing 4).

Fase 3
Leraar: 'Ik denk niet dat je in staat bent alle rekenwerk te maken (oplossing 1), sommige dingen zijn op dit moment te moeilijk voor jou. Dat lijkt mij dus geen goede oplossing.'
Karen: 'Misschien. Maar ik wil natuurlijk wel rekenen' (oplossing 4 is daarmee geschrapt).
Leraar: 'O.K., dat lijkt mij logisch. Dan is het het beste dat we afspreken hoe ik jou help bij het rekenen.'
Karen: 'Ja.'

Fase 4
Leraar: 'We moeten dus afspraken maken hoe ik jou ga helpen bij rekenen. Jij hebt een mogelijkheid genoemd en ik ook. Jij wilt naar mij komen als je iets te moeilijk vindt (oplossing 2), ik heb voorgesteld van tevoren de moeilijkheden door te nemen (oplossing 3). Wat wil jij het liefste?'
Karen: 'Eigenlijk van tevoren.'
Leraar: 'Goed. Maar het is logisch dat als je later merkt dat iets toch niet lukt, je wel naar mij toekomt.'
Karen: 'O.k.'
Leraar: 'Laten we afspreken dat ik bij rekenen naar jou kom direct na de instructie als de anderen aan het werk zijn. Tot die tijd hoef jij niet te beginnen.'
Karen (met een lachje): 'En als u het vergeet?'
Leraar (ook lachend): 'Gewoon blijven wachten.'
Leraar: 'En ik ga ervan uit dat je geen misbruik meer maakt van onze afspraak over een seintje geven, als je het niet begrijpt.'
Karen: 'O.K.'

Fase 6
Leraar: 'Over twee weken kijken we of het zo beter gaat met rekenen.'
Karen: 'Fijn.'

Hoofdstuk 8

8.1 *Stiekem* (bijvoorbeeld): Iedere keer als hij zijn werk niet af heeft, moffelt hij zijn schrift weg; of: de leerlingen zeggen dat hij telkens knijpt, terwijl hij zelf zegt niets gedaan te hebben.
Irriterend (bijvoorbeeld): Hij zit altijd gezichten te trekken; of: hij zit aldoor te wiebelen op zijn stoel.
Rustig (bijvoorbeeld): Stilzitten en doorwerken.
Blij (bijvoorbeeld): Lachend iemand aankijken.

8.2
1 Peter is zo'n onrustige jongen!
2 Karin is een teruggetrokken meisje.
3 Nancy is agressief.
4 Charlene is zo faalangstig!
5 Kees is hoogbegaafd.
6 Petra is lui.

8.3 Het antwoord is persoonsafhankelijk.

8.4 Bijvoorbeeld:
a Karla is een meisje dat gauw met jou een praatje maakt. Zij vraagt veel over het werk. Als een leerling iets tegen haar zegt, reageert zij vier van de zes keer met huilen. Zij loopt dan weg en gaat ergens in een hoek zitten.
b Jelle loopt erg vaak door de klas. Hij werkt niet door. Er staan steeds weinig antwoorden op papier. Hij maakt veel fouten. Als ik er wat van zeg, gaat hij huilen.

Hoofdstuk 9

9.1 a Doelgedrag bij Yvonne kan zijn, het rekenen afhebben binnen de gestelde tijd. Tellen is dan de aangewezen methode. Je observeert na elke rekenles hoeveel Yvonne af heeft (dit is uitgangspunt voor de basislijn).
b Doelgedrag bij René is, dat hij het neuspeuteren achterwege laat. Dit gedrag kan alleen maar geteld worden. Observatie gedurende een vaste periode per dag lijkt het meest verkieslijk (gezien de aard van het gedrag).
c Het doelgedrag bij Frans is, dat hij zonder huilen een beurt aanvaardt. Ook dit gedrag kan alleen maar geteld worden. De observatie bestaat uit het noteren van iedere keer dat Frans niet huilt wanneer hij een beurt krijgt (dus duurt de observatie de gehele dag).

9.2 Gedragsveranderingsprogramma

Naam: Quinten
Datum:
Stap 1 Overzicht maken
Omschrijving van een situatie/gebeurtenis:

Wat voor een situatie is het	Wat doet het kind	Wat is het gevolg
Instructie rekenen	Stelt vragen en geeft antwoorden zonder vinger op te steken	Krijgt geen beurt en soms straf

Stap 2

a Gedrag dat je wenst te veranderen (concreet)
Vragen stellen en antwoorden zonder vinger opsteken.

b Welk gedrag wens je meer te zien?
Alleen iets zeggen of vragen nadat hij zijn vinger heeft opgestoken.

Stap 3 Tellen hoe vaak het gedrag bij 2 voorkomt. Wanneer tel je (observatieperiode)
Je telt hoe vaak hij iets zegt/vraagt en hoe vaak hij daarbij zijn vinger opsteekt. Alleen tellen hoe vaak hij zijn vinger opsteekt, geeft een verkeerd beeld. Het gaat om de combinatie. Als je alleen vinger opsteken zou tellen, kan de score '0' zijn als hij geen enkele keer zijn vinger heeft opgestoken, omdat hij niets te zeggen/vragen had. Dan geven de scores de indruk dat hij constant voor zijn beurt heeft gepraat.
Gedurende een week wordt er tijdens de instructie van de rekenles geteld.
Dag
1 5 × waarvan 0 met vinger opsteken
2 4 × waarvan 1 met vinger opsteken
3 3 × waarvan 1 met vinger opsteken
4 1 × waarvan 1 met vinger opsteken
5 6 × waarvan 2 met vinger opsteken

Stap 4 Vaststellen van de gevolgen (versterkers)
De beloning zal gegeven worden als: hij op 3 keer iets zeggen/praten 1 × zijn vinger opsteekt

Stap 5 Kijken of het al beter gaat.

9.3 Fouten zijn:

- In het gesprek met Bert legt de leraar het accent op de persoon, niet op het gedrag. Bovendien is de benadering erg negatief.
- Het doelgedrag is niet geformuleerd in termen van waarneembaar gedrag.
- Er worden geen kleine stapjes gebruikt. Het gedrag moet meteen weer over zijn.
- Er is niet nagegaan of de gekozen versterker inderdaad een versterker is voor Bert.

Hoofdstuk 10

10.1/2 Er bestaat geen ideale straf voor een bepaald vergrijp. Er is op deze vraag dus geen antwoord te geven, omdat we niet weten wat voor deze kinderen een effectieve straf is. Een straf dient immers afgestemd te worden op het individuele kind.
Wat betreft Gijs merken we nog wel het volgende op. Hij is nog erg jong. Het kan zijn dat hij niet weet wat hij moet doen als hij boos wordt. Dit dien je dus na te gaan en als het zo is, zal hij dat eerst moeten leren.

10.3 Gezien Richard's achtergrond is het aannemelijk dat de gekozen straf als versterker werkt in plaats van als verzwakker.

10.4 Bij de aanpak van probleemgedrag zijn in principe twee benaderingen mogelijk: aanleren van gewenst gedrag en afleren van ongewenst gedrag. Als we in dit geval kiezen voor het afleren van ongewenst gedrag, blijken we op moeilijkheden te stuiten.
Tellen en meten is moeilijk. Je telt hoe vaak hij door de klas iets zegt zonder zijn vinger op te steken. Het probleem is dat als hij niets te zeggen heeft tijdens de rekeninstructie, hij dus geen fout maakt. Hij heeft dan 0 keer voor zijn beurt gepraat, alsof hij zich aan de afspraak gehouden heeft. Maar... hij heeft gewoon 0 keer zijn vinger opgestoken. In dit geval is dus alleen afleren van gedrag niet mogelijk. Een combinatie van hoe vaak hij iets zegt en hoe vaak hij zijn vinger opsteekt is aan te bevelen. Hiervoor verwijzen we naar vraag 9.2.

10.5 Protocol gedragsveranderingsprogramma
Naam: Quinten
Datum:

Stap 1 Overzicht maken
Omschrijving van een situatie/gebeurtenis:

Wat voor situatie is het	Wat doet het kind	Wat is het gevolg
Rekenles	Rekenwerk levert hij te snel en met veel fouten in	opnieuw instructie geven en weer de sommen maken

Stap 2 Gedrag dat afgeleerd moet worden
... te snel werken en veel fouten maken.

Stap 3 Tellen of meten hoe vaak of hoe lang het gedrag bij 2 voorkomt; wanneer tel je (observatieperiode)
Alleen bij rekenwerk met sommen (dus niet bij vraagstukken) wordt er geobserveerd; je meet hoe lang hij doet over twintig sommen en je telt daarna hoeveel fouten hij gemaakt heeft.

Aantal observaties per minuut/uur/dag	Iedere dag/week
elke rekenles	gedurende een week

Dag	Tijd	Aantal fouten
1	2.52	6
2	3.00	6
3	2.45	7
4	2.03	8
5	2.56	4

Stap 4 Vaststellen van de gevolgen (straf, uitdoving)
De leraar stelt een tijd vast die hij naar aanleiding van de observatie acceptabel vindt. Hij neemt een tijdsperiode die voor Quinten goed haalbaar is. Hij besluit het werk van Quinten pas tien minuten na het beginnen van de rekenles na te kijken. Zitten er meer dan zes fouten in, dan mag hij in de pauze de rekenles overdoen.

Stap 5 Kijken of het al afneemt
Het programma bleek goed te werken. Quinten werkte eerst nog te snel, maar ging wanneer hij klaar was en de tien minuten nog niet voorbij waren zijn rekenwerk alvast nakijken. Daardoor maakte hij minder fouten.

Hoofdstuk 11

11.1 a Irrationeel: 'absoluut niet' is een overdrijving. Zo'n uitspraak versterkt waarschijnlijk de hevigheid van de onaangename gevoelens die een leraar ten aanzien van dit kind voelt. Rationeel: Het concentratievermogen van dit kind is vrij zwak.

b Irrationeel: Al is de uitspraak figuurlijk bedoeld, een kind zal meestal niet bewust proberen een klap uit te lokken. Rationeel: Hij is zo vervelend, nog even en hij krijgt een draai om zijn oren.

c Rationeel.

d Irrationeel: Moetisme. Rationeel: Ik wil dat hij... enzovoort.

e Irrationeel: Het is al gebeurd, dus gedachten over hoe je had kunnen handelen, roepen voornamelijk gevoelens op van bijvoorbeeld spijt, schuld of machteloosheid. Rationeel: Ik heb de pest in omdat het zo gegaan is, de volgende keer wat beter opletten.

f Rationeel.

g Irrationeel. De gedachte suggereert dat je kon voorzien dat Pim iets zou gaan uithalen. Bovendien versterkt de gedachte, op deze manier gesteld, de onaangename gevoelens. Rationeel: Ik vind dat Pim de laatste tijd wel erg vaak vervelend is.

h Irrationeel. Veel vragen die met 'waarom' beginnen zijn retorische vragen. Daardoor worden al gauw gevoelens van machteloosheid opgeroepen. Waarom-vragen die bedoeld zijn om informatie te krijgen, zullen niet zo gauw irrationeel zijn. Rationeel: Ik heb de laatste tijd wel pech!

i Rationeel.

11.2 Het woord vooroordelen zegt het al: het oordeel, de gedachte staat los van de gebeurtenis/situatie, leidt een opzichzelfstaand leven. Hierdoor zullen de gevoelens niet in verhouding staan tot de situatie, hetgeen de kans op inadequaat handelen vergroot.

11.3 Tot 14 september valt het Ellen niet mee, maar is zij nog niet ten einde raad. Dat zie je terug in haar handelen en in de beschrijving van haar gevoelens. Daarna worden gevoelens en gedachten steeds hopelozer en wordt het handelen steeds ineffectiever.

Hoofdstuk 12

12.1 A *(gebeurtenis)*
Twee kinderen zijn de vogelkooi aan het schoonmaken; ze fluisteren ondertussen met elkaar; op een gegeven moment fladdert het vogeltje door de klas.

Invullen van B en B'.
De toetsing volgens de vier vragen:
1 Is deze gedachte waar?
2 Leidt deze gedachte ertoe dat ik mijn doel bereik?
3 Leidt deze gedachte ertoe dat ik ongewenste gevoelens voorkom?
4 Leidt deze gedachte ertoe dat ik ongewenste conflicten vermijd?

1 De gedachte: 'Had ik maar bijtijds ingegrepen.'
Toetsing aan de vier vragen:
- Ad 1: Deze gedachte is niet waar. Je hebt niet ingegrepen, dus kan het niet waar zijn.
- Ad 2: Je kunt je doel niet meer bereiken, omdat de gebeurtenis al verleden tijd is. Het antwoord is dus nee.
- Ad 3: Nee, je bezorgt jezelf alleen maar schuldgevoelens door je druk te maken over iets wat al gebeurd is.
- Ad 4: Nee, iets wat al gebeurd is, kun je niet meer voorkomen.

Op alle vier vragen is het antwoord 'nee', dus het is geen rationele gedachte.
Deze kan vervangen worden door:
1' Het is nu eenmaal gebeurd. Wat ga ik doen?

2 Het zijn ook altijd diezelfde twee.
Toetsing aan de vier vragen:
- Ad 1: Deze gedachte is niet waar, want dit is voor de eerste keer gebeurd.
- Ad 2: Deze gedachte leidt er niet toe je doel te bereiken, want door je heftige reactie versterk je alleen maar de opwinding.
- Ad 3: Deze gedachte leidt er niet toe ongewenste gevoelens te voorkomen, want uitdrukkingen als 'altijd' en 'nooit' leiden bijna altijd tot buitenproportionele verheviging van gevoelens.
- Ad 4: Deze gedachte leidt er niet toe ongewenste conflicten te vermijden, want je roept de twee kinderen zeer heftig tot de orde, terwijl je dat achteraf niet redelijk vindt.

Dus: deze gedachte is irrationeel.
Een rationele gedachte is:
2' Ik vind het erg vervelend dat zij niet beter hebben opgelet bij wat ze aan het doen waren.

3 Oh, en net op dit moment!
Toetsing aan de vier vragen:

- Ad 1: Ja, deze gedachte is waar.
- Ad 2: Nee, deze gedachte leidt vooral tot een gevoel van machteloosheid en dit belet adequaat handelen (dit is doel).
- Ad 3: Nee, zie het punt hier direct boven.
- Ad 4: Nee, omdat het je slecht uitkomt, word je kwader dan je op een ander moment misschien zou zijn en dit heeft tot gevolg dat je strenger optreedt.

Dus: aan drie van de vier criteria wordt niet voldaan: deze gedachte is irrationeel.
3′ Het komt me slecht uit, laat ik snel ingrijpen.

4 Oh, als hij nou maar niet doodgaat.
Toetsing aan de vier vragen:

- Ad 1: Nee, gedachten die met 'als' beginnen kunnen niet waar zijn, omdat je niet de toekomst kunt voorspellen.
- Ad 2: Nee, deze gedachte leidt niet tot handelen.
- Ad 3: Nee, want deze gedachte bezorgt je benauwde gevoelens voor iets waarvan niet zeker is dat het zal gebeuren. (De mens lijdt het meest door het lijden dat hij vreest...)
- Ad 4: Niet van toepassing.

Driemaal 'nee': deze gedachte is irrationeel.
4′ Wat zielig voor dat beestje, laat ik het snel zien te pakken.

C *Ongewenste gevoelens en gedrag*
Schuldig voelen, woede, niet snel en rustig genoeg gehandeld.
C′ *Gewenste gevoelens en gedrag*
Minder heftige reactie; je niet schuldig voelen; adequater handelen als iets dergelijks zich weer voordoet.

Het volledige schema ziet er nu zo uit:

A Twee kinderen zijn de vogelkooi aan het schoonmaken; ze fluisteren ondertussen met elkaar; op een gegeven moment fladdert het vogeltjedoor de klas.

B	B′
1 Had ik maar bijtijds ingegrepen	Het is nu eenmaal gebeurd. Wat ga ik doen?
2 Het zijn ook altijd diezelfde twee	Ik vind het erg vervelend dat zij niet beter hebben opgelet bij wat ze aan het doen waren.
3 Oh, en net op dit moment!	Het komt me slecht uit, laat ik snel ingrijpen
4 Oh, als hij nou maar niet doodgaat.	Wat zielig voor dat beestje, laat ik het snel zien te pakken.
C	**C′**
Schuldig voelen, woede Niet snel en rustig genoeg gehandeld	Minder heftige reactie; je niet schuldig voelen Adequater handelen als iets dergelijks zich weer voordoet.

12.2 A: Peter haalt vaak zijn neus op.
Het invullen van de rest van het schema is afhankelijk van wat iemand beschouwt als gewenste gevoelens en gedrag.

12.3 Het invullen van het schema hangt af van de ongewenste en gewenste gevoelens en gedrag.

Literatuuroverzicht

Aken, M. van (2002). *Ontwikkeling in relaties*. Rede uitgesproken bij de aanvaarding van het ambt hoogleraar Pedagogiek. Utrecht: Universiteit Utrecht.

APS en ISOR (1998). *Schoolontwikkeling als basis voor adaptief onderwijs*. Den Haag: Procesmanagement Primair Onderwijs.

Ariès, Ph. (1987). *De ontdekking van het kind*. Amsterdam: Uitgeverij Bakker.

Berg, J.H. van den (1974). *Metabletica*. Nijkerk: Uitgeverij G.F. Callenbach b.v.

Berk, L.E. (2001). *Awakening children's minds*. New York: Oxford University Press.

Berk, L.E. (2003). *Child Development*. Boston: Allyn and Bacon.

Bernstein, D.A., Penner, L.A., Clarke-Stewart, A. & Roy, E.J. (2006). *Psychology*. Boston: Houghton Mifflin Company.

Bessell, H. c.s. (1977). *Het kringgesprek. Emotionele en sociale opvoeding op school*. Rotterdam: Lemniscaat.

Carver, C.S. & Scheier, M.F. (2004). *Perspectives on Personality*. Boston: Allyn and Bacon.

Cladder, J.M., & Truyens-van Berkel, D.A.M. (1975). *Gedragstherapie bij ouder en kind*. Lisse: Swets en Zeitlinger.

Corte, E. de, Geerlings, C.T. e.a. (1976). *Beknopte didaxologie*. Groningen: Wolters-Noordhoff.

Deci, E.L., & C.L. Chandler (1986). The importance of motivation for the future of the LD field. *Journal of Learning Disabilities, 19*, 587-594

DeHart, G.B., Sroufe, L.A.& Cooper, R.G. (2004). *Child Development, its nature and course*. New York: McGraw-Hill.

Delfgaauw, B. (1969). *Beknopte geschiedenis der wijsbegeerte*. Baarn: Het Wereldvenster.

Delfos, M.F. (2001). *Luister je wel naar mij?* Amsterdam: Uitgeverij SWR.

Diekstra, R.T.W. (1980). *Ik kan denken/voelen wat ik wil*. Lisse: Swets en Zeitlinger.

Diekstra, R.T.W., & Dassen, W.F.M. (1979). *Inleiding tot de rationele therapie*. Lisse: Swets en Zeitlinger.

Ellis, A. (1977) *Groei door rede. Rationeel Emotieve Therapie*. Amsterdam: Bert Bakker.

Ellis, A., & Harper, R.A. (1980). *Redelijkerwijze*. Lisse: Swets en Zeitlinger.

Erikson, E.H. (1972). *Het kind en de samenleving*. Utrecht: Uitgeverij Het Spectrum b.v.

Gelder, L. van e.a. (1976). *Didaktische analyse*. Groningen: Wolters-Noordhoff.

Gemert, G. van e.a. (1974). *Opgroeien gaat vanzelf... of niet?* Lisse: Swets en Zeitlinger.

Gerards, F., Gardebeke, T., & Brouwers, J. (1980). *Effektief onderwijzen. Praktijkboek voor omgaan met leerlingen*. Baarn: H. Nelissen.

Gordon, T. (1979). *Beter omgaan met kinderen*. Amsterdam: Elsevier.

Gordon, T. (1989). *Luisteren naar kinderen*. Amsterdam: Elsevier.

Gray, P.O. (2002). *Psychology*. New York: Worth Publishers.

Griend, P.C. van de (1970). *Leren doceren*. Groningen: Wolters-Noordhoff.

Groot, R. de, & Weelden, J. van (Red.) (1986). *Van gisteren over morgen*. Groningen: Wolters-Noordhoff.

Hall, S., & Lindzey, G. (1970). *Theories of personality*. New York: John Wiley & Sons.

Hendriks, A.F., & Mönks, F.J. (1976). *Opvoeding als sociaal leerproces*. Nijmegen: Dekker en Van de Vegt.

Hendriks, Z., & Verstegen, R. (1975). *Gedragsproblemen in de klas*. Nijmegen: Dekker en Van de Vegt.

Janssens, H. (red.) (1996). *Gedrags- en werkhoudingsproblemen & zorgverbreding*. Eindhoven: Son Opleidingen.

Janssens, H. (1998). *Aan de slag met gedrag*. Eindhoven: Son Opleidingen.

Koning, L. (1982). Hoe denken kinderen over zichzelf? *Het jonge kind, 3*, 67.
Kreveld, M. van, & Vloten, M. van (1980). *Samen anders, leerkracht en leerling*. 's-Hertogenbosch: Malmberg.
Larsen, R.J. & Buss, D.M. (2002). *Personality Psychology. Domains of Knowledge about human nature*. Boston: McGraw- Hill Companies.
Leistra, J., Bol, E., & Bouwmeester, E. Begrijpend lezen. *S.V.O. projekt 0-275 (Interne publikatie)*.
Lieshout, F.M. van (2000). Lifespan personality development: Self-organising goal-oriented agents and developmental outcome. *International Journal of Behavioral Development, 24(3), 276 -288.*
Londen, A. van e.a. (1979). *Vaardigheden voor ouders*. Lisse: Swets en Zeitlinger.
Meichenbaum, D. (1981). *Cognitieve gedragsmodificatie*. Deventer: Van Loghum Slaterus.
Moor, W., de & Orlemans, J.W.G. (1971). *Inleiding tot de gedragstherapie*. Deventer: Van Loghum Slaterus.
Ned. tijdschrift voor psychologie. Non-verbale communicatie, themanummer, oktober 1982.
O.S.M. (1981). *Probleemgedrag op school* (cursusboek) Tilburg: Zwijsen.
O.S.M. (1981). *Probleemgedrag op school* (handleiding). Tilburg: Zwijsen.
Procesmanagement Primair Onderwijs, KPC Groep & Katholieke Universiteit Nijmegen (1998). *Adaptief onderwijs: Hoe doe je dat en wat zie je dan?* 's-Gravenhage: Procesmanagement Primair Onderwijs.
Procesmanagement Primair Onderwijs (1998). *Kenmerken voor kwaliteitsontwikkeling. Omgaan met verschillen tussen leerlingen?* 's-Gravenhage: Procesmanagement Primair Onderwijs.
Oudshoorn, D.N. (1985). *Kinder- en adolescenten psychiatrie*. Deventer: Van Loghum Slaterus.
Rhodes, W.C., & Tracy, M.L. (red.) (1976). *Handboek van de hulpverlening 1, Theorie en modellen*. Lemniscaat: Rotterdam.
Rhodes, W.C., & Tracy, M.L. (red.) (1976). *Handboek van de hulpverlening 2, Behandelingsstrategieën*. Lemniscaat: Rotterdam.
Rogers, C.R. (1961). *On becoming a person*. Boston: Houghton Mifflin Company.
Rogers, C.R. (1965). *Client-Centered Therapy*. Boston: Houghton Mifflin Company.
Rogers, C.R. (1971). *Leren in vrijheid*. Haarlem: De Toorts.
Ruygh, A.T. e.a. (1977). *Wat doet gedragstherapie voor schoolkinderen?* Groningen: Wolters-Noordhoff.
SBL (2004). In bekwame handen. Den Haag: Stichting Beroepskwaliteit voor Leraren, Uitgave in eigen beheer.
Schaffer, H. Rudolph (1996). *Social Development*. Malden: Blackwell Publishing.
Schreuder Peters, R.P.I.J. & Boomkamp, J.W. (2004). *Psychologie de hoofdzaak*. Groningen/Houten: Wolters-Noordhoff.
Simons, W.J. *Bertrand Russel*, A.O.-reeks, boekje 1300. Amsterdam: Stichting I.V.I.O.
Sprangers, C. (1983). Onderzoek heeft uitgewezen dat straffen wel degelijk zin heeft, *Intermediair 1/2,* 14 januari, pag. 5.
Stevens, L. (1977). Niet wat moet, maar wat kan *JSW, 9*.
Stevens, L. (1997). *Overdenken en doen*. 's-Gravenhage: Procesmanagement Primair onderwijs.
Tausch, R., & A.M. Tausch, A.M. (1980). *Psychologie van de opvoeding en onderwijs*. Deventer: Van Loghum Slaterus.
Verhulst, J., & Kroeg, G. van der (1990). *Psychologie voor dienstverleners*. Groningen: Wolters-Noordhoff.
Vossen, A.J.M. (1970). *Zichzelf worden in menselijke relatie*. Haarlem: De Toorts.

Bijlage 1

Lijst met versterkers (O.S.M., 1981)

Activiteitenversterkers

- plantjes water geven
- melk uitdelen
- naast de leraar zitten bij vertellen/voorlezen
- boodschap naar andere leraar overbrengen
- als eerste met nieuw materiaal werken
- verhaaltje uitkiezen
- liedje uitkiezen
- plakpotjes, kwastjes schoonmaken
- ander werk als taak af is
- boodschap doen in school
- laatste kwartier voorlezen
- tekenen
- handenarbeid
- gezellige middag
- voorleeshalfuurtje
- iets aan de klas mogen vertellen
- naast vriendje zitten
- samen uitstapje maken
- leraar helpen
- muziek maken
- iets moois voor de klas, gang of hal maken
- feestje in de klas
- bord uitvegen
- na schooltijd helpen
- viskom schoonmaken
- boodschap doen bij hoofd
- speelplaats vegen
- leraar helpen na schooltijd
- voor jezelf lezen
- zaterdags met meester vissen
- geen huiswerk
- mogen schrijven met pen leraar
- tas dragen leraar
- film draaien
- extra gymles
- eerder naar buiten
- koffie rondbrengen
- deurwacht
- met briefje rondgaan
- aan de tafel van de leraar zitten
- met kleurpen schrijven
- spelen in de gymzaal
- naar de speeltuin gaan
- op stoel leraar zitten
- onderwerp voor groepsdiscussie mogen kiezen
- mogen praten over iets wat je leuk vindt: voetbalwedstrijd, tv-serie
- een klasgenoot mogen helpen
- spelletjes mogen uitkiezen
- uitstapje met de klas
- quiz mogen maken en houden
- tafels en stoelen zetten zoals je wilt
- platen draaien in de klas
- moppen vertellen
- sporten.

Sociale versterkers
Iedere vorm van aanmoediging of bevestiging, zoals:
- goed zo!
- prachtig gedaan
- wat kun jij mooi...
- wat heb jij fijn opgeruimd
- knuffelen
- pluimpje geven
- knipoogje
- aai over de bol

Materiële versterkers
- een mooi plaatje
- stempeltjes
- stempelkussen
- iets te drinken: water, melk, chocolademelk, thee
- puzzel
- stripboek/kleurboek
- kleurpotlood
- viltstift
- ballon
- stukje krijt
- klei
- medaille (van karton of iets dergelijks)
- kralen
- pen
- schrift
- gum
- potlood
- oud schoolboek/spelletje
- verf
- penseel
- resten handenarbeidmateriaal

Ruilversterkers
- een mooi plaatje
- stickers
- cijfer
- stempeltjes
- turfjes op het bord, kaart of schrift
- plaksterretjes
- kleine etiketten
- ketting rijgen met kralen
- fiches
- ‘goed zo‘-kaartjes

Bijlage 2

Protocol (Van Londen e.a., 1979)

Gedragsveranderingsprogramma

Naam: .....
Datum: .....

Stap 1 Overzicht maken
Omschrijving van een situatie/gebeurtenis

....

Wat voor een situatie is het	Wat doet het kind	Wat is het gevolg
....	....	....

Stap 2 Specificeren/concreet maken

a Gedrag datje wenst te veranderen (concreet)

....

b Welk gedrag wens je meer te zien?

....

Stap 3 Tellen hoe vaak/meten hoe lang het gedrag bij stap 2 voorkomt.
Wanneer tel/meet je (observatieperiode)?

....

Aantal observaties per minuut/uur/dag Iedere dag/week

....

Wat wordt er precies geteld?

....

Dag	1	2	3	4	5	Totaal
....	....	....	....	....	....	....
....	....	....	....	....	....	....
....	....	....	....	....	....	....

Stap 4 Vaststellen van de gevolgen (versterkers). De gevolgen zullen zijn:

....

De beloning zal gegeven worden als:

....

Stap 5 Kijken of het al beter gaat.

Dag	6	7	8	9	10	
....	....	....	....	....	....	....
....	....	....	....	....	....	....
....	....	....	....	....	....	....

Dag	11	12	13	14	15	Totaal
....	....	....	....	....	....	....
....	....	....	....	....	....	....
....	....	....	....	....	....	....

Groeps- en praktijkopdrachten

Hoofdstuk 1

Groepsopdracht

1.1 Stel je de volgende situatie voor: je bent leraar en hebt net uitgebreid een rekenles uitgelegd. De klas gaat aan het werk, maar Maurice blijkt het nog steeds niet te begrijpen. Je neemt hem apart en geeft opnieuw uitleg. Hij gaat aan het werk. Na ongeveer een kwartier komt hij stralend bij je bureau staan, maar hij blijkt vrijwel alles fout te hebben.
Beeld nu door middel van non-verbale communicatie de bij deze situatie behorende emoties uit (er wordt dus niet gepraat).
Eén persoon is de leraar, de anderen schrijven op welke emoties naar hun idee uitgebeeld worden.

Praktijkopdracht

1.2 Beschrijf uit de praktijk van je (stage)school twee situaties: een situatie waarin de relatie tussen de leraar en diens leerlingen voldoet aan de kenmerken acceptatie, ondersteuning en betrokkenheid en een situatie waarin dat niet of slechts ten dele het geval is. Onderbouw je antwoorden.

Hoofdstuk 2

Groepsopdrachten

2.1 Stel je de volgende situatie voor: een aanstaande leraar heeft net een proefles gedraaid en krijgt hierover een beoordeling. Deze situatie moet twee keer gespeeld worden: de eerste keer geeft de beoordelingscommissie (gespeeld door (studenten uit de klas) haar oordeel op zo'n manier dat de aanstaande leraar een gevoel van onbekwaamheid krijgt. De tweede keer is de beoordeling zodanig dat een gevoel van bekwaamheid ontstaat. De aanstaande leraar mag niet beide keren door dezelfde persoon gespeeld worden.
Bespreek na afloop de gevoelens die bij de aanstaande leraren zijn opgeroepen en de mogelijke gevolgen daarvan voor het zelfbeeld en het handelen.

2.2 Een student speelt het gedrag dat hoort bij een bepaalde vorm van een negatief zelfbeeld. Hij mag hierbij anderen een rol laten spelen. De overige studenten moeten erachter komen om welk negatief zelfbeeld het gaat.

Praktijkopdrachten

2.3 Ga uit van twee kinderen in de bovenbouw.

a Beschrijf hun zelfbeeld op basis van observatie en eventueel gesprekken. Licht toe waarom je meent dat dit het zelfbeeld van deze kinderen is.

b Ga, indien mogelijk, na hoe het zelfbeeld van deze kinderen volgens een of meer leraren in voorgaande jaren was.

c Bepaal of er ontwikkelingen in het zelfbeeld te zien zijn.

2.4 Kijk op je (stage)school of er een kind is met een eenzijdig zelfbeeld. Geef een beschrijving van dit kind en licht toe waarom je vindt dat het om een eenzijdig zelfbeeld gaat.

2.5 Kijk op je (stage)school of er een kind is met een totaal negatief zelfbeeld. Geef een beschrijving van dit kind en licht toe waarom je vindt dat het om een totaal negatief zelfbeeld gaat.

Hoofdstuk 3

Groepsopdrachten

3.1 Speel de volgende situatie: één student is de leraar en de rest vormt de klas. Je geeft zangles. Eén leerling zingt erg graag, maar altijd vals. Hoewel hij er last van heeft, moet de 'leraar' proberen acceptatie te tonen.

3.2 Stel je de volgende situatie voor: een leraar heeft een drukke klas met kinderen die tijdens het kringgesprek meestal door elkaar heen praten. Op een morgen zijn de leerlingen heel rustig en luisteren zij naar elkaar.
Speel dit (de klas vormt de kring, één is de leraar) en gebruik het geven van effectieve complimenten.

3.3 Een PABO heeft meestal een schoolreglement. Analyseer met behulp van de acceptatierechthoek de regels die hierin staan en in hoeverre er sprake is van een consequente uitvoering. Geef aan wat de consequenties van de regels en de uitvoering ervan zijn voor je functioneren op school.

Praktijkopdrachten

3.4 Beschrijf uit je (stage)school een situatie waarin een leerling onacceptabel gedrag vertoont. Geef aan waarom je het gedrag onacceptabel vindt en beschrijf de effectieve kritiek die je gegeven hebt.

3.5 Beschrijf een situatie waarin een lastige leerling acceptabel gedrag vertoont. Beschrijf het gedrag en geef aan hoe je de leerling een effectief compliment hebt gegeven. Geef aan hoe je dit vond: kostte het je moeite, is hierdoor je kijk op het kind veranderd?

3.6 In je (stage)school heb je te maken met een mentor.
- **a** Maak een acceptatierechthoek van wat je mentor wel of niet accepteert.
- **b** Maak een acceptatierechthoek van wat jij wel/niet accepteert van diezelfde groep.
- **c** Vergelijk de twee acceptatierechthoeken en analyseer de verschillen.

Hoofdstuk 4

Groepsopdrachten

4.1 Ga uit van de situatie beschreven in tussenvraag 4.6, alleen is er geen sprake van dat Mirjam weggestuurd wordt. Twee groepjes van drie of vier studenten spelen deze situatie na elkaar na. Beide groepjes proberen in hun reactie de vier kenmerken van een groeibevorderende relatie tot uitdrukking te brengen (zie paragraaf 4.1). Het groepje dat als tweede 'optreedt' is niet aanwezig bij het 'optreden' van het andere groepje. Bespreek plenair of de vier elementen herkenbaar zijn en zo ja, waaraan. Analyseer met elkaar waarom een of meer elementen niet (voldoende) herkenbaar zijn en hoe de 'spelers' dat ervaren hebben. Vergelijk de aanpak van de twee groepjes.

4.2 Verdeel de klas in drie groepen. Elke groep beschrijft drie situaties op de PABO waarin sprake is van probleemverwisseling. Onderbouw waarom er sprake zou zijn van probleemverwisseling. Bespreek de resultaten van de subgroepen plenair.

Praktijkopdrachten

4.3 Ga na in hoeverre op je (stage)school de vier kenmerken van een groeibevorderende relatie terug te vinden zijn in de omgang tussen leraar en leerlingen. Onderbouw je antwoord.

4.4 Kijk of zich op je (stage)school een viertal situaties voordoen, waarin een leraar een oplossing aandraagt, terwijl het eigenlijk het probleem was van het kind. Beschrijf deze situaties en geef aan waarom de leraar naar jouw mening handelde zoals hij deed.

Hoofdstuk 5

Groepsopdrachten

5.1 Stel je de volgende situatie voor: John is een jongen van 8 jaar. Hij is een vroege leerling. Hij zit nu in de vijfde groep. In groep 2 waren er geen aanwijzingen dat hij leerproblemen zou kunnen krijgen. Zijn prestaties zijn op dit moment gemiddeld. Op een gegeven moment zegt hij tegen de leraar: 'Die rot kinderen!'.

- Analyseer met elkaar welke gevoelens hierachter kunnen zitten (meer mogelijkheden)
- Speel bovenstaande situatie. De studenten moeten reageren in de taal van de non-acceptatie.
- Speel de situatie opnieuw, maar gebruik nu actief luisteren.

In een nabespreking moeten de studenten de twee situaties vergelijken. Welke sfeer is er in situatie 1 en welke in situatie 2? Wat betekent dat voor de leraar, wat voor de leerlingen enzovoort.

5.2 Stel je de volgende situatie voor: Sonja is een meisje van 11 jaar. Zij zit in groep 6 (doublure groep 5). Ze heeft nooit problemen met andere leerlingen. Ze is ijverig en heeft een goede concentratie. Sonja is erg goed in gymnastiek, maar ze is niet zo pienter.
Ze zegt tegen de lerares: 'Juf, waarom geeft u mij haast nooit een voldoende voor rekenen?'
Laat de studenten zich in deze situatie inleven en spelen, daarbij gebruikmakend van actief luisteren.

5.3 Neem een situatie van je (stage)school, vertel erover en speel deze situatie.

Praktijkopdrachten

5.4 Probeer op je (stage)school om in een bepaalde situatie actief luisteren in de praktijk te brengen. Begin niet meteen beginnen met grote moeilijkheden, maar probeer het eerst met kleine problemen. Beschrijf de probleemsituatie en ook hoe het actief luisteren verliep.

5.5 Beschrijf ook een situatie waarbij je wel actief had kunnen luisteren, maar dat niet gedaan hebt. Waarom heb je het niet gedaan? Kun je achteraf bedenken hoe je misschien wel actief had kunnen luisteren?

Hoofdstuk 6

Groepsopdracht

6.1 Speel enkele van de voorbeelden van paragraaf 6.1. Degene die de leraar is, mag niet op de hoogte zijn welk voorbeeld gespeeld wordt.
Bespreek de reacties van de leraar en de gevoelens die deze bij de leerlingen opwekken.

Praktijkopdracht

6.2 Geef gedurende een week ik-boodschappen als je een probleem hebt. Beschrijf de probleemsituaties. Als je bij een probleem geen ik-boodschap hebt gegeven, kun je de situatie ook opschrijven en achteraf bedenken welke ik-boodschap je zou hebben kunnen geven.
Beschrijf precies:
1 wat er gebeurde
2 wat er aan de hand was
3 wat zich voordeed
4 hoe je je voelde
5 welke ik-boodschap je geprobeerd hebt te geven
6 hoe het kind erop gereageerd heeft.

Hoofdstuk 7

Groepsopdrachten

7.1 Stel je de volgende situatie voor: Tijdens de schrijfles blijken twee kinderen, die naast elkaar zitten, er een potje van te maken. Dit gebeurt de laatste tijd telkens. Vastgesteld is dat de kinderen geen van beiden schrijfproblemen hebben.
Laat deze situatie spelen volgens methode I, II en III. Bespreek wat er gebeurde en hoe de betrokkenen zich voelden in de verschillende situaties.

7.2 Neem een conflict van je (stage)school en bespreek met je medestudenten hoe zij dit conflict volgens methode III zouden oplossen. Laat sommige studenten zich verplaatsen in de rol van 'tegenstander' van degene die het conflict heeft aangedragen.

7.3 Neem een (behoefte)conflict uit een werkelijke situatie, bijvoorbeeld van de PABO of (stage)school. Speel deze situatie met de klas volgens methode III.
1 Wat wilde de leraar?
2 Wat wilden de leerlingen/studenten?
3 Welke oplossingen zijn verzameld? (Goed nagaan of dit op de juiste wijze is gegaan.)
4 Welke oplossing is gekozen?
5 Na enige tijd (afhankelijk van de aard van het conflict) moet geëvalueerd worden of de oplossing heeft voldaan.

7.4 Ga uit van een conflictsituatie in een fusiebespreking tussen twee scholen. Er zijn diverse 'partijen', bijvoorbeeld de besturen, de leraren, de directeuren. Stel dit van tevoren vast. De studenten verdelen zich over de betrokken partijen en leven zich in in de standpunten van die partijen. Vervolgens onderhandelen de partijen volgens methode III; zij hebben zich bereid verklaard zich aan deze methode te houden. Een student bewaakt de procedure.

Praktijkopdracht

7.5 Beschrijf gedurende een week de conflicten die zich voordoen in een klas van je (stage)school. Analyseer met behulp van de opvattingen van Gordon de wijze waarop de conflicten zijn opgelost. Kwam het conflict bijvoorbeeld tot een oplossing. Zo ja, hoe ging dat; waren er winnaars/verliezers; hoe hebben betrokkenen de oplossing van het conflict ervaren? Enzovoort.

Hoofdstuk 8

Groepsopdrachten

8.1 Een paar studenten spelen een zelf verzonnen situatie (ongeveer vijf minuten). Iedere student maakt hiervan een observatieverslag in termen van waarneembaar gedrag. Bespreek met elkaar of er goed geobserveerd is.

8.2 Iedere student krijgt een lijst met daarop de namen van kinderen die bepaald gedrag vertonen:

1 een onhandelbaar kind
2 een druk kind
3 een spontaan kind
4 een clownesk kind
5 een concentratie-arm kind
6 een overactief kind
7 een agressief kind
8 een boos kind
9 een 'normaal' kind
10 een om aandacht eisend kind.

Twee studenten beelden telkens twee typen kinderen uit in een simulatie van een lessituatie. Zij stemmen met elkaar af welk gedrag zij uitbeelden en bepalen van tevoren welke gedragingen volgens hen kenmerkend zijn voor het uit te beelden gedrag. Een student vervult de rol van leraar. De leraar en de andere studenten zijn niet op de hoogte van de uit te beelden typen gedrag. Op basis van observatie bepalen zij welk type gedrag de studenten uitbeelden.
Besteed in de nabespreking vooral aandacht in hoeverre er sprake is van het beschrijven van gedrag in waarneembare termen, dan wel van het interpreteren van gedrag.

Praktijkopdrachten

8.3 Noteer gedragingen, die je in de klas storen, in termen van waarneembaar gedrag.

8.4 Beschrijf gedrag van jezelf dat als versterker werkt.

8.5 Beschrijf gedrag van jezelf dat als verzwakker werkt.

8.6 Observeer (een deel van) de klas gedurende een kwartier.
a Maak een verslag van deze observatie in de vorm van algemene indrukken met je persoonlijke beleving erbij.
b Maak van diezelfde observatie een verslag in waarneembare termen.
c Vergelijk de twee verslagen.

Hoofdstuk 9

Groepsopdracht

9.1 Stel gezamenlijk een programma op voor Frans uit tussenvraag 9.1c. Ga uit van de volgende gegevens: Frans is een kleine, tengere jongen die dol is op hockey en dieren.
In de klas doet zich de volgende situatie voor: telkens als hij een beurt krijgt, begint hij te huilen. De leraar geeft op dat moment de beurt aan een ander kind.
Stap 3 levert het volgende beeld op:

Dag	1	2	3	4	5	Totaal
	5 beurten, 3x huilen	4 beurten, 4x huilen	2 beurten, 1x huilen	4 beurten, 4x huilen	4 beurten, 4x huilen	19 beurten, 16x huilen

Maak gebruik van het protocol voor gedragsverandering (zie bijlage 2).

Praktijkopdrachten

9.2 Observeer een kind uit een groep van je (stage)school, gedurende twee keer een half uur.

1. Omschrijf het probleemgedrag.
2. Noteer vervolgens in termen van waarneembare uitingen drie gedragingen die je het meest storen.
3. Formuleer voor elk van deze gedragingen het gewenste doelgedrag.

9.3 Maak nu zelf een programma met behulp van het volgende protocol. Let op de volgende punten:

- Is het gekozen gedrag specifiek, concreet genoeg?
- Tel je op de juiste manier?
- Is het programma gemakkelijk bij te houden?
- Is het programma geschikt voor deze situatie of niet?
- Kun je de gevolgen makkelijk geven en zijn de stappen en eventuele versterkers niet te groot?
- Let op de onderhandelingen. Is dit werkelijk onderhandelen of leg je een eis op?
- Is het gekozen gedrag dat je wilt veranderen, redelijk? Leg je het kind geen (onredelijke) normen op waardoor je het onmogelijk maakt bij zijn leeftijdgenootjes?

9.4 Neem een groep van je stageschool en bepaal wat voor elke leerling een goede versterker zou zijn, zo mogelijk samen je mentor of met de leraar van de groep. Licht toe waarom je denkt dat het kind de gekozen versterker inderdaad als versterker zal ervaren.

Hoofdstuk 10

Groepsopdracht

10.1 De klas is de hele morgen erg onrustig. Je hebt voortdurend moeten waarschuwen en vermanen zonder dat dit veel effect had. Op een gegeven moment vraagt Roosmarijn (12) welke rekentaak ze moet maken, terwijl je dat de groep net uitvoerig hebt verteld. Je vaart enorm tegen haar uit en zegt: 'Dat zoek je zelf maar uit! En als het om twaalf uur niet af is, dan blijf je maar na!'
Roosmarijn gaat demonstratief met haar armen over elkaar zitten.
Om twaalf uur wil ze de klas uitlopen, maar jij houdt haar tegen met de opmerking: 'Aan je werk, jij!' Roosmarijn weigert dit en begint te huilen.
Verdeel de klas in drie groepen en bespreek in elke groep wat hier gebeurd is en hoe je deze situatie bevredigend op kunt lossen. Vergelijk de analyses en gekozen oplossingen.

Praktijkopdrachten

10.2 Maak zelf voor een situatie van je (stage)school een programma met behulp van het protocol voor gedragsverandering (zie bijlage 2).

10.3 Neem een groep van je (stage)school en bepaal wat voor elke leerling een effectieve straf zou zijn, zo mogelijk samen met je mentor of met de leraar van de groep. Licht toe waarom je denkt dat de straf effectief is.

Hoofdstuk 11

Groepsopdracht

11.1 Probeer in drie à vier sub-groepjes in de volgende situatie vier rationele en vier irrationele gedachten te bedenken.
Je bent aan het lesgeven. Plotseling komt moeder Van der Vlam (zie tussenvraag 11.2) binnen en begint tegen je uit te varen naar aanleiding van een straf die je haar dochter gegeven hebt.

Rationeel	Irrationeel
1	
2	
3	
4	

Bespreek de resultaten plenair.

Praktijkopdracht

11.2 Spoor irrationele gedachten op in je manier van lesgeven, vervang deze door rationele gedachten en leg dit vast in een verslag. Bespreek deze met je mentor of je docent.

Hoofdstuk 12

Groepsopdracht

12.1 Stel je de volgende situatie levendig voor: je hebt gesolliciteerd en moet nu een proefles geven.
Splits de groep in drie à vier subgroepen. Elk groep moet enige irrationele gedachten bedenken die in een dergelijke situatie zouden kunnen voorkomen (minstens 4). Beschrijf vervolgens tot welke ongewenste gevoelens en welk ongewenst gedrag dergelijke gedachten zouden kunnen leiden.
De volgende stap is het beschrijven van hoe je dan wel zou willen voelen en je gedragen. Ten slotte vervang je de irrationele gedachten door rationele die aan dit gevoel en gedrag vooraf dienen te gaan. Bespreek plenair de resultaten van de subgroepen.

A Situatie, gebeurtenis (in waarneembare termen, objectief)

B Irrationele gedachten	**B′ Rationele gedachten**
1..................	1′...................
2..................	2′...................
3..................	3′...................
4..................	4′...................
C Ongewenst gevoel + gedrag	C′ Gewenst gevoel + gedrag
....	....

Praktijkopdracht

12.2 Maak een ABC-schema voor een situatie uit de praktijk van je (stage)school waarin je graag anders zou willen voelen en handelen.

Evaluatieve slotopdracht

Hieronder volgt de beschrijving van een probleemsituatie.
Brian is een gevoelige jongen van 11 jaar die gauw klaagt over hoofdpijn en vermoeidheid. Moeder is met hem naar de neuroloog geweest en die heeft geconstateerd dat hij een lichte hersenafwijking heeft. De neuroloog heeft haar gezegd dat hiermee geen rekening gehouden hoeft te worden, maar dat men hem als een gewoon kind dient te behandelen, zowel thuis als op school. Aan de klachten van Brian moet men geen aandacht besteden.
Ondanks het feit dat de leraar weet dat hij Brian net als de andere kinderen kan behandelen, doet hij dit niet, omdat het feit dat hier sprake is van een hersenafwijking hem onzeker maakt. Iedere keer als Brian klaagt over hoofdpijn of vermoeidheid, reageert de leraar door minder eisen te stellen en door Brian zelfs de gelegenheid te geven zich terug te trekken.
Na enige tijd begint de leraar de situatie steeds lastiger te vinden: Brian raakt achter, na schooltijd moet de leraar steeds meer aandacht aan hem besteden. Hij gaat zich er steeds meer aan ergeren dat een 11-jarige jongen zich op die manier gedraagt en zoveel beslag op de tijd van de leraar legt. Hij merkt dat hij steeds geïrriteerder op Brian gaat reageren. In zijn hart vindt hij zijn houding niet redelijk, omdat hij weet dat hij de situatie eigenlijk zelf in de hand heeft gewerkt.

Verdeel de klas in drie groepen.
Groep 1 probeert dit probleem aan te pakken volgens de communicatievaardigheden van deel 2. Werk de gang van zaken zo uit dat deze bij de plenaire bespreking gespeeld kan worden.
Groep 2 gebruikt de principes van de gedragsbeïnvloeding voor de aanpak van het probleem. Gebruik fictieve gegevens waar nodig om tot een volledig programma te komen. Bij de plenaire bespreking moeten de onderhandelingen gespeeld worden.
Groep 3 past de cognitieve benadering toe met behulp van een volledig ABC-schema. Bespreek de resultaten van de drie groepen plenair en speel deze eventueel.

Bespreek ten slotte hoe een geïntegreerde aanpak eruit zou kunnen zien. Motiveer waarom voor deze bepaalde opzet is gekozen.

Register